本书由日本国际交流基金会资助部分出版经费

光明社科文库
GUANGMING DAILY PRESS:
A SOCIAL SCIENCE SERIES

·文学与艺术书系·

日韩女性文学论丛

张龙妹 | 主编

光明日报出版社

图书在版编目（CIP）数据

日韩女性文学论丛 / 张龙妹主编. -- 北京：光明日报出版社，2022.3
ISBN 978－7－5194－6593－3

Ⅰ.①日… Ⅱ.①张… Ⅲ.①妇女文学—文学研究—日本②妇女文学—文学研究—韩国 Ⅳ.①I313.06②I312.606

中国版本图书馆 CIP 数据核字（2022）第 075343 号

日韩女性文学论丛
RIHAN NÜXING WENXUE LUNCONG

主　　编：张龙妹	
责任编辑：杨　茹	责任校对：崔瑞雪
封面设计：中联华文	责任印制：曹　净

出版发行：光明日报出版社
地　　址：北京市西城区永安路 106 号，100050
电　　话：010-63169890（咨询），010-63131930（邮购）
传　　真：010-63131930
网　　址：http://book.gmw.cn
E - mail：gmrbcbs@gmw.cn
法律顾问：北京市兰台律师事务所龚柳方律师
印　　刷：三河市华东印刷有限公司
装　　订：三河市华东印刷有限公司

本书如有破损、缺页、装订错误，请与本社联系调换，电话：010-63131930

开　　本：170mm×240mm	
字　　数：300 千字	印　　张：17
版　　次：2022 年 3 月第 1 版	印　　次：2022 年 3 月第 1 次印刷
书　　号：ISBN 978－7－5194－6593－3	
定　　价：95.00 元	

版权所有　　翻印必究

序：东亚汉字文化圈中的女性文学书写

一、汉字、女性文字、"俗语"

在古代东亚，汉文相当于欧洲的拉丁语，是官方语言、外交语言、宗教语言、学术语言，因此也是男性的语言。所以，即便是女性，只要是用汉文进行文学书写，自然是得符合儒家的伦理道德的。在日本平安朝初期的"唐风讴歌"时代，宫廷女性与男性文人进行诗歌唱和，共同沉浸在"文章经国"的理想之中。在朝鲜王朝，女诗人许兰雪轩最为宗主国明朝文人称道的也是她的游仙诗、边塞诗等男性题材的作品。我国女性的诗文创作更是如此。明代胡震亨称赞薛涛的诗曰："薛工绝句，无雌声，自寿者相。"[1]女性作诗而不发女性之声，这样的诗歌才能得到男性的认同。在文学完全受男权掌控的古代社会，女性的文学创作就是这样受到男性左右的。

在这样的汉文化脉络中，古代中国的女性自然不敢冒天下之大不韪，去创作类似于《源氏物语》这样的作品。她们凭借自己的才能与男性一较高低，在小心翼翼地维护男权的同时，在历史上留下自己的足迹。在诗歌创作方面，我国历史上堪与男性诗人媲美的女性诗人也不乏其人。被认为是从宫廷内部，开启了代表大唐盛世一代强音的诗国高峰的前奏[2]的上官婉儿的诗篇，比她的祖父上官仪的宫廷诗更加气度豪迈、恢宏壮丽。在散文体书写方面，续写《汉书》的班昭还撰写了《女诫》；活跃在唐朝宪宗、穆宗、敬宗三朝，被尊为"先生"的宋若莘、宋若昭姐妹，虽然能够坚持以学问立身扬名，而不以"侍妾"身份受宠于帝王，但是如此特立独行的宋氏姐妹居然撰写了《女论语》，用以教导女性如何遵守妇德。无论是诗歌创作还是散文体书写，女性的写作都是围绕着男

---

[1] 胡震亨.唐音癸签[M].上海：上海古籍出版社，1981：83.
[2] 李海燕.上官婉儿与初唐宫廷诗的终结[J].求索，2010（2）：165-167.

权进行的。

然而，在日本和朝鲜半岛，分别有被称为"女手"（女性文字）的假名和谚文（训民正音）。日本女性运用假名创作了除和歌以外的日记、随笔、物语、历史物语等不同题材的散文体作品，其中《源氏物语》《枕草子》被称为日本"国文学"的双璧，时至今日，依旧是日本民族文化的基调；平安朝女性开创的随笔、历史物语这两种文学体裁也成了日本文学的一个主要脉络；日记文学的传统一直持续到南北朝时期，其影响更是波及近代文学。朝鲜王朝时的女性，也留下了《癸丑日记》《仁显王后传》《恨中录》三部传记性质的文学作品。虽然同是女性用"女性文字"书写的作品，其中日记、传记类作品体裁也相当接近，但我们能够发现，日本的作品与朝鲜半岛的作品，实际上存在着本质性差异。

日本的作品，比如《和泉式部日记》，讲述的是女主人公在为早逝的恋人为尊亲王服丧期间，与为尊亲王的胞弟敦道亲王之间的那场轰动了整个上层贵族的恋情。更不用说《源氏物语》中虚构的各种风流韵事。日本古代女性的文学书写以言情为主，根本没有什么大事件可言，即便是历史上曾经发生在她们身边的大事件，在才女们的笔下也变得风轻云淡，几乎无迹可寻。大部分作品描写的是琐碎的日常生活，从中展示自己的才情，讲说主君的风雅，怀恋往昔美好的岁月，寄托心中的绵绵幽思。而朝鲜王朝的作品则截然不同，三部作品分别讲述了在朝鲜王朝历史上著名的党争事件中受到牵连的、后宫嫔妃们的受难岁月，可以说是字字血、声声泪般的控诉文字。而与控诉性文字互为表里的，便是对自身行为、德行的表白。在我国古代，虽然没有类似的女性作品问世，但编者坚信，如果有，那也一定是与朝鲜王朝的女性作品一脉相承的。正如川合康三所指出的那样，中国人的自传，更重视自我辨明[①]。

日韩的古代女性都有散文体文学作品传世，而作为文化输出一方的中国却没有相近的作品，于是论者就自然关注"女性文字"，认为日韩女性拥有了作为女性自己的文字——假名和谚文，才有了进行散文体书写的可能性。

然而，虽是同被称为"女性文字"，但日本的假名与朝鲜王朝的谚文，其产生经过是完全不同的。日本在9世纪中期就产生了平假名，据2013年1月12日

---

① 川合康三. 中国的自传文学［M］. 蔡毅，译. 北京：中央编译出版社，1998：206.

《朝日新闻》的报道①,平安时代的贵族藤原良相(813—867)位于京都的府邸遗址出土了90余块陶器碎片,其中有约20块上写有假名,而且从可认读的断片来看,内容很可能是和歌。从这些碎片中可以看出,连绵的假名书写已经非常成熟。在10世纪初《古今和歌集》(905年)问世时,纪贯之(868—945)运用假名书写了长篇歌论"假名序",923年他假托为女性又用假名书写了《土佐日记》。此外,日本早期的物语作品,《竹取物语》(成书于平安初期)、《宇津保物语》(成书于10世纪后半期)、《落洼物语》(成书于10世纪末)也都是出自男性文人之手。更何况,日本有和歌这一作为"国民文学"的传统载体。女性的散文体文学创作就是在这样的文学土壤上产生的。

朝鲜王朝的情形就完全不同了。谚文在其创制之初就受到了以崔万里为代表的儒臣们的反对。男性文人往往坚称自己不懂谚文,即便懂,也只有在给妻子、女儿、仆人写信的时候才会使用谚文(详见本论集《东亚视域中的日本宫廷女性文学》一文)。

也就是说,假名与谚文的"身世"是完全不同的。如果将朝鲜王朝时期的谚文称为"女性文字"的话,那么假名应该是但丁所言的"俗语"②。虽然在诗歌创作等方面,古代日本女性逐渐远离汉字,但在和歌创作方面,假名显然是男女共用的,是他们的民族语言,而不像朝鲜王朝时期的谚文,尚处在没有被男性文人认可的"女性文字"阶段。而这也在很大程度上决定了女性文学的性质与内容,决定了这些作品在后世本国文学史中的地位。

二、本书内容

本书的内容大致可分为五个部分,第一部分是"总论",收录了早稻田大学教授田渊句美子的《"女房"文学史论的范畴》。这篇文章实际上是田渊教授的专著《女房文学史论》的序章,是一篇近40页的综述。不仅涵盖了迄今的"女房"文学研究史,更是从世界女性文学、东亚女性文学的角度,指出了日本这一文学现象的特殊性,并就其成因、繁荣、式微的过程进行了提纲挈领的论述。其中也有与我们的文学史常识相悖的话语,这也从另一方面说明即便是中日这样的近邻,互相之间的了解又是多么的欠缺。

---

① 筒井次郎.ひらがな、いつごろできたの?[N].朝日新闻 DIGITAL.2013-01-12.另见,京都で最古级の平仮名発见 出土の土器片に[N].日本经济新闻.2012-11-28.
② 朱光潜.西方美学史[M].北京:人民文学出版社,1979:137-142.

第二部分是有关"中日女性文学比较研究"方面的论述，收录了施旻的《女性自传体文学与读者——以〈蜻蛉日记〉与〈金石录·后序〉为例》、陈燕的《中日古代女性的文学书写与佛教信仰——以朱淑真与藤原道纲母为例》、马如慧的《中日比较视角下的〈源氏物语〉叙事策略研究——以"帚木三帖"为例》3篇论文，分别从自传体文学的书写特色、宗教信仰与文学书写的关系、女性的叙事角度，探讨了中日女性文学之间的异同。

第三部分重在从作品的内部探讨日本宫廷女性文学书写的精神世界，共收录了7篇论文。其中陈燕《藤原道纲母之梦信仰再考》、彭溱《〈荣花物语〉的视角——"古体"的深层含义》、马如慧《论〈告白〉中的家门意识——以"父亲的遗言"为中心》，以及邱春泉《日本女性文学中女性"好色"观的变迁——以中古、中世时期为中心》《阿佛尼的佛教信仰与文学书写》5篇文章，分别从信仰、叙事角度、家门意识乃至"好色观"出发，探讨了自传体文学及历史物语中体现出来的女性作者特有的内心世界、与男性不同的心理环境以及书写特色。辛悦的《试论中世王朝物语中女性角色间的拟婚姻关系——以〈兄妹易性物语〉为中心》，探讨了后期物语名作《兄妹易性物语》中兄妹互换社会性别这一闹剧的意义，揭示了"风雅"的物语背后捆绑女性的心理枷锁。刘嘉瑢《试论宝塚〈源氏物语〉的改编方法——以2007年版〈源氏物语〉为例》论述了宝塚歌剧团花组上演的《源氏物语》的改编特色，解读了现代演剧对于古典名著的全新诠释，也揭示了《源氏物语》女性主题于当今社会的意义。

第四部分可称为"朝鲜王朝宫廷女性日记文学初探"，两位作者王艳丽和张彩虹都参与了此前的"日韩宫廷女性日记文学系列丛书"（重庆出版社，2021）的翻译，首次将朝鲜王朝时期的三部作品介绍给中国读者。王艳丽的《〈仁显王后传〉小考》、张彩虹的《朝鲜宫廷女性日记的译介——以〈癸丑日记〉〈恨中录〉为中心》两篇论文，就是在翻译实践的基础上，结合翻译过程中对于作品本身以及成书过程的思考而撰写的。相信能够引起更多的研究者关注这一文学现象。

第五部分是编者的两篇论文，从东亚的范围来思考日本宫廷女性的文学书写，是编者多年来的研究课题，《东亚视域中的日本宫廷女性文学》一文从后宫制度、宫廷斗争、婚姻制度以及文学传统四方面，探讨日本平安、中世时期宫廷女性散文体文学的成因。而《平安时代女性"汉才"的变迁与"国文学"的诞生》一文，在梳理女性与汉诗的关系的基础上，探讨了对女性"汉才"评价的变迁过程，以期揭示女性走向假名书写的时代文化背景。

三、本书缘起

2019年11月，编者参加日本国文学研究资料馆的一个会议，席间喜获早稻田大学田渊句美子教授赠书，她是在当年8月于岩波书店出版了她的"女房"文学研究的集大成之作《女房文学史论》。当时她就表示希望能够将该书的序章翻译成中文，让中国的女性文学研究者了解绵延了几个世纪的日本古代宫廷女性的文学书写。而编者当时正在组织翻译"日韩宫廷女性日记文学系列丛书"。将日韩的女性日记文学一同呈献给我国读者，是编者多年来的心愿。因为，只要将日韩两国的女性作品进行对比阅读，就能感性地认识到两国女性文学的显著差异，进而思考女性的文学书写与文字的关系，作为汉字文化圈一员的日韩两国与汉文化的距离，以及这种距离对于本国文学的影响。

在接受了田渊教授的赠书并获知了她的期待之后，笔者便开始构思本论集的出版。因为参与翻译上述系列丛书的译者，其中就有多年来一直从事日本古代女性文学研究的毕业生和在校生，而参与韩国作品翻译的两位老师，也通过翻译对朝鲜王朝时期的女性作品产生了浓厚的兴趣，开拓了研究领域。于是，在上述丛书出版以后，编者就约大家撰写论文。所幸的是，笔者于2020年申请到了日本国际交流基金的部分出版资助。本论集的出版也可谓占尽了天时、地利、人和了。

在2022年新年到来之际，在各种微信公众号上看到了有关2021年性别事件的不同形式的思考观察。自日本最早的女性日记作品《蜻蛉日记》（10世纪后半期）问世以来，时逾千年，但女性的苦难依旧！正如辛悦在她的论文结尾处所说，确认女性意识觉醒的历史脉络，不仅为了文学研究，更是为了我们的现在和将来。希望这本全体由女性撰写的论集，能够带给你不一样的思考。

张龙妹
于北京日本学研究中心
2022年1月9日

目 录
CONTENTS

"女房"文学史论的范畴 ·················· 1

女性自传体文学与读者
　　——以《蜻蛉日记》与《金石录·后序》为例 ·········· 40

中日古代女性的文学书写与佛教信仰
　　——以朱淑真与藤原道纲母为例 ·············· 48

中日比较视角下的《源氏物语》叙事策略研究
　　——以"帚木三帖"为例 ·················· 64

藤原道纲母之梦信仰再考 ·················· 103

《荣花物语》的视角
　　——"古体"的深层含义 ·················· 113

论《告白》中的家门意识
　　——以"父亲的遗言"为中心 ················ 122

日本女性文学中女性"好色"观的变迁
　　——以中古、中世时期为中心 ················ 136

阿佛尼的佛教信仰与文学书写 ················ 150

试论中世王朝物语中女性角色间的拟婚姻关系
　　——以《兄妹易性物语》为中心 ··············· 165

试论宝塚《源氏物语》的改编方法
　　——以2007年版《源氏物语》为例 ·············· 184

《仁显王后传》小考 ···················· 197

朝鲜宫廷女性日记的译介
　　——以《癸丑日记》《恨中录》为中心 ………………………………… 213
东亚视域中的日本宫廷女性文学 ……………………………………………… 227
平安时代女性"汉才"的变迁与"国文学"的诞生 ………………………… 245

"女房"文学史论的范畴

日本早稻田大学　田渊句美子[*]　著
北京外国语大学　北京日本学研究中心　马如慧　译

一、女房文学的发展

(一)"女房"文学由何而始、如何发展：和歌、日记、物语的由来

1. 何为"女房"文学？

本文中所谓"女房"，是指在宫廷以及皇亲国戚府邸当差的女性。包括侍奉天皇、皇后中宫、院、女院、亲王、内亲王以及斋院等皇室成员，以及在以摄政关白、大臣为首的大贵族家庭当差的女性。从平安时代开始，"女房"一词便有代指"妻子"或与"妻子"身份相当的女性的用例出现，及至中世，这种用例更是多见，并经常出现在文献中。但是，在本文中，"女房"一词特指侍奉皇族及贵族的女性。另外，本文主要论及宫廷"女房"，故而，单单提及"女房"时，也多指出仕宫廷的女性。

宫廷女房侍奉天皇、院、后妃、女院、皇女等高贵的主君，她们的职责是什么呢？简单来说，便是近身伺候特定主君，从身心两方面给予主君无微不至的体贴和照顾，通过传话和代书，起到帮助主君联系外界的作用。特别是心腹

---

[*] 田渊句美子：1991年御茶水女子大学博士，历任大阪国际女子大学副教授、日本国文学资料馆副教授、教授，现任早稻田大学教育·综合科学学术院教授。主要著作有：《中世初期歌人研究》（笠间书房，2001年）、《十六夜日记白描淡彩绘入写本·阿佛之文》（勉诚出版，2009年）、《新古今集 后鸟羽院与定家时代》（角川书店，2010年）、《女房文学史论》（岩波书店，2019年）等。

女房，要时时侍奉于主君身侧，是主君如影随形的分身。因此，宫廷女房总是从王权的内部观察着宫廷的政治动向。主君周围总是聚集着许多情报源，女房便可以探听些许，而心腹女房甚至可以理解主君的真正意图。可以说，女房本身便具有政治性。女房与王权密切相关，这使她们一方面蒙上了王权的高贵性，而另一方面，也使她们被当作没有实体的存在。

正是这些宫廷女房们，在和歌、物语、日记、历史物语等诸多领域进行着群体性的文学创作活动。特别是在平安时代中期，以侍奉皇后的女房群体为中心的后宫文化活动，催生了《枕草子》《源氏物语》等优秀王朝古典文学作品。这个史实众所周知，但女房文学并非只是在这一段时期内昙花一现。从古代到中世、近世，乃至近世以后，女房文学经历了兴盛与衰败、空白期、革新与复古，一直存续了千年以上。另外，从文学史的发展角度来看，一直作为创作主体的男性群体对女房文学的渗透、融合、分离、交替等现象也值得关注。

比起得以在朝堂大展身手的男性贵族，中层贵族出身的女房们无法在朝堂立足，她们仅仅以女房这一身份，从诗歌与散文两个方面，如此长时间、广范围、深内涵地延续了宫廷女房文学的传统。而且，这并非个人行为，而是群体创作。文学史就是如此这般地由宫廷女性这一群体推动的，这不失为一个令人惊异的文化现象。

2. 世间罕见的文学现象

为了看清女房文学的特征，我们要纵观历史，同时，从世界史角度俯瞰女性文学之形成这一视角也不可或缺。例如，以《源氏物语》为代表的王朝文学在10—11世纪间兴盛起来，在如此古老的时代，由宫廷女性群体构筑了宫廷文学的黄金时代这一文学现象，从世界范围来看都是十分罕见的。Haruo·Shirane[①]在论及《源氏物语》时，阐述道："纵观世界文学史，自古代的萨福以来，有许多伟大的女性作家诞生。但是，她们大多仅是吟诗作对，活跃在小说以外的领域中。然而，关于这个现象，却有至少两个例外可言。也就是10世纪后期至11世纪前期的日本和17世纪的法国。"Shirane认为当时的日本和法国的共通之处在于：专制权力（日本是藤原道长，法国是路易十四）、艺术教养极高的贵族社会带来的奢侈与庇护、独特的女性用语、女性的独立空间（文学沙龙）、心理的内在反思、对宫廷社会的批判态度等。通过这样的视角，我们自然

---

① Haruo·Shirane. 欧米における『源氏物語』研究の諸問題. 海外における源氏物語：講座源氏物語研究11［M］. 东京：おうふう，2008：11-15.

可以看到日本与其他国家的许多共同点和不同点。在英国，第一位女性职业作家阿弗拉·贝恩于17世纪后期开始从事创作活动，而经常被与《源氏物语》的作者紫式部相提并论的简·奥斯汀则活跃于19世纪初期。为何在10世纪这么古老的时代，由宫廷女房群体创作的文学走向了成熟？并且此后也获得了长足的发展？这是日本与其他国家的最大不同点，令人深思。

在政治和文化方面对日本产生了诸多影响的中国、朝鲜实行宦官制度，而日本则大大不同。日本以女官制度取代宦官制度，可说是产生这些不同点的重要原因①。宦官制度曾在希腊、波斯、埃及、印度等地广泛存在。特别是在中国，宦官的历史长达两千年，可以在后宫（掖庭）走动的男性仅限于皇帝、皇太子和未赐封地的皇子们。后宫只是多达数千甚至上万人的这一庞大的宦官群体，以及皇妃、女官们的空间②。

与实行宦官制度的中国和朝鲜不同，平安时代、镰仓时代的宫廷女房们并未被封闭在宫廷内院之中，而是可以归家和外出。另外，后宫之内并不禁止男性走动。在后宫中，男女之间的亲密交流、恋爱、结婚、交友等情况普遍存在。宫廷女房所处的自由环境，是女房文化形成的基础条件。

与此相对，同样受中国影响颇深的朝鲜王朝设立了内侍府这一男性宦官机构，主要负责监管大王的饮食、传达命令和其他杂务等。宫女虽也侍奉大王和王妃，但是除却在公事上与官僚有所接触外，基本上被禁止与大王和宦官以外的男性进行接触，也基本上不可以出宫，恋爱自不必提，甚至不可以与大王以外的任何男性结婚③。另外，有学者指出，即便是在虚构的故事中，在中国，在儒家伦理道德的规范之下，多由科举出身的文人创作的唐代传奇中，也没有描写后妃与臣子私通的故事，甚至连后妃出场都是大忌④。

而用朝鲜王朝的宫廷体谚文创作的《癸丑日记》《仁显王后传》《恨中录》

---

① 角田文衞. 日本の後宮［M］. 东京：学燈社，1973：19.
　角田文衞. 後宮の女性：角田文衞の古代学1［M］. 东京：吉川弘文館，2018：11. 在上述两本文献中，角田论述道："并非男子禁入、以及无宦官，可说是日本后宫的特色"。
② 三田村泰助. 宦官——側近政治の構造［M］. 东京：中央公論新社，1963：32，71-72.
③ 金钟德. 朝鮮王朝と平安時代の宮廷文学. 王朝文学と東アジアの宮廷文学：平安文学と隣接諸学5［M］. 东京：竹林舎，2008：256-281.
④ 李宇玲. かいまみの文学史——平安物語と唐代伝奇のあいだ. 日本文学のなかの〈中国〉：アジア遊学一九七［C］. 东京：勉誠出版，2016：32-43.

(《闲中录》），是17世纪至19世纪初期成书的三大宫廷文学，并且作者也是女房。这三部作品以朝鲜王朝后期的动乱为背景，由后妃、女房创作，不以公开为目的，秘密撰写后便被尘封，在朝鲜王朝覆灭后才得以公之于世。金钟德[①]对这些日记进行了这样的综述：这些日记是由宫女（内人）使用的可以自由表述的谚文，暗自记录了本不可外传的宫中见闻的作品。现存的作品仅是偶然得以幸存，作品未曾提及个人的恋爱情况，仅是记录着以儒教伦理、佛教、萨满教为背景的王权继承和党争悲剧、宫中见闻等。另外，金英[②]曾论述道："谚文于朝鲜王朝中期出现后，迅速得以普及，促使17世纪后宫廷内与贵族阶层的有识女性创作出独特的小说文化""壬辰战争产生了一系列影响，包括王权的丧失和女性获得谚文这一可以自由表述的文字等"。从表述方式来看，与17世纪左右的谚文相同，9—10世纪，日本假名文字的普及也是促进女房文学长足发展的重要因素。但是，宫廷制度、女官制度和受儒教伦理影响程度的不同，导致两者间存在着这般差异。在日本，假名文字甚至催生了宫廷外部女性们和歌与日记的创作。

如若不限于宫廷女房、女官阶层，而从女性文学这一角度出发的话，在中国的汉诗界中，唐代以前也有女性诗人，但她们多为妓女，所作诗歌也被排除在正统文学之外[③]。关于女性诗歌作品，内山精也[④]论述道："从古代、中世的妇女观角度来看，女性沉迷于吟诗作对，甚至将诗作编辑成诗集公之于世，与当时的社会观念大为不符。从魏晋到唐代，'闺阁'诗人少之又少，这与传统的妇女观息息相关。"内山还提到，在宋代，李清照和朱淑真两位有识女性作为"闺阁"诗人崭露头角。到了明清时期，"闺阁"诗人人数剧增，"这代表着诗歌对于'闺阁'女性来说成了重要的修养"。另外，朝鲜方面有一些通过考察1764年朝鲜通信使的活动论述其在汉文学史上意义的论文[⑤]，其中提到：朝鲜文人原来就有轻视女性文学、抑制女性汉诗文创作的一面。而反观日本女性十

---

① 金钟德．朝鮮の宮廷女流文学における宗教思想．東アジアの女性と仏教と文学：アジア遊学（207）[C]．東京：勉誠出版，2017：232-243.
② 金英．日本と韓国の宮廷文学と女性．平安文学新論[M]．東京：風間書房，2010：315.
③ 关于这一点，论者的观点有失偏颇——编者注。
④ 内山精也．宋詩惑問——宋詩は「近世」を表象するか？[M]．東京：研文出版，2018：18.
⑤ 张伯伟．「漢文学史」における一七六四年．蒼海に交わされる詩文：東アジア海域叢書13[C]．内山精也，译．東京：汲古書院，2012：207-274.

分擅长汉诗文后，才有意改变了这种文学评论趋势。

在16世纪，曾生动地记述日本生活的葡萄牙传教士路易斯·弗洛伊斯在叙述女性的文字使用情况时写道："在我们西方世界，识字的女性并不常见。而在日本，如果一位贵女不识文断字，她的存在价值便会大幅降低。"[1]

以上所述仅是管中窥豹，但仍可见比较文化视角在论述日本女房文学、女性文学时的有效性，衬托出其早期出现的特点，以及群体性、共有性、发展持续性及多样性等特征。

3. 女房文学由何而始、如何发展？

关于以平安时代《枕草子》《源氏物语》为代表的女房文学产生及兴盛的缘由，众说纷纭。其中：假名文字的发展为其提供了可能；与上层贵族不同，地方官阶层女性们的学识及其批判精神发挥了巨大作用；后宫沙龙间争妍斗艳、摄政关白家族为其政治企图而着眼于后宫，为后宫文化的兴盛做出了贡献等学说已成定论。与这些先行诸学相比，本文许是有些画蛇添足。但是，为了更宏观地思考女房文学史，笔者仍有必要阐述愚见。女房文学不仅兴盛于平安时代中期，到了中世、近世，女房所创作的和歌、物语、日记等文学传统，仍以一定方式存在着，这种存续性显而易见。笔者认为，女房文学的产生、兴盛、存续的理由，主要可以整理为以下几点。在下文中，将以平安时代、镰仓时代为中心进行探讨。

第一，如上文所述，日本宫廷不设宦官机构，这种独特的政治制度十分重要。与中国、朝鲜不同，日本独特的女官、女房制度发挥着重要作用。女房侍奉在主君身侧，其职责是帮助主君与外部世界取得联系。女房有外出、出宫、结婚、恋爱等个人自由，并不会被封闭在宫廷内院。另外，后宫内并未令男性禁足，男性贵族可以随意走动，虽设有实质上的隔离措施（竹帘等），却未隔断男女间的文化交流，在后宫之中，男女间的恋爱与交友日常可见。在交流中产生的优雅且知性、深入人心的言语及和歌，是人们关注和憧憬的对象，备受人们的赞赏，也可使其作者作为女房而获得很高的评价。女房们如此活跃、积极联系内外、共有文化，也推动着宫廷文学、宫廷和歌走向成熟。另外，院政期以后，以院和女院为主的政体成立，由此，女房的权限和活动范围更为广阔。但是，女房总是与王权表里合一，王权的衰落自然也导致与王权表里一体的女

---

[1] 弗洛伊斯. ヨーロッパ文化と日本文化［M］. 冈田章雄, 译注. 东京: 岩波文库, 1991: 54.

房们的作用之式微。

第二，我们可以从女房在和歌史上的地位这一角度出发进行探讨。从《古今集》开始，古代日本一直存在着敕撰和歌集这一宫廷和歌传统，还有始于平安时代前期的宫廷和歌——和歌竞咏、和歌会。对于这些和歌传统来说，女房歌人皆是必要的组成部分。尤其，歌赛本就是一项宫廷女房庆典性质的活动，在平安前期由女性掌握着主导权。由此可见，对于平安时代的宫廷文化来说，女房的作用和地位是重要且不可或缺的，并非附属性或偶然性的。女房们对自己的文化地位有所自觉，也促进了她们自身文化活动的活跃。但是，随着宫廷和歌成为歌道家的附属，歌赛的主导权被男性接手，而敕撰集也销声匿迹，女房文化便也不复往日了。

第三，我们可以着眼于假名作为表达手段的机能和作用。正如前文所述，平假名文字的兴盛构筑了女房文学的基石，这一学说已成定论，也可说是常识。但是，笔者认为重要的是：平假名文字并非独属于女性。以天皇和贵族为首的宫廷中人，不论男女皆有假名文字，日常生活中会亲笔书写假名文字，也会互赠用假名文字所作的和歌及信件。朝堂之上的书面文字虽是汉字，但假名作为男女通用的文字仍得到了迅速普及[1]。然而，假名文字不仅仅是单纯的传达手段。用娟秀的假名文字配上恰当的纸张所书写的和歌及文章，可以将自己心中所思可视化从而打动对方的内心，也可以直接反映出作者的内在素养，甚至可以成为艺术品、美术作品。使用假名文字时的表达能力对男女而言皆是重要的修养和技能。并且据传，在和歌方面，古代的历任天皇皆会令群臣上呈和歌，以此来评判群臣的才能（《古今集》假名序），由此，假名文字作为社会性和政治性的重要文字而立足。在假名散文方面，平假名出现后不久，据传由男性官员所作的《竹取物语》便已面世，紧接着《古今集》成书，之后《土佐日记》《宇津保物语》接连出现，再加上信件等古文献，可见古代男性们也可自由使用假名文字。另外，在平安时代，宫廷中女房宣旨的兴盛也十分重要。吉川真司[2]认为：随着内侍宣旨的衰退、消失，在10世纪后期，女房成了社会关系的连接

---

[1] 关于假名文字的普及时期，浅田徹提出了许多发人深省的问题："私以为，平假名在私生活中的普及极为迅速。'将自己所述的语言直接化为实质，成为亘古不变之物'这种诱人到使人头晕目眩的感觉可说是其原动力。生活在现代的我们无论如何也想象不到当时的人们所受的冲击吧。"（［日］浅田徹. 序論 声から紙へ——和歌の宿る場所. 和歌が書かれるとき：和歌をひらく2 [M]. 東京：岩波書店，2005：17-18.）

[2] 吉川真司. 律令官僚制の研究 [M]. 東京：塙書房，1998：467-490.

点而承担着重要的职责，女房宣旨普及化，在社会中得以立足。女房们这些事务性的假名宣旨被传达给男性，构成男女共有的状态，从而使宫廷中假名的使用范围扩大，进而使假名在政治体系中长期存在①。由此可见，女房的职务范围借由假名的表达能力而更上一层楼。

第四，从身体方面思考，10 世纪左右，贵族女性失去了发声自由，也是一个重要原因。以 10 世纪为界，身份高贵的贵女在与其他男性同席之时，非但不可被窥见身姿、容貌，更不可以发出令周围之人可以听到的声音。在宫廷女性之中，由于职务原因，女房虽可经常与男性交谈，但是，身份高贵的女房或有教养的女房仍然会祈愿道："如何能免于被人听到声音。"[《魂极》（『たまきはる』）]，面对男性仍是羞于发声。特别是在平安时代，人们认为笔迹、言辞与本人的人格息息相关，信件、和歌、物语等写作方面的意义加深，内容也更加精练。另外，这种对容貌、身姿、声音的禁忌意识也逐渐发生了改变。

第五，我们可以探讨主君和女房在人格层面的细带是多么的牢固。大多数的宫廷女房，皆因出仕宫廷而窥见了自己本无权接触的至高无上的世界，由此一方面感受到了自己的渺小，而另一方面更是感受到了自己近身侍奉的主君的卓绝与尊贵。正是因为与自己相比，主君如此高贵，女房才能拥有如此无私且自由、纯粹的精神。在思考女房文学史与女房的文化作用时，岩佐美代子的一系列日记、和歌研究可说是数十年来最重要的研究成果。岩佐曾有作为女房出仕宫中的经历，因此擅于从女房的角度出发思考问题，其女房日记研究兼顾严谨的考证和注释两个方面，从各个角度为研究界带来了一股新风。其论著不计其数［岩佐美代子：1999（中古）；1999（中世）］，其中包括了只有岩佐才能写出的具有"女房气质"的言论及学说［岩佐美代子：2017（宫廷）；1998，2017（京极）］②，这些学说为我们提供了理解"女房"这一存在时极为关键的视角。总而言之，岩佐的学说告诉了我们：对主君深深的敬爱之情和想要将其

---

① 女房宣旨在中世广泛存在，例如，三条西实隆的日记（含纸背）中，保存着 708 封女房宣旨。直至战国时期，女房宣旨仍然作为直接传达天皇意向的文书而发挥着重要的作用。（汤川敏治．戦国期の女官と武家伝奏——『守光公記』に見る女房奉書の史的役割．女性官僚の歴史［M］．东京：吉川弘文馆，2013：58-80.）

② 例如，岩佐曾论述道："作为在社会中成长的个人，女房们有着侍奉至高无上的主君时的自豪感，也有着向后世传达自己出仕的后宫特色的欲求和使命感。同时，女房们发自内心地深爱着自己的主君，却不一定能够得到回应时，也会有自我怀疑或是内心纠葛。正是因为女房们无论如何都想将这些记述下来，女房日记才有了作为文学的价值和意义。"（宮廷に生きる——天皇と女房と：24.）

传达给后世的欲求和使命感，才是女房日记文学的精髓所在。

第六，视出身、家世而定的身份束缚着宫廷女房们，这使她们在女房社会中不得不时刻注意着自己的等级和辈分。即使如此，比起在更为严格的等级制度中生存的男性贵族，不得不说，女房们更有可能通过其人格魅力以及实力而获得认可。除却人格魅力或是身份，作为女房而备受好评的因素有很多，例如，和歌、文学、音乐、绘画、汉学、机智、美貌等。就算只是中层贵族的女儿或妻子，也有可能如紫式部一般名垂青史。《无名草子》中艳羡紫式部的言论、《魂极》中由女房晋升至女院的建春门院所言"女子的幸与不幸全靠自己把握"，阿佛尼《训之庭》中所书"对于女房来说人格魅力最为重要"等训诫之辞，皆是站在女房立场上的肺腑之言。笔者认为，正是这种能力主义、个人本位的意识，促进了女房文学的形成。

第七，女房文学的形成与宫廷贵族社会中修养的必要性，即教育功能，息息相关。女房们在天皇及当权者的庇护和支持下，以假名物语或日记为媒介，将贵族社会中所必需的修养、风雅通俗易懂地文字化。具备：备受周围赞赏的优雅的言谈举止、深思熟虑且为他人着想的态度、热爱风雅的精神、精练的言语、巧妙的和歌才能、以佛教为背景对人类及世界的深刻理解及以智慧为理想，这些是贵族们不论男女都崇尚的理想，也是贵族们的个体同一性。这些个体同一性促进了物语及和歌的创作与吟咏、共有及鉴赏。在摄关政治时期，多是地方官阶级中擅长汉学、和歌的女性有机会被选为侍奉中宫的女房，也有专门负责教导中宫和给予中宫文化支持的女房。特别是，年幼贵女们的教育工作十分重要，由此女房们创作了大量的物语，用于教授女房、女性们涵养、知识等。其中，《源氏物语》既是一部叹为观止的文学作品，也是一部富有教育意义的教材，还是一部真实地表现了男性们追求权力、财富、名誉、家世和色欲的史书，直至后世仍被男女读者们广泛阅读。并且，在韵文方面，和歌是贵族生活中必不可少的一部分，贵族们无论男女、不论官私场合，皆积极咏作，除却敕撰集、私家集，和歌还以各式各样的媒介为载体被编撰、传抄，为宫廷及其周边世界所共有。特别是以《古今集》为首的敕撰集，可说是在文化、修养方面皆富有教育意义的教材。并且，敕撰集是一种官方性质的文学，如若某人的和歌能够被选入敕撰集，那么此人的社会、文化方面的个体同一性也就得到了保障。

笔者在此节中大致列举了影响女房文学产生及存续的因素。如果其中某几种因素缺失，则会导致女房文学丧失活力从而失去根基、进而消亡。

(二) 女房歌人的活跃与衰落：有名和无名的女房们

在本文中，笔者将从历史进程的角度把握女房在宫廷社会这一共同体中的主体性，进而从女房文学有着怎样的历程、从官僚制度角度来看宫廷女房承担着怎样的职责和作用、女房的特征是什么、其特征与女房文学的特性有何关联等多种角度进行思考。

首先在本节中，笔者将从历史进程的角度揭开女房歌人营生的一端。但是，女房吟咏和歌、记述日记、创作物语这三种行为是密不可分的，故而和歌、日记、物语的作者多有重叠。总归从宏观来看，这些都与女房文学的发展趋势相重合。在本节中，笔者将不以通史方法进行叙述，而是围绕几个问题点展开讨论。

1. 管窥女房歌人的活动足迹

严格来讲，《万叶集》中的额田王虽算不上女房歌人，但可说是女房歌人的起源。侍奉天皇的女性歌人，或在天皇和群臣面前，以共有性为前提，在皇族大寿、祈祷、风雅之宴、行幸、宫廷庆典、仪礼、皇族驾崩等所谓官方场合吟咏和歌；或以个人名义，吟咏以盼夫之女的情爱、闺怨、怀旧等内心思虑为主题的和歌。在当时的女性创作中，已初步可见此后女房所咏和歌、所作日记中的诸多要素。

万叶时代以后，女房歌人表面上暂时不再活跃于历史舞台，但在平安时代，《古今集》成书以后，女房歌人逐渐成了宫廷和歌世界中必不可少的一部分。如前文所述，对于此后长存于世的敕撰和歌集传统，平安时代前期以后的歌赛、和歌会等宫廷和歌庆典来说，女房歌人是必不可少的。特别是歌赛，其起源便是以女房为主体的和歌庆典。

如上所述，在《古今集》以后，虽有密集程度的变化，女房歌人的活跃仍贯通整个平安时代，在皇宫、后宫、斋院居所皆可见她们活跃的身姿；到了院政期、镰仓时代以后，侍奉院、女院的女房们也加入了这个队伍[①]。女房们各自所属的后宫或皇族宫殿大多发挥着文化沙龙或是和歌共同体的作用。但是，即便是女房所属的宫殿不具备这些机能，皇宫、院的居所举办歌赛、和歌会等庆

---

① 在物语方面，侍奉中宫、内亲王的女房多会创作物语，但侍奉天皇、院的女房却鲜少如此。在男性主君身侧，虽仍需要古典知识，却鲜有创作物语的必要性。但在和歌方面无此差异。

典时，也会邀请女房们前来吟咏和歌。另外，除却这些官方的和歌庆典，在宫廷及私生活中，吟咏和歌、互赠和歌乃是贵族、女房们日常生活的一部分。与男性贵族们相同，大多数女房们也渴望着哪怕是自己所咏和歌中的一首被选入敕撰和歌集，进而名垂千古（可见于《无名草子》、《今物语》，阿佛尼《与女书》等）。

但是，即便是本文中经常提到的《无名草子》的作者，以及本文中尚未涉及的许多现存中世王朝物语作品的作者们，我们虽然可推测出她们是宫廷女房，却未能究明她们姓甚名谁。她们是在敕撰集或歌赛中留名的女房歌人中的某人？或是在历史记录中可见的某位女房？还是某位不知名的女房？我们都无从知晓。

然而，无论有名与否，女房们的活动范围甚广。女房歌人们的事迹不仅可见于统领宫廷和歌的敕撰集中，在各种史料中均可见记录片段。在本文中，我们以镰仓时代的一位女房歌人——土御门院小宰相为例，来考察她的活动足迹。在文学史上，土御门院小宰相虽不甚出名，但她的活跃期却很长，活动范围也很广[①]。小宰相乃是《新古今集》的编撰者藤原家隆之女（也有孙女之说），曾侍奉土御门院、土御门之母承明门院、土御门之子后嵯峨院，之后随后嵯峨院皇子宗尊亲王远赴关东，成了侍奉将军宗尊亲王的女房，在宗尊亲王解任归京时仍随侍其左右。小宰相侍奉包括土御门院的母后、子孙的土御门皇统一脉，其女房生涯长达40余年，她吟咏的和歌中有39首被收录于敕撰和歌集中，《宝治百首》等其他官方和歌庆典记录中也多有关于她的记载。在《细竹物语绘卷》（镰仓时代初期成书）和《古今著闻集》第八卷中，皆描绘了小宰相侍奉在后嵯峨院身侧时，利用典故巧妙地解开某位女性赠予后嵯峨院书信中谜题的身影。由此可想而知，在镰仓中期的宫廷中，小宰相曾是一位广为人知的女房歌人、才女、资深女房。另外，《源氏绘陈状》中描绘了宗尊亲王居于镰仓时，在其府中组织制作四方彩纸形源氏绘的情景，在此中登场的将军女房中，小宰相对《源氏物语》的把握尤为透彻，甚有权威。此外，九州大学附属图书馆细川文库所藏《建礼门院右京大夫集》乃是此作品现存最古本，其后记中记载道："本云……以承明门院小宰相本、正元元年二月二日书写毕。"更有甚者，从《小野小町集》的后记中可知，小宰相曾誊写过该歌集[②]；从书陵部藏《九条右丞相

[①] 寺本直彦. 源氏物语受容史论考：正编[M]. 东京：风间书房，1970：833-840. 山崎桂子. 承明門院小宰相の生涯と和歌[J]. 国語国文（72-6），2003（6）：1-17.

[②] 久保木秀夫，野本瑠美. 国学研究资料馆藏マイクロ资料による私家集奥书集成（一）：奈良帝~藤原兴風[J]. 調查研究報告（30），2010（3）：257，261.

集》(《师辅集》)的后记中可知,小宰相也曾誊写过该歌集。这些应当仅是小宰相誊写过的私家集中的一小部分吧。另外,据传,西行赠予家隆的《御裳濯河歌合》《宫河歌合》两卷皆由小宰相继承(《古今著闻集》第五卷)。桂宫本《后鸟羽院御集》的后记中也有相关记载,据传此书也是由家隆传予小宰相的。此外,从《源承和歌口传》及《井蛙抄》(第六)中可见小宰相评论自己和他人所作和歌的片段。由这些现存记录可知,小宰相创作和歌①,在官方歌赛及敕诏百首和歌会上吟咏和歌,并且熟读、书写、传抄其他女房所作日记、和歌集、物语等作品,继承并收藏一些有渊源的书籍,熟读《源氏物语》并进行团体品评,更是通晓和歌典故。

另外,笔者曾在拙著《阿佛尼》(吉川弘文馆,2009)中论述过,长年侍奉安嘉门院的女房阿佛尼同样从事过许多文化活动,有诸多事迹可寻。与其他女房相比,她们留下的事迹相对较多,但这仍然仅是她们文化活动中的一小部分。无论有名与否,女房们所从事的文化活动范围甚广,涉及了诸多领域。

平野由纪子②解读了《后撰集》及私家集中的诸多例子,并认为:在当时的宫廷社会中,从事创作的女性和作为读者的女性已然自成一个阶层。平野继而陈述道:10世纪的中国、朝鲜和意大利皆不曾有这种情况发生,这可以说是日本独有的特色。平野一语道出在平安时代、镰仓时代的宫廷社会中,无论有名与否,女房们已自成一派的真谛,可谓是至理名言。

2. 文化的搬运、传承

如上文所述,女房们从事和歌、物语、日记、绘画等文学、文化的创作、鉴赏、再创作,以及文化的跨地域、跨历史、跨时间的搬运工作。其中之一便如小宰相一般,与古籍的传承相关联。关于这一方面,鲜少有人具体论及,在本文中,笔者将涉及其中几个事例。

在贵族社会中,为了防止日记和古籍等代代相传的文献传出家外,这些一般是由男性继承的。另一方面,御子左家等歌道名门中,为表达对女儿或孙女将来的期待,也会抄写歌书和古籍等赠予她们。如此这般,虽非授予原典,但

---

① 收录于在冷泉家新发现的《冷泉家时雨亭丛书》中的女房日记作品《土御门院女房》的作者不明,有人认为其作者是土御门院小宰相的可能性很高。笔者认为,其作者应当就是小宰相。(田渊句美子. 民部卿典侍集·土御门院女房全释: 解说 (私家集全释丛书40). 中世和歌の会. 东京: 风间书房, 2016: 318)

② 平野由纪子. 中古文学と女性——層をなす書き手 [J]. 中古文学 (99), 2017 (6): 7-19.

以这种超越性的形式，女房可以继承到一些天皇家周边的典籍。侍奉在主君身侧的女房，一定有更多机会被赐予贵重的典籍、歌集、绘卷、物语、日记等。例如，紫式部的女儿大贰三位贤子是后冷泉天皇的乳母。据传，在后冷泉天皇驾崩后，贤子珍藏了《后冷泉天皇御记》十九卷，将之传予其孙已故前美浓国守知房，此后由摄政藤原忠实献给了白河院（可见于《中右记》天永三年五月二十五日条，《殿历》天永三年五月十九日、二十一日条①）。如此这般，现存只有断简的《后冷泉天皇御记》十年份十九卷，曾经在其乳母的家中传承。与此类似，在《袋草纸》（上卷·故撰集详情）中有所记载道："古今证本，阳明门院祯子御本贯之自笔，是延喜御本相传也。后赐予显纲朝臣。其后百经流转，传于故公信朝臣后被烧毁云云。"由此可知，阳明门院祯子所藏《古今集》乃是纪贯之亲笔所书，许是经由祯子的乳母弁乳母，传至弁乳母之子显纲家中，最后传至显纲女儿之孙公信手中。这本《古今集》由圆融天皇传至一条天皇，由一条天皇传至其中宫彰子，后被赠予祯子（可见于《荣花物语》）。这种由主君下赐女房的史料仅存片段，实在难以推测平安时代、镰仓时代由女房传承古籍的实态。

  然而，藤原定家在其日记《明月记》中详细地记载了女房们的活动，此日记对于女房研究来说是十分贵重的资料。《明月记》中时而记载一些关于典籍的传抄和移交等情况，例如，定家的女儿民部卿典侍在幼时承蒙式子内亲王恩赐月次和歌绘卷，此后保管该作品三十余载，于天福元年（1233）制作物语绘卷时，将其进献给了主君藻壁门院。同时期，由后堀河院、后藻壁门院、九条家、西园寺家联合创作出的全新而奢华的《天福元年物语绘》，在藻壁门院和后堀河院驾崩后，传至其皇女暲子内亲王。但暲子内亲王英年早逝，此后该绘卷经四条院传至四条院尚侍侫子（全子）。但是，尚侍侫子于建长五年（1253）逝世后，该绘卷便下落不明了（可见于《古今著闻集》第十一卷）。也许此绘卷也被下赐给了某位女房。另外，从《明月记》中可见，定家曾为其姐妹所侍奉的女院或贵女抄写《源氏物语》的一部分。也许这些物语、草纸有朝一日也会被下赐给某位女房，成为其传家之宝。另外，虽非《明月记》中所载，在《井蛙抄》（第六）中，记载了定家见藻壁门院少将（信实之女）擅于歌道，便不顾自己老眼昏花，誊写《古今集》相赠之事。由梅泽本《古今集》后记可知，此乃嘉祯三年（1237），定家七十六岁时之事。

---

  ① 角田文衞. 紫式部の身辺［M］. 京都：古代学协会，1965：113-144.

在《明月记》中，可见下述记载。《明月记》天福元年三月三日条中记载，定家的故交宜秋门院按察本收藏着定家于三十年前富殿门院大贰逝世时，在富殿门院宫殿即兴所作和歌（现已失传），却不慎遗失了一部分，便请求定家补写，定家当即写好相赠。现今我们已无法得知宜秋门院按察或富殿门院大贰这两位女房的出身、阅历、和歌活动等事迹。但正是这位无名的女房，请求她的知己定家补写多年之前在歌会上即兴所作的和歌。虽不知所为何事，但我们可以想象出无名的女房们曾参与阅读、书写、编撰、传承等活动。

3. 女性的汉字使用情况

笔者将在此节中稍微涉及女性的汉字使用情况，因为这不仅涉及和歌、歌人，还是与女房文学整体相关的问题①。在平安时代，相对于汉字，平假名被称为"女手"。女性对待汉字、汉诗文时，确实基于性别意识而采取了一种谦逊而避退的态度。但是，纵观平安时代、中世，我们很难认为大部分女房不擅长汉字和汉诗文。我们可以从几个例子出发，管窥女性的汉字使用情况。

在假名普及之前，特别是嵯峨天皇的时代，《文华秀丽集》中载有姬大伴氏、《经国集》中载有有智子内亲王、惟氏等女性所作汉诗。特别是，有智子内亲王作为女性诗人享有很高的知名度。女性诗人虽远远少于男性诗人，但是，我们可以推测：在平假名出现以前，女性们在必要时也使用汉字来书写和歌、文献。

假名文字普及之后，在平安时代中期仍有擅长汉诗文的女性，例如，擅长诗作的高阶贵子（高内侍）、高内侍之女中宫定子（道隆之女）、侍奉定子的女房清少纳言，以及侍奉中宫彰子的女房紫式部。但是，她们无一不被视作例外。在《大镜》（道隆部分）中，作者认为道隆之妻高内侍（高阶成忠之女）是一位真正的诗人，甚至强于一些男性，然而此后却话锋一转，恶言评道："人常言：'女子无才便是德'。此内侍，此后只得个落魄下场，便是因她才高八斗之故。"同样，作者也对敦道亲王之妻（道隆之女）的高才采取了否定的态度。笔者认为，这不仅是因为当时的性别规范限制了女性使用汉字，更是有着历史因素的影响。即是说，因为中关白家，也就是道隆、高内侍的子女们在政治党争

---

① 神野藤昭夫.「文」と社会②——女性と「文」. 日本「文」学史：第一册［M］. 东京：勉诚出版，2015：286.
该论文对平安时代的女性与"文"的研究十分具有启示性。神野藤在该论文中论述道："我们不可以固化自己的思维，认为汉字是官方文字，而'假名'只是女性在私下里使用的文字，我们不应该认为这两者是对立存在的。"

中败给了道长，从此没落而受到了排挤。如若她们在政争中胜出，说不定汉字使用的性别规范和汉文学史也会发生改变。

无论如何，纵观平安、镰仓时代，在宫廷女房们所作和歌、物语文学以及日记文学中，多可见以汉诗文为原典的表达方式，这是不可动摇的事实。如若女房们不能通读汉诗文，就更不可能参考甚至引用汉诗文。另外，在宫廷生活中，女房们经常可以听到男性贵族们朗诵汉诗文。在文字使用方面，基本上，女房的假名书信中也都会混用一些汉字。此外，例如，《枕草子》225段中可见，定子以草假名（万叶假名的草书体）书写和歌，将其赠予在清水寺参拜的清少纳言。在《枕草子》中也经常可见清少纳言使用汉字的片段。

最重要的是，女性在日常生活中经常读经、写经、熟读经文并咏作经文歌。虽然也存在以假名书写的经文（汉字假名混交体经文），但有学者指出：现存最古假名经文的古文献和记录皆始于12世纪[1]，我们很难认为平安时代女性熟读的所有经文皆是以假名文字书写的。另外，例如，我们认为平安时代中期的《发心和歌集》的作者是女性（有选子内亲王和赤染卫门两说），但是该书有汉文序，歌序中的《法华经》《华严经》等经文皆是用汉字书写的，我们可以认为，该书的作者层和读者层皆能使用汉字。况且，中世女性使用汉字书写的讽诵文仍现存于世。

更有甚者，当母亲、乳母、女房教育幼子之时，需要教导他们汉字。我们至少可以认为，与教育相关的女性是通晓汉字与汉学的。就算是女子教育方面，女房教导公主们汉籍之事，一定不仅有《紫式部日记》中的紫式部给彰子讲学一例，而应有更多事例。例如，由《荣花物语》（第十六卷）可见齐信大纳言热衷于教导女儿（长家之妻），"（齐信）一心教育爱女，在房中摆放着写有《后汉书》、文选、文集的屏风，帐幕、帷帐也应有尽有，金碧辉煌"。由此可见，齐信特别使用书写有汉籍的陈设来装饰女儿的房间，一定也请了许多通晓汉籍的女房来侍奉女儿。此外，《荣花物语》（第十九卷）中记载道：一品宫祯子内亲王成人礼之时，彰子以"纪贯之亲笔书写的《古今集》二十卷、御子左书写的《后撰集》二十卷"以及"道风书写的《万叶集》"相赠。

在虚构物语中，例如，《源氏物语·梅枝卷》中，光源氏为准备明石小女公子进宫之事，书写册子，书中道："或用草体，或用普通体，无不异常秀美。"

---

[1] 小岛孝之. 仮名書き経典について. 日本化する法華経アジア遊学（202）[C]. 东京: 勉诚出版, 2016: 128.

萤兵部卿亲王进献之物中包括"嵯峨帝所选录的《古万叶集》四卷"。虽只是陈设，但也暗示了有涵养的宫廷女性除却平假名外，也有熟识草体假名、万叶假名的可能性。但是另一方面，《源氏物语·帚木卷》中，博士之女在平日的言谈和书信中多用汉语和汉字；《堤中纳言物语》中，"爱虫女公子"使用片假名写答歌、高声朗诵汉诗句、在扇子上练习汉字等举动，皆被作为欠缺女性特征和不雅的反面典型，而被揶揄。

如此这般，对于女性来说汉诗文和汉字虽是近在眼前之物，但在当时的宫廷社会中，却有着女性不可随意表露自己通晓汉字之事这一严格的性别规制。《紫式部日记》中侍女所言："女子怎可读写汉字？以前，女子连读经都要被人制止呢！"或是紫式部自己所言："自己连'一'字都未曾书写，看到屏风上有汉字也要装作看不懂的样子。"这种抑制自我的言辞，皆反映了这一性别规制。山本淳子曾详细论述紫式部及其周边之人的汉诗文素养，敬请参照[1]。

关于歌赛，不仅擅长书法的男性会在歌合当天在州滨台或画作上行云流水地书写左右两组的和歌，女性也可如此。例如，永承四年（1049）十一月九日举办的《内里歌合》中，左方的和歌由左兵卫佐师基书写，右方的和歌由中纳言乳母（因幡乳母）书写；天喜四年（1056）四月举办的"皇后宫春秋歌合"中，左方的和歌由源兼行用汉字书写，右方的和歌由藤原佐理之女（经任之母）书写（可见于《荣花物语》《袋草纸》等）。另外，宽治八年（1094）八月十九日举行的"高阳院七番歌合"（"前关白师实歌合"）是男女合咏歌赛，左方由女房组成，右方由男性贵族组成。左方和歌由源显房之女即忠实之妻师子在五卷画有描绘"歌情"（春夏秋冬祝）的"女绘"底画的彩纸上书写，右方和歌由关白藤原师实在五卷画有描绘"歌情"的"男绘"底画的彩纸上书写（可见于《中右记》同日条）。这些细节故意将性别区分可视化了，但并不能证明女房不能书写汉字。

笔者认为，至少我们可以说有涵养的宫廷女房中的一部分，可以自在地阅读和书写汉字。镰仓时代，阿佛尼在《与女书》中，关于假名曾写道："要集中注意力，务必将其书写得行云流水。"此后，关于真名（汉字）：

"女子本不应惯用真名，但如若不能断字、不能识歌题，又不成体统。至少应做到可识文断字、可提笔书写。关于书法，'夜鹤'中已详细讲述，

---

[1] 山本淳子. 紫式部日记と王朝贵族社会［M］. 大阪：和泉书院，2016：309-332.

请参考。"

"女子本不应惯用真名"一句发人深思，由此可知，对女子使用汉字持否定态度的性别观念在制约着女性。这与《紫式部日记》中的言辞相重合。但是，事实上，汉字是宫廷生活中所必不可少的，如若不能识文断字，便不能理解歌赛中的歌题。故而阿佛尼劝诫女儿：要做到可识文断字，可提笔书写。这正是贴合宫廷生活的规诫。

此处所述"夜鹤"，是指平安时代末期世尊寺伊行著《夜鹤庭训抄》。由《夜鹤庭训抄》的序可知，此书是作者赠予女儿（许是建礼门院右京大夫）之物。从内容来看，是为身为宫廷女房的女儿量身打造的书法要义书。其起首处道："题字匾额、御愿寺门；书写外国国书、公文、诗歌彩纸、祈祷书等事，自不会有人委托。虽为吾女，天皇、院亦不会下诏令书。但仍会接到书写假名之命。"这里提及，虽为世尊寺伊行之女，也不会有人委托她书写汉字。但此处列举之物，皆是男性书法家的职责所及，而并不是因为女性不会书写汉字。

历史学方面的相关研究也硕果累累[1]，例如，志村缘列举平安时代宫廷女性读经、写经、偏继（一种文字游戏）等，比如，宫廷贵族下一阶层女性们的地契上的签名，加上《朝野群载》中的女官呈文等多个实例，证明平安时代的女性们是熟识真名的。此外，菅原正子在论文①中考察了《镰仓遗文》古文书中的假名文和汉文，认为："我们应该优先考虑贵族、僧尼、武士等身份带来的差异，而性别差异较少。女性在书信中使用平假名，并不是因为女性只会写平假名，而是更多考虑了优美性。"在论文②中，菅原通过考察《言继卿记》指出：战国时代的宫廷女官、女房、上流阶层的正妻们根据各自阶层不同，向山科言继借书，或是令人抄写、阅读书籍的倾向也有所不同。胁田晴子在探讨《御汤

---

[1]　志村縁. 平安時代女性の真名漢籍の学習———一一世紀ごろを中心に [J]. 日本歴史（457），1968：22-38.
　　脇田晴子. 日本中世女性史の研究 [M]. 東京：東京大学出版会，1992：232-246.
　　関口裕子. 平安時代の男女による文字（文体）使い分けの歴史的前提——九世紀の文書の署名を手がかりに. 日本律令制論集：下巻 [C]. 東京：吉川弘文館，1993：505-554.
　　菅原正子①. 中世の古文書にみる仮名と漢字——ジェンダーは存在するのか（大会の記録「文字と女性」）[J]. 総合女性史研究（22），2005（3）：79-81.
　　菅原正子②. 日本中世の学問と教育：同成社中世史選書15 [M]. 東京：同成社，2014：153-173.

殿上日记》时指出："女官是根据专门要求而被锻炼出来的群体。"并认为女房所使用的女房用语，是在从古代而始的宫廷史中，由后宫培育出的女官职业用语，认为"女官用语是宫廷女房们引以为傲的语言"。宫廷女房们使用女房用语，并使用假名优雅行文，并不仅是因为性别规制，也是基于职务的某种特权意识的体现。

在近世，无论在朝在野，广泛存在着频繁使用汉字的记录性文体写日记的女性，女性诗人也人数众多。这种女性汉字使用的扩大、普及现象，当然与近世人识字程度的变化息息相关。但是，回溯到中古、中世，我们也很难认为大多数宫廷女房不能读写汉字，我们需要根据该女性的身份、阶层，根据时间和地点进行严谨的思考。

4. 失去活力与消亡

到了南北朝、室町时代，朝廷、公家的势力衰弱，与此同时，女性歌人、女房歌人也逐渐减少。在伏见院时代和光严院时代，于京极派中仍可见女房歌人活跃的身姿，但那也只是暂时性的。女房歌人的活跃于观应之乱后彻底终结。即便如此，南朝的歌集《新叶集》中仍有两成和歌是女性歌人之作，比北朝的敕撰集比例要高。但是，南北朝统一、迎来室町时代后，女性歌人的人数剧减，甚至没有代表性歌人。与此相反，僧侣歌人和武家歌人激增，我们可以明显看出，从整体上来说，朝廷、公家势力正在衰退。

中世宫廷女性们的文化活动，仍然与王权互为表里。如后鸟羽院在宫廷歌坛大量启用女房歌人，令其在官方场合大展身手；或如伏见院在以自己为中心的和歌群体中培育包括后宫的嫔妃、皇女、女房的歌人。有皇权一方的提携，女性们就可以大展身手，在敕撰集中留下诸多痕迹。反之，她们的痕迹就会变得淡薄。更何况，天皇不再下令编撰敕撰集后，女性歌人、女房歌人的和歌便失去了载体。

到了室町时代，王权本身逐渐式微，皇室、贵族失去了经济基础，变得拮据起来。加上父权在宫廷、公家社会中根深蒂固，大多数的女性不能继承财产，女性地位大幅降低。另外，以后醍醐天皇为界，后宫中不再册立皇后（中宫），由此侍奉于中宫宫殿、女房私室的一族之人以及贵族们逐渐消失，后宫沙龙就此消亡。典侍、内侍等女房变为天皇的妻妾而产下皇子皇女，这意味着天皇的夫妻关系变成了主从关系。宫廷女房歌人失去了立足之地，女房歌人大幅衰减。

即便如此，在中世，宫廷女房所作和歌、物语也并未彻底绝迹，我们可以从仅存的成果中窥探一二①。小山顺子提及：女性和歌作品为宫廷和歌所需的情况也仅止于后土御门天皇的时代。自此以后，不再有女性歌人的歌作留存于世，这与后土御门时代敕撰和歌集仍存留着星星之火相应。后柏原天皇时代以后，即使是和歌再次复兴的时期，宫廷和歌也不再需要女性歌人了。此后，据说后宫也不再对男性开放②，这种情况在江户时代也一直持续着。这些情况加剧了女房文学的消亡。女性绝不是不再吟咏和歌，只是在表面上，无论是对于宫廷社会中的和歌还是连歌来说，男性文学和女性文学间都存在着很大的断层。宫廷歌会中的女性歌作数量虽少，却也一直延续了下来，但最终也走向了消亡。坂内泰子③指出：女性最后一次在宫廷歌会上咏歌是在永正七年（1510），在江户时代也一直持续着无女性咏歌的状态。享保十七年（1732）正月，宫廷歌会中恢复了女性咏歌的传统，在此之前的220余载中，宫廷、上皇宫殿所举办的歌会中皆不见有女性咏作。这对于宫廷歌坛的女性歌人来说，是自《古今集》时代以来的宫廷和歌史上最大的空白期。究其原因，笔者认为，这段时期，在上文所述的支撑女房文学兴盛的重要因素中，至少缺失了第一点和第二点。

（三）女房日记的演变：伴随着宫廷、历史的动乱

1. 女房日记文学的发展趋势与特质

赞美主君与主家，将其荣华与繁荣记录下来，是女房的使命之一④。女房日记文学大多不是以女房为中心的，而是女房与主君相依附，站在赞王权、颂君德的立场上，以描写主君及其宫廷为基础的文学。关于日记文学研究，土方洋

---

① 井上宗雄. 室町期の女流作家. 日本女流文学史：古代中世篇［M］. 东京：同文书院，1969：493-505.
外村展子. 女房文学のゆくえ. 十五・十六世紀の文学：岩波講座日本文学史 6［M］. 东京：岩波书店，1996：177-198.
小山顺子. 室町時代の女性歌人たち［J］. 中世文学（60），2015（6）：83-96.
② 角田文衛在《日本的后宫：349—350》和《后宫与女性：62》中提及：关于天皇与院的后宫从何时开始不再对男性开放之事仍存疑，但我们可以推测是从正亲町天皇（1557—1568在位）时代开始的。
③ 坂内泰子. 近世和歌御会における女性詠進復活に関する一考察［J］. 国語と国文学（66-3），1989（3）：13-26.
④ 宫崎庄平. 女流日記文学論輯［M］. 东京：新典社，2015：510.
宫崎在该书中，将女房日记定义为："主要由后宫中的心腹女们所记录的，象征着主人与主家繁荣的庆典实录。"

一①指出：历来的日记文学研究中，认为日记文学是作者"使用第一人称来表现自己的文章"的看法有些偏颇。土方认为：后宫的记录和女房的心得等"作为记录的日记，归根结底是有着如此明确目的而进行的书写。以不特定多数读者为前提而表现自我乃是近代的文学观，我们不应该轻易将此代入其中"。笔者认为这个观点值得肯定，并在小著《女房文学史论》中，进一步解读《紫式部日记》《源氏物语》《无名草子》的现实性写作目的，认为这些作品皆是应女房共同体的需要而生的。

与以平安时代中期为中心的"后宫女房"（侍奉皇后、中宫的女房）日记相对，中世，在宫中有着内侍等官职的"大内女房"所作日记成了主流②，这明显与历史潮流息息相关。在院政期以后，女房阶层的女性可以诞下皇子皇女，如若娘家实力雄厚并且本人极为受宠，诞下的皇子甚至可以成为天皇。其最大的理由是：统领、支配后宫的不再是摄政、关白家等贵族，而是天皇和院。后宫不再归摄政、关白家所掌握。内侍们替代后宫女房书写记录宫廷文化的日记，而这本就是内侍的职责所在。

在《紫式部日记》中，除却信件部分，基本上都是中宫产子记录。此外，院政期的《赞岐典侍日记》是记录天皇驾崩与哀恸之文，《魂极》一方面包含了一些具有实用性的记录，另一方面描绘出了能够反映时代变迁的三位女院宫殿内的真实状态。镰仓时代有后深草天皇内侍所书《弁内侍日记》、后深草院女房所书《告白》（『とはずがたり』）、伏见天皇内侍所书《中务内侍日记》；南北朝时代有光严天皇典侍所书《竹向之记》。镰仓时代中期以后，支撑着王权的内侍们，在拥戴着傀儡幼帝的皇宫里，在平安王朝的残照中，一边继承并再确认着历史与文化，一边以各自独有的形式记录着一代天皇的治世。《建礼门院右京大夫集》与《告白》虽然也有记录一代天皇周边之事的部分，但是在很大程度上脱离了这一主题。另外，《梦寐之间》（『うたたね』）并不是女房日记，而是以自己为中心的恋爱故事。

女房日记的作者有时并不是内侍，但她们在意识上也与内侍相近。例如，关于平安时代的"后宫女房"，石坂妙子③论述道："在《源氏物语》《枕草子》

---

① 土方洋一. 一人称で書くということ——『日記の声域』（仮）補説［J］. 青山語文（37），2007（3）：1-13.
② 岩佐美代子. 宮廷女流文学読解考：総論 中古編［M］. 東京：笠間書院，1999：11-24.
③ 石坂妙子. 平安期日記の史的世界［M］. 東京：新典社，2012：95.

《紫式部日记》《更级日记》中，从宏观意义上来说，担负着语言传达者这一使命的内侍，是语言表达的核心群体。"另外，比《枕草子》《紫式部日记》更早成书的《蜻蛉日记》，因作者并非女房而与其他作品有所差别，但其作者是藤原兼家之妻，是代其发言之人，并且作为歌人在社会中颇受好评。其作者可说是深深扎根于宫廷贵族社会，这是造就这部作品的决定性因素。另外，关于中世内侍的日记，阿部泰郎①认为：内侍们的本职工作是守护天皇和神器，这与皇权密不可分。虽说《告白》的作者二条并非内侍，但该作品的基调、前提都可见内侍的影子。该书深刻描绘了院的生与死，乃是传达王权正统性之书。

话说回来，在中世，可见女房描绘主君之死这一文学趋势。《赞岐典侍日记》《告白》的作者将身为其主君的天皇、院驾崩之状和自己悲恸的心情描写得淋漓尽致。在《建礼门院右京大夫集》中，作者描写了院之死和时代的变迁，甚至描绘了她侍奉的中宫（女院）落魄的惨状。在《魂极》中，作者虽描写了三位女院各自的疾病与死亡，但因作者自己忌讳他人阅读到该场面，故而删除了。所以我们无法在正篇中看到那些场景，只能在续篇（遗文）中找到。新发现的女房日记《土御門院女房》的作者不详②，其作者站在土御門院女房的立场上，悲切地叙述着土御門院被流放与驾崩的过程。最后，作者以一首长歌作结，咏叹了土御門院治世、让位、驾崩的过程，并表达了哀悼之情。另外，民部卿典侍因子著《民部卿典侍集》虽是私家集，却也是一部充斥着对其主君藻壁门院突然驾崩的哀悼与悲叹之情的作品。

平安时代的女房日记多洋溢着对主君的祝福，不会描述其病痛、落魄乃至死亡。就如同《枕草子》的作者不会描写自己侍奉的中关白家衰落后的样子。也有继承这种特质的日记，例如，《弁内侍日记》和《中务内侍日记》。此外，我们也不能忽视院政期以后，出现了一部又一部时而赤裸裸地描写主君的病痛与死亡、主君时代的终结，以及对此的哀悼之情的作品。将其描写到何种程度取决于女房个人的写作目的和自我制约程度，但其中确实蕴含着前所未有而仅在中世发生的变化。南北朝时期的《竹向之记》，是中世的最后一部女房日记文

---

① 阿部泰郎.『とはずがたり』と中世王権——院政期の皇統と女流日記をめぐりて. 日本文学史を読むⅢ：中世 [M]. 东京：有精堂出版，1992：132-160.
② 山崎桂子. 土御門院御百首 土御門院女房日記：新注（新注和歌文学叢書12）[M]. 东京：青简舍，2013：153-210.
田渕句美子. 民部卿典侍集・土御門院女房全釈 [M]. 东京：风间书房，2016：315-402.

学作品。

2. 室町时代后期到江户时代的女房、女性日记（记录）

上文所述皆是回忆性质的女房日记文学。与此相对，也有基本上每天随时记录的实务性质的日记（记录）。以女房为代表的宫廷女性记述日记（记录）的传统一直存续到近世。其中也有不仅仅停留在每日实务性日记（记录）的程度，而有着可被称为女房日记文学的特征的作品。另外，女房日记文学也多含有记录性的部分，日记文学与每日的日记（记录）密不可分，也并非全然不同。归根结底，如若没有一些过去的记录、备忘录作基础的话，日记文学也是无法成立的。我们首先要确认中世后期到近世期间日记（记录）的现存资料，然后再回归平安、镰仓时代的日记（记录）进行思考。

从中世到近世的宫廷实务性日记（记录）中，最为宏大的一部作品是由近身侍奉天皇的典侍、内侍等代代女官持续记录的假名日记《御汤殿上日记》。该书也是一种值班日记，其中有一部分是天皇亲笔书写，现存从文明九年（1477）开始的长达350年的记录。也有《院中御汤殿上日记》。此外，从中世后期到近世，由女性每日书写的日记（记录）仍有许多留存于世，关于这些斋木一马（斎木一馬，1989）有所介绍。关于宫廷及其周边女性所作日记，有中世最末期成书的《大外记中原师生母记》（斎木一馬命名）和《庆长六年三月日记拔书》①。

在江户时代，不仅有女房日记（记录），皇女所书日记（记录）也有许多流传下来，这点十分值得注意②。有后水尾天皇皇女、近卫基熙之妻品宫常子内亲王《无上法院殿御日记》（濑川淑子，2001），后西天皇皇女、九条辅实之妻贤宫益子内亲王著《心华光院殿御日记》，樱町天皇皇女、此后成为女性天皇的后樱町天皇亲笔所著《后樱町天皇宸记》（《后樱町院御日记》），近卫经熙之妻著《圆台院殿御日记》，侍奉后桃园天皇皇女、光格天皇中宫（皇后）欣子内亲王的女房们所著《新清和院御侧日记》（《女一宫女房日记》《中宫御所

---

① 关于上述两本书，远藤珠纪皆有论述。斎木一馬认为前者是师生之母所记，远藤对此持否定态度。远藤认为二者皆是师生之姐、正亲町院女房播磨夫人的日记。遠藤珠紀. 中世後期の女性の日記 伝『大外記中原師生母記』について [J]. 日本文学研究ジャーナル（2），2017（6）：87-99.

② 斎木一馬. 古記録の研究：下（斎木一馬著作集2）[M]. 东京：吉川弘文馆，1989：19-42.

[日] 和田英松. 皇室御撰之研究 [M]. 东京：明治书院，1933：771-830.

女房日记》《大宫御所女房日记》《新清和院女房日记》等。宫内厅书陵部传存三百余册①），这些日记每本都是坚持记录数十年的亲笔日记（记录）。此外，还有仁孝天皇女御，日后成了准三宫、女院的鹰司祺子著《新朔平门院御日记》，侍奉从幕府末期到明治时代的三代天皇的正三位大典侍绩子著《中山绩子日记》（吉田常吉，1967），孝明天皇乳母押小路甫子著《押小路甫子日记》（吉田常吉，1967），和宫亲子内亲王著《静宽院宫御日记》、其侍女庭田嗣子著《静宽院宫御前日记》等。此外，还有许多江户时代的皇女、女房记录了各种事情的假名文书流传于世②。

　　这些日记（记录）的写作目的及文体各不相同，例如，读《押小路甫子日记》可知，其封面上写有"便条""备忘"等字样，内容则是每天分条款记事。该书是从安政六年（1859）到明治二年（1869）11年间的记录。作者参照同僚的日记补全缺失部分、在各册开头处列出重要条例以备以后参照，由此可知该书是记录基于职务的实务方面事物的笔记、备忘录。我们可以推测，无论在哪个时代、哪座宫殿，这种类型的女房备忘录都是必不可少的。

　　如上所述，有许多女帝或是皇女的日记（记录）流传了下来，其中最为发人深省的是皇女和宫（亲子内亲王）著《静宽院宫御日记》。由和宫亲笔本③可知，其文体、书写样式虽掺杂着假名，却更接近汉文，文字端端正正，且亲子内亲王在该日记中自称为"予"。另外，我们可知后樱町天皇喜好书写汉字。在这个时代，有一部分天皇家或贵族的女性不仅熟识假名，而且对汉文也颇有心得④。

　　另外，江户时代的将军家边缘、武家、商家的女性多记录日记。其中，已

---

① 宫崎庄平. 女房日記の論理と構造［M］. 东京：笠间书院，1996：335-361.
② 笔者虽未进行整体性调查，但已知现存东山天皇皇女、伏见宫贞建亲王妃秋子内亲王著《御入帘次第》等关于仪式的记录。另外，关于近世女性日记（记录），幸得东京大学史料编撰所尾上阳介氏、远藤珠纪氏赐教，在此深表谢意。
③ 静宽院宫御日记：一・二（続日本史籍協会叢書）［M］. 东京：东京大学出版会，1976.
　皇女和宫［M］. 东京江户博物馆，1997：144.
④ 关于贵族女性精通汉文的例子，可举出：在近世，多见劝修寺家的妻子书写汉文日记、记录，我们可以推测这是作为公家妻子的责任。（石田俊. 日記が語る近世史——近世公家日記の記述から. 日本人にとって日記とは何か：日記で読む日本史1［M］. 京都：临川书店，2016：89-91.）

经翻刻并为大家所熟知的例子，可举出柳泽吉保侧室正亲町子著《松荫日记》①。此外，还可举出：赖山阳之母静子著《赖梅飔日记》、商家之妻沼野峯著《日知录》、旗本井关亲兴之妻隆子著《井关隆子日记》、曲亭马琴儿媳阿路著《路女日记》、幕府末期及明治时代有川合小梅著《小梅日记》、代官之妻著《大场美佐日记》、迹见学园创立者迹见花蹊著《迹见花蹊日记》等，为数众多。其中，《松荫日记》《井关隆子日记》②是古典的和文体，其余皆是假名掺杂着大量汉字的记录性文体。

虽非每日记录的日记（记录），女性们却留下了许多旅行日记③、纪行性质的日记，这些多是歌人、俳人所著。其中代表作可举出：井上通女著《东海纪行》《江户日记》④《归家日记》、武女著《庚子道记》、荒木田丽女著《初午日记》《后午日记》、野村望东尼著《上京日记》等一系列作品，此外仍有许多。这些纪行文性质的日记基本上都使用了和文体。

3. 溯及平安、镰仓时代

如上所述，在近世资料中，留存着许多女性天皇、女院、内亲王、上层贵族之妻、女房，甚至是武家、商家的女性所书每日记录的日记（记录）。其中一些日记有仿照平安朝日记的一面，并且富有作为女房日记文学的表现性和创作态度。

近世女性所书每日记录的日记（记录）多数可以流传至今，是因为近世资料的残存率比较高。虽然时至江户时代，日记（记录）的范围有所扩大、识字阶层人数也有所增加，但是我们很难认为，宫廷中的女性、女房们直至室町后期及江户时期，才突然开始书写每日记录的日记。在平安、镰仓时代，应当也有许多女房书写了这样的日记（记录）。笔者推测，也许那些日记（记录）被

---

① 《松荫日记》描绘了柳泽吉保的荣华与富贵。由其流畅的和文体、平安王朝的表现手法、庆祝和祭祀性以及晚年书写、编撰等特征可见上野洋三. 『松蔭日記』解説[M]. 东京：岩波文库，2004：489-512. 该日记并非每日记录的日记，而有着与女房日记文学相同的特征。
② 内田保廣. 江戸の女流日記[J]. 国文学 解釈と鑑賞（50-8），1985（7）：46-53. 内田在上述论文中，将这两部作品与平安朝日记文学进行了对比论述。
③ 柴桂子. 旅日記から見た近世女性の一考察. 江戸時代の女性たち[M]. 东京：吉川弘文館，1990. 柴桂子. 文化と女性：日本女性史論集7[M]. 东京：吉川弘文館，1998（再収）：56-90. 柴桂子在上述两部文献中介绍了33部女性旅行日记。
④ 内田保廣. 江戸の女流日記. 国文学 解釈と鑑賞（62-5），1997（5）：119-125.《江户日记》是井上通女侍奉丸龟藩主京极高丰之母养性院时的日记，即是江户时代的女房日记。内田在上述文章中论述道：通女接受了平安朝文学的影响而活跃在养性院的沙龙中，但是，江户时代的女房文化中已完全没有了平安时代的好色要素。

历史物语《荣花物语》、中世日记文学《魂极》《弁内侍日记》《告白》等作品的记录性部分直接或者间接地吸收了。

在平安时代也的确存在着这样的日记（记录），可证明其存在与佚失的资料也稍有残留。首先，平安时代醍醐天皇中宫稳子著《太后御记》的佚文（宫崎庄平，2015）[1]，虽仅是片段，但也因为被《河海抄》《御产部类记》所引而留存了下来。另外，《本朝书籍目录》及冈山大学附属图书馆池田家文库藏《歌书目录》[2] 中可见《大和宣旨日记》（第一卷），可推测其为平安时代中期女房歌人大和宣旨的日记，但已佚失。此外，《荣花物语》（第十一卷）中提及的被献予中宫妍子的"令将村上天皇时代的日记，画于四本大册子上"。其中的日记应当也是已经佚失的假名日记。其中最为宏大的作品，是可推测被《荣花物语》所吸收的女房日记群。从《荣花物语》（第八卷）中原封不动地按顺序挪用了《紫式部日记》从开头到敦成亲王诞生的片段等事实，可以推测《荣花物语》吸收并编辑了许多女房日记、记录。这与此前的两个作品相反，虽然本文留存了下来，却完全不可知哪个部分是哪位女房的日记、记录。也有学者根据其内容、视角等线索，推测某个部分是哪个女房团体所作，使用了怎样的日记及资料[3]。

更有甚者，平安时代存在着许多记录歌赛的歌赛日记，在考察女房日记及其历史时，应当多加注意。从《类聚歌合》（十卷本·二十卷本）中，附录在歌赛之后的日记及其片段可知，当时应当存在着许多歌赛日记（峯岸义秋，1954；萩谷朴，1995；宫崎庄平，2015）。今井卓尔广泛考察歌赛日记，他调查了七十多部平安时代主要作品，发现其中三分之二是假名日记[4]。关于同一歌赛，有时会有假名日记和汉文日记两种记录形式，甚至有时会同时存在几种假名日记，这说明会有复数作者记录同一歌赛。另外，《古今著闻集》等短篇佛教故事集中也包含着许多关于歌赛的故事。例如，《荣花物语》（第三十二卷）中包含着对"高阳院水阁歌合"的详细记录，同样是《荣花物语》（第三十六卷）

---

[1] 也有学者认为《太后御记》是由侍奉稳子的女房所著，但如上文所述，在江户时代，皇女的日记被称为"御日记"；而女房的日记被称为"日记"或"御侧日记"。故而笔者认为，基本上可以认为《太后御记》是稳子亲笔所书日记。另外，关于其文体，有假名和汉字两种说法。

[2] 久保木秀夫. 中古中世散逸歌集研究 [M]. 东京：青简舍，2009：454.

[3] 加藤静子. 女房文学史の中の『栄花物語』——宮仕え日記・実録の物語からの道程. 王朝歴史物語史の構想と展望 [M]. 东京：新典社，2015：72-95.

[4] 今井卓尔. 平安時代日記文学の研究 [M]. 东京：明治书院，1957：358-373.

中包含着对永承四年十一月"内里歌合"和永承六年（1051）五月"内里根合"的记载。以上所述假名日记、记录的作者多不明，其作者有男女两种可能，但作者认为大多数应是女房所记录的，这些日记随着歌赛本文一起得以流传下来。这些日记不止步于单纯的实务性记录，其中多可见庆祝荣华富贵及和歌繁荣的表现，从此方面看这些日记有着与女房日记文学相通的特征，也有私家集的特质。由《四条宫下野集》天喜四年（1056）四月关于"皇后宫春秋歌合"中的描述："皇后所办歌合，在坊间流传甚广。因已有日记，此处便不赘言。"可知，这些歌赛日记在女房之间广泛流传。笔者认为，关于歌赛日记，在今后仍有进一步研究的必要。

此外，《道纲母集》的歌序中有："我向侍奉亲王之人借来了子日日记"的记述，这是有关道纲母向侍奉村上天皇第四皇子为平亲王的女房借来了记录为平亲王在子日举办庆典的日记的记载，我们可以推测，此日记也是记载了包括当日众人所咏和歌等内容的假名日记。笔者认为，当时的女房们一定书写了许多假名庆典日记、歌会日记。

在镰仓时代，《后鸟羽院宸记》[①]建历二年（1212）十月二十一日条中记载道："召陪膳采女越中，问大尝会卯日陪膳之事。称安艺之假名记草子一帖，持读之（后略）。"此外，西园寺公衡著《公衡公记》正应二年（1289）四月二十四日条关于贺茂祭中宫使者的详细记载中有："委旨见女房日记软"一句，诸学者认为由此可知有记录性的女房日记。此外，《弁内侍日记》宽元五年（宝治元年·1247）正月十九日条中记述道："日记御草子三帖，居于深宫内苑之时，将其托付与中纳言典侍。"同书建长二年（1250）十月十三日条中记载了少将内侍负责记录天皇朝觐行幸之时的服装之事。松园齐（松薗齐，2018）[②]指出：这段文字暗示着，还有其他女房记录的公事日记存在。另外，虽非关于公事的记录，《告白》第一卷文永十年（1273）的记载中写道："往常，每逢新春我都会去神社参拜，但今年却因故不能入内拜神，只在神社门外参拜聊表心意。在参拜神社时梦见了亡父，此事已记于别处，便不再赘言。"我们可以由此看出，虽未留存于世，作者除却《告白》，还书写过"别记"。在《告白》的注释中，此

---

① 关于以下两部作品的本文，《后鸟羽院宸记》引自『歴代宸記』（増補史料大成1［M］. 京都：临川书店，1965：209.）；《公衡公记》引自《公衡公记》第一（史料纂集［M］. 続群書類従完成会，1968：199.）。

② 松園齊. 日記が語る中世史——女房と日記. 日本人にとって日記とは何か：日記で読む日本史1［M］. 京都：临川书店，2016：45-70.

处被阐释为"梦记",但笔者认为仍有其他可能。此外,阿佛尼在《十六夜日记》后半部分记载道:"将每日记录的漫漫离京路途之记,送至吾儿等人处。"由此可知,还存在着《十六夜日记》前半部分的旅程日记原型,是每日记录的旅途日记,阿佛尼将其送至了其子为相、为守处。

在综合思考如上所述的片段性记录、前文所述的江户时代女房及皇女所著日记(记录)的实态、写作目的后,我们可以认为:在平安、镰仓时代,女房们手头一定也有关于各种各样目的的每日记录,关于公事、雅宴等活动的记录及备忘录、别记、摘录等。如前文中以《押小路甫子日记》为例所述,该书是在作者侍奉于其主君的宫殿之时所记录的有关其职责的实务性的笔记、备忘录,这些对女房们来讲十分重要,是为了备忘而书写的。我们很难认为平安时代没有这种日记。这些日记与男性贵族所记汉文日记在目的上有共通之处,但是,与在各自家族内代代相传的汉文日记不同,这些女房日记往往十分短命。如若该女房侍奉的主君与世长辞,那么该女房所记日记也难逃佚失的命运。另外,《无名草子》《与女书》等指南书虽非日记,但仍有其存在的必要,因而当时一定也存在着许多。其中,特别是阿佛尼《与女书》的内容具有普遍性,故而被广泛而长久地传阅。但是,就连如今古典文学的代表作《源氏物语》,由于是虚构物语,如若除却《源氏物语绘卷》,平安时代书写的写本及平安时代的墨迹断片毫无存留。与具有权威性的敕撰集不同,女性所书、为女性而作的物语及日记、指南书等保存性、残存性极其低下,仅有很少的一部分留存于世。但是,的确也有作品残存。笔者认为,应尽可能将平安、镰仓时代一定也曾存在过的女房所著日记、记录、指南书、教育书、训诫书,以及它们所留下的痕迹,纳入女房文学研究的范畴之内。

二、何为女房?

(一)关于女房:其职责与机能

在前文中,笔者围绕女房文学进行了多方面的论述。但是,归根结底,"女房"究竟有着怎样的职责与机能?在本文中,笔者将吸收历史学的成果进行总结(浅井虎大,1985;角田文衞,1973;须田春子,1982;吉川真司,1998;脇田晴子，1992；五味文彦，2003；大口勇次郎等，2014）。这是因为，女房文学的存在方式与趋势，与女房的特征有着密不可分的关系。

"女房"这一称呼在9世纪后半普遍化，其由来是被赋予"房"（居室、房间）的有身份的女性。与"女房"相对应，"女官"指在朝廷、宫苑中获得了官职制度中官方地位的女性。但是，与"女房"相对，有时"女官"特指比女房等级低的女性官员。前者是以内侍为代表的女官（nyokan）总称，后者是下级女官（nyōkan），有学者认为两者在发音上有所区别（《岷江入楚》等）。但是，在本文中，"女官"将被包含在"女房"之中，都被当作"女房"来讨论。另外，也有"御达"这一称呼，本文不会采用。原则上，在出仕时，女房只会侍奉一位主君，但有时也有同时侍奉两人（例如，天皇、中宫）的情况。

本文围绕平安时代至镰仓时代的女房歌人、作者进行论述，但论及最多的是镰仓时代前期的女房。当时，揭示了女房阶层结构的作品有顺德天皇著《禁秘抄》①。根据该书，女房分为上﨟、小上﨟、中﨟、下﨟，上﨟包括二品三品典侍、大臣之女或孙女；小上﨟包括公卿之女，有时也包括殿上人之女；中﨟包括内侍、命妇、殿上人之女、诸大夫之女；下﨟包括武士及社司等人之女。这些阶层结构根据时代和情况不同会有所变化，但此书可以作为一个参照物。上﨟女房可以获得与主君居所相连的两间（寝殿北檐廊的西端）作为居所（《魂极》）、被允许穿着多种禁色②、拥有自己的房间、拥有侍女。中﨟以下的女房被集中在台盘所里。根据上中下﨟身份不同，其待遇与职务、所接触之人的身份、女房名等都不同，这与贵族官员的秩序相对应。

在各自的宫殿中，大家不以成人名（名讳）称呼女房，而是以女房名（候名）称呼她们。大纳言、中纳言、左卫门督等是上﨟；小宰相、小督、中将、少将、侍从等是小上﨟或中﨟；伊予、播磨等地方名是称呼中﨟或下﨟的（《女房官品之事》等）。这些多是由其父兄或祖父、丈夫等人的官职命名的。另外，东夫人、西夫人等也被用为上﨟女房名，她们有时是相当于妃子的受宠之人。一般来讲，到了11世纪后半，女性拥有"……子"这种成人名的情况锐减，只有皇女、后妃以及出仕朝廷、宫殿而有位阶的女性才可以拥有，大多数女性只

---

① 群書類従：第二十六揖·卷四六七．
② 田渕句美子．女房文学史論．岩波书店，2019：297-320．
笔者在该书第三部第二章论述了关于民部卿典侍希望被允许穿着禁色之事。

拥有乳名（角田文衞，1980；野村育世，2017）①。但是女房们的"……子"的名字似乎过于形式化，以至于无人关心，也鲜有记录。敕撰集的作者，也仅有一部分表记了女房的名字。另外，女房的位阶与男性官员的官位不同，是由"女叙位"决定的。并不是与官位对等，而是准照官位，对于某一特定地位的女房来说，其位阶的幅度可能很大。

关于朝中的女房（侍奉天皇的女房），根据古代律令制，后宫内设有以内侍司为首的十二司，从属于十二司的女官与男官互相合作、相互分担职务，一同侍奉天皇。最终除却内侍司以外的十二司部门皆被解体，大多数男官的职务被移至了别处。内侍所作为可以与藏人所相提并论的天皇直属机构而被重新编制。神镜被安置在内侍所所在的温明殿贤所中。内侍所中的典侍、内侍的职责基本上包括：护持神镜、安排天皇的日常生活及所有政治活动、近身侍奉天皇、转达奏请之事、主持仪式和庆典、统领和监督女嬬（下级女官）等。

在平安时代中期，内侍中的尚侍被后妃化、名誉职位化，从平安后期到镰仓中期不再被任官，直至近代被废除之前，也仅有镰仓中后期的伫子（九条道家之女）和顼子（一条实经之女）两个例子②。

内侍们实际上的长官是典侍，规定有四人，是宫廷女房集团中的精英。从平安时代中期开始，天皇的乳母被任命为典侍已是惯例，从而导致典侍中出现了两个不同的类型：继承内侍司女官传统的实务官僚系典侍和由天皇乳母而来的乳母典侍。更有甚者，院政期以后，乳母典侍在天皇继位之时，固定会被任命为襃帐典侍③。另外，也有典侍成为天皇的宠人（侍妾）之例。即是说，典侍既是朝中女房的统领，又包含着天皇乳母及宠人等与天皇有着私人关系之人，可说是与天皇联系最为密切的女房。进一步说，在中世后期，后醍醐天皇之后，后宫内不再册立皇后（中宫），后宫沙龙消失殆尽，典侍等上级女官成为天皇的妻妾为天皇生儿育女。到了室町时代，在典侍之上设有被称为上臈局的女房。

按照规定，掌侍也有四人，但随着她们成为实务性职务的中心人物，增设有副官，共计六人（《禁秘抄》）。在宫苑内也设有掌侍。单单称呼内侍之时，

---

① 飯沼賢司. 女性名から見た中世女性の社会的位置［J］. 歴史評論（443），1987（3）：44-62.
② 山田彩起子. 平安中期以降の尚侍をめぐる考察［J］. 古代文化（64），2012（9）：212-232.
③ 栗山圭子. 典侍試論——即位襃帳を中心に. 女性官僚の歴史［M］. 东京：吉川弘文館，2013：35-53.

很多情况是指掌侍。关于中世的内侍，松园齐（松薗斉，2018）进行了详细的复原性考证。院政期以后，掌侍的长官被称为勾当内侍，有着十分重要的地位。特别是到了室町时代，勾当内侍（被称为长桥局）掌管着天皇家一切事务，紧握人事及财政大权。到了织田时期，勾当内侍的对外作用进一步扩大①。

另外，官方也设有侍奉皇后的女房组织，在立后之时，则会任命宣旨、御匣殿别当、内侍三个女房职位。

从宏观上讲，前文所述的乳母也被包含在女房之中，并且在其中占有重要地位（吉海直人，1995；吉海直人，2008；西村汎子，2005；田端泰子，2005）②。乳母负责少主、小姐们的养育及教育，是与他们最亲近的侍奉者，与他们有着紧密的亲近关系。如第11页所述，主君们会赐予乳母极为贵重的典籍，也是因为这层亲密关系。乳母多终生侍奉一位少主，乳母之子则为乳兄弟，乳母之夫则为乳父，乳母一族之人往往皆为此少主鞠躬尽瘁。特别是天皇的乳母颇受优待，如前文所述，平安中期以后，按照惯例，天皇的乳母会被任命为典侍。平安时代，作为歌人而名扬天下的乳母也很多。即使乳母大多出身较低，天皇的乳母也多可升至三位，甚至有时会被封为从二位。对于女子教育来说，乳母或负责教育的女房起着十分重要的作用。

松园齐③根据12世纪中期的史料推算当时的女房人数。侍奉天皇的女房，乳母、典侍以下的上中级女房共三十名，包含下级女官共计三百名左右。基本

---

① 吉野芳惠. 室町時代の禁裏の女房——勾当内侍を中心として［J］. 國學院大學大学院文学研究科紀要（13），1982（3）：54-69.
脇田晴子. 日本中世女性史の研究［M］. 东京：东京大学出版会，1992：231-281.
神田裕理. 織田期における後宮女房について. 家・社会・女性：古代から中世へ［M］. 东京：吉川弘文館，1997：169-187.

② 关于乳母的研究具体参照参考文献。
关于镰仓时代的乳母、乳父及其家族：
秋山喜代子. 皇子女の養育と「めのと」——鎌倉期前半期を中心に［J］. 遥かなる中（10），1989（10）：22-39.
秋山喜代子. 乳父について［J］. 史学雑誌（99-7），1990（7）：42-67.
秋山喜代子. 養君にみる子どもの養育と後見［J］. 史学雑誌（102-1），1993（1）：64-88.

③ 松薗斉. 中世禁裏女房の研究［M］. 东京：思文閣出版，2018.
松尾葦江. 中世の古典作品にみえる女房. ともに読む古典：中世文学編［M］. 东京：笠間書院，2017：233-248.
在「中世の古典作品にみえる女房」中，关于女房的身份，特别是关于禁色，作者做了详细论述，认为禁色不仅对于女房来说是一种荣誉，对于"女房之家"来说，也是确认天皇恩宠的一种重要标准。

上，侍奉女院的女房数量也相差不多。但是，随着时代的变迁，我们可知侍奉建春门院、建礼门院的女房要更多一些（可见于《魂极》《建礼门院右京大夫集》），这表现了以平家为背景的两位女院的权势。

院政期以后，侍奉女院的女房有所增加，这些女房与侍奉天皇、院、摄政关白家的女房不同，在家政机构中处于中心地位，是支撑着女院制度之人。五味文彦（五味文彦，1984）指出：自待贤门院以后，女院们领有大规模的庄园，朝廷赐予女院知行国，侍奉女院的女房代为管理领国的国务，构筑经济框架，从事政治、社会、文化活动。女房们母女齐上阵，代代侍奉同一女院，女院赐予女房领地的领有权和工资，女房们将此代代相传，其中也有养子继承的情况。女房们将与女院结成的奉仕关系作为家业，根据古来的制度与习俗，这份关系是自由而特别的。俊成、定家所在的御子左家便多有侍奉女院的女房，该家族的发展与女院、女房密切相关。最后，由于后鸟羽院政和镰仓幕府，女院制度逐渐衰退。另外，近年来，山田彩起子[①]对中世前期侍奉于女院宫殿的女房的等级、官职、位阶做了详细的论述。定家之女民卿部典侍、为家之妻阿佛尼、建礼门院右京大夫皆是侍奉女院的女房。另外，《无名草子》的作者身份不明，但笔者认为，她应当也是御子左家族出身的女性，是侍奉女院的女房。

各位女院以富饶的财力为背景，构筑了女院文化圈。在院政期，侍奉待贤门院、八条院、高松院、殷富门院、上西门院等各位女院的女房们各自组成了大大小小的文化圈。在新古今集时代，女房歌人们被后鸟羽院歌坛所吸纳。虽然后鸟羽院歌坛中女房歌人众多，但女院周围却很难发现像歌坛一般成熟的和歌群体，然而七条院和嘉阳门院周围也有女房歌人。在镰仓时代中期，可见侍奉藻壁门院、大宫院、安嘉门院、式乾门院、鹰司院、月华门院等女院的女房，或是幕府将军宗尊亲王家的女房所进行的文化活动。各位女院身边的女房歌人主要活跃在院、天皇、摄政关白家的歌坛、和歌庆典等官方场合，女院周边虽未有如歌坛一般具有强大向心力的组织，我们却可以通过观察哪位女院身边的女房有和歌人选了敕撰集，来窥见该女院周边的兴盛程度及文化活动。但是14世纪后期以后，女院人数剧减，只有天皇的生母才可以被称为女院。

[①] 山田彩起子. 中世前期の女性院宮の女房について——出自・官職にみる特徴とその意味. 変革期の社会と九条兼実——『玉葉』をひらく［M］. 东京：勉诚出版，2018：181-210.

（二）女房的特质与机能：贴近、疏远、媒介、女房媒体

古代律令制的官僚机构以确立了父权社会的唐朝为原型，其原则上是排除女性的。原本，律令制以前的日本以豪族出身的男女共同侍奉朝廷为基本，因继承先制，日本的行政系统一开始是包含女性的。但是，在平安时代，于政治和朝廷仪式方面，女性开始被根本性地疏远。为此，既排除又包容女性，是日本律令官僚制和女官制度最大的特征①。

另外，关于律令国家的女官，吉川真司论述道："女官被天皇与男官之间的君臣秩序所排除。她们近身侍奉天皇，为其提供辅助和点缀，换言之，她们是与天皇密不可分的存在。"在本文中，笔者认为这才是女官的本质特征。"律令制国家的女官与王权密不可分，她们映射着王权的高贵性。"该论述十分重要，笔者认为女房们正是继承了这种本质特征。

吉川真司进一步纵观10世纪后期至11世纪中期女房们的存在形态。在朝中，她们分担了奏宣等一部分男房（藏人、殿上人）的职务，并从衣食住各个方面支撑着天皇的个人生活，特别是上臈女房可说是亲力亲为，常与天皇形影不离。吉川还指出，10世纪后期以后的女房薪金制度十分薄弱且宽松，这一点值得注意。关于女房们各自"钟情"的男性（丈夫或情人等），吉川做了如下论述：

> 这些女房"钟情"的男性在某种程度上支撑着侍奉后妃的女房们的生活。（中略）
>
> 一般来讲，女房们近身侍奉、传达信息等职务带有高度的政治性。故而，会有一些期待利用这些方便的男性寄生在她们周围。当然，作为回报，他们也要对女房们进行各种各样的援助。（中略）
>
> 后妃与女房、女房与其"钟情"的男性之间开始结成了一种脱离律令制限制的相互依存关系。我们应当高度评价这种涉及贵族社会全体的动向，因为这为女房作用的提升提供了决定性的指向。（中略）总的来说，从10世纪后期开始，女房成了社会关系中重要的连接点，这个时期可说是"女房史的转折点"。

如上所述，侍奉天皇、后妃女院的女房们与皇权一心同体、密不可分，她

---

① 伊藤院叶子. 日本古代女官の研究［M］. 东京：吉川弘文馆，2016：1—29.

们映射着王权的高贵性，同时作为情报的媒介发挥着高层次的社会机能，这些可说是女房的特质。

笔者认为，正是由于女房们原本的社会地位，才使得作为女房庆典的歌合消失在历史潮流中后，在歌赛、歌会中，女房歌人仍然不受男性官人秩序的限制而拥有很高的地位；贵人们以"女房"之名吟咏和歌、女房日记与女房宣旨的产生和存续也与此息息相关；特别是，这也是《赞岐典侍日记》《弁内侍日记》《中务内侍日记》《竹向之记》等描绘作者所侍天皇的时代的内侍日记出现的重要原因。

在女房之中，乳母多可升至高位，其中也有人颇具权势。后鸟羽院女房卿二位兼子便是其中的代表人物，她被封为典侍，被赐予三位官职，后来甚至升至二位。五味文彦①指出：卿二位站在负责传达旨意的内侍女房的顶端，统领她们从而确保了连接后鸟羽院专制权力与外部世界的渠道，掌握着宫殿的内部奥秘，并不仅仅停留在院权力的分支地位，而是作为女房权贵，拥有自己的权力基础。这可说是最大限度利用宫廷女房的权力、机能的例子。

女房们与主君一起身处竹帘内侧或其周围。特别是上臈女房、心腹女房时常随侍在主君身侧，她们能够理解主君们那不流于表面的真正意图和心情。侍奉天皇、院的女房们可以直接窥见王权与政治的深层动向。女房们聚集在天皇周围，近身侍奉天皇和代为传达旨意是她们的主要职责。另外，需要与天皇近距离接触的陪膳②，是典侍或被允许穿戴禁色的上臈女房的重要职责（《禁秘抄》）。女房们担负这些职责，照顾主君生活的方方面面（如陪膳），为访客传达消息，传达主君的意向，书写女房宣旨，与主君谈心。另外，还需要参加各项庆典、仪式、行幸，并在其间侍奉主君，筹备各项事宜、下达指示，代作、代写和歌，创作物语或草纸、绘卷供主君与同僚赏玩，负责教育、养育少主，在主君产子、生病或驾崩时近身侍奉。出身十分高贵的女房或是十分美貌的女房，还担负着对外装饰门楣的作用。

那么，她们为何成了女房呢？宫廷的中心便是情报的交汇点和聚集地。她们可以获得在宫廷中心流传且只有女房才能获知的实时机密信息，甚至还可以

---

① 五味文彦. 聖·媒·緣——女の力. 日本女性生活史 2：中世 [M]. 东京：东京大学出版会，1990：109-146.
② 关于陪膳，侍奉明治末期皇后的女官（内侍）久世三千子在其著书中提及最需要费心的便是为天皇配菜，并在著作中进行了详述，非常具有参考价值. 山川三千子. 女官：明治宫中出仕の记 [M]. 东京：講談社学術文庫，2016：100-102.

直接向主君进言，也期待着由此而来的经济上的恩惠或家族之人晋升上的便利。她们或是出身于代代辈出女房的家族，女房多是为了父家或夫家而出仕宫廷。也有人为了提高自身的社会文化地位，或是受了天皇之命或是权贵之托，从而成了女房。女房们被宫廷内部信息包围，收信、发信、传播乃是她们的职责之一。贵族、朝臣们为获得这些信息，或是求娶女房为妻、与女房逢场作戏，或是令其姐妹或女儿出仕宫中。他们多为女房们提供生活和经济上的援助，从而与女房们保持紧密的联系。贵族们多各有与自己私交甚好的女房，让她们帮忙传达消息，所以与有权势的女房保持关系是十分重要的。

如上所述，宫廷女房将其所见所闻、以其自身为媒介在宫廷内外流传的种种信息，以言谈、传达、听写、杂谈、物语、谣传、传承等各种形式进行传播，也将其写入了日记、记录、说话、物语、口传故事、掌故中。虽略显草率，但我们可将这种行为、现象总称为女房媒体。另外，京乐真帆子①就平安贵族社会中的"门路"的作用、信息、与权力间的关系，以及女性人脉网进行了论述。京乐认为：在女性不得与他人面对面交谈的文化中，"门路"便有了十分重要的作用，担负"门路"的媒介功能之人主要是女房，她们是信息的窗口。本文中所述女房媒体便与此息息相关，但不仅止于"门路""关系"，而是宏观意义上的有关信息及其传达的行为、现象。

女房媒体覆盖了全部女房文学。女房们从内部观察宫廷社会、政治，从而形成了信息与人脉网，女房与这种信息网密不可分。这种女房媒体间的发信、收信、传达与媒介，以及作为旁观者的观察与俯瞰，由此而来的深化与内在化、相对化与批判视角，促使女房文学形成，并构成了其内容。

(三) 女房的立场：压抑与没落

此外，物语、日记文学也鲜明地展现出了女房这种身份、立场的消极之处。女房多出身于中下层贵族，特别是负责天皇家及摄政关白家家政的从事实务的家族、歌人辈出的家族或是僧侣之女，鲜有上层贵族之女。且出身于上层贵族的女房，虽也有嫡女，但多是庶女。这些女房日常便与皇族及上层贵族的男性相处，且身份相差悬殊，故而除却卿二位那种有权势的女房，一般来说，贵族男性与女房之间是支配与被支配的关系，女房们很容易成为贵族男性们不负责任的恋爱与性交对象。这在物语及和歌中多有体现，在《源氏物语》中也有详

---

① 京楽真帆子. 平安京都市社会史の研究 [M]. 东京：塙书房，2008：175-195.

细描写。特别是，女房所侍奉的主君多掌握着生杀予夺的权力，她们所侍奉的女主人之父兄等一族的男性也有同等的权力。

《告白》[①] 描写了在后深草院的监视下，作者与多人发生了性爱关系的经历，这如实地反映了貌美的女房所处的立场及所受的压迫，并且映射了平安、镰仓时代女房们所处的现实。我们很难认为《告白》中所描述的二条的宫廷生活与当时的宫廷女房生活有很大的出入。将《告白》当作煽情的爱欲文学来处理是不正确的。另外，阿佛尼在《训之庭》中，对女房（这里指阿佛尼之女）具体阐述了被主君宠幸后，倘若君恩不再，该如何自处。一时起兴的君宠和君恩对年轻的女房们来说不再是经常会发生的现实。

我们当然也应该注意，在和歌的恋爱赠答中、在日记文学所记述的恋爱情节中，男女并不是对等的关系。建礼门院右京大夫与其主君中宫德子的外甥相恋。《梦寐之间》中所描写的恋人恐怕也是上层贵族，作者以物语一般的文风细致地描写了她被男性抛弃及此后的经历。这难道不是每个女房都经常看见、经常体验的大众性的恋爱故事吗？故而作者将这些恋爱的流程与春夏秋冬一年岁月的流逝相重合而将其文字化、共有化。

在平安、镰仓时代的宫廷社会中，由身份、阶层、性别、社会形势而产生的支配与压抑关系错综复杂。即使是亲王家或是上层贵族也会产生变动，即便是上层贵族的嫡女，也有可能在父亲去世后作为上臈女房出仕宫廷，并且有可能很难升至上臈女房以上的地位。《告白》的作者二条正是这样的女房。在平安时代摄关政治期间，也有太政大臣为光之女成了三条天皇中宫妍子（藤原道长之女）的女房、内大臣伊周之女成了一条天皇中宫彰子（道长之女）的女房、关白道兼之女成了后一条天皇中宫威子（道长之女）的女房、小一条院之女成了后冷泉天皇皇后宽子（赖通之女）的女房等例子（可见于《荣花物语》等）。这些所谓的高贵女房，在出仕之时虽也会受到特殊待遇，但终归只是女房。服部早苗[②]论述道："道长与伦子、彰子等道长家的女性，促成了只有自己居于上

[①] 阿部泰郎．中世日本の世界像［M］．名古屋：名古屋大学出版会，2018：148．
　阿部在上述论文中论述道："《告白》无非是在围绕现实的中世王权而产生的权力斗争的漩涡中，被贵公子之间的纠葛所牵涉的一位女房的内心独白。""一位侍奉院，一边在满足其性欲的同时成为其好色的性幻想的共犯一边履行着女房的职责，承受着周围数位贵公子的爱欲并为其中几人生子，最后蒙受了被驱赶之辱的女性，转身一变成为与这些无缘的尼姑。……从更高处俯视宫廷及王权，转而为院在天之灵祈福，从而得到了升华。"

[②] 服部早苗．平安朝：女性のライフサイクル（歴史文化ライブラリー54）［M］．东京：吉川弘文館，1998：144．

位,自己以外之人哪怕是亲王之女也要居于下位的一种贵族女性序列化体系。"服部认为,道长一族故意将她们以外的上层贵族女性逐出了后妃阶层。如此,当权者有时会令出身高贵的女性来做她们的女房,起到装饰门楣的作用,从而耀武扬威。与此相反,如前文所述,在院政期以后,中层贵族出身的女房有时会得到天皇、院的恩宠,从而成为国母,也就是天皇之母,最终成为女院。此时,我们可以看到女房们强烈的上位意识。

如此看来,时代变迁虽日新月异,但基本上,在平安、镰仓时代,即便是上层贵族之女,在父亲亡故或家族没落后也会作为女房出仕宫廷。何况是中层贵族出身的女房,她们始终处于权力者的支配之下。身为女房出仕宫廷期间尚且无事,但出宫后,如若没有丈夫或儿子的扶持,或是自己没有经济基础,便很有可能流离失所。服部早苗[①]指出:即使是女房在任中,也有穷困潦倒的女房进行兼职性质的卖春或是与富有的男性保持暂时的性爱关系的例子,这与13世纪确实存在的京中"中媒"(给买春卖春牵线的下女)息息相关。

(四)从女房到女房文学史论:包含社会性别的视角

如上所述,为了思考女房文学的构造和特征,我们必须明确女房自身的本质性作用、机能。日记、物语等文学虽说是女房文学,其作者是女房,却未必以描写女房为目的。另外,中世王朝物语、歌赛日记、记录性日记等作品,其作者大多不明。在和歌方面,作为和歌的作者,女房歌人与男性歌人是平等的。但是,她们却仿若没有实体、没有个体性一般,不在和歌怀纸上留名。贵人们有时也不留姓名,只留下"女房"二字,来隐藏他们尊贵的身份。这与女房这一存在、机能表里合一。

女房是宫廷这一团体中的一员,其存在同时也映射着时代、宫廷、主君、文化。女房与王权密不可分、如影相随,同时也被王权排挤、疏远。女房既是当事者,又是旁观者;她们既是说书人、创作者,又有着继承、搬运、传承文化,讲述历史和宫廷的使命,最终她们自身也被传承。虽然女房绝不会成为中心人物,却也不是与中心相对的边缘存在。不如说,女房与作为中心的王权表里一体,如影子般消除自身存在,依附王权。她们时而可以成为中心权力的分支,却未曾身处中心,而是从周边眺望俯瞰王权,拥有将其相对化的力量。因此,她们是历史

[①] 服部早苗. 古代・中世の芸能と売買春——遊行女婦から傾城へ[M]. 东京:明石书店,2012:90-93.

家，是社会批评家。她们是遵从主君之人，也是引导主君之人。她们既是映射光芒的存在，有时也依存于光的影子。如上所述，女房是包含了诸多二元性的存在。

另外，女房比任何人都深入王权内部，她们洞悉主君及其思考、动向，她们熟知文化、环境，她们时而推动历史，时而作为历史本身而被传承。她们时而将宫廷秘辛谨藏于心，时而又通过女房媒体将其流传开来。女房并不仅是一个职务。在人与人紧密相连的人物关系图中，主君和女房被名为"敬爱"的细带紧紧联系在一起，如实地反映了人、社会、时代。这里存在着寓于文学的极富魅力的关系。这种人与人之间的关系，不论男女、跨越时代，可见于各国的文化、历史中，有着世界共有的某种普遍性。

更有甚者，在这种关系中，女房阶层的女性所作韵文、散文文学，流行于日本古代、中世、近世直至近代。女房文学并不止步于一时的兴盛，虽伴随着隆盛与衰退，却一直以某种形式始终存在。这是十分特别的，在世界上也是别具一格的极为独特的文化现象。笔者甚至认为，这才是日本文学的核心所在。

女房文学研究一方面承袭着这种普遍性、永续性，另一方面，也应从各个时代的文化史、文学史的角度进行思考。其具体现象、潮流、演变等，也映射着该时代。例如，当宫廷、王权与女房的机能、作用，需要女房文学、女房歌人的领域与排挤她们的领域，物语与和歌的作用与表现，女性对身体与声音的认识，歌道家、歌坛与女房，家族制度与自我认识，母子（女）的存在方式与思想，宫廷周边的女子教育与训诫，这些流线迎来某个转折点之时，女房、女房文学的地位也会随之演变，我们在进行论述时应留意这种情况。笔者将在小著《女房文学史论》中进一步讨论：某一特定女房在其日记中是以何种视角及表达方式来表现其主君、宫廷以及时代的？物语作者在物语这一虚构作品中是如何描写宫廷社会中的现实生活的？女房歌人在宫廷和歌的发展中占据怎样的地位，她们是如何进行活动又是怎样演变的？

最后，笔者想涉及社会性别的视角。在和歌文学方面，和歌的作者形成了男女混合的群体，借约翰·W. 斯考特之言，则是："性差社会的组织化""赋予肉体差异意义的知性"[1]。笔者认为，尽可能包含这种视角进行考察是十分重要的。斯考特认为："历史学如何表现过去，关系到现今社会中社会性别的形成。"这个学说也同样适用于文学研究、文学史研究。再次思考整个和歌史时，笔者认为：作用于此的自他间默然的力学，在当时自明的规范与关系性，析出

---

[1] 斯考特. ジェンダーと歴史学 [M]. 荻野美穗, 译. 东京：平凡社，1992：15-30.

差异化、范畴化等因素，皆是重要的研究课题。虽然宫廷和歌、古典和歌制度化的倾向显著，但它也是可变的。在了解这一点的基础上，分析其与规范及权力的密切性、距离、分歧、时代的变化，是究其意义的第一步。

关于和歌与社会性别的研究，可以从结构主义与社会性别分析的视角出发，细致考察作为语言表象的歌语、和歌表现的近藤美雪划时代的论著（近藤みゆき，2005；近藤みゆき，2015）。除此以外，以社会性别视角进行论述时，还可以举出以下问题点：基本上女性不会成为敕撰集编撰者、歌赛裁判、歌赛讲师等；收录女性歌人的和歌入敕撰集时编者的意识；敕撰集、歌赛中女性作者的署名方式；无署名性，贵人以"女房"署名的问题；歌赛、歌会中女房歌人出场吟咏的方式、方法；歌论书、注释书中有关女性歌人及其和歌的学说与意识；内亲王等尊贵的女性进行和歌活动时的特征（田渊句美子，2014）[1]；女性歌人私家集的形态与时代变化；《女房三十六人歌合》等选取女性作者的歌赛集及撰集的意图、特征；以跨领域的视角思考"女歌""女手""女绘"等。这些仅是笔者给出的例子，此外还可以通过各种视角进行研究。在和歌这种制度中，存在着由社会性别而来的特异性和限制性。而生存在现代社会的我们，有时说不定比当时更受社会性别的限制。

笔者认为，我们在进行女房文学研究时，不应限定某个作品或某位女房、不应限定某个时代、不应只论及某个领域，而是应该尽可能将整个女房文学纳入视野进行相对化的思考。在试论女房文学史论时，应该涉及的问题实在是多不胜数。

最后，希望本文可以为女房文学史的研究做出一丝贡献。

附注：本文根据田渊句美子著《女房文学史论》（岩波书店，2019）序章译出。

---

[1] コレージュ・ド・フランス日本学高等研究所. 百首歌を詠む内親王たち——式子内親王と月花門院集と断片——類聚と編纂の日本文化[M]. 东京：勉诚出版，2014：223-241.
在上述文献中，有关于内亲王与百首及歌坛活动的详细论述。

参考文献

[1] 大口勇次郎，成田龍一，服藤早苗.ジェンダー史：新体系日本史9 [M].东京：山川出版社，2014.

[2] 峯岸義秋.歌合の研究 [M].东京：三省堂出版，1954.

[3] 宮崎庄平.女流日記文学論輯 [M].东京：新典社，2015.

[4] 吉川真司.律令官僚制の研究 [M].东京：塙書房，1998.

[5] 吉海直人.平安朝の乳母達——『源氏物語』への階梯 [M].京都：世界思想社，1995.

[6] 吉海直人.源氏物語の乳母学 [M].京都：世界思想社，2008.

[7] 角田文衛.日本の後宮 [M].东京：学燈社，1973.

[8] 近藤みゆき.古代後期和歌文学の研究 [M].东京：風間書房，2005.

[9] 近藤みゆき.王朝和歌研究の方法 [M].东京：笠間書院，2015.

[10] 斎木一馬.古記録の研究：下（斎木一馬著作集2）[M].东京：吉川弘文館，1989.

[11] 瀬川淑子.皇女品宮の日常生活——『无上法院殿御日記』を読む [M].东京：岩波书店，2001.

[12] 吉田常吉（解題）.中山績子日記（日本史籍協会叢書154）：復刻版 [M].东京：东京大学出版会，1967.

[13] 吉田常吉（解題）.押小路甫子日記：一-三（日本史籍協会叢書48~50）[M].復刻版.东京：东京大学出版会，1968.

[14] 浅井虎夫.所京子校訂女官通解 [M].东京：講談社学術文庫，1985.

[15] 萩谷朴.平安朝歌合大成：増補新訂 [M].京都：同朋舎出版，1995—1996.

[16] 松薗斉.中世禁裏女房の研究 [M].东京：思文閣出版，2018.

[17] 田端泰子.乳母の力：歴史文化ライブラリー195 [M].东京：吉川弘文館，2005.

[18] 田渕句美子.異端の皇女と女房歌人——式子内親王たちの新古今集

[M]．东京：角川選書，2014．

[19] 五味文彦．院政期社会の研究［M］．东京：山川出版社，1984．

[20] 五味文彦．女たちから見た中世：京・鎌倉の王権日本の時代史8［M］．东京：吉川弘文館，2003．

[21] 西村汎子．古代中世の家族と女性［M］．东京：吉川弘文館，2005．

[22] 脇田晴子．日本中世女性史の研究［M］．东京：東京大学出版会，1992．

[23] 須田春子．平安時代後宮及び女司の研究［M］．东京：千代田書房，1982．

[24] 岩佐美代子．宮廷女流文学読解考：総論 中古編［M］．东京：笠間書院，1999．

[25] 岩佐美代子．宮廷女流文学読解考：中世編［M］．东京：笠間書院，1999．

[26] 岩佐美代子．宮廷に生きる——天皇と女房と［M］．东京：笠間書院，2017．

[27] 岩佐美代子．宮廷の春秋——歌がたり 女房がたり［M］．东京：岩波書店，1998．

[28] 岩佐美代子．京極派と女房［M］．东京：笠間書院，2017．

女性自传体文学与读者

——以《蜻蛉日记》与《金石录·后序》为例

上海大学东京学院　施旻[①]

日本平安时代10世纪中叶以后，除了备受瞩目的《源氏物语》之外，还出现了被称为"女性日记文学"的几部作品，贵族女性以回忆的方式按时间顺序记录了自己过往的一段人生经历。虽然各自的立场、选取的时间长短以及叙述内容的侧重点各有不同，但她们都试图通过回忆与书写，在作品中重现自己的过去以及内心世界，并且这种重现具有一定的主题性而非碎片式。《蜻蛉日记》是其中形成时间最早的一部，作者藤原道纲母（以下称"道纲母"）主要叙述了她21年的婚姻生活，以丈夫藤原兼家的感情描写为主线，同时记录了与其他达官显贵的交往以及儿女婚恋等。体裁以散文为主，和歌为辅。作品具有很强的读者意识，正如其开头所言："若有人要问，作为身份无比高贵之人的妻子，生活究竟是怎样的？那我希望此记录能成为用来作答的先例。"[②] 因此称为日本女性自传体文学之嚆矢也不为过。

相比之下，中国13世纪之前（到宋朝末年为止）的女性写作，主要集中于诗词和女教等方面，且不少作品均已遗失。女性作家只占据了一个很小的角落，在这种情况下宋代女作家李清照的存在显得尤为珍贵。她存世的诗词有60余首，文只有不到10篇，其中传记式的叙事文《金石录·后序》被公认为散文杰作。本文在综述中日两国女性作品的总体状况之后，将对《金石录·后序》和《蜻蛉日记》进行比较，探讨她们如何使用"回忆"这种方式叙述自己的过往经历，以及她们以谁为预想读者等问题。

[①] 施旻：2000年毕业于北京日本学研究中心。2013年日本御茶水女子大学国际日本学专业博士。主要以平安时代女性日记文学为研究对象。现居东京，从事翻译等相关工作。

[②] 藤原道纲母. 蜻蛉日记［M］// 张龙妹. 紫式部日记. 施旻，张龙妹，陈燕，等译. 重庆：重庆出版社，2021：2.

一、中国汉代至宋代的女性著作

平安时代（798—1192）结束之后，又过了将近一个世纪，中国的宋王朝也落下了帷幕。胡文楷所著的《历代妇女著作考》以正史艺文志、地方志、藏书目录题跋和诗文词总集等为资料，辑录了从汉到清 4000 多名女作家及其作品的收藏和散轶情况。根据该书的考证，到宋末为止的 1500 年间女作家有 96 人，其中有 17 人的作品（集）现今可见。根据其所载内容将她们的主要著作试列表如下。①

年代	人名	主要著作
后汉	班昭	女诫 a
晋	卫铄	笔阵图 c
	苏蕙	织锦回文诗 b
唐	吴彩鸾	唐韵 c
	李冶	李季兰集 b
	宋若莘 宋若昭	女论语 a
	武则天	臣轨（臣范）a
	胡愔	黄庭内景五脏六腑补泻图 c
	鱼玄机	鱼玄机集 b
	郑氏	女孝经 a
	薛涛	薛涛诗 b
蜀	花蕊夫人费氏	花蕊夫人宫词 b
宋	朱淑真	朱淑真断肠诗前集后集 b
	李清照	漱玉词 b
	张玉娘	兰雪集 b
	杨太后	杨太后宫词 b

---

① 胡文楷.历代妇女著作考［M］.张宏生，等增订.上海：上海古籍出版社，2008：1-69.

这些作品基本可分为三类：a. 规范女德和规范臣子的作品；b. 诗词集；c. 与书法和医学有关的作品。显然属于文学作品的只有诗词集，散文几乎不可见。这与日本平安时代的女性文学有显著不同。平安时代的女性除了自撰或他人编撰的和歌集（"私家集"）外，还创作了日记、物语以及随笔等许多散文作品。

表中所列最早的女作家为后汉的班昭，众所周知她是《汉书》著者班固的妹妹，曾向邓皇后及其他宫廷女性教授儒家经典和天文算数等学问。她的文集《班昭集》包含赋、颂、铭、诔、书、论等各类文件，尽管其书名在《隋书·经籍志》中有记载，但原文已经不传。另一方面，她所著的《女诫》，内容强调女性的卑弱，讲授如何事夫、事姑以及四德等为妇之道，目的是教导女子如何做一个儒家理想中的顺从女性。此文被完整地收录在《后汉书·列女传》中，成为古代女教上的典范[1]。此外，据考班昭还奉命代替已去世的兄长继续完成《汉书》的编撰工作，整理补写了"八表"等部分[2]。由此可见在一个男性主导的儒教社会中，女性的作品往往因为其更具实用性而非文学性，或者是为了辅助男性而作，才得以流传下来。而且女性即使掌握了一定的经学和史学知识，在男性士大夫阶层为主的文学体系中，若想其著述为人所知，仅有出色的才学并不够，还必须有特殊的社会地位才行。上表中的女性作者，除了皇后、女道士和妓女等特殊身份的人之外，大多其自己的出身或夫家的社会地位都很高。这一点与平安时代的女作家情况也有所不同，具体在本文第四节中会谈及。

二、中国的自传体文学

在存世作品整体不多的情况下，像李清照的《金石录·后序》那样，女性回忆自己过去的生活并用生动的散文体叙事的作品更加值得瞩目。中国"自传"一词最早出现在 800 年前后的中唐时期，此外还使用"自叙""自序"或"自述"等名称。川合康三探讨了汉至唐的自传文学，与西方自传比较后，认为中国的自传"较之自我省察，更重视自我辨明。中国人写自传，归根到底都是为了强调自己的正确"[3]。他将自传性作品分为：①书籍序言的自传（如司马迁

---

[1] 黄嫣梨. 汉代妇女文学五家研究 [M]. 开封：河南大学出版社，1993：57.
[2] 黄嫣梨. 汉代妇女文学五家研究 [M]. 开封：河南大学出版社，1993：81.
[3] 川合康三. 中国的自传文学 [M]. 蔡毅，译. 北京：中央编译出版社，1998：206.

《史记·太史公自序》）；②陶渊明《五柳先生传》型自传；③自撰墓志铭；④诗歌中的自传；⑤凸显自我意识的自传（如陆羽《陆文学自传》）①。即使包括了诗歌和墓志铭在内，这段时期的自传性作品也只有20篇左右。很明显自传在唐末之前的文学长河中所占比重非常小，而且各个作品的篇幅也不长。司马迁《太史公自序》中富有自传意味的部分不到全篇的五分之一，刘禹锡的《子刘子自传》也很短，大概1000字。此外女性的自传性作品几乎不可见，这与女性文学作品整体的缺失一样，在无论作者还是读者都由士大夫阶层占主导的文学领域并不新奇。

三、李清照的《金石录·后序》

李清照生活于11世纪末至12世纪初的两宋交替之时，善词和诗文。父亲李格非是北宋著名文士，在文学、经学、史学等方面均有突出建树。李清照18岁时嫁给了其后官至宰相的赵挺之第三子赵明诚。赵明诚任官履职的同时，一直致力于金石学研究。他收集了上古三代至隋唐五代的铜器铭文和石刻目录，将其汇总考证，著述《金石录》。然而该书在赵明诚生前并没有完成，直到他死后十余年，李清照仍在不断地校勘和加注，之后才交给朝廷②。《金石录·后序》（以下简称《后序》）即为《金石录》的跋文，创作的具体时间学界有颇多争论，现基本认为它写于绍兴四年（1134年）李清照51岁的时候。在《后序》中，李清照记述金石资料收集和散轶过程的同时，回忆了自己的前半生，讲述了与赵明诚婚后的日常生活、丈夫的病死以及因战乱蛰居南方后遇到的种种苦难。这篇《后序》有1900余字，只在开头和结尾提及《金石录》一书本身，仅为全篇的十分之一。序言和跋文本应主要用来介绍全书内容和写作原委，但李清照借为丈夫著作写后记的这种形式，用多于介绍几倍的文字，来描述自己的经历和感受。

她这样写道：

---

① 川合康三. 中国的自传文学［M］. 蔡毅，译. 北京：中央编译出版社，1998：14，48，117，154，172.
② 向梅林. 超越与陷落——李清照的历史审理与现代解读［M］. 长沙：湖南文艺出版社，2005：162.

> 余建中辛巳始归赵氏，时先君作礼部员外郎，丞相时作吏部侍郎，侯年二十一，在太学作学生。赵、李族寒，素贫俭。每朔望谒告出，质衣取半千钱，步入相国寺，市碑文果实归，相对展玩咀嚼，自谓葛天氏之民也。①

这里提到结婚的时间、父亲和舅翁的官职、丈夫的年龄以及太学生的身份，新婚生活虽简朴但很舒适，因为二人兴趣相投。在书籍序言记述出身和官职，始自司马迁的《太史公自序》，是士大夫人物传必写的内容②。李清照当然对此知晓，并沿用了这一格式，自己没有官职，便写了家人的。此处言及的"葛天氏之民"一词，引自陶渊明《五柳先生传》中的"酣觞赋诗，以乐其志。无怀氏之民欤？葛天氏之民欤？"葛天氏是传说中的上古帝王，其治下的臣民生活如意心满意足。已有学者指出这里不仅仅是词语的引用，在回顾与赵明诚的新婚生活时，李清照的写法和《五柳先生传》全文都有相通之处③。

通过对以前自传体作品体例和词语等的沿袭，李清照向《后序》的读者们表明这里将叙述的是关于"我"自己的经历，而非其他。读者自然应该是《金石录》的受众群体，即以男性为主的士大夫阶层。现存最早提及《后序》的文献为南宋学者洪迈的笔记《容斋四笔》。④ 他在"赵德甫《金石录》"（卷五）一项中简洁介绍了该书内容后，写道："其妻易安李居士，平生与之同志……"接着几乎全文抄写《后序》，最后评论"时绍兴四年也，易安年五十二矣。自叙如此。予读其文而悲之，为识於是书"。洪迈对李清照的自叙文比对《金石录》书本身似乎更加关注。

《后序》中关于婚后六七年时的生活，记述如下。

> 每获一书，即同共是正校勘，整集签题。得书画、彝鼎，亦摩玩舒卷，指摘疵病，夜尽一烛为率。故能纸札精致，字画完整，冠诸收书家。余性偶强记，每饭罢，坐归来堂烹茶，指堆积书史，言某事在某书、某卷，第几叶第几行，以中否角胜负，为饮茶先后。中即举杯大笑，至茶倾覆怀中，

---

① 李清照. 重辑李清照集 [M]. 黄墨谷, 辑校. 北京：中华书局，2009：124.
② 川合康三. 中国的自传文学 [M]. 蔡毅, 译. 北京：中央编译出版社，1998：16.
③ 褚武杰, 孙崇恩, 荣宪宾, 宇文所安. 追忆：中国古典文学中的往事再现 [M]. 郑学勤, 译. 北京：生活·读书·新知三联书店，2005：98-99.
④ 李清照资料汇编 [M]. 北京：中华书局，1984：9.

反不得饮而起，甘心老是乡矣。故虽处忧患困穷而志不屈。收书既成，归来堂起书库大橱，簿甲乙，置书册。<u>如要讲读，即请钥上簿关出。卷帙或少损污，必惩责揩涂完整，固不复向之坦夷也。</u>是欲求适意而反取僇栗。<u>余性不耐</u>，始谋食去重肉，衣去重采，首无明珠翡翠之饰，室无涂金刺绣之具。遇书史百家，字不刓缺、本不讹谬者，辄市之，储作副本。自来家传《周易》《左氏传》，故两家者流，文字最备。于是几案罗列，枕席枕藉，意会心谋，目往神授，乐在声色狗马之上①。

这里表明了她自身参与金石资料的收集、整理勘校和保存工作，为此付出的努力，以及夫妻间因此而产生的情感上的变化（画线部分，笔者注），强调自己与丈夫对古书画收集态度的不同和拥有在其之上的才学。如果对照赵明诚本人为《金石录》所写的序言，就会发现他除了彰显该书杰出的学术意义以外，仅仅赞扬了自己的勤奋和努力，完全没有提到妻子李清照对这一事业的合作与贡献。不能武断地说李清照写《后序》是对她丈夫所著序言的一种抵抗，但至少可以看出这篇文章不是为了赞美其夫的成就或展示和谐美满的夫妻关系而存在的。她试图告诉读者，这本书是他们夫妇共同合作的成果，她的学识和才华不亚于甚至超过自己的丈夫，通过叙述自己的经历和感受来达到主张自我的目的。

四、日本平安时代的女性文学

那么平安时代的女性文学又如何呢？众所周知平安初期9世纪以降，随着假名文字的普及，掌握了假名文字的女性开始创作包括和歌、物语和日记在内的许多作品。与中国自古以来男女使用同一种汉字体系不同，平安时代的男性在官方目的时使用汉字，在日常交流时使用假名，而女性则从日常生活到文学创作的各个方面都使用假名文字。这种不同文字的区别使用应该说给女性带来更多阅读和写作的空间。

此外，随着摄关政治的发展，未来天皇的母亲——皇后和中宫的地位越发重要，侍奉她们的仕女与公卿或上殿奉公的男性贵族的交流也越来越频繁。这

---

① 李清照. 重辑李清照集 [M]. 黄墨谷，辑校. 北京：中华书局，2009：124-125.

些仕女多出身于任地方官的中等贵族家庭，她们随父亲或丈夫赴任时又积累了许多社会经验，她们写信和日记，使用假名文字的机会越来越多，这也是带来这一时期女性文学兴盛的主要原因[1]。需要留意的是与前述中国古代女作家大多身份特殊（妓女和女道士）或出身高贵不同，平安时期的女性作家多出身于任地方官的中产阶级贵族家庭。

平安时代的女性作品流传至今的数量在世界范围内也是罕见的。从10世纪下半叶到12世纪上半叶的短短200年间，就可以统计出34位女性作者[2]，她们的作品有和歌集（包括自撰和他撰）、物语及日记文学等。951年奉天皇之命开始编撰的《后撰和歌集》，作者总数为223人，其中能够确认名字的女性歌人达到86位，此外"无名氏"作品中还有很多女性所作的和歌[3]。这个时期能够阅读和写作的女性并非孤立存在的个别现象，而是形成了一个相当数量的群体[4]，她们深入参与了文学创作、阅读和传播的整个过程。

五、道纲母的《蜻蛉日记》

《蜻蛉日记》的作者道纲母同样出身于中等贵族家庭，父亲多数时间被朝廷派往各地任职。不同的是她从未出仕宫中，一生都为家庭女性。954年她与藤原摄关家的第三个儿子兼家结婚，次年生下儿子道纲，因此被称为"道纲母"。《蜻蛉日记》由上、中、下三卷组成，时间跨度达21年。日记的起始部分这样写道：

> 漫长岁月徒然流逝，这世间生活着一名无依无靠、身如浮萍的女子。姿态容貌不及常人，也不通晓人情世故。像这样毫无用处地活在世上，想来也是理所当然。若有人要问，作为身份无比高贵之人的妻子，生活究竟是怎样的？那我希望此记录能成为用来作答的先例。话虽如此，毕竟是回

---

[1] 古瀬奈津子. 摂関政治［M］. 东京：岩波书店，2011：105.
[2] 据福田智子文中资料计算得出. 福田智子. 平安中期私家集論：歌人・伝本・表現［M］. 东京：勉诚出版，2007：15-16.
[3] 北京日本学研究中心文学研究室. 日本古典文学大辞典［M］. 北京：人民文学出版社，2005：365.
[4] 平野由紀子. 平安文学と女性——層をなす書き手//青い宝石［M］. 东京：青简社，2010：71.

首漫长岁月中的往事，记忆一定有疏忽的地方，很多叙述有可能只是大致如此吧。①

她首先以物语中常见的第三人称手法介绍自己。接着将自己的日记与世间流传的虚妄的物语相提并论，显示出对自我叙事真实性的自负。最后告诉读者这是"回忆"所写，内容的真实性也无法完全保证。短短几句就可以看出作者曲折复杂的心理。由于底本原因，对这部分的解读学界一直存在分歧。但道纲母预想的日记读者与物语的读者群基本重合这一点毋庸置疑。当时的物语作品多是为贵族女性消遣而写，也由她们传播开来。道纲母以回忆的方式，对过往经历进行取舍选择后，讲述自认为"真实"的人生。她想把这些告诉与自己境遇类似或对这种生活感兴趣的其他贵族女性。这显然与李清照的《后序》有很大不同，后者是以男性士大夫阶层为对象的。

本文以中日两国现存最早的女性自传体文学作品为例，探讨了与预想读者相关的问题，并说明了造成这种差异的文化与历史背景因素。当然文学作品的读者不应仅局限于就作者预期的读者而言，还应考察作品的实际传播阅读状况。以此作为今后的课题，更进一步探讨女性自传体文学的特点。

---

① 藤原道纲目. 蜻蛉日记［M］// 张龙妹. 紫式部日记. 施旻，张龙妹，陈燕，等译. 重庆：重庆出版社，2021：2.
＊本文为原载于日本御茶水女子大学比较日本学教育研究中心研究年报第9号（2013）的日语论文「女性の自伝的作品と読者」，笔者进行了修订。

中日古代女性的文学书写与佛教信仰

——以朱淑真与藤原道纲母为例

福建师范大学外国语学院　陈燕[*]

引　言

　　古代女性的文学创作、宗教信仰与她们的精神世界息息相关。在面临精神困境的时候，她们时常寄望宗教的拯救以求获得解脱。在一些古代女性留下的文学作品中，她们曾经的精神轨迹依稀可寻。

　　在日本平安时期（794—1192），以藤原道纲母（936—995）等为代表的贵族女性创作了诸多日记文学、物语文学作品，在日本古代文学史上留下了绚烂的一笔。在道纲母留给后世的《蜻蛉日记》中，大量前往寺庙参拜时沿途的所闻所见构成了作品十分独特的一部分。当时的贵族女性，多数时候其生活空间局限于家庭之中。当心灵的不安让她们难以自处时，她们便暂时离开家庭，前往郊外的佛寺参拜。拜佛是她们暂时缓解不安的一个重要途径。

　　不论是女性作家的人数或作品质量，宋代女性文学都可以说是中国古代女性文学的高峰。宋朝女诗人朱淑真是中国明代以前留存作品最多的女性诗人，其不幸的人生与杰出的诗才形成强烈对比，让人对她尤为关注。在她的诗词作品中，与佛教相关的词句时有出现，从中我们可以捕捉到宋代士人阶层女性对于佛教的理解与接受。

---

[*] 陈燕：2011年毕业于北京日本学研究中心，获文学博士学位。曾留学日本东京大学、御茶水女子大学。现为福建师范大学外国语学院日语系副教授，硕士生导师。在中日学术期刊上发表论文多篇。主要译著有《夏目漱石短篇小说选集》（世界图书出版公司，2019年）、《小说枕草子——往昔·破晓时分》（重庆出版社，2020年）等。

宋代跟平安朝分别是中日两国古代女性文学史上的重要时期，朱淑真与藤原道纲母作为代表人物，文学才华出众。根据文献的记载，两位女性都曾经历过不尽如人意的婚姻，也在作品中吐露过自己的向佛之心。本文将以中日古代文学史上两位重要的女性作者为考察对象，从她们生活的时代与佛教、各自的人生经历与佛教、作品中与佛教相关的叙述等入手，就她们的文学书写与佛教之间的关系以及其后所隐藏的不同文学文化背景展开分析。

一、朱淑真、道纲母的时代与佛教信仰

（一）朱淑真的时代与佛教信仰

朱淑真究竟生活在哪个时代？这依旧是一个没有确切答案的问题。目前有五种意见：①北宋说，主张者是况周颐、潘寿康等。②南北宋之际说，主张者是冀勤等。③南宋前期，主张者是季工、孔凡礼、黄嫣梨等。④南宋中后期，主张者是邓红梅。⑤元代说，主张者是明代田汝成。其中南宋前期说的主张者从朱淑真对前人作品的借鉴、描写的内容、朱淑真作品的编纂者魏端礼的时代等角度展开论述，论证比较充分，因此南宋前期说最有可能成立。其他四种意见，有的没有论证，有的论证稍显不足。

在朱淑真生活的南宋前期，佛教经历兵乱之后迅速恢复。南宋前期的两位皇帝高宗（1127—1162）和孝宗（1162—1189）在总体上都支持佛教的持续发展。在绍兴和议（1141）前，宋高宗多次驾临佛寺，并大量发放度牒，以致南宋辖境内僧尼达二十余万。在绍兴和议后，高宗对佛教的态度有所转变，对佛教采取了一些限制措施，但在佛道关系上仍然坚持佛教优先于道教。宋孝宗崇信佛教，多次驾临佛寺，与佛教徒来往密切，曾下令优礼佛教徒，还恭迎佛舍利，注解佛经，著有《三教论》，为佛教辩护。在他的支持下，南宋佛教趋于繁荣。

在此背景之下，佛教信仰成为当时女性精神生活的重要组成部分。伊沛霞指出，当时士人阶层的女性拥有很高的文化素养，但是当她们面临婚姻家庭生活的困境时，往往无法从她们所接受的儒家女性教育中获得拯救。此时，提倡禁欲、宣扬无常的佛教一定程度上可以让女性获得精神上的安宁。"如果一位妻

子转向佛教而变得安详沉静，她就会得到周围所有人的尊敬，因为她维系了家庭内部的和谐。"[1] 佛教成为多数女性无奈之余的一种精神寄托，她们如果对现世生活不满，就会转而集中精力献身佛教以求让来生变得更好。由于在客观上促成了"儒家价值观推崇的家庭和谐"，宋代的儒家学者们慷慨大方地对女性的崇佛加以肯定[2]。此外，女性参与宗教活动，某种意义上，是对她们相对固定、狭隘的日常生活的一种打破，对女性而言身心皆可以得到放松[3]。于是，布施行善、烧香拜佛、写经造像、超度追荐等佛事活动，成为她们日常生活的重要一环。由于各种原因，今日能够借以重建当时女性佛教信仰实景的文献资料较为缺乏，只能借由男性撰写的墓志铭来加以考察。例如，上官氏（1094—1178）的墓志中可见以下记载。

> 夫人年已八十，人亦不堪其忧，而夫人自少观浮屠氏书，泊然无甚哀戚之累。将终之夕，仅以小疾，犹合目端坐，诵华严经，滔滔无一语谬[4]。

女性的人生难以避免地为男性撰者的视角所左右、重组，墓志铭文往往以对女性所属家族的介绍为主，其中关于女性本身的叙述甚少。由于信佛是当时对于女性德行的评判标准之一，因此在墓志铭中会有所提及，但关于她们信仰活动的具体细节则少有详述。即便如此，通过这些有限的资料，我们仍然能够确证当时诸多女性崇尚佛教这一基本事实。

（二）道纲母的时代与佛教信仰

在日本平安时期，佛教信仰对当时的贵族女性产生了广泛的影响。她们或前往寺庙参拜，或在家中诵经持斋，《蜻蛉日记》《枕草子》《更级日记》等贵族女性文学作品中关于礼佛的描述比比皆是。为了求得功德，她们不惜历尽辛苦，前往远离都城的寺庙参拜。甚至本应与佛教保持距离的斋宫、斋院们，也

---

[1] 伊沛霞．内闱——宋代的婚姻和妇女生活［M］．胡志宏，译．南京：江苏人民出版社，2004：150-151.
[2] 伊沛霞．内闱——宋代的婚姻和妇女生活［M］．胡志宏，译．南京：江苏人民出版社，2004：150-151.
[3] 伊沛霞．内闱——宋代的婚姻和妇女生活［M］．胡志宏，译．南京：江苏人民出版社，2004：110.
[4] 韩元吉．南涧甲乙稿：卷二十二．台湾商务印书馆影印文渊阁四库全书本（第1165册）［M］．台北：台湾商务印书馆，1983：367.

都一心向佛。大斋院选子（964—1035）对佛教的倾心众所周知，而另一位斋院文学沙龙的重要人物，禖子内亲王（1039—1096）对佛教也十分崇尚。根据《中右记》永长元年（1069）九月十三日条记载，禖子内亲王于当日过世，"依为出家人無蕆奏歟"①，她最终选择皈依佛教。这些事例反映了平安朝贵族女性对于佛教的广泛接受。

对于日本平安朝的贵族女性而言，参拜礼佛兼具信仰与休闲的双重功能，既是她们寻求神佛加护的信仰之旅，同时也是她们得以从封闭的日常生活中暂时解脱出来，亲近大自然的放松一刻。而《蜻蛉日记》等女性日记文学作品中所描述的参拜礼佛显得较为特殊。作者们离开京城前往郊外的寺庙、神社礼佛参拜，途中的风景让她们耳目一新，心灵得到抚慰。为了能够摆脱生活中的种种困境，她们寄望于神佛的赐福，期待通过参拜重新获得心灵的宁静。外出参拜礼佛期间，她们省视内心，其自我观照进一步深化。这些关于参拜礼佛的记述，为我们今日考察她们的精神世界与文学创作提供了重要的线索。

不论是中国的宋代还是日本的平安朝，女性都曾经亲近佛教。而朱淑真与藤原道纲母作为个体，她们各自的人生经验又与佛教有着怎样的联系呢？

二、朱淑真、道纲母的人生轨迹与佛教信仰

（一）朱淑真的人生轨迹与佛教信仰

如前文所述，由于朱淑真的生平资料很少，我们今天对朱淑真的生平已经知之不多。但即使是从这有限的资料中，我们还是能发现佛教对朱淑真的人生所产生的影响。

清代王士祯在康熙辛亥年（1671）见到朱淑真《璇玑图记》，文末署名"钱塘幽栖居士朱淑真"②，由此可知，朱淑真号幽栖居士。"居士"一词有多种含义，包括未做官的士人、广积财富的人和在家修佛的人。朱淑真还曾自比"维摩居士"，因此，这里的"居士"应是指在家修佛的人。中国古代文人士大

---

① 增补史料大成刊行会（编）. 中右记［M］. 东京：临川书店，1965：379.
② 朱淑真. 朱淑真集注［M］. 魏仲恭，辑；郑元佐，注；冀勤，辑校. 北京：中华书局，2008：274.

夫中很多人以居士自称，以朱淑真生活的南宋而论，就有易安居士（李清照）、简斋居士（陈与义）、石湖居士（范成大）等。朱淑真就是受到这种时代风气的影响，以"居士"自称。幽栖，即隐居。从"幽栖居士"的称号中透露出朱淑真的生活状态，她曾过着隐居修佛的生活。此外，朱淑真还在《书王庵道姑壁》一诗中咏道："短短墙围小小亭，半檐疏玉响泠泠。尘飞不到人长静，一篆炉烟两卷经"①，说明她与佛教徒之间有所来往。

宋代魏端礼在《断肠诗集序》中写道："其死也，不能葬骨于地下，如青冢之可吊，并其诗为父母一火焚之。"② 可见朱淑真身后是被火葬。中国古代的丧葬受儒家文化的影响，主要实行土葬。朱淑真的父母为何将其火葬？据明代田汝成《西湖游览志余》卷十六《香奁艳语》中的记载，在朱淑真离世之后，"父母复以佛法，并其平生著作荼毗之"③。宋代佛教盛行，由于相传释迦牟尼身后火化，因此很多受佛教影响的人也在身后火化，为此曾引起土葬和火葬之争④。由于朱淑真生前受到佛教影响，所以身后其父母按照佛教礼法将其火葬。

（二）道纲母的人生轨迹与佛教信仰

与朱淑真的生平记载之模糊相比，藤原道纲母在日本古代文学史上留有相对较为清晰的影像。她在《尊卑分脉》中被称为本朝三大美人之一，《大镜》则形容她的和歌才能极为出色。藤原道纲母可谓才貌双全，并且曾经与当时举足轻重的摄关权门藤原家缔结姻缘。关于她的生平，更为具体的文献来源则是道纲母亲自撰写的回顾往昔岁月的《蜻蛉日记》。

在日记中，道纲母多次提及她前往寺庙礼佛参拜或在家持斋的经历。根据冈崎知子的统计，道纲母在日记中明确记载了她前往以下寺庙的参拜经历：安和元年（968）九月、天禄二年（971）七月前往初濑寺；天禄元年（970）七月末前往石山寺；天禄三年（972）三月十八日前往清水寺⑤。此外，她还曾多次前往贺茂、稻荷、春日等神社参拜。日记的中卷是道纲母情感最为跌宕起伏的部分。而与宗教尤其是佛教相关的内容，即前往石山寺、清水寺参拜礼佛的

---

① 朱淑真. 朱淑真集注 [M]. 魏仲恭, 辑；郑元佐, 注；冀勤, 辑校. 北京：中华书局, 2008：122.
② 朱淑真. 朱淑真集注 [M]. 魏仲恭, 辑；郑元佐, 注；冀勤, 辑校. 北京：中华书局, 2008：1.
③ 朱淑真. 朱淑真集注 [M]. 魏仲恭, 辑；郑元佐, 注；冀勤, 辑校. 北京：中华书局, 2008：295.
④ 王宇. 佛教对宋朝火葬盛行的影响 [J]. 五台山研究, 2008（2）：25-30.
⑤ 冈崎知子. 平安朝女性の物詣 [J]. 国語と国語文学, 1966（2）：15-36.

相关叙述构成了中卷的重要部分。佛教于道纲母的意义耐人寻味。

守屋省吾指出，尽管频频外出参拜礼佛，但平安朝女性的信仰活动未必是求道精神的体现。在许多女性日记文学作品中，真正关于佛事的文字记载往往寥寥数笔带过，而关于途中风景、内心感悟的笔墨则明显居多①。当时，在"访妻婚"为主的婚姻制度下，女性时常处于不利被动的境地。她们更多寄望于通过参拜礼佛暂时摆脱琐碎封闭的日常生活，获得片刻心灵上的放松。在远离"日常"的寺庙清净之地，她们在参拜礼佛之余，观照自我、审视人生，这对她们而言是一个极大的精神慰藉。

虽然文献各有详疏，但可以看出两位女性的人生中都与佛教有过交集。作为女性作者，文学书写是她们人生的重要组成部分。佛教在她们各自的作品世界中以何种方式存在，她们又对佛教有着怎样的理解与接受呢？

三、朱淑真、道纲母文学书写中的佛教痕迹

（一）《朱淑真集》中的佛教痕迹

佛教不仅对朱淑真的人生产生了影响，也对她的创作产生了影响。在朱淑真的作品中，我们也能看到若干佛教的印迹。

朱淑真的一些作品熟练运用佛教相关词句，反映了她对佛教的亲近与接受。如《偶得牡丹数本移植窗外将有著花意二首》："自非水月观音样，不称维摩居士家。"②水月观音，佛教中观世音菩萨三十三相之一，常被认为是菩萨三十三相中最美的一种。维摩居士，即维摩诘，是早期佛教在家居士，在家菩萨。诗中以水月观音比牡丹，以维摩居士自比，意谓如果不是像水月观音一样美丽的牡丹花，就配不上像我这样维摩居士似的人家。

又如《青莲花》："净土移根体性殊，笑他红白费工夫。"③青莲，青色的莲

---

① 守屋省吾. 平安後期日記文学論——更級日記・讚岐典侍日記[M]. 東京: 新典社, 1983: 42-43.
② 朱淑真. 朱淑真集注[M]. 魏仲恭, 辑; 郑元佐, 注; 冀勤, 辑校. 北京: 中华书局, 2008: 55.
③ 朱淑真. 朱淑真集注[M]. 魏仲恭, 辑; 郑元佐, 注; 冀勤, 辑校. 北京: 中华书局, 2008: 73.

花，也是优钵罗花的意译，佛教中常喻佛的眼目，后来又广泛象征与佛教有关的事物，佛性、佛寺等。净土，也是佛教中常见词汇，指庄严清净、没有五浊的极乐世界，是菩萨为普度众生、发广大本愿力创造的理想世界。

再如《春归五首》其四："一点芳心冷若灰，寂无梦想惹尘埃。"① 芳心如灰，已经寂灭，无处招惹尘埃。诗中运用了《坛经》中惠能有名的偈语："菩提本无树，明镜亦非台，佛性常清净，何处有尘埃"②。

此外，朱淑真也在作品中阐释她对佛教理念的认识与理解。例如，在《中秋夜家宴咏月》一诗中她咏道："九秋三五夕，此夕正秋中。天意一夜别，人心千古同。清光消雾霭，皓色遍高空。愿把团圆盏，年年对兔宫。"③ 虽然上天让中秋之夜与众不同，但人心永远是相同的。这种看法可能受到了佛教禅宗"平常心"的启发。《景德传灯录》卷28记录马祖道一开示说："若欲直会其道，平常心是道。谓平常心无造作，无是非，无取舍，无断常，无凡无圣。"④ 所谓的"平常心是道"，即在一切环境和行为中都不存分别执着，保持清净本心。而《中秋夜家宴咏月》中的"清光消雾霭，皓色遍高空"也很容易让人想起《坛经》中慧能的一段开讲：

> 自性常清净，日月常明，只为云覆盖，上明下暗，不能了见日月星辰。忽遇惠风吹散，卷尽云雾，万象森罗，一时皆现。世人性净，犹如青天，慧如日，智如月，智慧常明⑤。

佛教认为世界无常，一切都处在不停的生灭变化中，这是佛教的基本观念之一。《杂阿含经》卷十："色无常，受想行识无常，一切诸行无常。"⑥ 这种无常观后来被称为三法印之一，成为判定思想和行为是否符合佛理的标准："佛法印有三种：一者，一切有为法，念念生灭皆无常；二者，一切法无我；三者，

---

① 朱淑真．朱淑真集注［M］．魏仲恭，辑；郑元佐，注；冀勤，辑校．北京：中华书局，2008：32.
② 慧能．坛经校释［M］．郭朋，校释．北京：中华书局，1983：16.
③ 朱淑真．朱淑真集注［M］．魏仲恭，辑；郑元佐，注；冀勤，辑校．北京：中华书局，2008：187.
④ 释道原．景德传灯录［M］．台北：文殊出版社，1988：581.
⑤ 慧能．坛经校释［M］．郭朋，校释．北京：中华书局，1983：39.
⑥ 中国佛教文化研究所．杂阿含经［M］．北京：宗教文化出版社，1999：215.

寂灭涅槃。"(《大智度论》卷二十二)①朱淑真似乎也受此影响，一方面敏锐地感觉到世界的永恒变化，另一方面也以平静的心情接受这种变化。《除夜》一诗中，她感慨"休叹流光去，看看春欲回"②，而在《秋日行》中则咏叹"可怜秋色与春风，几度荣枯新复故"③。在《秋深偶作》一作中，她更由季节的循环中体会到了宇宙永恒变化的哲理，领悟"生杀循环本自然"④。

佛教认为包括人在内的众生本质都是苦，并对众生的苦有不同的分类，其中影响较大的一种是八苦说，即生苦、老苦、病苦、死苦、怨憎会苦、爱别离苦、求不得苦、五取蕴苦（《法苑珠林·八苦部》）⑤。朱淑真早年与人相恋，后来有情人未能成为眷属，她嫁给一个自己不喜欢的人，这是朱淑真一生最大的痛苦。因此，她对"爱别离"之苦深有体会，在《秋夜牵情》中说："益悔风流多不足，须知恩爱是愁根。"⑥ 恩爱之人不能在一起，恩爱反而造成了愁苦。

朱淑真将佛语、佛理缀织在自己的作品中，展现了她关于佛教的领悟，也流露出她对现实的痛定思痛。这些作品让我们得以靠近朱淑真的内心世界，思考她曾经面对的精神困境。当然，由于诗歌表述含蓄、概括的特性，我们很难通过这些有限的文字表述，更为完整地再现朱淑真的真实心境。

（二）《蜻蛉日记》中的佛教痕迹

在《蜻蛉日记》中，较为具体地与佛教相关的内容最早出现在上卷。康保元年（964）秋，道纲母的母亲病故。在第49天的法事结束之后，道纲母将母亲病中受戒时借来的袈裟送还相熟的高僧时，附上一首和歌。

---

① 龙树. 大智度论［M］. 鸠摩罗什, 译. 台北：新文丰出版公司, 1983：222.
② 朱淑真. 朱淑真集注［M］. 魏仲恭, 辑；郑元佐, 注；冀勤, 辑校. 北京：中华书局, 2008：208.
③ 朱淑真. 朱淑真集注［M］. 魏仲恭, 辑；郑元佐, 注；冀勤, 辑校. 北京：中华书局, 2008：178.
④ 朱淑真. 朱淑真集注［M］. 魏仲恭, 辑；郑元佐, 注；冀勤, 辑校. 北京：中华书局, 2008：194.
⑤ 释道世. 法苑珠林校注［M］. 周叔迦, 苏晋仁, 校注. 北京：中华书局, 2003：1982.
⑥ 朱淑真. 朱淑真集注［M］. 魏仲恭, 辑；郑元佐, 注；冀勤, 辑校. 北京：中华书局, 2008：98.

故人莲叶玉露辉，今朝触物泪湿衣。①

　　道纲母在歌中跟对方倾诉自己对亡母的思念：心中明了母亲已往生极乐净土，化作莲叶上的露珠，但一早整理袈裟的时候，还是忍不住泪如雨下，沾湿衣袖。虽然象征极乐净土的"莲叶"一词出现在和歌之中，但主题并非对佛理的参悟，而是停留在思念亡母的个人情感抒发之上。可见，尽管与佛教相关的词语出现在她的和歌作品中，但并非阐释她的信仰感悟，只是她抒发自己内心情感的一种文字载体。

　　除了部分应用佛语的和歌之外，道纲母将笔墨更多地落在了叙述她数次前往寺庙参拜、在家持斋的具体经过上。在《蜻蛉日记》上卷，道纲母如此描述她前往初濑寺途中所见。

　　放眼望去，流淌的河水在树林间闪闪发光，景色宜人。因为不想引起注意，我这次所带随从很少，有些后悔自己的草率。换作别人出行的话，不知要多大排场呢。侍者此时调转了车头，在四周拉起帷幕，稍事休息。让坐在车后方的人先下去了。面对着河停好车后，我卷起车帘，向外眺望，河面上设置了一排长长的鱼梁，还有很多船只交错往来。第一次见到这样的情景，一切都生动有趣。②

　　为丈夫兼家的不忠而终日郁郁寡欢的道纲母在参拜途中，领略到了清新宜人的风景。波光粼粼的河水、来往的船只等，贵族女性日常难以接触到的景物映入眼帘，新鲜的体验让她觉得一切都别有情趣。郊外的自然风光给她带来的心灵慰藉是她之后频频离家参拜礼佛的一个重要原因。

　　道纲母前往山中佛寺参拜之时，尽管身居佛家静修之地，却依旧心系凡尘俗世。

　　这里群山环绕，所以白天也不必担心会被人看到，帘子就那么卷在上

---

① 施旻译. 蜻蛉日记［M］. 重庆：重庆出版社，2021：32. 译文有所改动，原译文为"故人荷叶玉露辉，今朝触物泪湿衣"。作品原文为："蓮葉の玉となるらむむすぶにも袖ぬれまさるけさの露かな"。蜻蛉日记［M］. 木村正中，校注. 东京：小学館，1995：135.

② 施旻译. 蜻蛉日记［M］. 重庆：重庆出版社，2021：50.

面。谁知不合时节的黄莺叽叽喳喳地飞来落在枯木上，那叫声甚是聒噪，好像一个劲儿地在说："人来了，人来了"，让我总觉得真有人来了，常想把帘子放下来。也可能是因为有些恍惚才有这样的感觉吧。①

在群山环抱的山寺中参佛，道纲母于清幽静谧之中忽然听见黄莺不合时节的啼鸣。或许是她心中别有惦念的缘故，黄莺的声声啼鸣在她听来仿佛是一句句："人来了，人来了"。这些细致入微的描写生动刻画出了她"身在山寺，心在家中"的纠葛，同时也反衬出她信仰之心的淡薄。

而另一个与佛教信仰相关的日常活动——"在家持斋"，根据日记的记载，其展开的过程也是非常简单粗糙。在日记中卷，有一段关于她在家祈祷持斋的内容：

> 四月一日，把道纲叫来，告诉他："我要开始长期斋戒了。你也一起吧。"最初不想太夸张，仅在素陶器里盛上香，放在凭几上，然后侧依在那里念佛祈祷，这样闭关自守："我原本是薄幸之人，往时心里也无片刻宁静，常感到忧郁痛苦。然时至今日，夫妻形同陌路，境遇更加悲惨。请尽快引领我出家，早日顿悟成就佛愿。"念着念着眼泪滚滚落下。②

道纲母仅仅在土器里盛上香，放在凭几上，然后身依凭几便开始念佛祈诵。她祈诵的内容非常简单：我身不幸，多年姻缘难以顺心遂意。如今夫妇形同陌路，盼佛祖能早日让我成就佛愿，消却烦恼。显而易见，这些文字中并无关于具体学习何种佛教经典等细节的说明，让人不免产生一种想法：这些言语只不过是披上了一件"持斋祈祷"的外衣，实则是她内心极欲求得婚姻美满却终究难以遂愿的一种曲折表达。可见，道纲母的文学书写中充溢的并非宗教热情，而是她始终执着的自我想望。

道纲母在日记中数次提及出家一事。早在天禄元年（970）六月，兼家鲜少来访，道纲母为此苦恼不已，便跟年纪尚幼的道纲谈起出家的想法。少年道纲表示为了陪伴母亲他愿意放飞悉心饲养的鹰。这便是《蜻蛉日记》中惹人潸然泪下的"道纲放鹰"。道纲母与年纪尚小的幼子谈论出家，一方面道出了道纲母

---

① 施旻译. 蜻蛉日记［M］. 重庆：重庆出版社，2021：93.
② 施旻译. 蜻蛉日记［M］. 重庆：重庆出版社，2021：87.

彼时满心苦楚无人可诉，只能说与懵懂幼子听的艰难处境，但另一方面也让我们质疑视出家如儿戏的她心目中"出家"二字的真实分量。

天禄二年（971），兼家因为有了新的情人而一再冷落漠视道纲母。愤懑无奈之余，她在四月长期持斋结束后，给兼家留下暗示自己要出家的书信，只身前往鸣泷般若寺参拜。于是京城之内四处风传她即将出家修行。丈夫对自己的爱意渐消，地位岌岌可危，道纲母为此终日忧心不已，对她而言，出家是一个摆脱痛苦的途径。然而，出家修行是放弃现世、追求往生的一种行为，并非真心向佛的道纲母始终未能断绝对此岸现世的执着。

一再声称要遁入空门的道纲母，当时虽然身居般若寺，却依旧对俗世念念不忘。前来探视的亲戚朋友来来往往，她自己也在激烈的思想斗争中犹豫彷徨。在想下山又下不了山，骑虎难下的苦恼中，道纲母坦言："我心里明白该来看我的人都来了，其他人估计也不会再来。"① 这说明她并非彻底悟道之后前往寺庙修行，心怀对于丈夫、儿子的牵挂，道纲母始终无法摆脱她对现世的留恋与执着。道纲母出家意志最为坚定的鸣泷般若寺之行，也以她回归家庭而落幕，她最终没有选择出家之路。对于道纲母而言，迫切想从神佛那里得到的是现状的改善，而并非要消极遁世、追求来生。

在考察佛教信仰之际，灵梦体验也是一个重要方面。灵梦往往让信徒们在无奈的现实中捕捉到一丝的希望，故而佛教在传播过程中，灵梦体验成为重要的内容之一。道纲母在与丈夫兼家之间的关系趋于平淡之后，于日记的中卷和下卷记述了她本人以及他人所见的数个灵梦。这些梦具有较为浓厚的宗教色彩，或是在这些梦的描述前后提及她前往寺院参拜。她祈求佛祖能赐予她孩子从而获得丈夫的重视，期待唯一的儿子道纲能够前途有望，这些经由灵梦叙述而透露出来的希冀，说明了她终究将自己的幸福寄望于丈夫或是儿子的身上②。

对于道纲母而言，佛教信仰或许能给她带来一时安慰。然而，出于一种对个人现世幸福的期待而寄望佛教，她的信仰态度始终显得浅薄，缺乏深入透彻的宗教领悟与感怀。这种并不彻底的信仰，折射出她对现世的苦苦执着，意味着她的精神困境终究无法通过佛教得以救赎。而由此产生的难以纾解的紧张状态也是促成她执笔《蜻蛉日记》的契机之一。

---

① 施旻译．蜻蛉日记［M］．重庆：重庆出版社，2021：102.
② 陈燕．藤原道纲母之梦信仰再考［J］．日语学习与研究，2009（5）：94-95.

四、朱淑真、道纲母的文学书写与佛教信仰之间的关系

（一）朱淑真的文学书写与佛教信仰的关系

如前所述，朱淑真的人生与文学都受到过佛教的影响。但是，从人生的角度来说，朱淑真只是由于特定的人生经历，晚年才栖身尼庵，在此前的作品中我们看不到她崇佛的言论和拜佛的行为。从文学的角度来说，朱淑真现存的作品二百多首，其中明显受到佛教影响的不过前面列举的十余首。因此，我们不能把佛教对朱淑真的影响夸大。这种情形不仅出现在朱淑真身上，也出现在宋代其他女作家身上。以宋代女作家中知名度最高的李清照为例，她也曾受到佛教的影响。李清照自称易安居士，作品中也出现了诸如"白日正中，叹庞翁之机捷"（《祭赵湖州文》）[1]、"再见江山，依旧一瓶一钵"（《投内翰綦公崇礼启》）[2] 等运用佛教典故的语句。但是，在李清照的作品中，我们很少看到她崇拜佛教的言行，也很少看到她对佛教义理的深入体会。

虽然接触过佛教，受到了佛教的影响，但这种影响又是有限的。这就是宋代女作家与佛教关系的一般状况。这主要是因为：一方面，佛教在宋代已经融入了中国的传统文化和社会，成为中国传统文化和社会的重要组成部分，这些受过良好教育的女作家很容易就接触到佛教，进而受到佛教的影响。铁爱花通过考察宋代女性的墓志铭，发现宋代很多女性都有过阅读佛经的经验[3]。

但另一方面，宋代女性的处境又决定了她们很难受到佛教的深刻影响。与开放的唐代相比，宋代社会风气日趋保守。宋哲宗元祐四年（1089）三月诏提出："在京禅僧寺院，今后士庶之家妇人，非遇开寺，不得辄入游观，及不得礼谒参请"（《续资治通鉴长编》卷424）[4]。宋代女性人身自由受到很多限制，她们很难直接接触高僧大德，接受他们的指点启发。而宋代社会对女性的思想控

---

[1] 徐北文．李清照全集评注 [M]．2版．济南：济南出版社，2005：277．
[2] 徐北文．李清照全集评注 [M]．2版．济南：济南出版社，2005：229．
[3] 铁爱花．宋代社会的女性阅读——以墓志为中心的考察 [J]．晋阳学刊，2005（5）：75-77．
[4] 李焘．续资治通鉴长编 [M]．上海师范大学古籍整理研究所，华东师范大学古籍研究所，点校．北京：中华书局，1995：10249．

制也比较严格，对女性的教育主要是以儒家文化为主，主要是为了她们适应和服从男性社会，留给她们接受佛教的精神空间很小。例如，司马光主张"女子在家，不可以不读《孝经》《论语》及《诗》《礼》，略通大义"（《家范》卷六）①。而部分女性自身也主动拒绝佛教。宣氏（1145—1221）的墓志铭则写道："中年，晨兴诵道释书。一日慨然曰：'虚无之言，诵之何益道？孰若吾圣经、修身齐家之道具在其中乎？'"②

宋代是中国古代妇女生活的转变时代，是对女性思想钳制最为严厉的一个时期③。这无疑会束缚妇女的文学创造力。伊沛霞则指出宋代士人认为文学追求中自我表达的取向不符合妻子的形象，婚后的家庭生活也使得女性拘泥于已经确立的女性行为模式，很难写出令人满意的好诗词。"不像平安时代的日本和明朝末年的中国，士人阶层的宋代女性未能给自己制造出一批听众，也没有找到更吸引她们的创造性作品所需要的文学语言。"④ 这些或许解释了为何我们难以找到更多宋代女性的文学作品。

宋代魏端礼将朱淑真的作品结集成《断肠诗集》，并在序言中写道：

> 尝闻摛辞丽句，固非女子之事，间有天资秀发、性灵钟慧、出言吐句有奇男子之所不如，虽欲掩其名，不可得耳。……见旅邸中好事者往往传诵朱淑真词，每窃听之，清新婉丽，蓄思含情，能道人意中事，岂泛泛者所能及，未尝不一唱而三叹也。⑤

从以上魏端礼的高度评价中，我们可以得知朱淑真的才情非同一般。然而，朱淑真本人却在《自责》一诗中剖白道："女子弄文诚可罪，那堪咏月更吟风。磨穿铁砚非吾事，绣折金针却有功。闷无消遣只看诗，又见诗中话别离。添得

---

① 司马光.家范：卷六.台湾商务印书馆影印文渊阁四库全书本（第696册）[M].台北：台湾商务印书馆，1983：691.
② 袁燮.絜斋集[M].北京：中华书局，1985：350.
③ 陈东原.中国妇女生活史[M].北京：商务印书馆，2015：101-134.
④ 伊沛霞.内闱——宋代妇女的婚姻和生活[M].胡志宏，译.南京：江苏人民出版社，2004：124.
⑤ 朱淑真.朱淑真集注[M].魏仲恭，辑；郑元佐，注；冀勤，辑校.北京：中华书局，2008：1.

情怀转萧索,始知伶俐不如痴。"① 蔡荷芳指出朱淑真这种面向自己心灵的内心独白——自责与内疚,正是封建社会女性道德规范在她内心深处的表现②,但笔者认为这首诗歌非常尖锐地批判了当时对于女性文学创作的别样眼光,是中国古代女性久经压抑的自我意识之喷薄。

如此对照之后,朱淑真的文学作品于宋代女性文学,乃至于中国古代女性文学的意义不言自明。她在诗词作品中表达关于佛理、佛语的感悟,有别于"沉默"中的宋朝士人阶层女性主流,这恰恰是朱淑真文学的价值所在。

(二)道纲母的文学书写与佛教信仰的关系

与此相对,平安朝贵族女性的文学创作环境与宋代女性有着很大的不同。平安朝的贵族们非常重视女性的文学文化教育。《大镜》《枕草子》等文献中都有关于平安贵族如何重视女子教育的记载。《大镜》在"兼家"相关的记载中,高度评价了道纲母的文学才华,说她十分擅长吟咏和歌,曾经汇集和歌书信等素材,将自己与兼家之间的往事写成文字,取名为《蜻蛉日记》,当时在世间广为流传③。可见,在平安朝时期,贵族女性拥有较为宽松的文学书写环境。

平安朝的佛教信仰,既是诸多追求现世幸福的人们的精神寄托,也为部分悲观厌世的人们提供了寄望来世、逃避现实的可能。不容忽视的是平安朝贵族女性始终将目光牢牢地锁定在自己的私人生活中。不仅是道纲母,和泉式部、菅原孝标女等平安朝女性日记文学的作者们都存在类似的倾向。当时为了逃避现实生活中的种种不如意,许多人向佛教寻求安慰。但基于此种动机的出家之念,常常随着自身状况的好转而被放弃④。《和泉式部日记》中,当和泉式部和恋人帅宫的关系日渐疏远时,她前往石山寺参拜,但一接到帅宫的来信便速速回京。而菅原孝标女对待佛教信仰的态度则与道纲母如出一辙。宽德二年(1045)十一月,孝标女前往石山寺参拜,在日记中她写道:

这里群山环绕,所以白天也不必担心会被人看到,如今我一心只盼望

---

① 朱淑真.朱淑真集注[M].魏仲恭,辑;郑元佐,注;冀勤,辑校.北京:中华书局,2008:146.
② 蔡荷芳.男权文化影响下朱淑真的叙述模式[J].安徽师范大学学报(人文社会科学版),2008,36(6):710-715.
③ 橘健二,加藤静子.大镜[M].东京:小学馆,1996:248.
④ 张龙妹.源氏物語の救済[M].东京:风间书房,2000:196-198.

着成为富有之人，顺利地将幼儿养育成才，自己也能堆金叠玉，甚至还有来世的往生。十一月二十余日，我前往石山寺参拜。①

上文中，菅原孝标女直言自己不辞辛苦礼佛参拜意在求得生活富足，年幼的孩子能够健康成长、顺利成材，同时也期待着自己来生的幸福。

道纲母等平安朝女性日记的作者们一方面在面临精神困境时寻求佛教所提供的精神慰藉，另一方面始终将关注的焦点放在现世生活上。她们的文学书写得益于宽松的创作环境，也因拥有自由的信仰空间。虽然她们的文字中出现与佛教信仰相关的内容，但她们的视线始终不离现世，聚焦于内心的自我。佛教信仰终究只是她们表述自我时的一种外在参照。正是作者们这种极为强烈的自我意识，使得平安朝女性日记文学作品至今熠熠生辉。当然，她们的自我表述也始终局限在作为男性附属的幸福之上。

结　语

朱淑真与道纲母同样经历了不幸的婚姻，都曾亲近过佛教。但中日两国不同的女性文学传统，使得她们的文学创作结出了不同的果实，展现出的是中日古代女性对于自我生命经验的不同体认，也映照出当时她们所处的不同女性文学书写环境。

宋代的多数女性缺乏叙述自己生命历程的书写环境，她们与佛教信仰之间的关系只能借由生命终止之后的墓志铭为今人所知。不断儒化之后，本应是女性摆脱儒家礼法束缚途径之一的佛教，成为部分女性的第二道精神枷锁。朱淑真作为宋代少数能够借由文学书写来表述人生体验的女性之一，以凝练灵活的手法在作品中抒发了她对佛理的领悟与感怀。尽管可能因为她使用的表述工具是传统上追求含蓄的诗歌，所以我们无法看出朱淑真对佛教的理解有多么深入，但她直面信仰的真挚毋庸置疑。

与此相对，道纲母在日记中留下了诸多与佛教相关的记录，使得今日我们得以了解当时贵族女性的佛教信仰之真实状态。现实的困境促发了她们强烈的

---

① 菅原孝标女. 更级日记[M]// 张龙妹. 紫式部日记. 施旻，张龙妹，陈燕，等译. 重庆：重庆出版社，2021：355.

自我意识，而散文日记因为便于详尽地展开叙述，也为这种自我意识的充分表达提供了有效的途径。但她们的自我意识始终局限于作为男性附属的幸福之上。这些作品将她们从属于男性的社会地位、无力改变自我处境的现实暴露无遗。对于自我的执着，使她们的精神困境难以通过佛教信仰获得拯救。

（本论文原刊登于《日语学习与研究》2015年第2期）

中日比较视角下的《源氏物语》叙事策略研究

——以"帚木三帖"为例

北京外国语大学 北京日本学研究中心 马如慧[①]

绪　言

从叙述层面来说，笔者认为，《源氏物语》中"雨夜品评"的叙述结构最为复杂，也最是妙趣横生。时值阴雨连绵的五月，某晚光源氏在宫中值夜，而其妻舅兼好友头中将来访，与其夜话和女性的情爱之事。此后，左马头、藤式部丞二人加入其中，四人将女性分为"上品""中品""下品"三个阶层，并对其大加评判。这次夜谈使光源氏认识到了"中品"女性的妙处，由此衍生了他与"空蝉"夫人、"夕颜"小姐等人的恋爱故事。以藤冈作太郎为首的研究者们认为："雨夜品评"中对女性的评论有着教育意义，其中所谈及的女性评论直接代表了作者（推测为紫式部）的女性观。但是，笔者认为，如若将创作层面（作者）、话语层面（叙述者）和接受层面（读者）一起考虑进来的话，又会产生一种新的视角。关于《源氏物语》的作者，众说纷纭，按照主流的说法，可将其作者推定为侍奉一条天皇中宫藤原彰子的女房紫式部，或以紫式部为首的女房团体。关于《源氏物语》的叙述者，其身份虽不统一，但基本上可以将其视为光源氏的近身女房。而论及其受容阶层，虽从《紫式部日记》中可知，藤

[①] 马如慧：现于北京日本学研究中心攻读博士学位，主要研究日本中古及中世日本古典女性文学。硕士论文《试论中世女性日记文学中的"家"意识》被评为卡西欧杯全国优秀硕士论文二等奖。译著：《十六夜日记》（共译，重庆出版社，2021年），论文：「『源氏物語』における「ををし」と「あざやか」——二つの男性群の造型」[早稻田大学《平安朝文学研究》（复刊第28号）2020年3月] 等。

原道长、藤原公任、一条天皇等男性也曾阅读过《源氏物语》,但《源氏物语》的主要目标读者仍是贵族小姐及女房们。即是说,《源氏物语》的创作层面、叙述层面和接受层面的主体皆为女性。《源氏物语》"东屋"卷中,描写了二女公子(八亲王之女)和其异母妹"浮舟"小姐与女房们一起赏读物语(绘)的场景。让我们根据该场景假想一下某位贵族小姐与侍奉她的女房们一起赏读《源氏物语》中"雨夜品评"的画面。在平安时代,贵族小姐赏读物语时,朗读者(叙述者)、物语、听者三个要素缺一不可。女房(叙述者)给小姐们(听者)讲读着物语,有可能在叙述时也发表一些自己的看法。而被讲读的物语("雨夜品评")本身,又可被看作是一个以叙述者(头中将、左马头、藤式部丞)、物语(女性评论)及听者(光源氏)构成的以男性为主体的闲话物语场景。这个以男性为主体的闲话物语场景,反而成了贵族小姐与女房们等女性为主体的物语赏读场景的客体。这些女性可能觉得物语中男性的评论很是中肯,进而反省自身;也有可能觉得物语中男性对女性的评论很是利己且任性,进而加以批评议论。即是说,从物语内部来看,"雨夜品评"可以是男性视点的女性批评;而反之,从物语外部来看,"雨夜品评"也可以是女性视点的男性批评,两个物语赏阅场景像双面镜般相互照应。"雨夜品评"乃是女性作者以女性为目标读者所写的以男性为主体的女性批评场景,笔者认为,这一点十分值得强调。因此,可想而知:"雨夜品评"中男性人物的言谈难以直接代表女性叙述者及女性作者的观点。在"雨夜品评"中,作者大范围使用直接引语,使得头中将等人得以以男性视角叙述自己的故事。在某种程度上,头中将等人亦是女性叙述者所叙述的故事中的叙述者。而这些男性人物以男性视点叙述的内容,难免与女性叙述者以女性视点叙述的《源氏物语》整体内容有龃龉。本文将以"雨夜品评"中头中将所叙述的"常夏小姐"的故事与《源氏物语·夕颜卷》中女性叙述者所叙述的"夕颜小姐"的故事为例,并通过与中国唐代传奇小说《任氏传》中的叙述做对比,来解读女性叙述的独特性。

一、方法与先行研究

(一)方法

日本国文学的滥觞多为女性之作,这个现象在世界范围内也可说是十分罕见的。而其中最具代表性的作品当属《源氏物语》。《源氏物语》的研究历史悠久，对其作者、出典、和歌、对后世的影响等方面的研究古来有之，已自成一套研究体系。1968年前后，以法国为代表的欧洲各地学生运动频发，为文学理论、哲学思想等领域吹入了一股新风。在这个时期诞生了一系列关于文学理论的著作。这些著作于20世纪70年代前期传至日本，对日本文学研究界产生了莫大的影响。尤其是形式主义及结构主义叙事学所提倡的排斥作者、注目于作品本身的态度在日本备受推崇。其中，罗兰·巴特在《作者的死亡》一文中提出的"文本一旦写成，就完全脱离了作者"的论点令当时的研究者耳目一新，进而推崇备至，一时间，仿佛论及"作者"一词便是一种罪过。当然，这种文学理论对近现代文学研究的影响更为深远，但是，在古典文学研究方面，也掀起了一股使用文学理论进行研究的热潮。藤井贞和、高桥亨、三谷邦明、土方洋次等研究者纷纷将结构主义叙事学的观点用于以《源氏物语》为代表的古典文学的研究中，成果颇丰。但是，结构主义叙事学排斥作者，将文本视为一个独自运作的整体的方法未免过于绝对，随着后结构主义及后经典叙事学的出现，经典叙事学渐呈疲态。日本方面则有许多学者认为，诞生于近现代的文学理论不能合理解读有着千年历史的《源氏物语》等古典文学，这一文学理论热潮便逐渐式微，唯有对作者的排斥被保留了下来。至今，日本研究界中仍或多或少忌讳论及作者意图。另外，于20世纪60年代发端于美国的社会性别（gender）理论在90年代前后传入了日本，在古典文学领域同样引起了热潮。但是，随着女权运动的兴起而发展起来的社会性别理论难免带有很强的政治色彩，在其被应用于文学批评时，也多着眼于揭示作品中的性别歧视。我们以现代人的眼光对古典文学中的女性地位问题进行批判也终归于事无补，故而这种研究方法在日本古典文学研究界颇受诟病。

20世纪80年代前后，美国学者苏珊·S.兰瑟将经典叙事学与女性主义批评结合起来，开创了女性主义叙事学理论。女性主义叙事学理论属于后经典叙事学的分支，它首先批判了经典叙事学排斥作者，将作品与社会历史语境相隔离的方法，认为在特定的历史背景下，作者由其性别而产生的经验或意识会对作品中的叙述产生较大的影响。其次，女性主义叙事学理论与女性主义批评或社会性别理论最大的区别在于：女性主义叙事学主要聚焦于作品的表达层，其研究对象主要是女性作品中的叙述者及其叙事结构特征；而女性主义批评则聚焦于作品的故事层面，其研究对象侧重于故事中的女性人物。由上一段落的论述可知，在日本，使用经典叙事学（物语学）分析《源氏物语》叙事结构的论文和使用女性主义批评方法对《源氏物语》中的女性形象进行解读的论文皆不少见，却鲜有论者注意到女性主义叙事学这一跨学科的理论，从而对女性作品中女性叙事的特殊性进行论述。在欧洲，女性主义叙事学与女权运动仍然息息相关，如兰瑟的研究就着重于论述女性作家的叙事权威问题。如若从此角度出发，女性主义叙事学与女性主义批评同样不适用于日本古典文学。但是，笔者认为，《源氏物语》中的叙事方式十分独特，而这种独特性在一定程度上与女性作者息息相关。如若不过多纠结于作品中的女性歧视问题，而是着眼于女性作品中女性叙事有别于男性叙事的独特性，女性主义叙事学理论仍然适用于《源氏物语》的研究。在本文中，笔者将以"帚木三帖"中女性作者的叙事策略为例，并与中国唐代传奇小说《任氏传》的叙事进行对比，来解读《源氏物语》中女性叙事的独特性。

（二）先行研究

关于"雨夜品评"，古来便广受热议，关于它的论述可上溯至室町时代，连歌师宗祇在《帚木别注》（《雨夜谈抄》）中指出："雨夜品评"在《源氏物语》全书中起着总序的作用。及至现代，"雨夜品评"仍然颇受关注，关于其女性观的论述更是比比皆是。首先，藤冈作太郎继承了宗祇的观点，并延伸道：《源氏物语》的本意为评论妇人。在"雨夜品评"中，作者所教授的乃是为妻之道[1]。而尾崎诚子等研究者们对此表示赞同，认为"雨夜品评"对女性的评论直接代表着作者紫式部的女性观[2]。而笔者认为，这种观点较为狭隘（参考绪言中的论述）。此外，冈一男运用女性主义批评的方法，认为："雨夜品评"中的女性观，是男性视角的女性论，该女性论反映了将女性视为第二性的男性本位视角的自私自利与好色性（冈一男，1953）。重松信弘亦认为："雨夜品评"乃是从男性视角出发的女性观，自然有其局限性。他们对适合与年轻男子谈情说爱的女性和作为家庭妇女的女性评头论足，文中完全看不到女性自身的立场和由此立场而来的想法[3]。冈和重松强调了"雨夜品评"是从男性视角出发而来的女性观，提供了一种新的视角。他们批判了"雨夜品评"中女性观的局限

---

[1] 藤冈作太郎.国文学全史：平安朝篇 [M].秋山虔,校注.东京：平凡社,1974：94.
[2] 尾崎诚子.紫式部の女性観——帚木（雨夜の品定め）による——[J].たまゆら（10）,1978（7）：3-13.
[3] 重松信弘.源氏物語の女性観 [J].国文学研究（2）,1966（11）：10-20.

性，却止于批判，是传统的女性主义批评方法。如上文所述，笔者认为，"雨夜品评"中男性人物的女性批评，并不能直接代表《源氏物语》中的女性叙述者甚至是女性作者的女性观。女性作者在文中令女性叙述者叙述男性人物口中的女性观时，这种女性观必然与单纯男性叙述的女性观及单纯女性叙述的女性观有所龃龉。笔者认为，这种龃龉，可说是"雨夜品评"中女性叙述的独特性，也是十分值得研究的部分。

也有一些研究关注"雨夜品评"中叙述层面的问题。如上文所述，叙事学主要关注叙述层面的问题，偏重聚焦于叙述者而非故事中的人物。而物语中的叙述者，被称为"语手"（「語り手」），而叙述者的评论被称为"草子地"。日本古来便有关于"语手"和"草子地"的研究。室伏信助指出：大约从15世纪开始，学者们才开始将物语中的"语手"与作者联系在一起进行考察，而这要远远落后于对作者本人的研究。而"草子地"这一概念起始于宗祇所作《源氏物语》注释。① 由此可见，日本学者们关于"语手"和"草子地"的研究，比经典叙事学中关于叙述者的研究要早了约5个世纪，早已形成了自己的体系。这种体系与叙事学的理论有所重合，也有龃龉。物语文学中关于叙述的传统研究受到了欧美传来的经典叙事学的冲击后，也产生了一些变化，催生了一些新的研究。例如，传统研究中将作者和"语手"混为一谈，而接受了经典叙事学理论的研究者们明显有了排除作者意图的趋势。然而，总体而言，古典文学有其特殊性，传统的研究方法还是更为根深蒂固。关于"雨夜品评"的叙述问题，高桥亨认为：物语中的"语手"，有可能以见闻者或者传承者等多种形态出现，甚至登场人物也可能会成为"语手"。高桥以《源氏物语·帚木卷》卷首的套盒型叙述为例，分析了《源氏物语》中叙述的复杂性。并认为，统筹《源氏物语》的"作者"，像鬼怪（「物の怪」）一般出入作品世界的内部与外部，有时使用"有限视角"，有时又使用"全知视角"进行叙述。② 高桥的解读凸显了《源氏物语》中叙述的特殊性和复杂性，我们甚至很难用经典叙事学来解释这种叙述。但是三谷邦明认为"话者"是不存在人格的，是透明且中立的、单纯功能性的存在③，高桥亦认同这一论点，这便忽视了女性叙述者由其性别而产生的

---

① 室伏信助. 物語の語り手. 語り・表現・ことば：源氏物語講座（6）[M]. 東京：勉誠社，1992：31-42.
② 高橋亨. 物語の語り手(1)——帚木三帖の序跋. 講座源氏物語の世界：第一集 [M]. 東京：有斐閣，1980：97-111.
③ 三谷邦明. 源氏物語における〈語り〉の構造 [J]. 日本文学，1978（11）：37-52.

叙述的独特性。另外，伊能健司认为：在探讨"雨夜品评"时，我们不应当只纠结于女性批评的问题。如果关注"语手"的立场，便又能有不同的发现①。但是，伊能这里所谓的"语手"，并不是指物语的叙述者，而是指头中将、左马头和藤式部丞三人。其结论为：如若考虑到头中将三人的立场，"雨夜品评"中的女性批评，意在改善光源氏与其正妻葵夫人的夫妻关系。此结论与本文并无关联，但能否直接将头中将三人视作"语手"却是个值得探讨的问题。如果抛却话语层面，而单从故事层面看"雨夜品评"时，头中将三人确实是场景中的"话者"，而光源氏是"听者"。如若从话语层面出发，《源氏物语》的作者在"雨夜品评"中大量使用直接引语，使得每个小故事看似是由头中将等人直接叙述的，实则是由女性叙述者操纵着这些人物进行叙述。头中将等人是叙事者故事中的叙事者，却不是独立的叙事者。

二、"常夏"故事与"夕颜"故事的相似与龃龉

本文旨在从叙述层面探讨单纯的女性叙事与女性叙述者叙述的故事中的男性叙事之龃龉，为阐明此主旨，笔者将以《源氏物语·帚木卷》卷头中将所述"常夏"小姐的故事和《源氏物语·夕颜卷》中女性叙述者所述"夕颜"小姐的故事为例，加以分析。虽说两卷中的叫法有所不同，但从《源氏物语·夕颜卷》中可知，"常夏"小姐和"夕颜"小姐实际上是同一人物。结构主义叙事学的开创人、俄国形式主义批评家普洛普认为：故事的基本单位不是人物，而是人物在故事中的行为功能。不同的故事只要具有相同的行为功能就具有相同的情节，很多不同的故事可源于同一情节②。笔者认为，"常夏"小姐的故事和"夕颜"小姐的故事便是同一情节。从本质上来讲，这两个故事均是"上品"男性与居于"荜之门"的"中品"女性间的恋爱故事，故事的中心结构几乎没有差别。除却男主人公不同之外，叙述层面的差别是使得这两个故事看起来有所迥异的主要原因。在本节中，笔者将从"恋爱的起始——'上品'男性与'荜之门'女性""恋爱的过程——内心的隔阂""恋爱的结局——女性的消逝"

---

① 伊能健司．源氏物語「雨夜の品定め」の一解釈——語り手の立場を考えた場合［J］．国文学研究（71），1980：36-43.
② V. Propp. Morphology of the Folktale. Austin：Univ. of Texas Press, 1968. 参见申丹．叙述学与小说文体学研究［M］．北京：北京大学出版社，2019：22-23.

三点出发,来阐释"常夏"小姐的故事和"夕颜"小姐的故事如何在本质上具有相同的中心结构,又如何因女性叙事和女性叙述者操控的男性叙事的不同而表达出不同的中心思想。

(一) 恋爱的起始——"上品"男性与"葎之门"女性

在一个阴雨连绵的夜晚,头中将前来拜访在宫中值夜的光源氏,与他夜话女性之事。此后,与光源氏和头中将两位贵公子相比身份略显低微的两名好色之人——左马头和藤式部丞亦加入其中。头中将把女性分为"上品""中品""下品"三个阶层,将各个阶层的女性之优劣说与光源氏听。左马头也对此大加赞同。

【引文1】头中将的女性三品阶论(《源氏物语·帚木卷》)

"如若一女子生于上品之家,定然被精心抚育成人,其缺点也多被遮掩,自然看起来卓绝群伦。中品的女性在性情、气度等方面各有千秋,耐人寻味。至于下品的女性,我却是无意了解。"[1]

【引文2】左马头的女性三品阶论(《源氏物语·帚木卷》)

"如若一女子生于家世与权势相得益彰的显赫之家,而自身的气度修养却不甚得体,自当不值一提。真是令人怀疑是受了何种教育才至于如此,使人失望不已。而若是其修养不凡,不愧为大家小姐,那却也是理所应当,不足为奇。无论如何,此等大家小姐亦非吾辈可随意肖想之人,关于上品女子暂不多提。

话说回来,若是与世隔绝、葎草丛生的荒凉之处,意外地住着一位楚楚可怜之人,该是多么令人惊喜呀……"

"雨夜品评"中,男性们把女性分为上中下三个品阶,进行评判。而研究者们也大多与头中将等人站在了同一立场,关于"雨夜品评"中女性观的论文不

---

[1] 底本参照『源氏物语①』(日本古典文学全集[M].东京:小学馆,1994:58),笔者译。

计其数。然而，由引文 1、2 可知，即使同样是说明女性三品阶论的发言，贵公子头中将所述和身份稍低的左马头所述之言就略显不同。头中将熟知"上品"女性，甚至对妻子稍感厌烦，却觉得"中品"女性不若上品女性一般千篇一律，耐人寻味。而左马头因着身份之故，难以触及"上品"女性，而自己平常接触的"中品"女子也多是持家之人，便难免幻想"中品"女性中还有意外之喜。由此可见，"雨夜品评"中作为评判方的男性们，其实也有个三六九等，如若聚焦于男性们，按照他们的品级来评判他们之言，是否会产生一个不同的视角呢？

有关这一点，吉海直人认为：依照从前的见解，研究者们普遍将四位登场人物做三对一的区分。即是，三人（头中将、左马头、藤式部丞）为小故事的叙述者，一人（光源氏）为听者。而吉海改变了将这四人分为叙述者和听者的分类方式，认为可按身份将四人做二（"上品"男性光源氏、头中将）对二（"中品"男性左马头、藤式部丞）的区分。并认为，虽同为男性谈论女性的发言，"中品"男性的"中品"女性论和"上品"男性的"中品"女性论却是大相径庭[①]。吉海的论文较短，未能展开论述，而继承了吉海观点的平野美树认为：左马头讲述的是一种处世方面的训诫，即"中品"男性在寻觅能做其后盾的妻子之时，应该妥协到何种程度。与此相对，头中将所讲述的故事中也包含着一种训诫，即"上品"男性在寻觅妻子以外的情人之时，应当如何防范作为其后盾的岳家[②]。吉海和平野所述皆有其道理，我们可以认为，在"雨夜品评"中，头中将与光源氏两位"上品"男性对能成为其偷情情人的"中品"女性感兴趣，而左马头和藤式部丞两位"中品"男性对能够成为其正妻的"中品"女性更感兴趣。

如上所述，"雨夜品评"中给女性分阶评级的男性们，其实也可以以"品"来划分成两个阵营。并且，"上品"男性与"中品"男性所感兴趣的女性也不尽相同。但是，有一类女性，令"上品"男性和"中品"男性都抱有浪漫的幻想，那便是引文 2 中左马头所说的隐居于葎草丛生的荒凉之处（日语为「葎の門」）的女性。关于"葎之门"的女性，依头中将之言：

---

① 吉海直人.「雨夜の品定め」再考［J］.解釈,1996（6）：23-27.
② 平野美樹.「雨夜の品定め」考——女を語る男の事情［J］.日本文学,2003（6）：11-21.

【引文3】 头中将所述"中品"女性的范围（《源氏物语·帚木卷》）

"有些女子生得高贵，家里却不懂审时度势之道，随着世道变迁家境便也逐渐衰落。这些女子虽心高气傲却总不甚如意，很多时候都难保体面，故而将她们定为'中品'。"

头中将在划分女性三个品阶时，提到了这类因家道中落而从"上品"跌落至"中品"的女性。头中将在评论品阶之时，经常以财力作为标准，因而被光源氏取笑道："说来说去一切都以财力为准呀。"关于平安时代的婚姻与财力，小栗弘做了详尽的考察。小栗弘认为：在平安时代，男性们一旦结婚，便充分享受着岳家的经济支援，从而过着舒适的生活。而一旦岳家财力不复以往，丈夫们就会无情地舍弃妻子。在这个时代，丈夫们仿佛可以对妻子完全地无情无义①。《日本大百科全书》"葎"这一词条中记载道："自古以来，文学作品在描绘贫困之家或荒废庭院之时，常常将葎草同蓬草、浅茅作为代表性的景物一同描写。早在《万叶集》中便可见'八重葎''葎生'等歌语。（中略）此后，又产生了'葎之门''葎之宿'等歌语，而产生这两个歌语的前提条件便是物语文学中有关隐居于荒废宅院的美女的浪漫故事颇受读者欢迎而形成一种故事类型。"②

《日本大百科全书》的说法虽无错处，但仍不够严谨。从《万叶集》的时代开始，便有歌人在歌中咏"葎之宿"，但这多为自谦，是为陋室之意。在中国，古诗人常用"蓬门"表达怀才不遇的自己门前"无客访"之意，也有隐居于陋室的诗人暗示自己是不与世俗同流合污的高洁之士之意。而在日本，有趣的是，"八重葎之宿"经常可见于女歌之中，用以自嘲备受爱人冷落之事。自平安初期起，便有以男性视角讲述隐居于荒废宅院的美女的和歌或故事出现（如《古今和歌集》卷第四秋歌上237、卷第十八杂歌下985、《后撰和歌集》卷第三春歌下89，《大和物语》第173段"五条之女"，《宇津保物语·俊荫卷》等），但其中并未出现如"葎之门""葎之宿"的用法，而多用"荒宿"。真正开始由女性叙述者描写这类隐居于荒废宅院（"葎之门"）的美女之事的是《源氏物

---

① 小栗弘. 平安时代的离婚の研究［M］. 东京：弘文堂，1999. 参见平野美樹.「雨夜の品定め」考——女を語る男の事情［J］. 日本文学，2003（6）：13.
② 渡辺静夫. 日本大百科全書：22［M］. 东京：小学館，1988：611. 该词条由小町谷照彦撰写。

语》，而在左马头的发言中更是第一次仿照中国的"蓬门"，采用了"葎之门"这一词汇。此后，"葎之门"才成为一个固定的歌语，多用于吟咏隐居于荒废之家的美女。

由上文可知，在平安时代，男性十分重视女方的财力。而隐居于"葎之门"的女性多是家道中落之人，如头中将所说，甚至难保自己的体面，更无力对男方提供经济方面的援助。而物语中对荒废宅院的描述，往往令人联想到白居易的《凶宅》，令人避之不及。我们虽然可以想象出男性们在这样的地方发现意料之外的美女时的惊喜，却不能完全理解为何"上品"男性和"中品"男性皆对"葎之门"女性如此心生向往。而从《源氏物语》的叙述中，我们却可以将这原因窥得一二。

【引文4】左马头所描述的"木枯"小姐的住处（《源氏物语·帚木卷》）

从荒废的泥土墙崩塌之处可窥见倒映着月影的池水，连银月都暂居此处，我总不能过门不入，于是便下车拜访。（中略）霜打的菊花已褪了色，望过去也不失风情；红叶迎风而舞，飘落满地，院内的景色看起来却是旖旎极了。

【引文5】左马头所描述的"木枯"小姐的性情（《源氏物语·帚木卷》）

这位小姐（与那咬指头的女子）相比品性好了许多。她看起来气度非凡，像是颇有家世（日语「ゆゑ」）的望族之后，歌道、书法、琴道全都信手拈来，在任何方面都令人十分安心。

从引文4的描述中可知，"木枯"小姐所居宅院确是破败不堪，但不知是左马头的心情使然，或者女主人的人格使然，左马头觉得这荒废庭院却别有一番风情。而从引文5中我们可以窥见"木枯"小姐吸引左马头的原因——便是家世血统（「ゆゑ」）。《古语大辞典》中关于「ゆゑ」记载道："在表述人物之时，有高贵的出身、家世，血统之意。"[①] 而小学馆新编日本古典文学全集的头注中亦有关于「ゆゑ」的注释，写道："「よし」形容二流之人的人品、教养、

---

① 中田祝夫，等. 古语大辞典［M］. 东京：小学馆，1983：1699. 该词条由井手至撰写。

风情，而与此相对，「ゆゑ」被用来形容一流之人。「ゆゑ」指最高级的风情。"
"木枯"之女虽因家道中落而隐居于"葎之门"，成了"中品"女性，但她的气度修养却是"上品"，与左马头平常能够接触的"中品"女性（如咬指头的女子）大不相同。古代日本人对血统有一种特别的执着与向往，便如"上品"男性十分渴求皇族血统一般，"中品"男性也甚是追求"上品"血统。

那么，对于"上品"男性来说，"葎之门"的女性又有何魅力呢？我们分别以头中将与"常夏"小姐的故事和光源氏与"夕颜"小姐的故事为例，来进行说明。

【引文6】头中将所描述的"常夏"小姐的住处（《源氏物语·帚木卷》）

那女子同往常一般，表现出毫无隔阂的态度，却看起来愁绪万千。她满面忧愁地眺望着更深露重的荒废庭院，嘤嘤泣声如虫鸣一般。这场景仿佛是出自那古物语一样。

【引文7】头中将所描述的"常夏"小姐的性情（《源氏物语·帚木卷》）
（为了便于叙述，以下引文中标注了这类叙述中特殊的语法结构，引文与前文有个别重复。）

那女子托身于我后，我亦时不时能感觉到她对我心存芥蒂，她却极力掩饰。我久不到访，她也似乎不觉得我是朝三暮四之人。反而，从早到晚都是一副贤惠顺从的模样，我便也心疼她，告诉她尽可以依赖我。
她无父无母，看起来无依无靠的。因此，她时常表现出只有我可以依靠的样子，令我觉得她看起来甚是惹人怜爱。

【引文8】光源氏眼中"夕颜"小姐的住处（《源氏物语·夕颜卷》）

今夜是八月十五。澄澈的月光从破败的屋顶缝隙间漏了进来，源氏公子平常不怎么住过这样的屋子，觉得甚是新奇。约是黎明将近，邻里的低贱男人们已出了门……

【引文9】光源氏眼中"夕颜"小姐的性情（《源氏物语·夕颜卷》）

无论发生了何事,那女子似乎都愿意唯他(光源氏)是从的模样,令源氏公子觉得她看起来甚是惹人怜爱。

引文 6 虽意不在正面描写"常夏"小姐的住处,却也暗示着她居所破败,无人打理。引文 7 是头中将所述"常夏"小姐的性情。这位"常夏"小姐听起来与那左马头所述"木枯"小姐大相径庭,她十分害羞内敛,不愿吟诗作对、故作风流。而在头中将看来,她最大的优点便是小鸟依人、顺从且不善妒。像头中将这般的"上品"男性与左马头等人不同,在经济上并不拮据,因此有余力照顾这些"荜之门"的女性。但"上品"男性终归不会无所图地去接济"荜之门"的女性。那么,他们是被什么所吸引了呢?"上品"男性与其正妻多是政治联姻。他们虽不需要岳家做其经济后盾,却需要岳家提供政治、人脉方面的帮助。而正妻们作为政治结婚对象,便如光源氏的正妻葵夫人和头中将的正妻四小姐一般,或是拒人于千里之外,或是善妒,对"上品"男性们来说并非完美,而又因其岳家的原因不得不忍让一二。而这时,他发现了一位在血统上稍逊色于妻子、却对他言听计从、小鸟依人且毫不善妒的女性,定会觉得那人惹人怜爱极了。

光源氏与"夕颜"小姐的故事,更是十分典型的"上品"男性与"荜之门"的女性之间的恋爱故事。从《源氏物语·夕颜卷》中可以得知,"常夏"小姐和"夕颜"小姐本是同一人物。如引文 9 中所述,"夕颜"小姐在光源氏面前仍是显得对他十分信赖且顺从。与"常夏"小姐的故事不同的是,"夕颜"小姐的故事占据了一整卷。在《源氏物语·夕颜卷》中,叙述者更是常常使用光源氏的视角来描写"夕颜"小姐,光源氏眼中的"夕颜"小姐"惹人怜爱""温柔顺从""天真懵懂"。关于光源氏视角的"夕颜"小姐,笔者将在下章详述。

在《后撰和歌集》中,有这样一首关于隐居于荒废庭院的女性的和歌。

【资料 1】《后撰和歌集》卷第三 春歌下 89 咏者未详

某女子独居于荒废之处,深感百无聊赖,便从庭中采得堇花一朵,附于歌上赠出。歌曰:

寒舍虽荒芜,堇花却争妍。

可有贵人访？折花亦采人。

如若按歌前小序进行解读，这是一首"荜之门"的女性在独居中深感无聊，便以花喻己，赠予男性，希望有人前来采摘的和歌。当然，相信序中所言亦并无不可，但在平安时代，赠答歌有着一套自成的规矩。其中，由男性赠歌、女性答歌的模式较为普遍，除却游女、宫廷女房（后文详述二者共通性），鲜少有女性会主动赠歌与男性。例如，在《源氏物语·夕颜卷》开头，收到"夕颜"小姐主动赠歌的光源氏便猜测她为好事的宫廷女房。如中国的闺怨诗中有许多男性诗作一般，日本的女歌中也有一些是男性歌人所作。而和歌集中并无返歌的记录，女性赠歌本身也较为稀奇，我们可以推测这首和歌是某位男性幻想着有女性隐居于"荜之门"时所作。如若按照序来理解，那么这位"荜之门"的女子便带有一定的"游女"性质。若是按上文中所推测的男性作歌来理解，那么我们可以认为，男性们期待"荜之门"的女性有一定的"游女"性质。

那么同为"荜之门"女性的《源氏物语》中人物——"木枯"小姐和"夕颜"小姐（"常夏"小姐）又如何呢？

【引文10】左马头所述"木枯"小姐故事的结局（《源氏物语·帚木卷》）

如果只当那女子是逢场作戏的宫廷女房一般，只是花前月下，故作风流的话，也不无不可。如若将其当作可以依靠的伴侣，虽只是偶尔探访，却也觉得她不着边际、好出风头，便也没了念想。索性，我便以那夜之事为由，与她彻底断了交往。

某夜，左马头同某位殿上人同乘，从宫中退下，于途中路过"木枯"小姐的宅子。他前去拜访，却不料发现"木枯"小姐与这位殿上人早已暗通款曲。左马头便将其比为宫廷女房，只适合花前月下、逢场作戏，却不适合做伴侣，便借由断了往来。关于宫廷女房与游女之间的关系的论文不在少数，其中还有学者指出宫廷女房便是源自游女。纲野善彦认为：内教坊或是雅乐寮等机构归内廷宫司所统辖，特别是在宫廷庆典中上演"五节舞"之时，江口、神崎的游女们多作为下级仕女侍奉五节舞姬。侍奉天皇、上皇、女院的女房之中，也有不少人出身于游女、白拍子，游女们与女性官人、女房的世界确实是密不可的。并且，我们需要注意，有时宫廷女房们自己的生活方式也带着"游女"性质①。宫廷女房们游走于宫廷贵族之间，与他们逢场作戏，便如游女们一般，而"木枯"小姐亦是这样。

我们已知，"常夏"小姐和"夕颜"小姐是同一人物。关于"夕颜"小姐身上"游女"性质的论文颇多，其论据可以大致总结为三点：①《源氏物语·夕颜卷》开头处，"夕颜"小姐主动赠歌与光源氏；②当光源氏问起"夕颜"小姐的家世之时，"夕颜"小姐仅回复一句："只因身为海女子（笔者注：另指游女）"。而这句和歌出自《和汉朗咏集》卷下的"游女"部，全歌为："只因身为海女子，飘如浮萍无处依"；③在《源氏物语·夕颜卷》开头，作者对光源氏所窥见的"夕颜"小姐宅子板窗上女子们人影的描写，与绘卷中游女居所的描绘十分相近。如若说"夕颜"小姐本人便是游女，这种假设未免过于大胆，不过我们可以认为，"夕颜"小姐此人带有一些"游女"性质。

由上文可知，"蓬之门"的女性"木枯"小姐和"夕颜"小姐（"常夏"小姐），除却身世经历外，在本质上仍有相似之处——她们都带有"游女"性质。可以说，"木枯"小姐和"夕颜"小姐在本质上是十分相似的，但"上品"男性头中将、光源氏和"中品"男性左马头视角下的她们却是截然相反的。根据《源氏物语》的内容，我们可以推测，"中品"男性被"蓬之门"女性的血统修养所吸引，而"上品"男性被"蓬之门"女性的顺从、小鸟依人所吸引。而"蓬之门"的女性又是否因为面对的男性不同，而或展现出知书达理的风雅特质、或展现出小鸟依人的顺从特质呢？"雨夜品评"的大段直接引语虽展现出了男性凝视，而这种男性凝视却被女性叙述反将了一军：他们所看到的只是女性特意展示给他们的部分，他们的视线未曾到达过爱人的内面。

《源氏物语·夕颜卷》中光源氏与"夕颜"小姐的故事，虽借鉴了唐传奇故事《任氏传》、日本古代神话"三轮山传说"、《伊势物语·芥河》等先行作品，却也打破了它们的桎梏，作为女性作品而独具一格、大放异彩。但是从本质上来讲，《源氏物语·夕颜卷》中光源氏与"夕颜"小姐的故事，与《源氏物语·帚木卷》中头中将和"常夏"小姐的故事相同，都是"上品"男性与"蓬之门"女性的恋爱秘话。"上品"男性们或是因为赠歌、或是因为琴音、或是因为他们自己的好奇心，被吸引至荒废宅院。而他们因宅院中的女子乖巧顺从，从而心生怜惜。从恋爱的起始点上来讲，"常夏"小姐的故事和"夕颜"

---

① 網野善彦. 中世の非人と遊女[M]. 东京：明石书店，1994：215-224.

小姐的故事是十分相近的。

（二）恋爱的过程——内心的隔阂

在上一节中，笔者论述了"常夏"小姐的故事与"夕颜"小姐的故事在恋爱的起点方面是十分相近的。而在本节中，笔者将从内容和话语两个层面，来分析"常夏"小姐的故事和"夕颜"小姐的故事是怎样在情节方面有着相同的故事中心结构，又如何因叙述话语的不同而有所龃龉。

【引文11】头中将眼中的"常夏"小姐（《源氏物语·帚木卷》）

（1）那女子托身与我后，我亦时不时能感觉到她对我心存芥蒂，她却装作无所谓。我久不到访，她也似乎不觉得我是朝三暮四之人。反而，从早到晚都是一副贤惠顺从的模样，我便也心疼她，告诉她尽可以依赖我。她无父无母，<u>看起来无依无靠的（心细げ）</u>。因而，她时常表现出只有我可以依靠的样子，令我觉得她看起来甚是<u>惹人怜爱（らうたげ）</u>。

（2）她咏着此歌，<u>看起来楚楚可怜（はかなげ）</u>，也不见她展露出真心埋怨我的样子。即便是落泪之时，也看起来<u>羞于如此，顾虑颇多（恥づかしくつつましげ）</u>，总是偷偷拭泪……

（3）倘若她仍在世，想必也是活得战战兢兢、飘零无依。如若趁我还怜惜她之时，对我<u>展现出死缠烂打的样子（わづらはしげ）</u>，我又怎会令她落得如此下场。

【引文12】光源氏眼中"夕颜"小姐的性情（《源氏物语·夕颜卷》）

为了便于叙述，以下引文中标注了这类叙述中特殊的语法结构，引文与前文有个别重复。

（4）那位小姐的性子顺从且文静到了令人不可置信的程度，在思虑周到、成熟稳重方面仍有所欠缺，她<u>展现出十分年少天真的模样（若びたる）</u>，却又不似不谙世事……

（5）"还是好生奇怪。就算您那么说，举止却不同寻常，令人有些毛骨悚然。"她<u>展现出十分年少天真的模样（若びて）</u>说道。

（6）无论发生了何事，那女子似乎都愿意唯他（光源氏）是从的模样，令源氏公子觉得她看起来甚是<u>惹人怜爱（あはれげ）</u>。

（7）那位小姐身着白色的夹衣，搭着薄紫色的柔软外衣。她的装扮不甚华丽，<u>看起来十分娇弱且惹人怜惜（らうたげ）</u>。她虽看起来无甚长处，却娇柔纤弱，一副欲语还休的模样甚是惹人怜。

（8）那位小姐羞涩道：

"君若天边高耸峰，妾为山边银盘月。

不知山心何真意？月许消逝半途中。

妾身心有不安。"她吟着和歌的样子<u>看起来惶恐不安极了（もの恐ろしうすごげ）</u>，想必是久居于那逼仄的宅子，所以不习惯这里，源氏公子觉得她甚是惹人怜。

（9）源氏公子试着摇晃她，而她却软若无骨，已昏厥过去。公子便觉得因她总是<u>年少天真的模样（若びたる）</u>，才被鬼怪摄了魂，一时也不知如何是好。

（10）源氏公子实在难以抱起那位小姐的尸身，惟光便将其卷在席子中，将她搬到了车上。她看起来十分小巧，源氏公子<u>并不觉得可怖，反而觉得她惹人怜爱（疎ましげもなくらうたげなり）</u>。

（11）源氏公子完全不觉得可怖，只觉得她仍是那<u>惹人怜爱的模样（らうたげなるさま）</u>，没有任何变化。

（12）源氏公子说道："她展现出那副<u>虚无缥缈的模样（はかなびたる）</u>才惹人怜爱……"

"雨夜品评"中头中将所述"常夏"小姐的故事篇幅十分短小，只占小学馆新全集版《源氏物语》的四页左右。十分引人注目的是，从引文11可以看出，在这样一个小故事中，头中将却集中性地频繁使用"看起来……"（「~げ」）这一句式进行叙述。例如，引文（1）中，头中将谈及"常夏"小姐的性情，觉得她无父无母，只能依靠他的模样，看上去十分惹人怜爱。惹人怜爱（「らうたげ」）不仅在"常夏"小姐的故事中出现，在"夕颜"小姐的故事中更为多见，甚至可以说这个词汇在《源氏物语·夕颜卷》中的用例最多。《古典基础语辞典》「らうたし」这一词条中记载道：从词源方面考虑，「らうたし」来源于「らう（劳）」+「いたし」，是看着对方虚弱的状态而言的词汇。由此而生因对方势弱而想要怜惜的语境。这个词汇多用于形容女性和孩子。而对女

79

性表达爱意时常用这个词语，也是将对方视为弱势群体的表现①。可以说「らうたし」是一个男性占据优势地位时才会使用的，充满了男性凝视的词汇。而「～げ」更是在此基础上强调了男性的视角。或许因为"常夏"小姐的故事是男性头中将的自述，所以叙述中多用强调主观视线的「～げ」句式。但是，在左马头和藤式部丞的自述中却未见此种句式。

三田村雅子在做《源氏物语》"桐壶"卷的研究之时，意识到"桐壶"卷中叙述者在使用"桐壶"天皇视角看"桐壶"更衣之时，频繁使用「～げ」句式。三田村在考察了「～げ」句式后指出：在物语文学表达史上，《源氏物语》之前，「～げ」句式仅出现在如偷看场景等强调视线的语境中（例如，《宇津保物语》后半部分中源宰相女的故事和实忠女的故事）。而在《源氏物语》"桐壶"卷中，作者将这种句式拓展应用到了叙述者的评论中，从而使以"桐壶"天皇视角描述的更衣形象更加鲜明。在"桐壶"卷中，「～げ」句式特别强调了沉浸在对更衣的爱意中、将对更衣的同情与怜惜外一切事物皆排除在视线外的"桐壶"天皇看待更衣时的片面性。「～げ」句式表现出了天皇深情的视线，同时也向读者传达了对这种视角准确性的怀疑。「～げ」句式强调主观视线，这种伴随着身体性的视角令人印象深刻，却也必然有误解和歪曲的可能②。而在"雨夜品评"中，笔者认为，女性叙述者使头中将在叙述自己的故事时，有别于左马头和藤式部丞而频繁使用「～げ」句式，也有表现头中将视角下"常夏"小姐形象的片面性和不确定性的作用。诚然，正如光源氏感叹的那句："究竟谁是狐狸呢？"一般，"夕颜"小姐（"常夏"小姐）是一位带有朦胧的神秘感的人物。我们可以猜测，在与"夕颜"小姐相关的叙述中，叙述者如此频繁使用「～げ」句式，是为了体现"夕颜"小姐的神秘感。在解读《源氏物语·夕颜卷》时，这也不失为一个合理的解释。但是，对光源氏来说，"夕颜"小姐确实蒙着一层神秘的面纱；而对头中将来说，"常夏"小姐并不尽如此。从引文（1）的表述可知，头中将是了解"常夏"小姐的身世的。并且，如头中将所述："我亦时不时能感觉到她对我心存芥蒂"一般，头中将对"常夏"小姐的心情并非一无所知，却视而不见。"常夏"小姐对他展现出无怨无悔的态度，他便也遵从这一视觉感受，顺势如此误解下去。甚至，「～げ」句式在表现头中将

---

① 大野晋. 古典基础语辞典［M］. 东京：角川学艺出版，2011：1312-1313. 该词条由依田瑞穗撰写.
② 三田村雅子. 桐壺卷の語りとまなざし——〈揺れ〉の相関——. 源氏物語感覚の理論［M］. 东京：有精堂，1996：58-80.

视角的同时，还稍稍加入了他的主观期待。头中将期望"常夏"小姐顺从无悔，"常夏"小姐亦如此表现，他便无视了自己感受到的一点异样。头中将只能看到自己期待看到的"常夏"小姐，「~げ」句式便将这点委婉地表现了出来。

而在《源氏物语·夕颜卷》中，在使用光源氏视角描绘"夕颜"小姐时，叙述者也惯用「~げ」句式。引文（6）（7）（8）（10）（11）皆是如此。但是，与"雨夜品评"中头中将的叙述略有不同的是，在《源氏物语·夕颜卷》中，叙述者同时还使用了「~ぶ」句式。引文（4）（5）（9）（12）皆是如此。如上文所述，在以头中将和光源氏视角描述"夕颜"小姐时，叙述者经常使用「らうたげ」一词。而在《源氏物语·夕颜卷》中，「若ぶ」一词也较为多用。在《古典基础语辞典》中，关于「~ぶ」句式，白井记载道：接在名词或形容词词干后，将其动词化，表达"展示出……样子"之意。为了令某人明白而特意展现出……样态①。而在《古语大辞典》②中，关于「若ぶ」词条，有"展现出年轻天真的样子；举止如孩童一般"的解释。也就是说，「~ぶ」句式在一定程度上展现了该角色的主观能动性，即"夕颜"小姐故意对光源氏展现出自己如孩童般天真懵懂的样子，而同时叙述者也以此暗示了"夕颜"小姐本性也许并非如此。但是，有一点十分值得注意的是：「~ぶ」句式并非只出现在叙述者对"夕颜"小姐的描述中。例如，引文（4）（9）的「~ぶ」句式出现在光源氏的心理活动中、引文（12）的「~ぶ」句式出现于光源氏的会话文中。这是否意味着光源氏对"夕颜"小姐未对他展露真实性情之事亦有所了解呢？

例如，引文（4）中是光源氏的心理活动。在光源氏眼中，"夕颜"小姐"展现出十分年少天真的模样"。而在这段文字附近，有如下一段叙述，明确地揭示了"夕颜"小姐绝非天真懵懂之人。

【引文13】源氏夜宿"夕颜"小姐住处时的所见所闻（《源氏物语·夕颜卷》）

今夜是八月十五。通透的月光从破败的屋顶缝隙间漏了进来，源氏公子平常不怎么住过这样的屋子，觉得甚是新奇。约是黎明将近，邻里的低

---

① 大野晋. 古典基础语辞典［M］. 东京：角川学艺出版，2011：1047. 该词条由白井清子撰写.
② 中田祝夫，等. 古語大辞典［M］. 东京：小学馆，1983：1756.

贱男人们已出了门。从这里可以听到他们谈话的声音。"啊,可真冷!""今年做生意也无甚收入,去乡下做买卖也赚不到银子,真是令人不安。住北面的老兄,您听说了吗?"男人们为了各自惨淡的营生早早便出门,在街上吵吵嚷嚷的声音仿佛就在身边般清晰可闻,<u>使那位小姐觉得羞愧难当</u>。如若是注重面子又故作风流之人,早就羞得想找个地缝钻进去了。但是,_~那位小姐却举止自然,仿佛丝毫未曾留意那些令她悔恨、嫌恶、羞愧之事。她的样子看起来甚是贵气且童真,耳边可闻那些邻里的吵嚷之声,却摆出一副不知发生了何事的懵懂面孔,这可比面红耳赤羞愧难当的反应要显得可爱得多了。

在引文 13 中,笔者将全知叙述者描写的"夕颜"小姐心理活动用下画线标出,将全知叙述者以光源氏视角描绘"夕颜"小姐的样态用波浪线标出。"荜之门"的女性"夕颜"小姐的住处十分简陋,甚至连屋外邻居粗鄙的吵嚷声也清晰可闻。《大乘本心地观经》[①] 卷第五中言:"非法贪求造不善业。(中略)受苦毕已复生人间。贫穷困苦。"《佛说十八泥犁经》中又言:"人心念恶口言恶身行恶。死后在三恶道中过于是贫。"佛教中认为,贫穷困苦多是因前世恶因导致的。如前世贪婪、不布施沙门、恶言恶行皆会导致今生早贫穷困苦。平安时代的日本贵族深受佛教思想的影响,并且古代日本的结婚形式要求女方做男方的经济后盾,因此,贫穷是一件令女性尤为羞愧的事情。这在日本古典文学作品中多有体现。如《落窪物语》中,左近少将侵入落窪小姐房中与其结合时,落窪小姐并未因与陌生男子结合而产生羞耻心,却因自己的寒酸处境而羞耻不已。在《宇津保物语》中,俊阴女与若小君结合后,也因自己住在破败的宅子里而羞愧不已。而在引文 13 中,"夕颜"小姐也因自己穷困的处境而羞耻极了。但她将那羞耻、悔恨的感情深埋于心中,面上只显出天真而懵懂的模样,仿佛是养在深窗的世家小姐,不知粗鄙为何物,显得高贵而懵懂。在这段叙述中,叙述者明示了"夕颜"小姐在与光源氏相处时所展现出的"年少天真",是她为了讨好光源氏而展示出的一种演技。而这一反应也的确讨好了光源氏,在光源氏看来,"夕颜"小姐此时的反应无疑是最优解,比羞愧到面红耳赤要惹人怜爱多

---

① 以下佛经皆引自「大正新脩大藏経テキストデータベース」,并将其中的繁体字改成了简体字。大正新脩大藏経テキストデータベース. 大乘本心地观经/佛说十八泥犁经[BE/OL]. SAT 大藏経テキストデータベース研究会. 2018.

了。小学馆新编日本古典文学《源氏物语・夕颜卷》的头注中，在此处注释道："此处'夕颜'小姐隐藏了自己的内心，光源氏却对此一无所知。"而笔者却认为，从最后一句话看来，与其说光源氏对"夕颜"小姐的内心一无所知，不如说光源氏对她的内心视而不见。"夕颜"小姐恰如其分的演技刚好是光源氏所期待的，所喜欢的，光源氏便也顺势为之，这与"雨夜品评"中头中将与"常夏"小姐的故事亦有异曲同工之妙。

在"雨夜品评"中，头中将在描述"常夏"小姐时，集中使用「~げ」句式。通过这种叙述方式，叙述者暗示了头中将对"常夏"小姐的描述带有一定的主观性和片面性，头中将对"常夏"小姐的印象带有主观期待，故而存在一定的偏差。而在《源氏物语・夕颜卷》中，叙述者亦使用了「~げ」句式来描绘光源氏眼中的"夕颜"小姐，此外，还使用了「~ぶ」句式，暗示了光源氏眼中天真懵懂、温柔顺从的"夕颜"小姐是她故意展示给光源氏看的表象。而「~ぶ」句式又多出自光源氏的内心活动或会话中，叙述者亦暗示了光源氏对"夕颜"小姐内心的视而不见。由此，叙述者揭示了男性凝视的片面性和利己性，也暗示了男性与女性之间产生隔阂的原因。

说起"隔阂"（「隔て」），这个词语也在《源氏物语・夕颜卷》中频繁出现。例如：

【引文14】关于"夕颜"卷中的"隔阂"（《源氏物语・夕颜卷》）

（13）源氏公子仍遮着面庞，却见那位小姐委实难过，便觉得自己确实不该与她有如此<u>隔阂（隔て）</u>……

（14）源氏公子道："小姐与我一直<u>隔阂（隔て）</u>颇深，委实令人心酸，因此我一直未以真面目示人。还请小姐将身世告知于我吧，如此下去着实令人不快。"女子只道："只因身为海女子。"她仍是一副有所顾忌的模样，却看起来娇媚极了。

（15）源氏公子恼恨道："我与小姐已水乳交融般亲密，小姐却仍与我心有<u>隔阂（隔て）</u>，着实令人心有不甘。"

（16）源氏公子道："我仍有一事不明。为何那位小姐那般隐藏自己的身世？就算她真的是'游女之子'，也不该这般无视我的情意，与我如此<u>隔阂（隔て）</u>。实在令人恼恨。"

（17）源氏公子道："我与那位小姐谁也不愿服输，现在想来也是毫无意义。我本也无心与她有所隔阂（隔て），只因这等偷情之事为世间所不齿，我亦是毫无经验……"

一直谨慎行事，鲜少偷会情人的光源氏，为了防范坊间的传言便装覆面，隐藏了自己的身份。引文（13）（14）（15）中，光源氏已将"夕颜"小姐带到了河原院，在那废院中度过了一夜。引文（13）中，光源氏仍掩藏着自己的身份，却见"夕颜"小姐似乎对此感到痛苦，便告知了自己姓甚名谁。引文（14）（15）中，光源氏已向"夕颜"小姐透露了身份，而夕颜小姐却无论如何都不肯告知自己的身世，光源氏对此甚是不满。在引文（16）（17）中，"夕颜"小姐已因废院中的鬼怪作祟而香消玉殒，光源氏将"夕颜"小姐的乳姐妹右近接至二条院，仍是向她询问"夕颜"小姐姓甚名谁，是何家世。在《源氏物语·夕颜卷》中，「隔て」一词共有六例，除却上述五例外，另外一例紧跟在引文（17）后，是在右近顺着光源氏的话头而言的答话中出现的，可说是由光源氏所提到的「隔て」一词延伸而来。于是，我们可以发现一个十分有趣的现象。那便是：《源氏物语·夕颜卷》中的"隔阂"（「隔て」）一词，基本上仅出现于光源氏的话语或内心活动中。并且，光源氏对"隔阂"（「隔て」）一词的认知颇为狭隘，他执拗地认为：自己与"夕颜"小姐之间的隔阂，源自自己不曾表明身份，以及"夕颜"小姐不肯透露自己姓甚名谁。

在《源氏物语·夕颜卷》中，光源氏和"夕颜"小姐确实互相隐瞒了身份，光源氏也认为"夕颜"小姐并不知道他的真实身份。那么，"夕颜"小姐是真的不知道吗？在《源氏物语·夕颜卷》卷头处，"夕颜"宅子里的人递给了光源氏一首和歌。歌曰："心中暗思量，公子是何人？白露映夕颜，光灿花更艳。"在平安时代，由女性赠予男性的和歌较为罕见，关于这首和歌也诸说纷纭。首先，最有名的莫过于《源氏物语湖月抄》等古注释中率先提出的头中将误认说[1]。即是说："夕颜"小姐将光源氏误认为头中将，才主动将和歌赠予他。但是，笔者认为，这种说法漏洞较多。光源氏初次来到"夕颜"宅边时，虽因便装出访，未带开路侍卫，却也带了几名小厮。而根据原文的叙述，不止"夕颜"小姐身边的女房们熟知头中将身边的小厮，连女童们都可细数一二，应当不存在认错的可能。更何况，根据文中描写，光源氏以为周边无人便放松警

---

[1] 北村季吟. 增注源氏物语湖月抄：上［M］. 猪村夏树，等校注. 东京：名著普及会，1979：169.

惕，有可能被人看到了侧脸。其次，在《花鸟余情》等《源氏物语》的古注释书中，可以看到两种观点。一种认为该和歌是"夕颜"小姐身边的女房所作，与"夕颜"小姐无关；另一种认为该和歌虽是女房所作，但"夕颜"小姐也参与其中。笔者赞同后者的观点。大多数学者认为这首和歌带有一定的情色含义，其中特别是円地文子等人认为这首和歌揭示了"夕颜"小姐的"游女"性质。而亦有人反对这种说法，其中藤井贞和认为该歌是"夕颜"小姐赠予高贵的采花人的风雅和歌，并不含有情色意味[①]；而清水妇久子则认为该和歌是对光源氏自言自语的疑问："遥问远方人，此花为何名？"的回答，带有答歌意味，并非赠歌，从而反驳了由此歌而判定"夕颜"小姐"游女"性质的观点[②]。但是，笔者认为，关于光源氏的自言自语是否能传入"夕颜"小姐的耳中这一点，仍然存疑。并且，对男性自言自语的答复是否能够构成赠答，也值得深思。

笔者认为该和歌是"夕颜"小姐身边之人所作，却也是代表了其主人"夕颜"小姐意志的作品。关于"夕颜"小姐身边之人，原文中有如下描写：

【引文15】 光源氏初见"夕颜"宅（《源氏物语·夕颜卷》）

在这乳母宅邸旁，有一户人家新砌了丝柏板栅栏，上部是四五间宽的上半细格支窗，挂着白净的帘子，看起来十分清爽。透过帘子，可以看到许多人影在偷偷看向源氏公子这边，她们的额头显得十分俏丽。但是一想到她们的下半身，便觉得这些女子身高异于常人。源氏公子很是好奇：究竟是什么人聚集于此？

【引文16】 女子们得到光源氏答歌后的场景（《源氏物语·夕颜卷》）

想必那些女子们虽未正面瞧见源氏公子，却也未漏看公子露出来的侧脸，心中确信必是源氏公子无疑，便以和歌相赠。而送出的和歌久无音讯，估计那女子们正觉着自讨没趣，而此时公子却特意遣人送来了答歌，女子们便又得意得紧。公子派来的小厮见她们吵吵嚷嚷地说着："该如何答复是

---

① 藤井貞和.『源氏物語』というテクスト——夕顔巻の和歌を中心に. 物語の言語 [M]. 东京：青简社，2011：111-131.
② 清水婦久子. 光源氏と夕顔——贈答歌の解釈より [J]. 青須我波良，1993（46）：17-55.

好？"觉得她们甚是不识好歹，便直接回到公子身边复命。

在引文15中，光源氏看见"夕颜"宅邸中有一些身高不同寻常的俏丽女子，在偷偷看向他。源氏十分好奇她们的身份。在先行研究中，这些女子多被当作"夕颜"小姐的侍女。原冈文子认为：这个场景的描写与绘卷中对游女宅子的描写十分相近，从而指出了"夕颜"小姐的游女性[①]。首先，笔者认为：这些女子未必全都是夕颜小姐的侍女。其次，在这段场景描写中，叙述者特意强调了这些女子身高高于常人，是何用意呢？在古典文学中，对女子身高的描写较少，学界中普遍认为，这里的身高描写是在强调"夕颜"宅邸的神秘性与妖异性。关于身高，《告白》第二卷中在描写后深草上皇的情人"扇子绘"小姐时，作者写道："她个子很高挑、面若桃花、眉清目秀，一看便是个美人，但却不像是大家闺秀。她体态丰腴，个子出挑，肤若凝脂，若是作为一名侍奉于宫廷的女官，出仕与太极殿巡行等宫廷仪式，定可以成为首席……"由此可知，个子出挑的女性多不像大家小姐，更多会出仕宫廷。但是，虽同出仕宫廷，宫廷女官和宫廷女房也不尽相同。具体来说，宫廷女官是有着内侍等官阶的"大内女房"，当是被包含在女房系统中的。而从引文16来看，与其说"夕颜"小姐身边的女子们像是游女或是"大内女房"，不如说与《枕草子》中所描绘的后宫女房的行为举止更为相近。

【资料2】《枕草子》七四

与为参宫从近卫御门行至左卫门阵的上达部的开路侍卫喝道声相比，殿上人的明显要短促许多，女房们分别称其为"大前驱""小前驱"，以区分这种喝道声为乐。他们多次经过此处后，女房们便可以区分出是谁的喝道声，议论着："这是这位大人，那是那位大人。"而其他女房接话道："你说得不对。"于是遣人出去确认。如若猜对了，便得意道："如我所说。"有趣极了。

[①] 原岡文子. 遊女・巫女・夕顔——夕顔の卷をめぐって［J］. 共立女子短期大学文科紀要，1988（32）：157-181.

【资料3】《枕草子》二八四

　　出仕宫廷之人在宫外相聚，在一起盛赞各自的主君，或是将宫中之事、老爷们的近况作为谈资，相聚之处的家主听闻这些妙事，亦觉十分有趣。

　　（中略）选一合适的时机，出仕宫廷之人欢聚一堂，围坐在一起闲话家常、品评他人所作和歌。如若有哪位公子遣人将和歌赠予其中的某人，大家便一起看、一起写答歌。

　　资料2中，宫廷女房们一起坐在中宫居所的外廊中，以猜测路过的廷臣的开路侍卫喝道声为乐。在《源氏物语·夕颜卷》中，光源氏因便装出行，并未带开路侍卫，然而引文15中"夕颜"宅子中女子们好事的模样，与《枕草子》中所描写的同出一辙。而资料3中，讲述了一个类似于"副沙龙"的文化圈。出身于不同后宫沙龙的女房们，在宫外相聚，她们可能互相品评各自的作品，品鉴他人的和歌，更会盛赞自己的主君。而有人送来和歌时，她们又会体现出极为好事的一面，各自出谋划策，共同作答。而这一场景，与引文16中的描写甚是相似。而光源氏亦是觉得宅中女子甚是好事，便觉得是宫廷女房认出了自己，一脸得意地送了和歌过来。当然，我们很难认为当日宅中女子皆曾是宫廷女房。但是，只要该场景中有一位以上宫廷女房存在，例如，宅子主人扬名介妻子的姐妹很有可能在场，那么对于"夕颜"小姐来说，光源氏的身份不算是个秘密。

　　而光源氏更是派惟光去"夕颜"宅邸调查，早早便断定"夕颜"小姐定是那头中将口中的"常夏"小姐无疑，亦知晓"夕颜"小姐已无父无母的境地。在隐瞒身份这一点上，《源氏物语·夕颜卷》当是借鉴了"三轮山传说"和《任氏传》，而光源氏和"夕颜"小姐互相知晓对方的身份，却仍以为对方并无头绪，光源氏更是认为这是二人产生"隔阂"的唯一原因，便是《源氏物语·夕颜卷》的独特性了。

　　如上所述，在《源氏物语·夕颜卷》中，"隔阂"二字基本上只出现在光源氏的话语或心理活动中，光源氏认为二人的"隔阂"是由二人相互隐瞒身份而起。而《源氏物语·夕颜卷》的女性叙述者在叙述中，虽未直接使用"隔阂"二字，却暗示了二人间所谓"隔阂"的另一层次。例如：

【引文 17】废院中的赠答歌（《源氏物语·夕颜卷》）

源氏公子道："这样私会我还是头一遭，令人焦虑之事颇多。
拂晓恋之路，此前无所知。
故人踏此路，可曾亦迷途？
不知小姐可曾有此经验？"
那位小姐羞涩道：
"君若天边高耸峰，妾为山边银盘月。
不知山心何真意？月许消逝半途中。
心有不安。"她吟着和歌的样子看起来惶恐不安极了，想必是久居于那逼仄的宅子，所以不习惯这里，源氏公子觉得她甚是惹人怜。

【引文 18】在废院中，光源氏与"夕颜"小姐的对话（《源氏物语·夕颜卷》），为了方便叙述，重复引用如下：

源氏公子道："小姐与我一直隔阂颇深，委实令人心酸，因此我一直未以真面目示人。还请小姐将身世告知于我吧，如此下去着实令人不快。"女子只道："只因身为海女子。"她仍是一副有所顾忌的模样，却看起来娇媚极了。

在引文 17 中，光源氏带着"夕颜"小姐来到河原院废宅。看着宅院中荒废的景象，光源氏与"夕颜"小姐互赠了和歌。光源氏以和歌问"夕颜"小姐是否以前便有与人私会的经验，而夕颜小姐在答歌中岔开了话题，并吐露了自己的不安：不知公子真心何在？也许是对自己的前途充满了不安，亦兴许是对这废院感到恐惧，女子看上去惶恐不安极了。这里叙述者特意强调了光源氏的视线，并叙述了他对这种不安的理解：他认为她只是不习惯这宽敞的环境，甚至觉得这样惊恐不安的女子惹人怜爱极了。由此可见，光源氏按照他的主观视线去理解"夕颜"小姐，而很多情况下这种理解是曲解、是误解，他却陶醉在这种误解中。光源氏和"夕颜"小姐的思维并不在同一层面，而叙述者与光源氏所理解的"隔阂"亦不在同一层面。在引文 18 中，光源氏不再对"夕颜"小姐隐藏身份，便也要求"夕颜"小姐对他报上名来。在古代日本，男子询问女子姓名时，并非仅仅在问女子个人之事，而是在询问该女子的家系、身世。在日本最早的和歌集《万叶集》的卷首载有这样一首和歌。

【资料4】《万叶集》卷一·一

> 天皇御制歌
> （前略）在此丘上，摘菜娘子。姓甚名谁，家世如何？
> 此大和国，皆吾所辖。吾先表率，报上家门。

若依照题词来理解，此和歌乃是雄略天皇御制之歌。这首和歌并非只是单纯询问摘菜女子姓甚名谁，而是有着"求婚"的意义。多田一臣认为：在古代日本，询问家世和姓名代表着求婚。询问家世，便是为了确认该女子血统中的神圣性①。土屋文明指出：《古事记》和《日本书纪》中也存在数首类似的歌作，可以认为此类求婚方式在当时较为常见②。伊藤博则认为：这里雄略天皇令女子报上名来的"名"，指的并非是世间通称的小名，而是只有母亲和自己知道的真名（大名）。在上代，真名被赋予了生命力，代表了本人的人格，告诉对方自己的真名，便有着将自己的一切奉献给对方之意。由此，在男女之间，报上真名便代表着服从③。

在平安时代的文学作品中亦能看到男性向女性询问姓名的例子。《宇津保物语》"俊阴"卷中，若小君初见俊阴之女时，便让她报上名来。两人共度一夜后，若小君仍不停询问俊阴之女家世如何，父亲是何人？俊阴之女坚持称："倘若父母健在，岂会独居此外？"并不答复。这与《源氏物语·夕颜卷》中光源氏多次问询"夕颜"小姐姓甚名谁，而"夕颜"小姐仅言："只因身为海女子"，并不多答，同出一辙。笔者认为这种询问对光源氏来说还远不到求婚的程度。关于《万叶集》卷首歌，伊藤博指出：该摘菜女子应当是当地豪族的女儿，是代表一族侍奉神灵的巫女。天皇与她结合，便象征着该地区臣服于天皇④。而在《宇津保物语》中，若小君只是被琴声吸引，瞥见了女子的身影；在《源氏物语》中，光源氏已将"夕颜"小姐带到废院中私会，并无与她结合的念头。笔者认为，除却心中的好奇外，光源氏的询问中包含了两层含义：一是想要确认

---

① 多田一臣.万葉集全解：1［M］.东京：筑摩书房，2009：14.
② 土屋文明.万葉集私注：一［M］.东京：筑摩书房，1976：9.
③ 伊藤博.万葉集釋注：一［M］.东京：集英社，1995：29.
④ 伊藤博.万葉集釋注：一［M］.东京：集英社，1995：24.

"夕颜"小姐的血统是否高贵；二是想要得知"夕颜"小姐的真名。而如上所述，女性报上真名，实质上代表着服从。

　　从引文18可以看出，"夕颜"小姐无意回答光源氏的问询，直至"夕颜"小姐亡故后，光源氏才从右近口中得知了她的身世。据右近言："夕颜"小姐是已故三位中将之女。三位中将，乃是近卫中将中特意被授予三位官阶之人。原本，中将应是四位官阶，故而三位中将乃是对大臣家子孙的特殊待遇。"夕颜"小姐出身于大臣之家，血统应是十分高贵的。那么，为什么"夕颜"小姐不愿向光源氏报上家系呢？在光源氏让"夕颜"小姐报上名来时，"夕颜"小姐仅答道："只因身为海女子。"正如上文所述，这首和歌引自《和汉朗咏集》"游女"部。上文中亦列举出先行研究中论述"夕颜"小姐"游女"性质的诸例。如若说"夕颜"小姐是游女未免太过武断，但是从境遇上来讲，"夕颜"小姐已经沦落为与在世间彷徨居无定所的游女相似的境地。在谣曲《胡蝶》中，久居吉野深山的一位僧人在探访一条大宫时，遇到了一名女子向他搭话。待僧人问询女子姓名之时，女子回复道："彷徨明石浦，飘零无定居。身为海女子，羞愧恕难答。""夕颜"小姐本出身大臣之家，她的家系本可以给光源氏提供一些援助，却家道中落，自是多说无益。况且，自己现今的境遇，如若上报家世，对自己的家门来说亦是一种玷污。"夕颜"小姐不愿上报家门之举，可以说是她身为名门望族之后最后的骄傲所致。光源氏只看到了他与"夕颜"小姐表面上的隔阂，却未看到隐藏在此举背后的内心的隔阂。

　　从右近口中，我们可以得知，"夕颜"小姐虽已猜测到光源氏的身份，却因他覆面隐藏身份的举动，认为他对待自己并无真心，因此十分不安。而此后，光源氏将"夕颜"小姐带到了河原废院共度一夜，此举十分轻浮，使"夕颜"小姐更加惊惶。在废院中，光源氏才首次向"夕颜"小姐表明了身份，并希望"夕颜"小姐亦能报上名来，对他奉上全身心的信赖与依托。笔者认为，此时"夕颜"小姐拒绝禀明真身，既是由于她对自己与光源氏的身份差距有着清醒的认识，亦是对光源氏不信任的体现。而在某种程度上，也体现了绝对顺从的"夕颜"小姐对光源氏的一种反抗。

　　在《源氏物语·夕颜卷》中，"隔阂"（「隔て」）一词基本只出现在光源氏的会话文或心理活动中，专指光源氏与"夕颜"小姐互相隐瞒身份的行为。而光源氏对"隔阂"的这种理解仅停留在表面，与叙述者想要表达的两人内心的距离产生的隔阂并不在同一层面。甚至，光源氏从未曾理解"夕颜"小姐为何执意不愿透露真实身份，他欣赏"夕颜"小姐的顺从，更因"夕颜"小姐对他有所保留而倍感不满。

在头中将所叙述的"常夏"小姐的故事中，依照头中将的叙述，我们可以看出：实际上头中将能够感受到"常夏"小姐并非对他无怨无悔。女子或因性格使然、或为了讨好头中将，而表现出一副温柔顺从的模样。头中将便也顺从自己的主观期望，无视女子的内心，仅能看到女子表现出来的他想要看到的样子。二者之间亦存在着"隔阂"，这种"隔阂"最终也导致了二者间不幸的结局，而"常夏"小姐的故事是由头中将以男性视角进行叙述的，他将这个故事称为"痴儿物语"，将所有的错处归结到"常夏"小姐的"痴"上，从而成功地为自己开脱。而由女性叙述者所叙述的"夕颜"小姐的故事借鉴了《任氏传》和"三轮山传说"，在表面上营造了由隐瞒身份而导致的"隔阂"。但是，通过解读原文，我们可以发现"夕颜"小姐和光源氏其实最初就知道对方的身份。而光源氏却选择了覆面，使女子越发不安；女子亦从不向光源氏展示真正的自己，只在光源氏面前扮演一个年少天真、温柔顺从的形象。笔者认为，在某种意义上，"夕颜"小姐与光源氏的隔阂和"常夏"小姐与头中将的隔阂别无二致，但是《源氏物语·夕颜卷》中女性叙述者的叙述，使得"隔阂"表面下更深层次的内容被展现在了读者的面前，也揭示了男性的主观视线亦是男女间产生"隔阂"的重要原因之一。

（三）恋爱的结局——女性的消逝

在前两节中，笔者从恋爱的起始点和过程两个角度解读了头中将所述"常夏"小姐的故事和女性叙述者所述"夕颜"小姐的故事，并解析了在情节十分相近的情况下，这两个故事如何因叙述者的不同而展现出了不同的思想内容。而在本节中，笔者将从恋爱的结局这一角度探讨这个问题。在"常夏"小姐的故事中，"常夏"小姐与头中将的关系最终被头中将的正妻所知，而也因为那好妒的正妻，"常夏"小姐最终下落不明。而在"夕颜"小姐的故事中，"夕颜"小姐被光源氏带至河原废院，被废院的鬼怪所害，最终殒命。这两个故事看起来似乎并不相干，但是仔细解读文本后，又会有不同的发现。

首先，我们先来解读一下"夕颜"小姐被鬼怪所害时的场景。

【引文 19】"夕颜"小姐为鬼怪所害（《源氏物语·夕颜卷》）

约是过了巳时，源氏公子睡得恍惚之时，仿佛看见自己枕边坐着一位仪态不俗的女子。女子说道："<u>对于我甚是尊崇之人，你不屑一顾，却对那一无所长之人格外宠爱，真是令人心生怨恨。</u>"说罢，见那女子便要拽起公子身旁的那位小姐。源氏公子觉得像是被鬼怪侵袭，便突然惊醒，却发现周遭的灯火均已熄灭。

引文 19 是"夕颜"小姐为鬼怪所害时的场景。该场景是光源氏梦中所见，因而仅光源氏一人知晓。而鬼怪对光源氏所说的一段话中，称"夕颜"小姐为"一无所长之人"，这点令笔者十分在意。但是关于这点，容笔者在后文中进行阐述，在这里，我们先来总结一下有关废院中鬼怪之事的先行研究。

关于废院中鬼怪的身份究竟为何，自古以来便有诸多猜测，笔者在此将其总结为六点：第一，多屋赖俊等研究者认为：该鬼怪的真身是六条御息所的生灵；第二点、第三点和第四点皆与第一点相关。第二，森一郎等研究者认为：该鬼怪的真身是六条御息所的亡夫前太子的死灵；第三，上原作和等研究者认为：该鬼怪是对六条御息所来说，相当于守护灵之类的存在（推测为六条御息所的亡母或祖母的死灵）；第四，高桥和夫等人认为：该鬼怪是侍奉六条御息所的女房中将夫人的生灵；但是，笔者认为这些与六条御息所相关的猜测漏洞较多。首先，我们无从得知住在六条的高贵女子是否知晓"夕颜"小姐此人的存在。就算住在六条的女子对"夕颜"小姐略有耳闻，"夕颜"小姐的身份也并不足以令她放在心上。住在六条的高贵女子与"夕颜"小姐的身份差距过于悬殊，我们很难想象那六条的女子嫉妒她以至于生灵出窍的程度。此外，第五，筱原昭二等研究者认为该鬼怪就是住在那废院里的妖物（推测为源融的死灵）。这种说法是最贴近原文的，也是光源氏自己的想法。但是，如若真的如此，那我们便很难理解鬼怪为何会说出引文 19 中的那段话。第六，武原弘等学者认为：该鬼怪是光源氏自己"心里有鬼"（受自己良心的谴责）的反映。笔者更为赞同第六种观点，只是第六种观点并不十分严谨，还有一些论点需要补充。

首先，对《源氏物语》的作者（推测为紫式部）而言，鬼怪究竟是怎样一种存在呢？在《紫式部》集中有一首十分有名的和歌，表明了紫式部对此的态度：

【资料5】《紫式部集》四四

　　我看到这样一幅画：画中可见一位被鬼怪附身的女子尽显丑态，而其身后画着已化身成鬼的该女子丈夫的前妻。这鬼怪被小法师施法束缚着，而丈夫正忙于念经，想要驱逐这鬼怪。有感而作歌曰：
　　后妻恶鬼把身缠，便言前妻鬼化身。
　　殊不知己心中鬼，才是万般病恼因。

　　紫式部在歌中指出：丈夫认为后妻患病是前妻死灵缠身所致，而这不过是推托之词。其实是丈夫（或言后妻）心中有鬼导致的结果罢了。这实在是一种超脱于时代的观点。上述先行研究中关于光源氏"心中有鬼"的论述，便皆是基于这首和歌而来。桥本真理子认为：如同在《紫式部集》第四首和歌中，男子并未发现所谓亡妻所化的鬼怪其实是自己心中有鬼而痛苦烦恼，在《源氏物语》中，光源氏同样未能察觉自己对六条御息所的罪意识（良心的谴责），并未发现自己所见的鬼怪其实是自己心中有鬼，而在黑暗中战栗[①]。武原弘认为：物语的作者紫式部真的相信鬼怪的存在吗？从《紫式部日记》中敦成皇子出产记中鬼怪出现的场景可以看出，作者是将鬼怪作为客观事实来描写的。但是，从《紫式部集》中却可以看出，紫式部的鬼怪观并非如此。（引用《紫式部集》四四，在此省略）对紫式部来说，鬼怪其实是自己心中有鬼，是由良心的谴责而生的幻象。她这种观点甚至可以说是近代的、科学的、合理的世界观。根据这种鬼怪观推测，光源氏看到鬼怪是因为自己心中有鬼（因自己对御息所欠缺诚意且冷淡的态度而产生的悔悟反省的情绪），是因自己受良心的谴责而看到的幻觉现象。正因如此，这鬼怪只出现在光源氏面前，也只有光源氏看得见[②]。这两篇论文实际上都侧重于"葵"卷中的生灵事件，但笔者认为，光源氏"心中有鬼"的说法实际上更适用于《源氏物语·夕颜卷》。

　　《源氏物语》的作者在创作《源氏物语·夕颜卷》之时，借鉴了许多先行作品。其中，在鬼怪的描写方面，可说受《伊势物语·芥河》这个故事的影响颇深。让我们先解读一下《伊势物语·芥河》的结尾部分。

---

① 桥本真理子. 六条御息所試論——物語の方法をめぐって——[J]. 源氏物語の探究：2, 1976（5）：139-174.

② 武原弘. 六条御息所造型の方法について——生霊事件を中心に——[J]. 日本文学研究，1985（21）：53-62.

【资料6】《伊势物语·芥河》

　　话说，这是二条皇后在其堂姐妹女御身边侍奉时发生的事情。因皇后形貌姝丽，那男子便将她诱拐出来，背着她私奔了。而皇后的二位兄长：堀河大臣基经、长子国经大纳言，当时官位较低。二位兄长参宫之时，听闻一女子泣不成声，这才赶忙制止了该男子，将皇后夺了回来。<u>而这里，将这件事说成了鬼怪所为</u>。据说，这是二条年少之时，嫁入皇室之前发生的事情。

《伊势物语·芥河》讲述了某男子爱慕一位望族小姐，经年未果，便将其诱拐出来携其私奔的故事。在途中，经过一间无人的仓库，男子让女子在仓库中避雨，却不料女子被仓库中的鬼怪吃掉了。而这个故事的后记记载：其实这个故事中并没有鬼。是作者将二位兄长从男子手中夺回了皇后这一举动，写成了鬼怪吃掉了女子。对于那男子来说，女子的二位兄长便是鬼。当然，《伊势物语·芥河》这个故事，与"常夏"小姐的故事和"夕颜"小姐的故事都有很大区别，而这区别是由男女双方的身份差距带来的。《伊势物语·芥河》中，女子身份要高于男子身份，故而男子想与女子在一起，便只能将其诱拐，带其私奔。在"常夏"小姐及"夕颜"小姐的故事中，男子身份要远高于女子身份，男子虽瞻前顾后，却也可以与女子偷偷私会。但是，《伊势物语·芥河》中以鬼隐喻二条皇后的二位兄长的写作手法十分引人深思。诚然，没有人能从光源氏手中夺走"夕颜"小姐，但是，笔者不禁怀疑："夕颜"小姐的故事里真的有鬼吗？"常夏"小姐的故事里真的没有"鬼"吗？

　　让我们先来解读一下"常夏"小姐故事的结尾部分。

【引文20】"常夏"小姐故事的结局

　　倘若她仍在世，想必也是活得心惊胆战、飘零无依。如若趁我还怜惜她之时，对我展现出死缠烂打的样子，我又怎会令她落得如此下场。我定不会令她那般夜夜独守空房，而是将她当作众多妻子中的一名，与她长相厮守。我与她之间育有一女，甚是乖巧可爱，我想方设法欲寻得那孩子的下落，却是无踪可寻。

因为头中将的岳家右大臣家的胁迫，"常夏"小姐被迫带着女儿从头中将面前消失了。引文20中，头中将将这段恋情失败的原因全部归结于"常夏"小姐的性格。是她过于"痴"，是她性情过于内敛、隐忍，是她不够死缠烂打，才导致了这个悲剧。提到右大臣家的所作所为时，头中将表现得相当暧昧，只道自己后知后觉，在当时对此一无所知。而头中将是真的不知道吗？还是他与右大臣一方达成了妥协，放弃了"常夏"小姐呢？从引文20中可知，头中将并无寻觅"常夏"小姐之意，反而只想寻回自己的女儿。如若不是对右大臣家有所妥协，他又为何舍母寻女呢？笔者不禁认为：对于头中将来说，右大臣家何尝不是像《伊势物语·芥河》中二条皇后的两位兄长一般，是吃掉了"常夏"小姐的"鬼"呢？对于这个结果，头中将无可奈何，却又不愿承认，只能把一切归咎于"常夏"小姐的"痴"。

那么，在"夕颜"小姐的故事里，又真的有鬼吗？

【引文21】光源氏沉迷于"夕颜"小姐（《源氏物语·夕颜卷》）

一旦涉足色道，无论多么一本正经的男子也会马失前蹄。但是，源氏公子一直颇为自重，故而从未发生过惹世间非议的失态之事。然而不可思议的是，今朝才与那位小姐离别，源氏公子便似心急火燎般盼望傍晚的到来，好让他与那位小姐再次相会。可另一方面，源氏公子又觉得自己真是疯魔了，心中觉得这女子哪里值得自己用情至此？那位小姐的性子顺从且文静到了令人不可置信的程度，在思虑周到、成熟稳重方面仍有所欠缺，她展现出十分年少天真的模样，却又不似不谙世事。她似乎也不是什么大家闺秀，到底是哪里惹得他失魂落魄呢？源氏公子自己也百思不得其解。

【引文22】光源氏在"夕颜"宅邸过夜（《源氏物语·夕颜卷》）

那位小姐身着白色的夹衣，搭着薄紫色的柔软外衣。她的装扮不甚华丽，看起来十分娇弱且惹人怜惜。她虽看起来无甚长处，却纤弱且娇柔，一副欲语还休的模样甚是惹人怜。

【引文 23】 在废院中，光源氏的所思所想（《源氏物语·夕颜卷》）

想必如今父皇定是派了使者，在四处寻我吧。思及此处，<u>源氏公子又琢磨不透自己，怎的就被这位小姐迷了心窍？</u>想必住在六条的那位夫人定是愁绪万千，她恨自己也是理所应当。说起楚楚动人的女子，首先便会想起六条的那位夫人。这位小姐一脸天真无邪地坐在公子对面，令公子心生怜爱；而那位夫人却过于深思熟虑，心思深沉得使身边之人都难以接近。源氏公子不禁两相比较，觉得那位夫人若是稍稍放松一些便再好不过。

引文 21 中，一直颇为自持，不愿惹人非议的光源氏，却是一门心思栽在了"夕颜"小姐的身上。他百思不得其解，这位小姐分明出身不好，又无特别之处，究竟是哪里引得自己如此爱恋？在先行研究中，学者们则多侧重于"夕颜"小姐的神秘性、妖异性，认为是"夕颜"小姐狐狸般的妖异性魅惑了光源氏，才引得他无缘由地无法自拔。笔者认为，在笼罩着神秘且妖异氛围的《源氏物语·夕颜卷》中，这当然不失为一种合理的解释。但是如若将所有难以解读的事件都归结于神秘性，也未免过于简单。正如笔者在第 1 节中所述，"夕颜"小姐的依赖、顺从正是光源氏从高贵的正妻或情人那里得不到的，这在引文 23 中亦有所体现。而光源氏自己似乎并未意识到这一点，而对自己沉迷于这样一无所长的女子耿耿于怀。在引文 22 和引文 23 中，光源氏都纠结于"夕颜"小姐无甚长处，对自己如此沉迷甚是不解。而反观引文 19 中，出现于光源氏梦中的鬼怪所言："对于我甚是尊崇之人，你不屑一顾，却对那一无所长之人格外宠爱，真是令人心生怨恨。"这句话正道出了困扰光源氏自身许久的疑虑与苦恼。

文中所谓"夕颜"小姐一无所长，主要指的还是身份之事。鬼怪所言"我甚是尊崇之人"，指的应是住在六条的那位尊贵的夫人。这与引文 23 中光源氏的心理活动刚好对应。自古以来，研究者们倾向于默认《源氏物语·夕颜卷》中出现的住在六条的夫人便是六条御息所，但实际上我们无从证明，近年来也有了许多反对的声音。那六条的夫人究竟是不是六条御息所本人，我们无从得知，但从《源氏物语·夕颜卷》的描述来看，她应当是与御息所家世地位相当之人。同样是光源氏私会的情人，六条御息所与"夕颜"小姐的境遇大不相同。关于光源氏与六条御息所之事，光源氏的父皇桐壶天皇曾嘱咐光源氏道："御息所是已故太子十分宠爱之人，你却不甚珍惜，将她与平常的女人相提并论，岂不是委屈了御息所？"光源氏与御息所之事已是传到了天皇的耳中，天皇劝他更加珍惜御息所。而对于与"夕颜"小姐之事，年轻的光源氏显然要更加瞻前顾后。在与"夕颜"小姐幽会之时，光源氏数次思及宫中，思及父皇。他害怕被天皇知道，害怕被岳家左大臣家知道，害怕这影响到与六条的夫人之间的关系，害怕世间的悠悠之口。而这一切恐惧的源头，便是"夕颜"小姐卑微的身份。

【引文 24】光源氏评定"夕颜"小姐的品阶（《源氏物语·夕颜卷》）

（18）看她的住处，<u>无疑是头中将所说下下品之人居住的地方</u>。但正如左马头所言，在这种宅子里，说不定也会有意外惊喜，源氏公子暗中亦有几分期待。

（19）虽说是暂住，看那宅子的情况，<u>她便是头中将提都不愿提及的下品女子</u>。源氏公子不禁暗中期待：如若这其中会有意外之喜就好了。

从引文 24 中的两个例子可以看出，"雨夜品评"之时，头中将和左马头的发言对光源氏影响颇深。并且，在光源氏刚刚对"夕颜"小姐产生兴趣的时候，并未把她当作"中品"女性，而是认为她是"下品"女性。光源氏对二人之间的身份差距相当在意，并且实际上在心中很是轻视"夕颜"小姐。

光源氏虽然沉迷于"夕颜"小姐，实际上在内心中却对她很是轻视。他不停地在心中诘问自己：这样一无所长、身份卑微的女子，为何能引得自己无法自拔？而且，光源氏也暗中在心中忧虑：为了这样卑微的女子，自己要惹得世间非议，还可能与高贵的夫人关系破裂，这样真的值得吗？在废院中，那鬼怪所言："对于我甚是尊崇之人，你不屑一顾，却对那一无所长之人格外宠爱，真是令人心生怨恨。"正是道出了光源氏内心真实的想法。笔者认为，在光源氏梦中出现的鬼怪的真实身份不仅仅是先行研究中所说的"由六条御息所而生的良心的谴责"。对于尚且年轻的光源氏来说，惹世间非议、不被天皇所允许、惹得住在六条的夫人不快、惹得岳家不快，都是令他胆战心惊之事。这些因素综合起来，才可说是他心中之"鬼"。也许，比起令自己深陷泥潭，光源氏下意识地选择了"夕颜"小姐的消逝。

乍一看去，"常夏"小姐的故事结局和"夕颜"小姐似乎不尽相同。但是，这两个故事皆讲述了"上品"男性迫于或来自世间、或来自岳家的压力，使得居于"葎之门"的女性消逝凋零之事。在头中将的叙述中，头中将称"常夏"小姐为"痴者"，将一切归咎于她；但是在《源氏物语·夕颜卷》女性叙述者

97

的叙述中，失去了"夕颜"小姐的光源氏心中认为真正"痴"的其实是自己。

三、与《任氏传》的叙述相比较

从故事的中心结构来看，"常夏"小姐的故事和"夕颜"小姐的故事实际属于同一情节。为方便理解，笔者将两个故事的中心结构以图形表示。

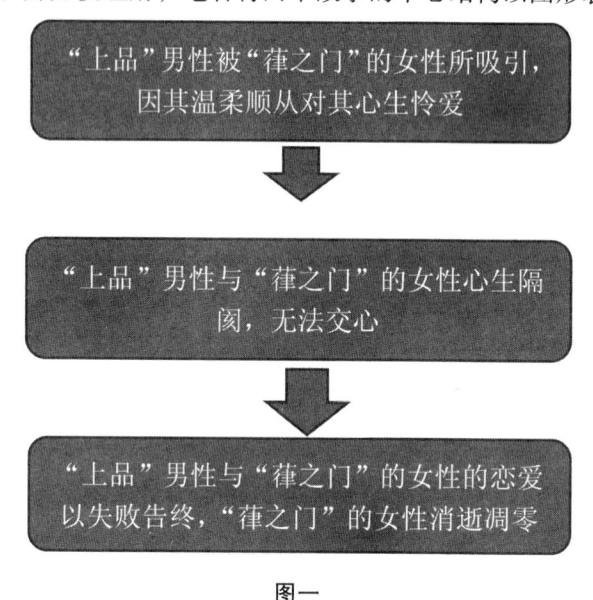

```
┌─────────────────────────────────┐
│ "上品"男性被"葎之门"的女性所吸引，│
│   因其温柔顺从对其心生怜爱       │
└─────────────────────────────────┘
              ↓
┌─────────────────────────────────┐
│ "上品"男性与"葎之门"的女性心生隔 │
│         阂，无法交心             │
└─────────────────────────────────┘
              ↓
┌─────────────────────────────────┐
│ "上品"男性与"葎之门"的女性的恋爱 │
│ 以失败告终，"葎之门"的女性消逝凋零│
└─────────────────────────────────┘
```

图一

《源氏物语》的作者为何要在"帚木三帖"中讲述两个中心构造相同的故事呢？其理由想必多种多样，笔者认为，其中一个重要理由便是：通过将男性叙述者单方面叙述的情节，由女性叙述者再次讲述，从而或多或少地表现了女性视角与男性视角有所不同。

《源氏物语·夕颜卷》受唐传奇故事《任氏传》的影响颇深。最先提出这一点的研究者是新间一美，他在论文中从多种角度论证了《源氏物语·夕颜卷》与《任氏传》的相似性[①]。这些相似性包括：故事的开端、人物设定、女性的失踪、男女主人公的相遇、"扇"与"光"、诡异的宅邸、从者、隐居处、顺从

---

① 新間一美. もう一人の夕顔——帚木三帖と任氏の物語［C］//中古文学研究会. 源氏物語の人物と構造. 东京：笠間書院，1982：45-74.

与死亡等。笔者认为,尤其是"夕颜"小姐的性格特点"顺从"与追随男性至死的故事设定,的确与《任氏传》颇为相似。但是,在本文中,笔者将从新间未曾多加考虑的"叙述者结尾评语"的角度进行比较研究。

【资料7】《任氏传》叙述者评语

嗟乎,异物之情也有人道!遇暴不失节,徇人以至死,虽今妇人,有不如者矣。惜郑生非精人,徒悦其色而不征其情性。向使渊识之士,必能揉变化之理,察神人之际,著文章之美,传要妙之情,不止于赏玩风态而已。惜哉!

在这段评语中,叙述者对故事的女主人公任氏大加赞赏,从而影射了同时代的女子尚不如身为"异物"的任氏。叙述者认为:任氏遭遇强暴仍不失贞洁、对男性温柔顺从至死不渝,可谓是完美的女性。而男主人公郑生是个卑贱之人,他只是沉醉于任氏的外表,而并不知其内在之美。而叙述者深感痛惜,认为若是自己这般学识渊博之人,更能明白任氏那顺从之心的内在之美,将其表述于文章中与世人共赏。《源氏物语》中"夕颜"小姐和"常夏"小姐的故事与《任氏传》最大的不同便在于男主人公的身份。而头中将和光源氏二人,正是《任氏传》的叙述者所说的"精人"。这二人又是怎样理解"夕颜"小姐("常夏"小姐)的呢?

【引文25】 "常夏"小姐的故事叙述者头中将评语(《源氏物语·帚木卷》)

这女子便是刚刚左马头所说的那种虚无缥缈之人。我却不知她平时佯装无怨无悔,而内心对我百般埋怨,只一如既往地怜她爱她,想来也只是一厢情愿。如今,我已渐渐淡忘了与她那些事,而也许她却对我不能忘怀,时而在傍晚伤心欲绝却又无处诉说。她无疑是那种无法与人长相厮守,不甚稳妥的女子。

【引文 26】 光源氏评"夕颜"小姐（《源氏物语·夕颜卷》）

　　源氏公子说道："她展现出那副虚无缥缈的模样才惹人怜爱。自身过于要强，不愿顺从的女子，却是一点都不讨人喜欢。我自己心性便不算踏实要强，而女人更是，只要温柔贤淑，看上去天真可欺却也小心谨慎，对丈夫一心顺从，才是最惹人怜的。对于这样的女子，我便可亲自教导她为妻之道，如此定然夫妻和睦。"

引文 25 和 26 同资料 7 皆是处于接近故事结尾位置的对女主人公的总结性评论，但是三者性质各不相同。资料 7 是全知叙述者的评语，彰显着作者的叙事权威，其中心思想极为接近作者意图。而引文 25 是全知叙述者使用大段直接引语，使得故事中的男性人物作为故事的第一人称叙述者而回顾过去，对于过去的自身所遇之事而阐述的评语，其思想难以代表作者意图。引文 26 是男主人公对女主人公的总结性评语，其思想同样难以代表作者意图。其中，引文 25 中头中将的叙述最为有趣。在"常夏"小姐的故事中，实际上我们并不能将作为叙述者的头中将和作为男主人公的头中将视为同一人物。作为男主人公的头中将是过去的头中将，作为故事中的人物他不知道任何超越故事当前时间点的内容；而作为叙述者的头中将是现在的头中将，他在某种程度上可算作全知的存在，知晓超越故事的内容。在清楚掌握这一区别的情况下，笔者发现，在"常夏"小姐的故事中，关于对"常夏"小姐内心的把握情况，头中将的叙述中存在着一处矛盾点。

　　A 那女子托身与我后，我亦时不时能感觉到她对我心存芥蒂（恨めしと思ふこともあらむと、心ながらおぼゆるをりをりも<u>はべりし</u>を），她却佯装无谓。

　　B 我却不知她平时佯装无怨无悔，而内心对我百般埋怨（つらしと思ひけるも<u>知らで</u>），只一如既往地怜她爱她，想来也只是一厢情愿（益なき片思ひ<u>なりけり</u>）。

引文 A 处于"常夏"小姐故事的开端，是头中将对"常夏"小姐性情的叙述，也是头中将对过去的自己心理活动的叙述。根据头中将的叙述，在故事发生的时间点，过去的自己时不时可以感受到"常夏"小姐对自己并不是没有埋怨。但是"常夏"小姐隐藏了自己的内心，表现出顺从贤淑、毫不善妒的模样，头中将便也顺势而为，认为"常夏"小姐这种性情惹人怜爱极了。而引文B处于"常夏"小姐故事的结尾处，是故事的叙述者——现在的头中将对过去发生的故事的总评。在这里，头中将以全知者的角度进行评论，并表明当时的自己并不知道"常夏"小姐内心对他有所埋怨（而知道的是现在的头中将）。笔者在《源氏物语大成 校异篇》①中仔细对比过各个《源氏物语》不同系统写本的内容，在引文AB两处，并无异文，此处头中将的叙述的确存在前后矛盾。在结尾处，头中将讲述了二人恋爱失败的结局。而头中将不愿承认这失败中有自己的原因，便将所有错处归结于女子性格中的"痴"。笔者认为，这"痴"，便是将头中将原本十分欣赏的"顺从贤淑"换了个说法，方便推脱而已。在这段叙述中，一切皆是头中将的一言堂：在热恋之时，头中将喜爱女子的"顺从贤淑"，他意识到女子在隐瞒心中的不满，也将此事理解为她善解人意；而在曲终人散之时，头中将需要推脱责任，便借口并不知情，将一切归咎于女子的隐忍与顺从。笔者认为，作者故意设计了这一叙述中的矛盾之处，亦是在讽刺头中将叙述两性关系时的利己主义。

与《任氏传》的男主人公郑生相比，出身贵族的风雅公子光源氏和头中将无疑便是《任氏传》结尾评语处叙述者所说的"精人"。在《源氏物语·帚木卷》和《源氏物语·夕颜卷》中，作者皆未对"夕颜"小姐（"常夏"小姐）做过多的外貌描写。头中将和光源氏皆未曾赏玩"夕颜"小姐的风态，吸引他们的是"夕颜"小姐顺从而温柔的性情，而引文26也证明了这一点。在《任氏传》中，叙述者道："惜郑生非精人，徒悦其色而不征其情性。"而这"情性"指的便是："遇暴不失节，徇人以至死。"但这真的是一个有血有肉的女性应有的情性吗？在《任氏传》中，叙述者自诩"精人"，因自己知晓任氏的内心之美而沾沾自喜。而《源氏物语·夕颜卷》，却讲述了一个有关"隔阂"的故事。身为"精人"的光源氏，喜爱"夕颜"小姐的顺从与温柔，这正对应了《任氏传》中的"征其情性"。但是，《源氏物语·夕颜卷》的叙述者却无时无刻不在暗示着："夕颜"小姐的顺从、天真、温柔皆是她为了讨好光源氏所表现出的表象，而光源氏未曾到达过"夕颜"小姐的内心。从引文26中光源氏对"夕颜"小姐的评语来看，《源氏物语·夕颜卷》借鉴了《任氏传》的结尾评语，并对此表示赞同。但是笔者认为，实际上恰恰相反，《源氏物语·夕颜卷》的主旨在

---

① 池田龟鑑. 源氏物语大成：第一册 校異篇 [M]. 东京：中央公论社，1984：56-58.

于表现男性主观视线的误差性，也对《任氏传》的结尾评语有着一定的反驳及讽刺意义。仔细阅读《源氏物语·夕颜卷》后，我们不禁会对《任氏传》进行反思：所谓"征其情性"，其实不过是男性的自以为是和一厢情愿罢了。

从女性主义文学批评理论出发批判《任氏传》中"任氏"的形象的论文并不少见。周艳认为：任氏的形象不是对现实生活中的女性形象的真实描写，而是作者从占据主导地位的男性群体的主体意识出发，按照想象中的理想女性塑造出的虚假女性形象[1]。司聃认为：任氏是男权意识下的完美女性形象。而她的一切优点，与其说是狐性使然，不如说这是男权思想将它塑造成这种形象。任氏终究只是男权意识下的一个悲剧玩物[2]。上述论文皆着眼于《任氏传》中女主人公的人物形象，即是从内容层面使用女性主义文学理论进行了较为系统的批评。本文旨在从表达层面看待问题，着力于分析相较《任氏传》而言，《源氏物语》是否因其叙述者的性别不同而使其叙事策略有总体性提升。

结　语

从整体上来说，《任氏传》是由男性叙述者以全知视角进行叙述的，以郑生和任氏为主人公的故事。而在结尾评语处，叙述者却跃于文面，对郑生大加批判，对任氏予以褒扬。但是，叙述者只是彰显了自己作为士人阶层的优越性，"征其情性"言过其实，任氏于他亦不过是一个理想女性的符号。《任氏传》从头至尾展现出的都只是男性视角对女性的凝视。《源氏物语》中"雨夜品评"虽是由女性叙述者以全知视角进行叙述的，却大篇幅使用直接引语，在其内部组成了一个个由男性叙述者叙述的小故事，最大程度还原了男性视角。这种男性视角的叙述与《任氏传》中男性叙述者的叙述在大方向上殊途同归，"常夏"小姐于头中将而言亦是一种理想符号，其叙述从不曾抵达"常夏"小姐的内心。而在《源氏物语·夕颜卷》中，又通过女性视角的叙述，对男性叙述进行了冲击和一定程度的揭露。由此，《源氏物语》的叙述在整体上比《任氏传》的叙述提高了一个层次，而这种提高便是得益于女性叙述者的叙述。

---

[1] 周艳. 对唐传奇《任氏传》的女性主义解读［J］. 楚雄师范学院学报，2008（11）：67-71.

[2] 司聃. 男权社会的幻想——简论《任氏传》中任氏的狐形象［J］. 中共济南市委党校学报，2012（6）：56-58.

藤原道纲母之梦信仰再考

福建师范大学　陈燕*

引　言

对现代人来说，梦并不神秘，它是由于大脑皮层没有完全停止活动而引起的脑部活动，是欲望经过伪装、变形后的一种表现。与现实有着千丝万缕的联系。但是，由于认识水平的限制，对古代人而言，梦是神秘而令人敬畏的，预示着未来的吉凶祸福，绝不能等闲视之，进而形成了源远流长的梦信仰。

在一千多年以前的日本平安时代，梦信仰非常盛行。然而生活在这一时期的藤原道纲母却在《蜻蛉日记》中发出了这样的心声："这梦也不知是凶是吉。之所以将它们记录下来，为的是以后听说或看到我结局的人能凭此做出判断，究竟应不应该相信梦和佛祖的启示"[2]，言语间似乎对梦的灵验存有疑虑。日本著名学者西乡信纲在《古代人と夢》一书中对此给予了高度的评价，认为这表现了道纲母"关于梦的独特的清醒态度"，标志着将梦视为人生的重要指针、对梦深信不疑的神话时代已经一去不复返，是梦信仰于平安时代的一个重要转折点[3]。在此意义上，《蜻蛉日记》成为研究日本古代梦信仰历史之际不容忽视的一个重要作品。西乡的观点为众多研究者所继承，成为考察道纲母之梦信仰问

---

* 陈燕：2011 年毕业于北京日本学研究中心，获文学博士学位。曾留学日本东京大学、御茶水女子大学。现为福建师范大学外国语学院日语系副教授，硕士生导师。在中日学术期刊上发表论文多篇。主要译著有《夏目漱石短篇小说选集》（世界图书出版公司，2019年）、《小说枕草子——往昔·破晓时分》（重庆出版社，2020 年）等。

② 施旻译. 蜻蛉日记 [M]. 重庆：重庆出版社，2021：88.
③ 西乡信纲. 古代人と夢 [M]. 东京：平凡社，1972：199.

题时最具代表性的学说。

藤原道纲母的这句独白的确透露出了某种异于常人的冷静，但是，这是否表明在那个梦信仰依然盛行的时代，她真的如西乡所理解的那样已经参透了梦的虚幻，完全从梦中清醒过来呢？她对梦的真实态度到底如何？这些依然值得探究。

道纲母在《蜻蛉日记》中以她与摄关家贵公子藤原兼家的婚姻生活为中心，记述了她近二十一年的人生经历。非常值得注意的是，日记中所有关于梦的记述，均出现在主人公道纲母的失意时期。上卷的十五年间，处于顺境中的道纲母对于她的梦只字不提。而这段失意时期可谓道纲母的人生重要转折点，主要记述了她于安和二年（969）至天禄二年（971）间三年的生活。除了道纲母之外，兼家还与其他多位妻子来往，这导致他们夫妻间的关系不断冷淡恶化，为了摆脱令她痛苦不堪的现实生活，她频繁地前往寺院参拜许愿。其间，天禄元年（970）七月，道纲母徒步前往石山寺参拜，在佛堂中祈祷两夜之后得到灵梦。翌年四月，她在父亲藤原伦宁家中长期持斋，时经二十余日之后又得到两个灵梦。前文所引的独白就是出现在此次梦醒之后。在下卷关于天禄三年（972）二月的记述中，道纲母罗列了石山寺的僧人、侍女以及她本人所见的、预示道纲锦绣前程的吉梦。本文围绕《蜻蛉日记》中这些关于梦的记述所出现的语境、灵梦的含义、得到灵梦时的反应及其理由，就道纲母的梦信仰进行探讨。

一、《蜻蛉日记》中的梦

（一）石山寺之行与梦

1. 石山寺参拜的起因及其含义

天禄元年三月，宫中举行盛大的射击比赛，道纲活跃其中，表现出色。道纲母为儿子长大成人而欣喜，感激其间兼家所给予的多方照顾，日记中此处"欣喜（うれし）"一词频频出现。但此次盛事过后，道纲母于新年之际心中暗许的愿望"每月三十日与夜，都在我这里"[①]却无奈落空，兼家已经鲜来造

[①] 施旻译. 蜻蛉日记［M］. 重庆：重庆出版社，2021：56.

访。寂寞中，她虽然托道纲将倾诉自己幽怨之情的和歌带给兼家，但是并没有如期等来回信。此时又有兼家新近与一名叫近江的女性关系渐密的消息传来，这对于道纲母无异于雪上加霜。陷于忧愁不安中的她于是决定徒步前往石山寺参拜。

　　平安时代，女性外出参拜往往非常艰辛。《枕草子》等平安时代中期的诸多女性文学作品对此皆有描述。藤原道纲母之外甥女菅原孝标女在所书的《更级日记》中，提到其母亲曾对她说起旅途的经历，反复用了"可怕「おそろし」"一词，由此可见当时出游参拜，旅途劳累，并非易事。道纲母选择徒步前往石山寺参拜，无疑十分辛苦。而她如此不辞辛劳，目的何在呢？《源氏物语》中的玉鬘，满怀对初濑观音赐予灵验的期待而徒步参拜，之后果然与侍女右近得以重逢，迎来了命运的转机。平安时代中期的贵族藤原实资（957—1046）则在《小右记》中，记述了自己为求能够顺利得女，数次徒步前往寺院参拜的经历。针对这一现象，岗崎知子指出参拜行为的出发点在于其"功德性"，而徒步参拜所蕴含的对功德的期盼则无疑是更胜一筹①。

　　众所周知，对于平安时代的广大佛教信徒而言，观音是能给他们带来现世利益的重要信仰对象之一。石山寺中供奉着如意轮观音，是摄关时期贵族社会最具代表性的观音灵场，深受贵族们的青睐②。对于贵族女性而言，送子也是观音能给她们带来的现实利益之一。平安时代中期的佛教故事集《日本往生极乐记》中，记载了关于圣德太子诞生的因梦怀胎的故事。正如此类故事所描述的那样，古代人多认为孩子乃是上天神灵所赐的。此外，石山寺观音还具有让夫妻破镜重圆的灵力，平安时代末期的佛教故事集《今昔物语集》第十六卷的"石山观音显灵哑女重新能言"便是其中一例。遭到丈夫抛弃的哑女虔心祈祷，石山观音不仅治愈了哑女的病，还使得她与丈夫重归于好。

　　平安时期，贵族多通过家中女儿与天皇的联姻以求得显达，道纲母年届三十五，膝下只有一子。她过去的竞争对手时姬育有三子二女，且近来丈夫兼家似乎又有新的情人，她的处境更为艰难。此次石山寺之行，她寄望于自己的虔心参拜能让灵验有加的石山观音垂怜赐福于她，挽回她和丈夫之间的关系。

---

① 冈崎知子. 平安朝女性の物詣［J］. 国語と国文学，1965（2）：27.
② 速水侑. 観音信仰と霊験利益［C］//今野达，上田闲照，佐竹昭広编. 日本文学と仏教（第7巻霊地）. 东京：岩波书店，1995：67.

2. 灵验的证据——石山寺的总管僧出现在梦中

虽然道纲母到达石山寺之时已经筋疲力尽,但是她仍然当晚就进入佛堂虔诚祈祷,哭至天明。朦胧中,她梦见石山寺的总管僧在酒器中注入清水捧进佛堂,洒在了她的膝盖上。醒来后她"想到这一定是佛祖有什么要告示于我,不由得悲从心起"①。

关于道纲母的这个梦,有着诸多的解读。川口久雄指出虽然"想着这是佛祖给我的启谕"一句点出了此梦与观音的灵验相关,但是总管僧象征着宗教权威,是一个理想化的男性形象,并且酒器也是男性性器的象征,故而此梦暗示了道纲母的性的欲望②。冈一男认为从精神分析学的角度来说,这是一个极其单纯的梦,不言而喻酒器和水是性的象征。如果说梦体现了受到禁锢的愿望之升华,那么这个梦是一个典型的例子,说明了她的苦恼背后的深层原因③。对此,柿本奖则指出,对作者梦中所见加以现代版的解读是读者的自由,但是倾听作者的心声才是作品受容之正道。作者将这个梦作为灵梦记录下来,而不是性梦,这一点不可疏忽④。白井辰子则将柿本的观点更为深入地展开,认为作者并不关心梦的内容,对她而言重要的是她参拜后在佛前终于得到了灵梦,从日记的叙述来看,作者想突出的是观音显灵这一事项⑤。

梦对于古代日本人而言,是他人的灵魂来访之结果或神灵所赐予的启示。《万叶集》中所展现的梦,主要是一种实现"魂合"的途径。由于深切的思恋之情,灵魂可以脱离躯体,超越现实的种种障碍,出现在恋人的梦中。而神话故事中,梦则具有预知未来、启示的功能,它是神将自己的意志告知人们时最常用的方法之一。当人们陷入困境的时候,虔诚地祈求神赐予自己启示,梦则是获取启示的重要手段之一。由此可见,诸多解读中柿本与白井的观点更贴近古代日本人的认识。

当时贵族们参拜石山寺、清水寺等观音圣地时所得的灵梦中,观音多以寺庙的僧人形象出现。平安时代中期的佛教故事集《法华验记》中,记载有许多关于灵梦的故事。在这些灵梦中,共有 16 例出现佛的形象,其中的 13 例为僧人。藤原行成(972—1027)的《权记》中,宽弘七年(1010)三月廿日条记

---

① 施旻译. 蜻蛉日记 [M]. 重庆:重庆出版社,2021:79.
② 川口久雄. かげろふ日記評釈(十)[J]. 国文学解釈と教材の研究,1960(12):146.
③ 冈一男. 道綱母——蜻蛉日記芸術考 [M]. 东京:有精堂,1986:145.
④ 柿本奖. 蜻蛉日記全注釈(上)[M]. 东京:角川书店,1979:369.
⑤ 白井たつ子. 蜻蛉日記の風姿 [M]. 东京:风间书房,1996:224.

载道：一条天皇派遣臣下代为参拜石山寺，之后梦见一名僧人手捧如意轮观音由石山寺前来参见，是以天皇欣喜不已，认为观音已经显灵谕示于己。① 此外，当时与神佛达成沟通的灵梦有一个重要标志，即神佛或者作为其使者的僧侣于梦中授予人们日、月、玉、剑、莲花等。石山寺的总管僧将水洒在道纲母的膝盖上，从玉为水之精灵的观点来看，这个梦可以理解为神佛授之以玉，是预示将能达成愿望之灵梦的一个变形。②

基于这种梦信仰背景，道纲母将梦中出现总管僧，当成是自己的虔心打动观音的结果，所以她发出了"不禁悲从中来"的感慨。为自己的处境惴惴不安的她，得到了观音赐予的灵梦，预示着她的愿望即将得以达成，这无疑是一个极大的安慰。

（二）长期持斋时的梦

石山寺参拜之后，道纲母与兼家之间的关系并未好转。天禄二年的元旦，道纲母未能等到往年此时一定前来拜访的兼家，而且兼家和近江的关系也进一步确立。更让她不安的是，与她出身相近的时姬和她之间的地位落差已经明朗化。安和二年元旦过后的第二天，两人的手下相争，结果是道纲母不得不搬离，已然处于下风。天禄元年春天，时姬入住新落成的东三条邸，宣告了道纲母与时姬之争的彻底失败。天禄二年，道纲母已经三十六岁，容颜渐老，无力与新的强敌——近江抗衡，对自己可能见弃于兼家的处境不无忧心，重重压力之下，四月她开始一段长期持斋的生活。二十余日后，她得到了两个梦："A. 梦见自被落发齐肩，额前之发左右分开。此梦是凶是吉不得而知。又过了七八天，B. 梦见腹中有蛇蠕动吞食内脏，若想退治这蛇需用水浇洒脸部才行。这梦也不知是凶是吉。之所以将它们记录下来，为的是以后听说或看到我结局的人能凭此做出判断，究竟应不应该相信梦和佛祖的启示。"③

关于梦 A，认为是道纲母梦见自己削发为尼，已经是一种定论。而关于梦 B，川口久雄④、冈一男⑤仍是以近代精神分析的方法解读，认为意味着道纲母被压抑的性的苦恼。犬养廉则指出道纲母的梦中所见，曲折地表达出了她的绝

---

① 增补史料大成刊行会. 权记 [M]. 东京：临川书店，1965：138.
② 岛内景二. 梦 [C] // 秋山虔. 王朝女流日记必携. 东京：学灯社，1957：165.
③ 施旻译. 蜻蛉日记 [M]. 重庆：重庆出版社，2021：88.
④ 川口久雄. 蜻蛉日记（日本古典文学大系）[M]. 东京：岩波书店，1957：347.
⑤ 冈一男. 道綱母——蜻蛉日记芸術考 [M]. 东京：有精堂，1986：150.

望与怨恨①。但不容忽视的是，对于当时的人们而言，梦并非源自自身的愿望，而是神佛谕示于己的途径。岩濑法云从佛教信仰的角度来分析这两个梦，认为蛇象征作者的执念，浇水于脸上令人联想到密教的灌顶，此梦意味着要求道纲母出家，或通过灌顶去除执念②。

虽然道纲母声称"不知道梦之吉凶"，但下卷中石山寺的法师前来告知他所见的吉梦之后，恰巧她府中来了解梦的占卜师。道纲母故意将吉梦说成是他人的梦，请占卜师解梦，结果"不出所料（うべもなく）"是一个预示将来道纲能"左右朝廷"的吉梦。"不出所料"一词说明道纲母对解梦也心中有数，并且她的推测与占卜师的解读基本相符。由此可见，道纲母对灵梦有一定的认识。因此对于长期持斋期间所得到的两个梦，她也应该有她自己的理解。

据成书于平安时代末期的历史物语《大镜》记载，宽弘九年（1012）正月，藤原道长的儿子显信出家后，其母亲高松殿明子回想起曾经梦见儿子显信左边的头发从中间剃下，后悔自己当时没有通过祈祷等让梦中预示事宜不能实现。可见关于梦 A 中的剃发，意味着出家。而关于梦 B，在平安时代，给病人脸上浇水是一种咒术性质的治疗方法。《伊势物语》五十九段，重病濒死的病人，脸上浇水之后又重获性命。《大镜》中，医师治疗三条天皇（976—1017）的眼病时采取的方法也是往他的脸上浇水。梦见蛇在吃自己的内脏，而治疗的方法是往脸上浇水，意味着蛇是带来病痛的起因。道纲母是在长期持斋时梦见这些的，所以笔者认为应该从佛教的角度去认识"蛇"的含义。

成书于平安时代初期的佛教故事集《日本灵异记》中卷第三十八话，讲述了圣武天皇时期（724—749 年在位），某僧人对三十贯钱念念不忘，死后四十九天变成一条大毒蛇的故事。而《法华验记》下卷第一百二十九话中，沉溺于对年轻僧人的欲念中不能自拔的少女，变身为长达五寻③的大毒蛇，将年轻僧人烧死于大钟之中。之后，死去的年轻僧人出现在长老的梦中乞求拯救，说是自己由于屈从于女人，最后也变成了蛇。由此可见，佛教中"蛇"常常象征着人的欲望、执念，而前文中所述岩濑法云的解读正是立足于这种佛教认识而做出的论断。

此外，下卷天禄三年二月的记述中，道纲母罗列了一系列预示着道纲的锦

---

① 犬养廉. 蜻蛉日记（新潮日本古典集成）[M]. 东京：新潮社，1982：139.
② 岩濑法云. 蜻蛉日记に見える作者の自己追究[C]//源氏物語と仏教思想[M]. 东京：笠間書院，1972：223-224.
③ "寻"为成年人左右伸开双手的长度，5—6 天。

绣前程的吉梦，可见她有着就同一主题的梦展开记述的倾向。梦 A 中出现削发的场景，意味着出家，故而梦 B 作为同类项，则也有可能是劝其放弃执念，出家为上。

《蜻蛉日记》中，道纲母曾经多次提及出家。早在天禄元年六月，兼家鲜少来访，道纲母为此苦恼不已，对年纪尚幼的道纲提起出家的想法。天禄三年四月长期持斋结束后，六月给兼家留下暗示自己要出家的书信，只身前往鸣泷般若寺参拜，结果京城四处风传她出家修行。既然道纲母有着出家的夙愿，本应对于佛祖要其出家的谕示欣然接受，为何道纲母会有"梦、佛，是否可信"之词呢？

当时为了逃避现实生活中的种种不如意，许多人向佛教寻求安慰。但基于此种动机的出家之念，常常随着自身状况的好转而被放弃①。《和泉式部日记》中，长保五年（1003）八月，当和泉式部和恋人帅宫的关系日渐疏远时，她前往石山寺参拜，但一接到帅宫的来信便速速回京。丈夫对自己的爱意渐消，自己地位岌岌可危，道纲母为此终日忧心不已，对她而言，出家是一个摆脱痛苦的途径。

平安时代的女性，其人生价值与丈夫紧紧相连，婚姻是她确保社会地位的重要手段。对于号称"本朝三大美人"之一的道纲母而言，豪门藤原家是与她的美貌与才学最为匹配的婚姻对象。出家意味着与兼家断绝关系，不仅要抛开对兼家的爱恋，而且要舍弃与藤原家联姻所带来的社会地位。在鸣泷般若寺参拜期间，她对道纲的称呼发生了变化，从"孩子（幼き人）"变成了官职的"大夫"。这一转变说明，在道纲母眼里，道纲已经是一个可以依靠的对象。下卷中出现的关于梦的记述，其主题也从自身转向了儿子，以与道纲未来相关为主。如此，成长中的儿子也给了道纲母新的人生想望。

出家修行是放弃现世、追求来生的一种行为，而心怀对于丈夫、儿子的牵挂，道纲母始终无法摆脱她对现世的留恋与执着。即使是出家意志最为坚定的鸣泷般若寺之行，也以她回归家庭而告终，她最终没有选择出家之路。

综上所述，对于道纲母而言，迫切想从神佛那里得到的是现状的改变，而并非要消极遁世、追求来生。虔心持斋后所得的灵梦，却是要求自己出家，得非所愿故而才会有上述的诘问。

---

① 张龙妹. 源氏物語の救済 [M]. 东京：风间书房，2000：189-196.

(三) 下卷的吉梦

1. 吉梦

在下卷中，道纲母记述了她生命中的另一个梦。在天禄三年二月的记述中，罗列了石山寺的僧人、侍女、道纲母本人所见的吉梦。诸人所见的梦大同小异，都围绕着一个共同的主题：道纲的锦绣前程。虽然她说这些梦"实在有些荒唐""太离奇了""简直不着边际，像疯话似的"，但是末了她却是"转念一想，对这个家族的人来说也不是完全不可能，也许我唯一的儿子会有好运降临的机会。"① 而且为了强调这些吉梦的可信，道纲母甚至记录了罕见的二人同梦。从这些记述中，不难体会她渴盼这些吉梦得以成真的心情。

对于显示观音灵验的梦、暗示出家的梦、宣告道纲未来仕途通达的梦，道纲母的态度显然各不相同。因此，"梦、佛是否可信"云云，并非她对佛和梦的否定，而是就她所不能接受的梦所做的论断。而这种判断的标准何在呢？天禄二年四月，在道纲母开始长期持斋时，曾声称"我原本是薄幸之人"②。在作品中关于梦的记述前后，数度出现"幸运"一词。可见在考察她的梦信仰时，"幸运"是一个关键词。

2. "幸运"与梦

平安文学作品中"幸运「幸ひ」"一词时有出现，《源氏物语》中，明石君、紫上等都被称为"幸运的人（さいはひ人）"。而关于它的含义，工藤重矩有着精辟的见解：葵姬跟源氏成婚并非运气使然，紫上能与源氏结成连理则是她的幸运③。由此可见，平安时代，当某个人得到了她分外的幸运时，才能被称为是"幸运的人"。下卷天禄三年八月，道纲母提到"我这样的人怎么可能轻易死去，多幸之人才薄命。"④ 如此生死攸关之时，她提到了"幸运"。因此，"幸运"一词是她在面临死亡或得到灵梦等人生的重要时期才用的词语，可见她对"幸运"的向往与重视。于佛前虔心祈祷之时，不难想象她对神佛降福赐予幸运的渴盼。此种心情之下，当她得到预示幸运即将降临的梦，固然感激不尽，而当她得到要她出家的梦的时候，加以诘问也就不难理解了。

---

① 施旻译. 蜻蛉日记[M]. 重庆：重庆出版社，2021：119.
② 施旻译. 蜻蛉日记[M]. 重庆：重庆出版社，2021：87.
③ 工藤重矩.『蜻蛉日記』「さいはひある人のためには」の解釈[J]. 福冈教育大学纪要，1992（2）：23.
④ 施旻译. 蜻蛉日记[M]. 重庆：重庆出版社，2021：137.

尽管如此，在一千多年前的平安时代，对梦、佛持上述疑问，仍然有一个需要追究的重要问题：对于梦及其发信者——佛，道纲母究竟是如何认识的，而这种认识又是在何基础上形成的呢？

二、道纲母之梦信仰的真相

如前所述，古代梦信仰的基础是，灵梦为神向人们传达谕示的途径，梦的发信者是神。而神话故事中所展现出来的是人们对神的意志的绝对遵从。对神的些许质疑，都将即刻引起神的"作祟（祟り）"而导致可怕的后果，这使人们产生了强烈的畏惧之心。《古事记》中，仲哀天皇由于对神谕存疑，即刻失去性命，即是最为典型的例子之一。因此，人们对于梦深信不疑，丝毫不敢违抗由梦所传递而来的神之旨意。

佛教传入日本之后，人们祈求帮助的对象，从神逐渐转向了慈悲为怀、普度众生的佛。与此同时，佛也逐渐取代神成为灵梦的主要发信者。虽然佛教中也有类似于神的"作祟"的因果报应，但是二者之间存在着不同之处。《日本灵异记》《今昔物语集》等佛教故事集中记载的佛教中的现世报，多是由于极端的恶行而导致恶果，只要不作恶便不会招致恶报。并且多数的报应出现于来世，甚至可以通过忏悔、读经、祈祷、造佛等功德获得拯救。所以佛对人们所产生的威慑，远远不如动辄毫无余地对人们加以"作祟"的神。

基于以上原因，使得道纲母对梦的态度与前人大不相同。她对梦、梦的发信者——佛，并非如西乡信纲所分析般全盘予以否定，而是根据自己的所需对梦进行了判断。对于符合她所祈求、渴望的现世利益的梦，她表达了感激之情，而对于不能有效改变其现状的梦，她选择了怀疑和回避。而且，如此对待佛所赐予的梦，当时并非道纲母一人的特殊现象。《更级日记》的作者孝标女也在日记留下了许多关于梦的记述，其中不乏灵梦，但是在她生活状态较为安逸的时候，她并未将其放在心上。直到晚年丈夫先逝，生活无依时才回想起当初所见的种种灵梦。此外，《权记》长保元年（999）八月十九日条中，作者藤原行成提及"昨夜梦中谕示可以辞去藏人头一职"（「去夜梦可辞藏人头之趣」[①]），但并未按梦谕执行。可见当时人们对于梦的信仰态度，已经有别于神话时代对梦

[①] 增补史料大成刊行会. 权记 [M]. 东京：临川书店, 1965: 72.

的那种深信不疑。

　　平安时代中期,《往生要集》《日本往生极乐记》等佛教书籍的广泛流布,说明当时的佛教信仰,不仅是诸多追求现世幸福的人们的精神寄托,也为部分悲观厌世的人们提供了寄望来世、逃避现实的可能。但是,不论是企盼现世的幸福或是憧憬来生的极乐,根据自己的所求来对待佛所赐予的梦,其梦信仰的本质是一致的。佛教所具有的两面性及其浓厚的宽容色彩,使人们得以根据自己的所求,或是期待意味着往生的梦,或是祈求预示着现世幸福的梦,或是忽视那些与自己所求无关的梦。由于当时佛教信仰的主流是追求现实利益,所以《蜻蛉日记》中对梦的记述展现了道纲母期待此生幸运的梦信仰。正是佛教信仰的宗教土壤,孕育了人们有别于神话时代的梦信仰。

(本论文原刊登于《日语学习与研究》2009年第5期)

《荣花物语》的视角
——"古体"的深层含义

浙江工商大学　彭溱[*]

在日本平安时代,假名的诞生带来了女性文学的繁荣,贵族女性用假名书写了日记、物语、随笔等不同体裁的文学作品。女性文学的兴起,给日本古代文学注入了新的活力。但不论是日记,还是物语或随笔,都是基于作者个人的生活经历或文学创作。而到了平安时代后期,由女性主导的假名文学开始渗透到历史领域,出现了历史物语这一独特的融合型体裁。历史物语取材于真实发生的历史,在当时日本汉文国史编撰停滞不前的情况下,其历史意义不言而喻。由女性书写的《荣花物语》是历史物语的开端,叙述了从宇多朝至堀河朝初期的宫廷史,时间跨度长达近200年。作品呈现了汉文史书中常见的编年体框架,在叙述具体历史事件时又结合了物语的写作手法,历史场景、人物心理跃然纸上。而在内容上与以往日本国史最大的不同是,《荣花物语》的叙述重心并不在于朝廷政务,而是在于外戚家族的发展、天皇后宫的演变。这也是作为中下层贵族女性的作者所拥有的独特视角。这种独特视角不仅体现在作品主题上,也体现在文本的语言表达上。本文旨在以"古体"一词为切入点,试析《荣花物语》中女性作者的独特视角。

"古体"在日语中属汉字词汇。在现存日本文献中,比较早的"古体"用例见于《万叶集》。《万叶集》卷六写道:"比来,古儛盛興,古歲漸晚。理宜共盡古情,同唱古歌。故擬此趣,輒獻古曲二節。風流意氣之士,儻有此集之

---

[*] 彭溱:2020年毕业于北京日本学研究中心,获文学博士学位。现任浙江工商大学东方语言与哲学学院讲师,主要从事以《荣花物语》为主的日本古典文学研究,曾于日本学术期刊『国文論叢』『国文学研究ノート』分别发表论文「『栄花物語』の歴史叙述の一面:藤原顕光の家風・政治の営みに対する評価をめぐって」、「『栄花物語』における娀子立后:済時への太政大臣追贈を手がかりに」。

中，爭發念心心和古體"①。此处的"古体"，指和歌的创作风格。毋庸置疑，日本奈良时代出现的这个"古体"，源自古汉语。《汉语大词典》中，关于"古体"的释义有：①古人诗歌、文章的体式和风格；②指古体诗，相对近体诗而言。该词典援引的例句有钟嵘（约468—518年）《诗品》（作于513年以后）中的"元瑜堅石七君詩，並平典不失古體"②，可见，在公元6世纪初，"古体"已被中国古代文人用来评论诗歌的风格。唐代将齐梁以来开始流行的格律诗称作"近体诗""今体诗"，而将周、秦、汉、魏不讲究格律的诗称为"古体""古风"③。"古体"一词，在传入日本之时，应当已是中国古代文学领域中的常见用语。

《万叶集》借用汉字记录和歌，本就与诗歌密切相关的"古体"出现于该书中，并不稀奇。此后，《文镜秘府论》《道济十体》《八云御抄》等日本的诗文论、和歌理论作品也都用到"古体"一词，以描述诗文、和歌的体式或风格。另一方面，早在9世纪中期日本朝廷编撰的《续日本后纪》中，"古体"就呈现出新的含义，有"是尋常之裝束，非神事之古體""便指自所着，爲古體之證"④ 这样的用例，在这2例中，"古体"意指官员的穿着符合古时的仪制，其使用范围已不再局限于诗歌领域。同样，在之后贵族男性书写的汉文日记中，"古体"用例虽然不多，但也跳出了诗歌领域。由于平安时代的汉文日记多记载朝廷公务、仪式等方面的内容，其中的"古体"也基本用来形容传统的礼法、做法。与男性书写的这些作品相对应的是，随着假名文学的兴起，在由女性主导的假名日记、物语文学中也开始出现"古体"的用例，并且数量更多，用法也更为多样。笔者将在追溯假名日记、物语中的"古体"用例的基础上，分析《荣花物语》这部历史物语作品中的"古体"用例，揭示"古体"一词在平安时代假名文学中的发展脉络，并明确《荣花物语》中"古体"用法的独特性，从其中所蕴含的时代意识来展现女性作者的叙述视角。

---

① 高木市之助ほか. 万葉集：二［M］. 东京：岩波书店，1959：173.
② 罗竹风. 汉语大词典：第三卷［M］. 上海：汉语大词典出版社，1989：29.
③ 谢谦. 国学词典［M］. 北京：中国人民大学出版社，2007：303.
④ 黒板勝美，国史大系編修会. 新訂増補国史大系：第三卷［M］. 东京：吉川弘文館，1966：75.

一、假名文学中"古体"的发展脉络

如日本学者山田英雄所说,"古体"传入日本后,其使用领域经历了从汉诗到和歌、再从和歌到物语的一个延伸过程①。从和歌到物语的延伸过程中,当然也有假名日记的参与。在假名日记、物语等假名文学中,"古体"多以假名「こたい」的形式存在。日本一些校订本或注释书认为「こたい」对应的汉字是"古代",但山田英雄、增田繁夫等学者认为平安时代基本没有汉字"古代"的确切用例,而"古体"却是有迹可循的,并且从作品中「こたい」的意思来看,将其看作"古体"也更为合理②。笔者赞同后者的观点,因此,援引用例时,将「こたい」看作"古体"。

在假名日记、物语等作品中,"古体"比较早的用例见于《蜻蛉日记》。作者藤原道纲母在谈到作风老派的母亲时,两次用"古体之人"(「こたいなる人」「こたいの人」)来指代母亲③。此处的"古体",形容的是人物性格特点,其使用范围已经超出了原来的诗歌领域。并且值得注意的是,"古体"的修饰对象母亲,从时间角度来看,是作者上一辈的人物,而在《落洼物语》中的"古体"用例,也是涉及上一辈的人物。《落洼物语》中,女主人公落洼遭受嫡母虐待,嫡母以借用或修理的名义从落洼那里夺走包括镜子收纳盒在内的许多珍贵物品,迟迟不还,最后送给落洼一个自己曾用过的破旧不堪的、大小尺寸也与落洼的镜子不相符合的过时收纳盒,男主人公道赖少将看到后讽刺落洼嫡母送来的是"古体之物"(「こたいの物」)④。落洼嫡母对道赖来说,属于上一辈。可见,"古体"流入假名文学后,最初应当多用于形容老一辈的人物或相关事物。这种用法,到了《源氏物语》,更为常见。

《源氏物语》中,共有18例"古体"。其中,用来形容老年人的有10例,

---

① 山田英雄. 日本における時代区分観の変遷: 平安時代まで [J]. 史学雑誌, 1952 (12): 1-38.
② 増田繁夫. 漢文日記の漢語系語彙:「古体」「見證」「顕證」[C]//山中裕編. 古記録と日記: 下巻. 京都: 思文閣, 1993: 235-248.
③ 菊地靖彦ほか. 土佐日記 蜻蛉日記 [M]. 东京: 小学館, 1995: 90, 110.
④ 三谷栄一ほか. 落窪物語 堤中納言物語 [M]. 东京: 小学館, 2000: 73.

115

即紫姬的外祖母北山尼君1例（末摘花卷）①、透露冷泉帝身世的僧都1例（薄云卷）②、桐壶帝的妹妹女五宫1例（少女卷）、桐壶帝的姊妹大宫1例（行幸卷）③、明石姬的母亲明石尼君2例（紫儿卷）④、伺候冷泉院研习经文的阿阇梨1例（桥姬卷）、桐壶帝第八皇子八之宫1例（总角卷）⑤、照顾浮舟的数名小野尼君2例（习字卷）⑥。用"古体"来形容老年人性格特点的这种用法，作者紫式部运用得十分熟练。而除了这种用法外，紫式部还将"古体"用在跟末摘花（5例）、光源氏（1例）、柏木（1例）、薰君（1例）等年轻一辈相关的事物上。其中，用例最多的末摘花，在光源氏的众多妻妾中，是一位罕见的古朴守旧、与时代脱节的落魄王族。她的这种形象，与作者多次用"古体"来描述她的装束（末摘花卷）⑦、日常用品（末摘花卷⑧、蓬生卷⑨）、和歌技巧（玉鬘卷）、行为方式（行幸卷）⑩等脱不开关系。这样的末摘花，数次受到光源氏的揶揄。当然，光源氏本人并没有一味排斥"古体"之物。在赛画卷中，新入宫的斋宫女御（后来的秋好中宫）与早些时候入宫的弘徽殿女御为争夺冷泉帝的宠爱，收集名画互相比拼。弘徽殿女御的父亲为女儿收罗了当下流行的华丽画作，斋宫女御的养父光源氏则从自己的收藏品中拿出了"古体"的名家画作与之对抗⑪。这种构思体现了紫式部对新旧文化的辩证态度。太过"古体"的末摘花在作品中显得不合时宜，而理性看待旧事物的光源氏成了构筑宫廷文化的推动者。同样，柏木与薰君，在紫式部的笔下，对"古体"事物也是有一定态度的。柏木借用"姐弟关系无法割断"的古谚语抱怨姐姐玉鬘疏远自己时，说自己所引谚语虽是"古体"之言，但十分在理（兰草卷）⑫。薰君潜入宇治大君的房间遭到拒绝后，把以"小夜衣"开头的一首和歌系在单衣袖子上送给大君，这种赠送和歌的方式在作品中被形容为"古体"，薰君通过这种毫无新意的方式

---

① 阿部秋生ほか. 源氏物語①［M］. 东京：小学馆，1994：305.
② 阿部秋生ほか. 源氏物語②［M］. 东京：小学馆，1995：449.
③ 阿部秋生ほか. 源氏物語③［M］. 东京：小学馆，1996：19，312.
④ 阿部秋生ほか. 源氏物語④［M］. 东京：小学馆，1996：106，111.
⑤ 阿部秋生ほか. 源氏物語⑤［M］. 东京：小学馆，1997：129，228.
⑥ 阿部秋生ほか. 源氏物語⑥［M］. 东京：小学馆，1998：309，317.
⑦ 阿部秋生ほか. 源氏物語①［M］. 东京：小学馆，1994：293.
⑧ 阿部秋生ほか. 源氏物語①［M］. 东京：小学馆，1994：299.
⑨ 阿部秋生ほか. 源氏物語②［M］. 东京：小学馆，1995：328.
⑩ 阿部秋生ほか. 源氏物語③［M］. 东京：小学馆，1996：138，314.
⑪ 阿部秋生ほか. 源氏物語②［M］. 东京：小学馆，1995：377.
⑫ 阿部秋生ほか. 源氏物語③［M］. 东京：小学馆，1996：339.

表达了自己的埋怨之情，并在和歌中故意挖苦刺激大君（总角卷）①。在这2例中，"古体"事物虽然带有负面意味，却又在某种程度上得到了柏木与薰君的利用与肯定。

二、《荣花物语》中的"古体"用例分析

（一）用例分类

在《荣花物语》中，"古体"共有14例，可分为3种情况。一种是对年事已高者的外貌、思维、行事作风等的形容，涉及的人物有村上帝的妃子藤原正妃（卷一）、敦明亲王的外祖父藤原济时（卷四）②、藤原道长的岳母藤原穆子（卷十二）③、藤原公任的乳母尼君（卷二十七）④。一种是对古风、古旧或司空见惯的物品、仪式、住宅、现象等的形容，涉及的事物有藤原显光长女藤原元子的婚礼（卷四）、天皇皇后用的御轿（卷五）、皇太子居贞亲王的妃子藤原娍子从姑姑藤原芳子那里继承而来的梳妆盒（卷八）、藤原显光次女藤原延子的婚礼（卷八）⑤、藤原道长为岳母藤原穆子隆重举办的丧礼（卷十二）、藤原道长府邸原来的建筑样式（卷十四）、官员们争先做中宫职的职员为藤原道长之女效劳的现象（卷十四）、村上朝的绘画风格（卷二十）⑥。还有一种是反用"古体"来衬托人物的飒爽英姿或时尚之美，这种情况有2例，一是在描写藤原道长的长子藤原赖通时，作者说通常的赞美之言都过于"古体"，无法用来形容藤原赖通的英姿（卷十二）⑦，一是在描写藤原道长的数名女儿时，作者赞美她们无"古体"之态、时尚美丽又不乏庄重（卷十四）⑧。

上述3种情况中的第1种可以说是"古体"在假名文学中的传统用法，与

---

① 阿部秋生ほか. 源氏物语⑤［M］. 东京：小学馆，1997：275.
② 山中裕ほか. 荣花物语①［M］. 东京：小学馆，1995：53，204.
③ 山中裕ほか. 荣花物语②［M］. 东京：小学馆，1997：78.
④ 山中裕ほか. 荣花物语③［M］. 东京：小学馆，1998：47.
⑤ 山中裕ほか. 荣花物语①［M］. 东京：小学馆，1995：227，276，444，458.
⑥ 山中裕ほか. 荣花物语②［M］. 东京：小学馆，1997：82，154，156，364.
⑦ 山中裕ほか. 荣花物语②［M］. 东京：小学馆，1997：85.
⑧ 山中裕ほか. 荣花物语②［M］. 东京：小学馆，1997：139.

《蜻蛉日记》中的"古体"用法属同一类型，在《源氏物语》中也十分常见。第2种情况中，比较特殊的当属有关婚礼、官场现象的用例。《荣花物语》主要谱写了以外戚藤原道长为代表的藤原氏九条流（藤原师辅一脉）的荣华史，女子入宫、贵族间的联姻等跟结婚相关的描述在作品中占据着重要位置。其中，婚礼往往是用赞美的口吻来叙述的，常见的是「今めかし」等表示时尚绚丽的词语，而"古体"的使用只见于对藤原显光女儿的婚礼的描述中，并且这种用法在之前的作品中也是未曾有的。同样，将官员们竞相为藤原道长之女效劳而争夺官职的现象评价为"古体"，这种用法也是之前不曾见的，当然这与作品内容的性质本身有着密切关系，"古体"的本质意义还是在于"古"字，只不过其修饰对象的范围在不断地拓宽。但是，这种有创新意义的拓展，不仅丰富了"古体"一词的内涵，还为作品的内容深度增添了层次感。而且，从作品主旨来看，这与第3种情况的反用"古体"也达成了绝妙的配合。接下来就有关婚礼、官场现象的用例及反用"古体"的用例进行具体分析。

（二）特例分析

在《荣花物语》卷四中，关白藤原道隆（前关白藤原兼家长子）及继任关白藤原道兼（藤原兼家第三子）相继病逝，藤原道长（藤原兼家第五子）获任与关白相当的内览一职，成为群臣之首。但藤原道长年仅29岁，数名女儿都尚未成年，无法实行"后宫策略"，与天皇联姻，巩固自己的地位。当时一条天皇的后宫只有已故关白藤原道隆的长女藤原定子一人。藤原定子虽贵为皇后，但尚无所出，父亲去世后，兄长藤原伊周也错失关白之位，家门失势，处境远不如从前。于是，中纳言藤原显光（前关白藤原兼通长子，藤原道长的堂兄）、中纳言藤原公季（前右大臣藤原师辅第十一子，藤原道长与藤原显光等人的叔父）两人趁机将各自的长女藤原元子、藤原义子送入一条天皇的后宫为妃。然而，世人并不看好藤原元子的入宫，认为她的婚礼"古体"而无新鲜感，《荣花物语》中对婚礼的描述主要着重于女方准备的各种婚礼用品、嫁妆、陪嫁侍女等方面，因此，这里的"古体"，明面上是指藤原显光为女儿做的这些筹备"古体"。相反，世人十分看好藤原义子的入宫，认为她会比藤原元子更受天皇的宠爱，且她的婚礼被作者描述为万事更显时尚华美（「今めかし」）[1]。在通常用「今めかし」来赞美婚礼的《荣花物语》中，藤原元子的婚礼却被贴上"古体"

---

[1] 山中裕ほか. 栄花物語①［M］. 东京：小学馆，1995：227.

的标签，显然是作者有意为之。

同样，在卷八中，藤原显光次女藤原延子的婚礼描写也用到了"古体"一词。藤原显光将长女藤原元子嫁给一条天皇的后宫策略并没有取得成功，藤原元子怀孕后流产，之前的风光得意不复存在，反而沦为世人笑柄（卷五）。皇后藤原定子先后生下大公主和大皇子（卷五），接着，藤原道长将已经成年的长女藤原彰子送入后宫为后（卷六），藤原彰子在藤原定子死后成为大皇子的养母，并相继生下二皇子和三皇子（卷八）。对于一条天皇的后宫，藤原显光已无计可施，于是他将目光转向皇太子居贞亲王（一条天皇的堂兄）的长子敦明亲王，招揽其做次女藤原延子的夫婿。敦明亲王虽应下这桩婚事，但心想藤原显光家筹备的婚礼肯定十分"古体"，不值得期待。结果，婚礼超出他的意料，没有那么糟糕，新娘藤原延子也是美丽动人、知书达理①。这里，作者设置了一个反转，营造出藤原显光一家可能会东山再起的氛围。但是，敦明亲王最先的想法恰恰说明了藤原显光一家在世人眼中的固有形象，即"古体"的形象。这与卷四中世人将藤原元子的婚礼评价为"古体"的描写遥相呼应。藤原显光一家的"古体"，作为一个公认的事实，被植入文本之中。

值得注意的是，藤原延子婚礼描写中的这种反转，其实在姐姐藤原元子婚礼的描写中也是存在的。在卷四中，世人虽不看好藤原元子，结果藤原元子比藤原义子更受宠，让世人惊讶，藤原显光一方十分得意，可这样的风光只是昙花一现，藤原元子流产后，他们沦为世人的笑谈。这里，作者安排了两个反转，先是藤原元子出乎世人意料受到一条天皇的宠爱并怀孕，后是藤原显光一家风光无限之时藤原元子流产遭世人嘲笑。两个反转，实际上肯定了世人不看好藤原元子入宫一事的先见之明。或者说，作者从一开始就有意通过世人之口暗示藤原显光一家后来的惨淡结局。而到了藤原延子的婚事，作者也采取了同样的手段。原本对婚事不抱期待的敦明亲王转变态度，与妻子藤原延子琴瑟和鸣，藤原显光再次看到希望，在卷十二中，敦明亲王成为皇太子，藤原显光如愿成为皇太子的岳父。然而，也正因为敦明亲王走入了皇权的中心地带，他开始疏远藤原显光一家，以保全自己的太上皇待遇为条件，在父亲三条院死后辞去太子之位，且与藤原道长一家联姻（卷十三）。于是，藤原延子忧郁而终，藤原显光在对权力执迷不悟的妄想中孤独终老（卷十六），死后两人更是以怨灵的形象存在于作品之中，作祟危害藤原道长的后代。

---

① 山中裕ほか. 栄花物語①［M］. 东京：小学馆，1995：458.

藤原显光两个女儿的婚礼描写中所用的"古体"一词，表面上是在说婚礼及藤原显光一家的风格"古体"，但结合故事的整个走向来看，更是与藤原显光的政治策略、历史的发展潮流、作者的时代意识密切相关。也就是说，在作品中，藤原显光一家的"古体"，更体现在藤原显光不自量力一味想与藤原道长争权最后导致身败名裂这件事情上。藤原显光的"古体"饱含不识时务、顽固不化的意味。这样的结果来源于时代背景以及作者的立场与时代意识。藤原道长开创了平安时代摄关政治的全盛期，《荣花物语》的作者是站在赞美藤原道长的立场上来讲述历史的，藤原显光这样的人物在作者的笔下，只能成为不知变通、与时代相悖的顽固分子。在作者看来，官员们竞相追随藤原道长一家，才是这个时代的常态。藤原道长的三名女儿藤原彰子、藤原妍子、藤原威子先后成为一条天皇、三条天皇、后一条天皇的皇后，作者在写藤原威子立后时，提到许多官员都想成为藤原威子的中宫职的职员为其效力，并说这种现象如今很"古体"（卷十四）[1]。此处的"古体"，可理解为司空见惯之意，因为作品的基调就是藤原道长一家引领时代、众官员竞相追随。

（三）时代意识

可见，同样是"古体"，用在不同的人物身上，有着不同的含义。藤原显光的"古体"，讽刺了他的不知变通、顽固不化；众官员的"古体"，反映了他们的顺应时势、攀附权贵。但两者都衬托了藤原道长一家的荣华富贵。而作者在描写藤原道长一家时，又反用"古体"来进行赞美。如前所述，作者在描写藤原道长的长子藤原赖通的不凡身姿时，说通常的赞美之辞都显"古体"；在描写藤原道长的数名女儿时，说她们毫无"古体"之态、美丽时尚、端庄大方。在作品中，藤原道长一家成了这个时代的引领者，他们代表着流行与时尚。在卷八中，皇太子居贞亲王新迎娶了藤原道长的次女藤原妍子，他本来觉得相伴多年的妻子藤原娀子所持有的首饰盒颇有韵味，可在看到藤原道长为藤原妍子准备的华丽首饰盒后，他感到藤原娀子的首饰盒特别"古体"，对能做出令人眼前一新的饰品的藤原道长不由心生敬佩。并且，作者在文中言明，藤原娀子的首饰盒乃已故村上天皇亲自设计，是藤原娀子从姑姑藤原芳子（村上天皇的妃子）处继承而来的[2]。换言之，藤原道长的心思之巧妙，足以媲美明君村上天皇，甚

---

[1] 山中裕ほか. 栄花物語②［M］. 東京：小学館，1997：156.
[2] 山中裕ほか. 栄花物語①［M］. 東京：小学館，1995：444-445.

至有赶超之势。作者在赞美藤原道长的开拓性的同时，也刻画了他认可和继承某些"古体"事物的一面。在卷十二中，藤原道长的岳母藤原穆子逝世，藤原道长追思岳母的"古体"作风，想到她生前每年都会遵守传统，在换季更衣之时热心地给女婿准备衣物，满怀感激的藤原道长为她举办了"古体"而盛大的送葬仪式①。《荣花物语》中的藤原道长虽是时代的开拓者，但也存在重"古体"的一面，这与《源氏物语》中的光源氏相似。《荣花物语》的作者与紫式部一样，在肯定新时代的同时，也赞赏旧时代的优良传统。

结　语

"古体"一词蕴含了人们关于新旧事物的认识与评判，借其可窥探人们的时代观，甚至是价值观。在平安时代假名文学中多次出现的"古体"用例，展现了女性作者对于时代的感知方式与独特认识。《荣花物语》的作者在结合物语的写作手法叙述历史的时候，融入了自己作为中下层贵族女性所拥有的特殊视角，灵活运用"古体"一词，将藤原道长一家塑造为宫廷文化的引领者、开拓者，将藤原显光一家刻画为固执守旧、不知变通的落伍者、失败者，这不仅达到了赞美藤原道长的目的，也生动地传达了摄关政治时期的贵族群像、人物个性以及文化价值取向。而这种生动的描述，在平安时代男性所书写的汉文史书、日记中，是很难找到的。《荣花物语》的作者采用历史物语这一全新的体裁，发挥女性特有的写作视角，给后世留下了一部栩栩如生的平安宫廷贵族史。

---

①　山中裕ほか. 栄花物語② [M]. 东京：小学馆，1997：78，82.

论《告白》中的家门意识

——以"父亲的遗言"为中心

北京外国语大学　北京日本学研究中心　马如慧[*]

引　言

　　《告白》（『とはずがたり』）是镰仓时代后期的宫廷仕女后深草院二条撰写的日记文学作品。在该作品中，二条记述了她跌宕起伏的一生。《告白》共分为五卷，第一卷到第三卷又称"宫廷爱欲篇"，记述了二条少女时代及青年时期出仕于后深草上皇后宫时所经历的爱恨情仇。第四卷和第五卷又称"纪行篇"，记述了二条离开后深草上皇后宫后，辗转于日本各地时的所见所闻。在第一卷中，二条写道：在后嵯峨法皇驾崩后不久，二条之父便也生病了。由于自觉前途渺茫，其父不愿请僧侣为自己进行加持祈祷。但是，在其父听说二条怀孕之后，也许是因此看到了振兴家门的希望，他开始积极进行延命祈祷。可是，加持祈祷没有起到预期的作用，其父的病情日益严重。文永八年（1271）九月，二条的父亲雅忠不幸去世。在临终之时，他对二条做了如下嘱托。

　　　　侍奉君王，若对人世并无怨恨，便当小心侍奉，毫不懈怠。但世事难

---

[*] 马如慧：现于北京日本学研究中心攻读博士学位，主要研究日本中古及中世日本古典女性文学。硕士论文《试论中世女性日记文学中的"家"意识》被评为卡西欧杯全国优秀硕士论文二等奖。译著：《十六夜日记》（共译，重庆出版社，2021年），论文：「『源氏物語』における「ををし」と「あざやか」——二つの男性群の造型」［早稲田大学《平安朝文学研究》（复刊第28号）2020年3月］等。

料，若对君王对人世都心怀怨恨，无力在世间立身安命，即当遁入空门，为自己修来世，祭奠双亲，以求来世一莲托生。即便为世所弃，孤苦无依，你若侍奉新主，或是寄居什么卑贱之人家中，以此为生，吾虽作古，也将视为不孝。夫妻并非一世之缘，无能为力。无论如何，不入空门却留名于"好色之家"，着实堪忧。只是，若遁入空门，无论如何也没有忧虑了。①

整理后，可将遗言的内容归纳为以下四点：
①若被后深草上皇抛弃，无安身立命之本时，要立即出家；
②不可侍奉其他主君，不可与身份卑贱之人结婚；
③若是终究被上皇抛弃，也不可留名于"好色之家"；
④如若出家为尼，便无所忧虑了。

二条之父久我雅忠的离世可说是第一卷中所发生的最重要的事件，而其父临终前所留的遗言在整部作品中都发挥着举足轻重的作用。为此，该遗言在研究界中备受关注。但是，目前学界对其解读仍然不够透彻。依二条父亲之言：若二条被上皇所弃，不可侍奉新主，不可与卑贱之人结婚，更不可留名于"好色之家"。关于对"好色之家"的理解，研究界中存在较大争议，笔者将在本论文中着重探讨此问题。此后其父又道：夫妻并非一世之缘，无能为力。"夫妻"指的可是二条与后深草上皇？我们应当如何理解二条在后深草后宫所处地位呢？最后，二条之父着重强调：若遁入空门，无论如何也没有忧虑了。对当时的女性来说，出家有着什么样的意义呢？为何出家便可无所忧虑了呢？下面，笔者将对这些问题点进行分析与解读。

一、《源氏物语》与二条之父的遗言

《告白》成书于镰仓时代末期，那时，皇族以及贵族们雌伏于武士势力的威压之下，他们在政治方面处于弱势地位。也因此，趋于没落的贵族们便怀念起贵族政权的鼎盛时期——平安时代，这一点在文学方面也有所体现。例如，《源氏物语》备受推崇，以至于出现了深受《源氏物语》影响的"拟古物语"作品

---

① 张龙妹．十六夜日记［M］．邱春泉，马如慧，译．重庆：重庆出版社，2021：83.

群，甚至在现实生活中，贵族们都会模仿《源氏物语》中的风雅情节。不仅如此，日记文学作品也处处渗透着《源氏物语》的影子，这在《告白》中尤为明显。正因此，关于《告白》的研究主要集中于对以《源氏物语》为首的王朝物语文学的继承上。在关于"父亲的遗言"的研究中，有研究者指出，二条之父雅忠所留遗言在表达方式和思想方面沿袭了《源氏物语》中的情节。在这里简单整理如下。

首先，清水好子在论文中提到："二条之父雅忠的遗言从内容和遣词两方面来说，虽然能感受到中世的痕迹，但可以说受《源氏物语》'椎本'卷中八亲王的遗言的影响颇深[①]"。另外，西泽正史在清水学说的基础上指出：与其说二条之父的遗言内容受八亲王的遗言影响，不如说其在表达方式和构思等方面，与《源氏物语》中朱雀上皇把三公主托付给光源氏时的叙述更为相近[②]。

二条之父雅忠曾向后深草上皇进言：久我家乃是皇族出身的名门贵族，二条乃是久我家嫡女，本不该进宫做仕女。二条也数次在《告白》中强调自己与皇室血脉相连。由此，我们可以看出：二条与其父雅忠都为自己的血统以及家门感到自豪。所以，上述清水的学说和西泽的学说都值得肯定，特别是清水所指出的，二条之父雅忠的遗言在内容和遣词上受《源氏物语》中八亲王遗言的影响之说十分有意义。其实，甚至在思想层面上，其父雅忠的家门意识也受八亲王的家门意识影响。

古代中国与日本的皇室之间较大的区别在于，日本皇室更加注重自己的血统。在古代中国，皇帝或为了政权的稳定，或为了国家的安稳和平，便会让公主或是从宗族中选出的郡主与少数民族的可汗政治联姻，史上称其为"和亲"。根据崔明德在其著作《中国古代和亲通史》中所做的统计可知，早在汉代，便有许多皇室公主与少数民族的可汗和亲的记录（崔明德，2007）。而在古代日本，皇室十分注重自己血统的高贵纯净，多奉行"皇女独身主义"思想。一般来说，皇女或是在皇室内部结婚，或是成为斋宫或斋院侍奉神明，或是孤独终身。这是因为，在古代中国，易姓革命经常发生；而在古代日本，皇室乃是万世一系，所以他们更加注重自己的血统。所以，在《源氏物语》中，八亲王命令他的两位王女在自己死后不要结婚，终生安身于山上，也是为了避免玷污皇

---

① 清水好子．古典としての源氏物語——とはずがたりの執筆の意味［C］//紫式部学会．源氏物語及び以後の物語 研究と資料．东京：武蔵野書院，1978：143.
② 西澤正史．『とはずがたり』における『源氏物語』の受容——父の遺言をめぐって［J］．学苑，1987（573）：28.

室的高贵血统。

不仅是皇室,贵族们也十分注重自己的血统高贵。我们可以举出《源氏物语》中明石入道的例子。明石入道的父亲位列大臣,妻子是中务亲王的孙女,自己也是身为三位中将的高官。他预料到在京城做官并无发展,于是去地方做了播磨国守,之后便出家了。出家后的明石入道住在明石浦,他尽心抚养着自己的女儿。明石入道希望女儿与出身名门的贵族男性结婚,以此达到复兴家门的目的。他嘱咐女儿:如果未能嫁与名门之后,便出家也罢,投海自尽也罢,不要玷污了自己的血统。明石入道宁可让明石君投海自尽也不让她与卑贱之人成婚,便是源于他对自己高贵血统的自尊与矜持。由此我们可以推测,在《告白》中,二条之父雅忠最不愿见到的,亦是二条或与身份卑贱之人结婚,或成为妓女玷污其贵族的血统,所以才留下遗言,希望二条能够出家为尼。

二、宫廷仕女的立场

在第一卷中,二条提到,其父雅忠本想将二条作为后妃嫁给后深草上皇,但事与愿违,上皇始终没有赐予二条封号。于是,雅忠便退而求其次,在久我家的宅邸准备后深草上皇与二条的婚事,上皇也连续两夜都移驾久我宅邸。作品中写道:"身着浅蓝色猎衣的隆显大纳言,驾车前来迎接上皇回宫。同行者有权大纳言为方卿,另有一位官位为勘解由次官的殿上人。随行之人有两三位北面武士和几名粗使下人。"(十六夜日记,2021:66)可见上皇所带仆人甚少,并未大张旗鼓。并且,上皇未像雅忠期待的那般与二条完婚,而是在标志着婚姻成立的第三夜之前,把二条带出了久我宅邸。那么,在后深草上皇后宫之中,二条究竟居于何种地位呢?

(一) 二条在后深草上皇后宫中的地位

后深草上皇在与二条的婚礼前,将二条带回了自己的宫殿——冷泉富小路宫殿。二条特意写道:上皇并未带二条回到她平时所在的居室,而是将她带到了角宫殿。"角宫殿",顾名思义,是位于冷泉富小路宫殿东北角的一个偏殿。据史料记载,角宫殿由于地理位置偏僻,且临近佛坛,故许多法事都在此举行。但是,笔者发现,在《告白》中,角宫殿也作为重要舞台多次出现。或许是由于其地处偏僻角落，故而大多被描写为上皇与情人私会的"偷情场所"。

比如，在《告白》中，二条写道：她经常不得不为上皇与其情人牵线搭桥，这使她痛苦却不可明说。在提及上皇把秘密情人"咏蛛网和歌的女子"召唤到富小路宫殿时：

> 正在此时，资行中将求见道："臣已将上皇所寻的美人儿带上来了。"上皇道："暂时将牛车带到面朝京极大路南端的水榭处，令她在车中等候。"（中略）我起床出门时，已是日上三竿之时。在角宫殿前的水榭旁，停着一辆破旧的牛车，被一夜暴雨淋得凄惨各处都滴滴答答地淌着水。（十六夜日记，2021：134-135）

上皇把被称为"咏蛛网和歌的女子"的美女召唤至"面朝京极大路南端"的水榭（角宫殿旁的水榭）处，却并未理会她，任其雨夜在车中度过了漫长的一夜。把女性暂时召唤到自己的住处，再将她们送回，这分明是对待妓女的方式。而根据其服饰可推测，"咏蛛网和歌的女子"也确实是一名妓女。对于出身名门，又期望妃子之位的二条来说，被带往"角宫殿"可说是十分难以接受的事实吧。所以，被上皇带至"角宫殿"后，二条写道：

> 我自幼便出仕于上皇的宫殿，而此时此刻，却觉得这里无比陌生，又令人恐惧不安，便后悔随上皇回宫了。正当我不知该如何自处、泪眼朦胧之际，听到了父亲的声音。原是父亲担心我，也随后参宫了。隆显大纳言将上皇所言皆告知于父亲，父亲听后道："事到如今，你并没有正式封妃，却与上皇维持如此的情人关系反而有辱家门。便是仍如往常一样，作为仕女出仕宫廷还更好一些。"与我交代罢了，父亲便退出了宫殿。（十六夜日记，2021：67-68）

二条刚刚被带回上皇的宫殿时，十分惶恐不安，泪流不止。这时其父雅忠入宫觐见，对她说：以这样的身份待在角宫殿恐怕有损名誉，不如像以往一样作为仕女侍奉上皇。言毕，雅忠便留二条在宫中，独自回府了。但是，二条却在此后写道：在她仍然留在宫中的十余日中，其父几度遣人传言：如此名不正言不顺地留在后宫，实在有损颜面，望速速回府。二条听从父命回府，几日后又再度出仕宫廷。此时，二条特意明言：待几日后，我便如同往日一般，作为仕女，出仕于上皇的宫殿。二条之父三番五次命二条回府，而二条又作为仕女重返宫廷，这也许是为了掩盖"角宫殿"事件对久我家名誉造成的损伤。二条之父雅忠认为，二条做仕女原本已是有辱家门之事，何况是像妓女一样被召唤到角宫殿呢？所以，对于久我家的家主雅忠来说，二条仍是像往常一样做仕女更算是对得起家门清誉吧。

（二）宫廷仕女的作为

二条之父在遗言中提到不可侍奉新主。其中的"侍奉"一词，日语中用"仕"字，想必指的是作为仕女出仕宫廷的"宫仕"。女性日记文学研究者西泽正史指出："侍奉新主"指的乃是作为宫廷仕女出仕不同的主君，而"不可侍奉新主"乃是基于中国儒家思想所提倡的忠义观念（西泽正史，2000）。该说法言之有理，但在本论中，笔者将尝试从不同角度进行理解。在第一卷中，二条曾引起东二条皇太后的不满，以至于皇太后将她除籍。当时，后深草上皇为二条辩护道："久我家乃是村上天皇之皇子、圆融天皇之皇弟——第七皇子具平亲王的后代，降为臣籍还不出几代。是故，久我家的嫡女身份高贵，本不该出仕宫廷。"（十六夜日记，2021：117）而这正是久我雅忠生前曾对后深草上皇强调过的事情。他认为二条作为仕女出仕后深草上皇已是特例，再出仕新主更是不该，这种想法也有一部分来源于雅忠对自己血统和家门的自尊。

另外，二条之父雅忠在遗言中说："夫妻并非一世之缘，无能为力。"他感叹二条与上皇无夫妻之缘，对于二条不能作为后妃正式进入后深草后宫深感遗憾。那么，在中世，宫廷仕女又是怎样的存在呢？从平安后期开始直至中世，非正式皇妃身份的仕女（包括侍奉于天皇、上皇身边的典侍、掌侍等）受天皇或上皇的宠爱而诞下子嗣的机会增多，这些皇子在正式后妃无子嗣的情况下，是有可能成为天皇的。比如，六条天皇乃是侍奉二条天皇的宫廷仕女伊岐致远女所生。此外，这些仕女仍被允许与天皇或上皇之外的其他贵族男性发生性关系甚至结婚。例如，侍奉堀河天皇的仕女赞岐典侍既与堀河天皇有着性关系，又有自己的丈夫。又如，在《告白》中，二条的母亲大纳言典侍在作为后深草天皇的性伴侣的同时，还与大炊御门大臣冬忠之间育有一女，后又嫁与大纳言雅忠生育了二条。所以，在后深草上皇庇护下的二条，只要不自降身份做出与卑贱之人苟合的有辱家门之事，其父雅忠也应是支持她与名门贵族男子成婚的。二条的恋人之一"雪之曙"在雅忠去世后与二条共同缅怀雅忠时说起："不知何夕，在下曾有幸同令尊于雪夜小酌，彼时令尊嘱咐我言：'今后还请公子多多照拂小女。'"（十六夜日记，2021：86）可见雅忠是支持二条与"雪之曙"（西园寺实兼）这样的名门出身的贵族男子交往的。

到了第四卷，二条已然被逐出后深草上皇后宫，她已经出家为尼开始周游列国。而后，在第五卷中，二条提到，她在给其父举办三十三回忌时，得知其父的和歌未被选入前一年所编撰的敕撰和歌集《新后撰和歌集》，便十分悔恨地说道：我若是仍出仕宫中便不会如此了。二条特意提到"我若是仍出仕宫中"，作为宫廷仕女活跃于后宫之中的话，可能久我家作为"和歌名门"，便不会轻易被世人忘记。二条和上皇之间所诞小皇子去世后，二条期望成为天皇之母从而复兴家门的梦想便破灭了。在那之后，二条仍然留在宫廷之中，也是希望借此使家门之芳誉能够不被世人遗忘。

三、再论"好色之家"

遗言中的"好色之家"究竟是何意呢？关于"好色之家"的解释影响着对二条之父遗言的整体理解，日本学界虽曾进行多方探讨，结果却不尽如人意。对先行研究进行整理，可以归结为以下四点：①"好色之家"为"妓女之家"的说法（松本宁至，1968；福田秀一，1978）；②"好色之家"为"文雅之家"的说法（次田香澄，1966）；③"好色"即为"风流多情"（「色好み」）之意的说法（松冈小夜，1998）；④"好色之家"即为"风雅学术之名家"之意的说法（向井たか枝，1984）。

笔者认为，松本和福田所提出的"妓女之家"的说法最为妥当，但两位学者指出：由于《告白》中多次提及妓女，由此认为，'好色之家'乃是指'妓女之家'。这样的论述并不充分。在本论中，笔者将更加充分地论述"好色之家"与"妓女之家"的关系。

（一）"妓女"与"好色"

首先，在《告白》中，表示"妓女"之意的词汇共有"倾城"（4例）、"游女"（4例）、"白拍子"（1例）三种，并未见到其他使用"好色"的用例。那么，二条之父的遗言中，"好色之家"这个用法是否有什么特殊之处呢？为了考证这一点，我们首先要分析与《告白》同时代的其他作品中"好色"指代"妓女"的例子。

那位长者，乃是好色（妓女）之流，谁可曾想她是神佛的化身。

(《十训抄》1252年前后)①

这位女性本是贵族女子，现在沦为东洞院所豢养的好色（妓女）。

(《明德记》1392年)②

在大矶之宿一带，古来住着一位叫阿虎的好色（妓女）。

(《回国杂记》1487年)③

《十训抄》第三卷的第十五话讲述了性空高僧和妓女的故事。性空高僧十分想要拜见普贤菩萨在凡世的化身，他虔心祈祷，得到了"若想拜见普贤菩萨的化身，便去见见住在神崎的鸨母吧"的神示。前文已经明确表记为"鸨母"，显然这里的"好色"即是"妓女"之意。在《明德记》中提到，一位叫作东洞院的贵族十分宠爱一名"好色"。就像《平家物语》中，平清盛豢养着身为白拍子的祇王、祇女两姐妹一样，贵族们为了举办酒宴时方便玩乐，便多豢养白拍子、舞女等艺妓。可以推见，这里的"东洞院的好色"便也是指白拍子之类的妓女。根据《回国杂记》的记载，大矶之宿是古时一位叫阿虎的"好色"的住处。阿虎是一位现实中存在的人物，在《曾我物语》《吾妻镜》中均有登场，实际上，她是镰仓时代初期的一名妓女。所以，《回国杂记》中的"好色"也当是"妓女"之意。

《十训抄》是警世训谕类的说话集，《明德记》是军记物语，而《回国杂记》是僧侣道兴所著的巡游记，三部作品都是由男性所著的汉文作品。可以推见，至少在中世，表示"妓女"之意的"好色"多是男性所使用的汉文词汇。

那么，我们回头探讨，"父亲的遗言"中"好色"的含义又是怎样的呢？我们引用遗言的一部分来说明这个问题。

---

① 浅見和彦. 十訓抄[M]//未祥. 新編日本古典文学全集(51). 东京: 小学馆, 1997: 140.
② 陽明文庫. 平治物語・明德記[M]. 京都: 思文阁出版, 1977: 471.
③ 塚本哲三. 日記紀行集[M]. 茨城: 有朋堂书店, 1914: 115.

为父心疼你幼时丧母，虽然膝下儿女成群，你确实"三千宠爱集一身"。你若是一笑，为父便觉确是如诗中所言："回眸一笑百媚生"；你若是面有忧色，为父便同样心神不宁。

(十六夜日记，2021：81)

"三千宠爱集一身""回眸一笑百媚生"明显是《长恨歌》中的语句，但这两句用来表述父女之情却不恰当。考虑到雅忠临终时的状态，很难想象他会口述篇幅如此之长的遗言。笔者推测，应是二条之父留下了遗书，二条以遗书为参考，改写成了口头遗言的形式。而且以大纳言久我雅忠的汉文素养来看，他应是不会犯这样的理解错误。所以笔者认为：这两句应该是二条为了彰显其父对自己的宠爱，故结合着遗书的风格有意改写而来。

虽然在《告白》中并无其他"好色"表示"妓女"之意的用例，但是，由于二条之父的遗言有可能是由雅忠（男性）所写的遗书改写而成，由此推测，这里的"好色"很有可能表示"妓女"之意。

那么"好色之家"又当如何理解呢？"好色之家"有"妓女之家"的意思。青木裕子在论文中指出："与贵族和武士、庶民们在社会中拥有的'家'不同，妓女们仅在自己的圈子里拥有独特的女系之'家'[①]。"这说明了妓女之间存在着以"家"为单位的职能集团。二条之父雅忠的遗言中提到的"好色（之）家"，也有很大可能是指这样的妓女集团。

在与《告白》同时代的其他作品中，也有将"好色（之）家"用作"妓女之家"之意的例子。

於下々馬橋西頬好色家、有酒宴乱舞会。

(《吾妻镜》仁治二年十一月二九日条)[②]

《吾妻镜》仁治二年十一月二十九日条记载，武士小山一族与三浦一族发生了争执，事情的起因乃是在下下马桥西颊的"好色家"中举办的"乱酒会"。这里的"好色家"很难理解成"风流之人之间"，而应理解为"妓女之家"才

[①] 青木裕子. 遊女の「家」と孝——『平家物語』「祇王」説話とその周辺[J]. 国語国文学会誌，2004（47）：31.
[②] 黒板勝美. 吾妻鏡（第三卷）[M]. 东京：吉川弘文馆，1988：291.

较为妥当。

据上述考证，有理由认为，二条之父的遗言中的"好色之家"乃是指"妓女之家"。但是，二条作为名门望族的嫡女，有可能沦落为妓女吗？在《大和物语》中有一个"鸟饲院"的故事，讲述了宇多天皇和一位叫作大江玉渊女的妓女的事情。根据《尊卑分脉》上面的记载，大江玉渊女乃是日向国守，兼少纳言之职，位居从四位下。像大江玉渊女这样的贵族家的女儿沦落为妓女之事在平安时代便有发生，甚至还被取材至《大和物语》之中。在《今昔物语集》第二十九卷中，有"住于清水寺南边的乞丐令美女勾引路人将其谋害之语第二十八话"，讲述了在清水寺南边置办了一套豪宅的乞丐，专门诱拐贵族家的美女，让其勾引路人至豪宅中，趁其沉迷美色之时杀人劫财的故事。故事中被诱拐的美女对一位中了圈套的贵公子坦白道：自己本是京中贵族之女，父母双亡后被乞丐诱拐，做起了妓女的营生。另外，在《明德记》中，有一位叫东洞院的贵族豢养了一名妓女，且明示其本是贵族女子。到了中世，人身买卖便更加猖狂，被卑贱之人诱拐流落为妓女的贵族女子也不在少数。综上所述，将二条之父的遗言中"好色之家"一词理解为"妓女之家"是更为妥当的。

（二）"好色之家"与二条的家门意识

水原一在论文中提及白居易的长诗《琵琶行》中内教坊的妓女的没落之态，并指出："当然在日本，像内教坊的妓女一般流落之女数不胜数，即使是采女，也是同样的命运。若有肯照顾她们的男性便都趋之若鹜，若无人照拂便多堕落为妓女、傀儡师之流。便是比小野小町身份高贵得多的贵族女子，也会因为家门衰败、父兄身亡、被丈夫抛弃、子孙不孝等多种客观原因流落花街柳巷。[①]"在中世，武士阶层是政治权力的中心，在这个时期，战乱频繁发生，许多名门贵族被卷入战乱，导致没落飘零。所以，在中世，"小野小町衰老零落的故事"极为流行，这也从侧面说明贵族的女性流落在外的情况比中古有所增加。

西泽正史在《告白》的注释书中论述道：二条在《告白》中数次提及妓女的生活，可见她对妓女十分关注。这也许是因为二条作为仕女出仕后深草上皇后宫时，其"性"的开放性与妓女十分相似，甚至可以说像是"宫廷妓女"一般（西泽正史，2000：53）。笔者认为：在日本，确实有妓女起源于宫廷仕女的说法，二条也确实在出仕后深草上皇后宫时同时与若干贵族男子有过男女之情，

---

① 水原一. 衣通姫の流れ——小野小町覚え書［J］. 駒沢短大国文，1971（2）：27.

但是，宫廷仕女与妓女仍然有实质性的不同：所接触男性的身份不同。

纲野善彦在其所著《中世的非人与妓女》一书中提到："妓女、傀儡师、白拍子等集团与天皇家、名门贵族密不可分，所以整体而言在社会上的地位绝不低微。然而，其地位从13世纪后半至14世纪开始，便突然急剧下降，乃至于沦落到被视为卑贱之人的下场[1]"。二条作为宫廷仕女时，是有机会产下皇子，由此一举光耀家门的。平时所接触的也皆是贵族公子，与他们交往，并不会玷污其贵族血统。由上文所述可知，日本古代贵族对其血统十分在意。《今昔物语集》第三十卷中有一个"中务太辅之女嫁与近江郡司之子为妻之语第四话"的故事，讲述了贵族之女与身为贵公子的前夫离异，只能远嫁近江郡司之子一事。在远赴近江之时，她正巧遇见了前夫，因过于羞耻而身亡。另外，同样在第三十卷中，有一个"大纳言之女被下人掳走之语第八话"的故事，讲述了在大纳言家中侍奉的下人爱上了主人家的大小姐，将其掳至山中成婚的事情。故事最后，大小姐在井中看到如此不堪的自己，深觉耻辱，忧思过度而亡。在这两个故事中，两位贵族之女皆委身于身份低贱之人，最后羞耻而亡。她们不愿与身份低贱之人生活，不仅由于物质层面需求大不如前，更是因为，她们这样会使她们的血统受辱，愧对家门。如若二条沦落为妓女，她便不得不像自己在《告白》中所描述的妓女一样，同路人共度一夜。二条身为名门望族的嫡女，为了生存下去择主而仕都是不被允许的，何况是成为卑贱的妓女，委身于身份低贱之人。正是因为处于贵族出身的女性沦落为妓女也并不罕见的中世，家门意识十分强烈的雅忠才对二条留下了这样的遗嘱。

四、贵族女性的出家与没落

二条的父亲雅忠在遗言的最后说道："若遁入空门，无论如何也没有忧虑了。"这句话究竟有何深意呢？关于尼姑的身份与自由，胜浦令子曾经指出："作为僧侣或是尼姑出家这件事，从根本上来说，就是通过剃发变为与世人不同的'异形'，从而断尽尘缘，抛弃世俗的身份，不再属于凡世而是属于僧侣的世

---

[1] 纲野善彦. 中世の非人と遊女 [M]. 东京：明石书店，1994：220.

界①"。出家，便意味着作为世俗之人已经死亡。那么，通过出家身心皆获得自由的二条是否可以为所欲为呢？并不是这样的。平雅行在论文中指出："这些尼姑庵，是为了已经放弃了作为生育手段的'性'的女性单身者——例如不幸丧夫的贵族女性、出仕宫廷的仕女、父母双亡的未婚贵族女性等而建设的收容设施。（中略）虽说在平安时代也可以见到这样的尼姑庵，但是到了中世，以禅律宗寺院为中心的势力开始大肆建设这类尼姑庵。这是因为，随着家父长制的确立，人们对女性的'贞操'要求也越来越高。人们开始要求丧夫的寡妇不要再婚，而是在这种尼姑庵中悼念亡夫，静静终其一生。②"对于寡妇来说，出家是其忠贞于夫家的保证，而对未婚的贵族女性来说，出家是防止其为谋生计自降身份的一道枷锁。

与二条生活于同时代的著名仕女歌人阿佛尼为了女儿纪内侍（女官，与后深草上皇育有一女）创作了一部名为《庭之训》的女训书。其中有一些语言及思想与二条之父雅忠的遗言十分相似，尤其关于"没落"的言论更是如此。具体如下：

若你觉得自己的身份、与上皇的关系不如人意，请先忍耐五六年，不要急于穿上出家人的衣服。在这期间，你若依旧认为已经参悟了自己的悲苦命运，就当毅然决然地出家，潜心修行。浅薄之辈才会轻易地托身于卑贱之处，自甘堕落。这实在令人惋惜。你千万不可有此等心意。她们以世间沧桑为借口，以其浅薄之见，认为一切皆有可能，轻易地委身于卑贱之人，以此安身。说什么："虽是卑贱之家，若生活富足，心中也没有什么可以忧虑的了。"你不可以有此等想法。一旦此等想法产生，便是落魄潦倒。你只需在尚残留着双亲气息的自家宅邸里静心修佛，即便玉台倒塌，垂帘碎裂，野草蔽户，艾草遮檐，环顾无人造访的荒凉庭院，只有旧时的明月相伴，无人照拂，也无人交心，只要一味地遵照佛祖教诲，就能见到我佛之光明，以期获知双亲来世之所在③。

---

① 胜浦令子. 女性の発心・出家と家族——中世後期の事例を中心に［A］//峰岸純夫. 中世を考える 家族と女性. 东京：吉川弘文馆，1992：269.
② 平雅行. 中世仏教と女性［A］//女性史総合研究会. 日本女性生活史 2 中世. 东京：东京大学出版会，1995：105.
③ 筑濑一雄. 阿佛尼全集：校注［M］. 东京：风间书房，1983：130.

田渊句美子曾经指出,《庭之训》中"野草蔽户,艾草遮檐,环顾无人造访的荒凉庭院"一句的用词,明显参照了《源氏物语》"蓬生"卷描写末摘花的宅邸时的语句(田渊句美子,2003)。但是,笔者认为,不仅仅是遣词,在这一段中所揭示的中世女性清高的人生信仰,与《源氏物语》中所描写的末摘花的人生信条是十分相近的。在《源氏物语》中,末摘花的父亲常陆亲王死后,无依无靠的末摘花拒绝了身为太宰大贰之妻的姨母的邀请,宁愿选择清贫地独守宅邸,也不选择成为姨母女儿的侍女而过上富裕的生活。她的人生信条与《庭之训》中阿佛尼所说的"不可轻易寄居于卑贱之处"是相通的,也符合二条之父雅忠遗言中所说的"不可寄居什么卑贱之人家中,以此为生"的训诫。可见,末摘花的生活方式,对中世的虎落平阳的贵族来说,是十分值得尊敬和憧憬的。

阿佛尼在《庭之训》中提到,若是失去了生活手段,便是出家为尼守在家中清贫度日也绝对称不上"没落",反而是值得提倡的生活方式。而依附于卑贱之家,即使生活富裕也被视为"没落"。末摘花即使生活得贫苦,在《源氏物语》中也绝未用"零落""没落"等词汇来描述过她。而在描写末摘花的姨母时,却写道:"本是贵族的血脉,却要沦落至此"。可见,若是末摘花沦为姨母之女的侍女才是真正意义上的"没落"呢。

末摘花最终被光源氏接至二条东院,过起了安稳的生活。而在中世,却无人拯救失去双亲无人照拂的独身女子二条。她为了不使自己"没落",从而有辱家门,便只有选择出家。出家后的二条生活十分贫困,为了生活不得不变卖父母的遗物,为了书写五部大乘经也不得不将上皇赐予她的三件衣衫布施与寺庙。但二条仍然为她保住了家门清誉而感到骄傲和自豪。

结　语

后嵯峨上皇驾崩后,病重的久我雅忠拒绝了祈祷与治疗,但求随主君而去。久我大纳言这一举动,乃是受中国儒家"忠君"思想的影响。当然,其中也有随着主君驾崩,他已无望升至大臣之位,无法振兴家门而心灰意冷的缘故。而听闻二条有孕之后,他却一改先前态度,积极进行加持祈祷。这是因为,如若二条产下皇子,将久我家的血脉融入天皇家的血脉之中,是最好的光耀久我家家门的方法,而只有他活着,才能作为二条的后盾,重振家门。不幸的是,雅忠的病情严重,他活不到那一天了。于是,临终前,雅忠给二条留下了本文论及的遗言,其中处处体现了雅忠的家门意识。由于没有后盾支持，二条在后深草院后宫显然较难完成复兴家门的使命，雅忠应该是预见了这一点，所以遗言也偏重于让二条守护好家门清誉。而二条也很好地将这种家门意识继承了下来，作为久我家的嫡女，她始终为了复兴家门、守护家门的荣誉而努力着。可以说，二条之父的这一遗言，指导着二条此后一生的行动，已成了二条的人生教条。在第一卷中所出现的"父亲的遗言"一段，实质上有着统领《告白》整个作品的作用。

在《告白》中，二条并没有耗费笔墨大肆宣扬自己的"家门意识"，但她对家门、对血脉的自豪感却融于字里行间。二条的这种"家门意识"，很大程度上承袭了平安时期贵族们的"血统意识"。比如，在《源氏物语》中，末摘花宁愿清贫度日，也不愿为过上富足的生活而成为其表姐妹的侍女。二条也谨遵其父的遗言，绝不为过上富足的生活而委身于卑贱之人家中。而与平安时代的女性们不同的是：二条为了复兴家门，为了其家门清誉，展现出了高度的行动力。在后深草上皇后宫中时，二条为了成为天皇之母，从而复兴家门，在后宫中孤军奋战。出家后，二条辗转于日本各地，踏遍地方歌坛，为了重振久我家"和歌名门"之盛誉。而二条展现出的这种高度的行动力，正是中世女性日记文学的重要特征之一。

参考文献

[1] 崔明德. 中国古代和亲通史[M]. 北京：人民出版社，2007.

[2] 田渊句美子. 阿仏尼の『源氏物語』享受——『乳母のふみ』を中心に[J]. 国文学解釈と鑑賞（別冊），2003.

[3] 向井たか枝.『とはずが足り』における父の遺言——「好色の家に名を残し…」の問題[J]. 日本文学，1984，33（10）.

[4] 次田香澄. とはずがたり[M]. 大阪：朝日新聞社，1966.

[5] 西澤正史. とはずがたり[M]. 東京：勉誠出版，2000.

[6] 松本寧至. とはずがたり[M]. 東京：角川書店，1968.

[7] 松岡小夜. <研究ノート>『とはずがたり』「好色の家に名を残し…」考[J]. 南山国文論集，1998（12）.

[8] 福田秀一. とはずがたり[M]. 東京：新潮社，1978.

（本论文原刊登于《日语学习与研究》2021年第1期）

日本女性文学中女性"好色"观的变迁

——以中古、中世时期为中心

湖南大学 邱春泉*

引 言

"好色"文学被认为是日本文学中非常具有特色的一部分。但相对于以男性为主体的"好色"而言，以女性为主体的"好色"文学现象受到的关注较晚，女性"好色"文学的特点及其意义并未得到充分探讨。

虽然日本古典文学中的"好色"女性形象与"好色"男性形象出现得一样早，并且数量众多，但到20世纪90年代为止，在关于"好色"的论述中，女性都只是被当作男性"好色"的对象来讨论。进入90年代后，今关敏子首次将女性"好色"问题作为研究对象，梳理了从平安时代到镰仓时代的几位著名的"好色"女性形象，对女性"好色"的内涵、形式及其与男性"好色"的区别与联系等问题进行了分析。今关敏子主要关注了女性"好色"与男性"好色"的不同行为特征，强调了"好色"女性的主体性以及男性的爱憎所导致的女性"好色"的结局[②]。此后出现的一系列关于女性"好色"问题的研究在今关敏子研究结论的基础上进行了展开。一部分研究者在分析"好色"女性的特征的基础上强调她们的才华、主体意识和行动力，另一部分研究者则强调"好色"女性在具有对男性的吸引力的同时也具有浅薄、轻浮等负面特征。

---

* 邱春泉：2017年毕业于北京日本学研究中心，获文学博士学位，现任湖南大学外国语学院讲师，主要从事日本中世时期女性日记研究。曾出版译著《日本和歌物语集》（外研社，2015年）。

② 今関敏子.＜色好み＞の系譜 女たちのゆくえ［M］. 东京：世界思想社，1996：1-42.

目前的女性"好色"研究主要围绕"好色"女性文学形象的特点展开讨论，对这些文学形象产生的社会思想背景并未进行深入探讨。而且已有的研究侧重讨论男性作者笔下的女性"好色"形象，对女性作者笔下女性"好色"形象的特点及其创作心理没有进行细致分析。然而，只有将女性"好色"问题还原到文化背景中去考虑，才能真正理解这一文学现象产生的原因。而究明女性作者关于女性"好色"形象的创作态度有助于我们更好地把握日本古代女性文学的本质。因此本文将从日本平安、镰仓时代文学作品中的女性"好色"相关描述入手，结合社会背景把握女性"好色"现象的本质，在此基础上通过分析女性作者的女性"好色"观，解析日本中古、中世女性文学的特质。

一、女性"好色"的本质

本论文中所讲的"好色"指热衷与异性交往之事。在日本的中古、中世文学中，有许多具有"好色"特征的人物形象，他们一般都拥有美好的外表和出众的才华，并精通情场风情，善于与异性交往。这样的"好色"与现代汉语中的好色一词内涵不同，因此对这一概念本论文中一律以带引号的"好色"来表示，以示与现代汉语中好色一词的区别。

"好色"人物从平安时代中期开始广泛出现在各种文学作品中。可以说平安时代是"好色"文学诞生并发展至繁荣的时代。在平安时代的作品中，"好色"男性角色和女性角色都为数众多。但"好色"对于男性角色和女性角色的意义却截然不同。

先来看典型的"好色"男性角色。"好色"男性角色都是男性贵族官僚，他们人生境遇不一。有的官运亨通，比如《竹取物语》中的五位"好色"贵公子——石作皇子、仓持皇子、右大臣阿倍御主人、大纳言大伴御行、中纳言石上麻吕，《宇津保物语》中的太政大臣之子——三十岁左右就官至右大将的藤原兼雅、深受天皇宠爱的右大臣橘千阴之子阿忠，《大和物语》中深受仁明天皇宠信的良少将，《源氏物语》的主人公光源氏，《兄妹易性物语》中的天皇之侄——最终官至内大臣的宰相中将，等等。有的则相对沉沦下僚，比如《伊势物语》的主人公"昔男"，《平中物语》的主人公"平中"，他们的原型在原业平和平贞文都有皇族血统，前者官位止于从四品上中将，后者官位止于从五品上兵卫佐，都是中下级武官。《伊势物语》中的嵯峨天皇之孙从四品上右京大夫源至,《大和物语》中的阳成天皇第一皇子元良亲王,都是出身高贵但被政坛边缘化的人物。此外还有《狭衣物语》中主人公乳母之子等一些出身低微的人物也具有"好色"特征。

这些男性"好色"人物的身份高低不一,"好色"对于他们的意义也不尽相同。对于上述官运亨通的男性角色来说,"好色"是贵公子的风流习性,是男性魅力的体现。具有"好色"的特征说明他们不仅仅是官场上的成功者,也是情场上的成功者,这使得他们的形象更加光彩夺目。对于上述沉沦下僚的人物来说,"好色"是他们逃避失意的一种方式。面对无望的前途,他们放弃官场上无谓的挣扎而将热情投注到恋情当中,这使得他们本已黯淡的人生燃烧出了另一种光彩。对于那些低微的好色角色来说,"好色"是他们对王朝风雅的模仿,虽然有时候他们蹩脚的模仿在上流社会看来有些滑稽,但"好色"至少使得这些平平无奇的人物有了值得一提的特点。我们可以看到,对男性角色来说,"好色"本身并不具有负面效果,即使是那些政治上不得意的人物,从根本上说,他们遭受挫折的原因并非"好色"。也就是说,对于男性人物来说,"好色"是一种可以与其社会属性并行不悖的审美属性。

而对女性人物来说情况则完全不同。中古、中世文学作品描写的"好色"女性中,能确定身份的人物绝大多数都是出仕宫廷或大贵族家的仕女。除了活跃在王朝轶事中的和泉式部、小式部内侍等著名风流才女之外,还有许多仕女也被冠以"好色"之名。比如,《大和物语》第一百七十一段中难耐相思之苦亲自到宫门外寻情郎的敦庆亲王家仕女大和;《政事要略》第六十七卷中记载的以和歌令检非违使(维持京城治安的机构)长官怜惜,甚至与其私通的醍醐天皇仕女内藏匠人;《源氏物语·末摘花卷》中,巧妙把握男性心理,指导末摘花骗过光源氏,成功促成末摘花与光源氏姻缘的仕女大辅命妇;《荣花物语》第三卷中记载的与藤原兼家父子都有染的原小野宫家仕女,藤原国章之女;《今昔物语集》卷十九"贫女弃子取养女语第四十三"中提到的曾出仕于某位女御,年轻时极为"好色",曾"被许多人所爱"的某仕女;《古本说话集》第八话中被评价为"世间尤为好色"的本院侍从和御荒宣旨;《宇治拾遗物语》卷三第二话中在情事现场放屁的某仕女;《十训抄》卷一第十七话中因"好色"之名引得一群殿上人前来拜访,却由于吟咏汉诗将来访男性吓跑的某仕女,等等。

"好色"女性角色的身份集中在仕女阶层,这一现象与现实中仕女阶层的生存状况是相呼应的。贵族社会中的仕女阶层是一个非常独特的阶层,一方面,她们属于贵族阶级,享受着贵族阶级的教育和文化生活;另一方面,因为她们出仕于宫廷或大贵族之家的身份使得她们成了"另类的"贵族女性。平安、镰仓时代的贵族小姐和贵族夫人们被养于层层帘帐遮挡的深闺之中，除丈夫与近亲之外，原则上不得与男性见面、交谈。因此物语中的小姐通常只能等着被男性追求。而仕女们则充当着这些小姐和贵妇人们与外界交流的窗口。这些仕女们的出身低于主人，她们在自己的家中接受了良好的教育后凭借自己的才名或家族的关系进入更高阶层的贵族家中或宫廷中当差。她们需要照顾主人生活，陪伴主人，做主人的家庭教师，还要负责女性主人与来访的男性的交流联络，负责在宴会上招待客人。内侍等女官还要在朝廷仪式、祭祀、宴会、行幸等活动中承担一定的职责。① 这样一来，她们便无法像真正的贵族小姐一样躲在深闺之中，而不得不跟形形色色的异性打交道。更重要的是，由于当时的婚姻制度和文化环境，在宫廷和大贵族府中上演着许多男女间的风流韵事。各具风情的仕女们便成了男性们绝好的渔色对象。而主人们往往乐见宫廷贵绅们被自己的仕女所吸引，云集往来于自己的沙龙之中，引以为荣华的标志。也就是说仕女阶层有着盛产"好色"女性的土壤。

日本古代的贵族社会是一个阶层相对固定的社会，一个人的出身往往决定了他的未来，贵族们很难通过个人能力改变人生轨迹。但在身份相对较低的仕女与达官显贵们的交往中，偶尔也会出现仕女凭借与显贵的关系实现地位飞跃的例子。在这样的风气之下，相当一部分仕女也将与高贵男性的交往视为提升自身和家族地位的渠道，注重培养自己的才情，磨炼交际的技巧，积极地与男性交往，以期实现身份的飞跃。可以说，对于这些仕女们来说，"好色"便是她们的一种生活态度。文学作品中的"好色"女性大多具有仕女的身份，便是此类仕女生活态度的一种反映。

由于仕女抛头露面的职业特性，人们本来便对仕女们抱有偏见，觉得她们与深闺小姐们比起来不够高雅。如果再具有"好色"的特性，就更容易引起男性们的轻视，觉得她们并非良偶。比如《源氏物语·帚木卷》中，左马头在讲述了自己与一位轻浮女子的失败恋爱经历后，说道："那些我时而与她们来往的宫廷仕女们，有些十分轻浮风流的，与她们在一起的时候的确有些趣味，但是太过轻佻了，若是将其当作长久的恋人，哪怕只是时不时地去相会，都让人不

---

① 加納重文. 続・女房と女官——紫式部の創造——[J]. 女子大国文. 1976 (12): 11-25.

能安心。"①《和泉式部日记》中也写到,当敦道亲王的乳母得知他常常前去与和泉式部相会后,劝阻道:"又不是什么身份尊贵的人,您若是想让她侍奉,招进府来使唤就是了。您这样轻率地外出实在不妥。况且,那地方有很多男子出入,您常去怕是会惹出麻烦。"② 从这些描述可以看出,当时的社会上存在着仅将"好色"仕女们视为恋爱游戏的对象,并不将其慎重对待的倾向。

对男性来说"好色"是他们男性魅力的一种体现,虽然会有女性对他们轻浮的作风表现出不信任,他们偶尔也会恋爱失败,但"好色"并不会成为他们人生中的污点。而对女性来说,"好色"虽然同样代表了她们有引起男性兴趣的能力,但会导致她被男性轻视,在寻求稳定的婚恋关系时会成为污点。对男性来说,决定他们社会地位的是他们的政治地位。"好色"这种附加属性在没有导致触犯禁忌的前提下,不会对他们的社会地位造成危害。而对平安、镰仓时代的贵族女性来说,决定她们社会地位的,除了出身,便是婚姻,以及由婚姻带来的子女。而"好色"恰恰会在婚姻方面使她们遭受歧视。也就是说男性的"好色"只是男性作为政治人之外的另一重附加审美属性,而大多数女性的"好色"则是植根于仕女阶层社会地位的一种带有负面效应的特征。这便是男性"好色"与女性"好色"的本质性区别。这种区别导致男性"好色"文学与女性"好色"文学之间出现了巨大的差异。

二、平安时代女性文学中的女性"好色"及其特征

在以《源氏物语》为代表的王朝物语中,"好色"男性经常成为恋爱故事的男主人公,但他们的恋爱对象却无一例外,都是不具备"好色"特征的深闺小姐。在这些故事里即使出现了"好色"女性的形象,她们也往往是围绕在主人公周围起到穿针引线或烘托作用的配角。也就是说在以恋爱婚姻为主题的长篇小说中,"好色"男性与"好色"女性的地位并不对等。虽然"好色"女性擅长男女交往,对男性也颇有吸引力,但她们并没有成为男性恋爱婚姻对象的资格。在这些小说里,成为恋爱主角的女性在美貌和才情之外,还必须具有足

---

① 紫式部. 源氏物语 [M] //阿部秋生,秋山虔,今井源衛. 新编日本古典文学全集 20. 邱春泉,泽. 东京:小学馆,2006:80.
② 和泉式部. 和泉式部日记 [M]. 藤冈忠美. 新编日本古典文学全集 26. 邱春泉,泽. 东京:小学馆. 2008:30.

够分量的身份，或是高雅的品行。只有在和歌物语和私家集等作品中出现的以描写恋爱场面情趣为主的片段式短故事中，"好色"女性才会成为男主人公恋爱的对象。在这些短故事中，主人公的社会属性往往被淡化，男女交往的趣味性要素成了故事关注的焦点。也就是说"好色"女性只有被剥离了社会属性，仅作为"恋爱中的人"出现时，她们的"好色"的价值才会得到充分体现。而在被置于模仿现实社会的情景中时，她们的形象便无法摆脱身份地位，以及"好色"性带来的负面效应。张哲俊曾针对男性"好色"指出《源氏物语》中的"好色"观是在"剥离或淡化好色与道德和政治的关系中形成的""具有唯美的倾向"[1]的"好色"观。就女性"好色"来说，这种唯美主义倾向在上述以描写恋爱场面情趣为主的片段式短故事中也有所体现，但就整体来说，以女性为"好色"主体的文学却在很大程度上带着男权伦理压制的烙印。

在平安时代的作品中，男性作者与女性作者对女性"好色"问题的关注角度有着明显的区别。男性作者常常会将"好色"女性角色当作情趣的对象处理，而女性作者对"好色"女性角色的描写则有着明显的丑化、批判倾向。

比如，在男性作者的作品中，《大和物语》第一百七十一段中写到仕女大和因等不到恋人实赖来访便到宫门口等他。这本是让人瞠目结舌的奇特行为，可对于大和的这种行为，作品中描写实赖知道此事后，既觉得不可思议又觉得有意思，于是在宫里找了个地方，将大和接进来相会。《大贰高远集》第89首和歌的题词讲述藤原高远去与一位"好色"女子幽会，结果在女子的住处碰到了另一个来与该女子幽会的男子，狼狈之下逃走了。第二天他还将前夜的遭遇咏成了和歌给女子送去，而女子则装作什么都没发生似的回了一首和歌。《伊势物语》中记载了七则男子与"好色"女子交往的小故事。其中有男子因女子的多情性格始终惴惴不安的描述（三十七段、四十二段），有男子被女子抛弃的描述（二十八段、异十五段），有男子对女子追求不得却又欲罢不能的描述（二十五段），还有女子主动挽回变心男子的描述（异六段、异十八段）。在上述这些作品里，作者聚焦了"好色"女性的奔放个性、多情的性格、高超的社交才华等侧面，故事的重点落在男主人公与女子交往时的情感体验以及和歌的趣味上，并未对女子的个性做出任何道德上的评价。这些作品都是属于歌集、和歌物语一类，正如前面所说的那样，在这些片段式短故事里，作者叙述的重点在于该

---

[1] 张哲俊.《源氏物语》与中日好色观的价值转换[J]. 北京师范大学学报（社会科学版），2007（6）：26-31.

片段中男女主人公所营造出的恋爱趣味或风雅氛围，并无意涉及这些人物行为所代表的社会意义。

甚至在《宇津保物语》这样的长篇物语里，男性作者对"好色"女性的态度也相当温和。《宇津保物语》里出现了一位"好色"女性梅壶更衣。她是嵯峨天皇的后妃，被称为非常"好色"之人。这也是极少数非仕女身份的"好色"女性形象之一。她在更衣时代曾与阿忠有过恋爱关系，后来成了兼雅的妻妾之一。物语描写了她与阿忠交往的一些片段，还描写了她嫁给兼雅之后与兼雅其他妻妾一起遭到冷遇的境况。物语中描写到，她才气出众却并不被兼雅重视，还有一首梅壶的和歌暗示她后悔离开天皇来到兼雅身边却被他冷落。物语中所描绘的梅壶受到天皇的宠爱却没有享受到其他后妃所享有的荣华，作者应该是在通过这样的设定显示梅壶的"好色"行为给她人生所带来的负面影响。尽管如此，物语作者也没有对梅壶做任何批判性的评价。

与此相对，女性作者对"好色"女性的态度却要严厉许多。《源氏物语》中的大辅命妇应答得当，是光源氏很满意的仕女。她还巧妙利用男性心理，促成了光源氏与丑陋的末摘花小姐的婚姻。作品中写到光源氏把大辅命妇看作"十分风流"（あまり色めいたり）[①] 之人，碰到机会就揶揄她，令她很是难堪。一次当大辅命妇笑话光源氏奔忙于众多女子之间的行为时，光源氏反唇相讥说，别人讲这话也就算了，要是大辅命妇笑他花心，那她自己又算什么。虽然从大辅命妇的人物设定来看，作者对这个人物似乎也并无谴责，但是借光源氏之口，作者还是透露出了对其性格的不认同。《源氏物语》中还描写了一位"好色"老女官源典侍的形象。源典侍年纪已老却不改风流做派，情人众多，还热衷于与光源氏等年轻贵公子的情事，上演了一连串的滑稽剧。光源氏虽然出于好奇和同情有时会应付她与她幽会，但总是在心中讥讽她"轻浮"（そなたには重からぬ）、"放荡"（乱る）、"不知羞耻"（面なのさま）[②] 等等。源典侍的形象是对"好色"仕女的彻底丑化，从中也可以看出作者紫式部对"好色"仕女的反感。

《荣花物语》中提到的藤原国章女是出身中层贵族的女性，父亲长期担任地方官。她本来是小野宫太政大臣藤原实赖的侍女兼情人，后来与实赖之侄兼家

---

① 紫式部. 源氏物语 [M] //阿部秋生，秋山虔，今井源卫. 新编日本古典文学全集 20. 邱春泉，泽. 东京：小学馆，2006：336，270.

② 紫式部. 源氏物语 [M] //阿部秋生，秋山虔，今井源卫. 新编日本古典文学全集 20. 邱春泉，泽. 东京：小学馆，2006：336，344.

有染，最后又成为兼家之子道隆的情人。然而，因她与道隆所生的女儿成了东宫妃，她本人也得到了道隆的厚遇。尽管《荣花物语》感叹母凭女贵的藤原国章女幸运非比寻常，但还是提到世人都说藤原国章女是"风流的，无比轻浮之人"（色めかしう、世のたはれ人）①，还说大家都觉得她这样的人得到如此幸运是不可思议的。《蜻蛉日记》中也提到了这位女性，当时她正与《蜻蛉日记》作者的丈夫藤原兼家来往。《蜻蛉日记》中形容她是"行为不端的风流之人"（あやしきことなどありて、色めく者）②。

　　从紫式部描写光源氏与源典侍交往时的心态来看，她非常敏锐地洞悉到了宫廷风流韵事的本质，以及男性在与这类女性交往时对其轻慢蔑视的心理。正因为洞悉了男性贵族对"好色"仕女们兴趣的真相，所以才能在作品里将她们可怜的处境刻画得如此生动而残酷。《荣花物语》的作者赤染卫门和《蜻蛉日记》的作者道纲母都不属于"好色"女性一类，从她们的作品中也可以看出她们并不认同"好色"女性的生活态度。

　　平安时代的男性作者倾向于将"好色"女性作为趣味的对象来描写，上述女性作者却对"好色"女性的品行进行了揶揄，这是因为男性作者本来就将"好色"女性当作趣味恋爱游戏的对象来看待，而上述女性作者们对于"好色"女性的真实处境有着清醒的认识，她们都选择了与之相反的人生态度，并通过自己的作品将她们反"好色"的人生态度明确地表达了出来。

　　与此相对，一些选择了"好色"生活态度的女性作者，则在自己的作品中努力地规避着"好色"的一面。和泉式部是一名典型的"好色"女性。她奔放的恋爱生活不仅在她生存的当时广为人知，也被写进了许多后世的故事传说中。她的《和泉式部日记》便是以她一段恋爱经历为素材创作的作品。作品描写了一位身份低微的女子失去了高贵的恋人之后受到了恋人弟弟的追求，两人坠入爱河后克服了重重困难，最终女子进入恋人府中做他的贴身仕女，两人得以相守。虽然读者们很容易看出作品中描绘的是和泉式部众多恋爱经历中最为著名的一段，而且作品中也提到了女主人公与其他许多男子来往的传闻，但那些传闻在作品中都被当作了谣言处理，就作品内部来讲，女主人公被描绘成了一位在男主人公追求下与其坠入爱河的纯情女子。作品中记录的那些传闻以及证实

---

① 赤染衛門. 栄花物語［M］//山中裕，秋山虔，池田尚隆，福長進. 新編日本古典文学全集 31. 东京：小学馆，2008：141.
② 藤原道綱母. 蜻蛉日記［M］. 田中正中，伊牟田経久. 新編日本古典文学全集 13. 东京：小学馆，2008：203.

那些传闻只是谣言的叙述甚至可以看成是为和泉式部轻浮名声所做的掩饰。

清少纳言的《枕草子》中记录了清少纳言与许多男性的交际。从广义上说，《枕草子》所塑造的清少纳言的形象或许也可以算是"好色"仕女的形象。不过《枕草子》这部作品从其性质来说是为了宣示定子后宫的存在感而创作的，作品所描绘的清少纳言与男性们的交往都是以定子后宫为背景而展开的，最终都起到了烘托定子后宫繁荣气象的作用，为了这个目的，清少纳言不得不将自己描写成交际花。可以说《枕草子》中记录的清少纳言的言行都是为了定子后宫所做的表演，并未太多地顾及清少纳言本人形象的塑造。但即使如此，作品中所描写的清少纳言与男性们的交往也都止于言语戏谑，并未有真正的男女恋情。清少纳言还特地记录了与之交往最密切的藤原齐信虽然总是要求与她关系更进一步，但始终被她婉言拒绝。或许这是清少纳言在将自己描写成交际花的同时，为抵抗"好色"名声而做的最后一点努力。

"好色"对于仕女们来说是一把双刃剑，一方面她们可以借此成为贵族社会的交际花，让众多的达官显贵围绕在自己身边，过着花团锦簇的生活，并为自己创造跻身上流社会的可能性。但另一方面她们又会因此受到歧视，给自己寻找良好的归宿平添阻力。这种歧视说到底是男权社会对女性的不公。男性们一面享受着"好色"女性带给他们的趣味，一方面又将其视为轻浮的女性加以轻视。平安时代的女性作者们感受到了社会对女性"好色"的歧视，在创作时或与之划清界限，或弱化"好色"的特征。可以看出，平安时代的女性作者大多对"好色"带来的轻浮印象相当敏感，并有意规避。这可以认为是她们为保护自身利益而对男权伦理做出的迎合。

三、中世女性文学中的女性"好色"及其特征

进入中世之后，男性对女性品行的要求愈加苛刻。《平家物语》等军记物语开始赞美为丈夫殉节的女性，中世流行的说话故事中，也开始出现对女性"好色"的教训式批评。比如《古本说话集》第三十九话中记录了花山天皇女御婉子女王在花山天皇出家之后被道信中将追求，最后嫁给了藤原实资的行为，称其为"好色"，并评论道：作为村上天皇爱重的皇子为平亲王的女儿，婉子女王这样的"好色"行径实在令人惋惜。平安时代女子再婚十分平常，即使是天皇

的妃子，只要没有正式被授予后位，再婚也不会遭人非议。①而《古本说话集》的编者却强烈谴责婉子女王被人追求以及再婚的行为，这显示出了说话集编者对女性贞操的重视。《古本说话集》的编者尤其强调作为出身高贵的皇孙——婉子女王不应该有"好色"行径，这说明在编者看来，越是身份尊贵的女性，越应该注意异性关系的检点。《十训抄》卷二第四话、《古今著闻集》卷五等作品中收录了小野小町的传说，讲她年轻的时候过着奢华的生活，仗着自己的美貌看不起一般男子，一心想成为皇后、女御，最后落得老后无依流落于荒野之中。这显示出编者对"好色"女子不甘平淡一心高嫁的批评。《古今著闻集》卷八中收录了一位"好色"女子死后变为黄水的故事。说这位女子极为好色，在男子面前总是风情万种，迷惑了很多男人，临死的时候还伸着手想要抓住什么似的。她死后人们挖开她的坟墓，发现她的坟墓里面只剩一堆黄水。故事还评价说：好色之道罪孽深重，所以她才会如此结局。这个故事直接将"好色"女子当作淫乱的女性进行批判。

正如今关敏子指出的那样，进入中世之后，游离于家庭和制度之外的"好色"女性们开始遭到男性的否定，在男性的笔下，她们或被诅咒成为下场悲惨的流浪者，或被当成淫荡的娼妇②。而与此同时，女性作者对于女性"好色"的态度却显示出了积极的变化。

《无名草子》是俊成卿女创作的评论性质的作品，记录了她对许多作品和人物的品评。其中的女性论说："藏在家中的小姐、夫人们就不说了，像我们这样抛头露面的仕女，既然一言一行都叫人看在眼里，如果没有一点被人口口相传，写进书里流传到后世的东西，那才叫遗憾呢"③。这反映出了作者"但求闻达于后世"的人生理念。在这个理念之下评论的几位有名的才女，如小野小町、和泉式部、小式部内侍、宫宣旨等人都是著名的"好色"女性，而《无名草子》则一一对她们的独特之处进行了赞扬。比如对当时盛传的老后凄凉故事的主角小野小町评价说：喜好风流，善于咏歌之人古来不少，但估计小町的体态、容貌、举止、心思等都俊雅非常吧。（中略）但凡是能用心体味风流、情趣的人，

---

① 《荣花物语》中记载一条天皇女御藤原元子在一条天皇去世之后与源赖定相恋，元子的父亲藤原显光非常愤怒，亲手剪了元子的头发，但世人都觉得元子与赖定很相配，反而批评显光行事不合常理。
② 今関敏子. <色好み>の系譜　女たちのゆくえ［M］. 东京：世界思想社，1996：29-42.
③ 俊成卿女. 無名草子［M］//久保木哲夫. 新编日本古典文学全集40. 东京：小学馆，1999：264.

谁都希望能像她那样（死后变成骷髅还与贵公子咏歌交流）吧"①。《十训抄》等说话集所批判的小町的"好色"，在这里成了被赞扬的对象。虽然《无名草子》赞扬的"好色"侧重风雅、情趣的一面，与《十训抄》的侧重有所不同，但都是针对风流做派的评价。敢于对被批判的小町的"好色"进行辩护，《无名草子》作者为女子发声的勇气可见一斑。

建礼门院右京大夫在其日记文学《建礼门院右京大夫集》中回忆了自己的半生，记录了侍奉建礼门院时代的宫廷生活与交际经历，也记录了平家没落之后自己的生活。这部作品的一个奇特之处在于，作品后半主要描写了作者在恋人平资盛死后沉浸在对他的追思中的生活状态，而作品前半则记录了作者与许多男性的亲密交往，包括一段比较深入的恋爱经历，而且这段恋爱经历竟然是与作者和平资盛的恋爱平行进行的。在许多人看来，作品前半记录的右京大夫复杂的男女关系是有损于作品后半所塑造的可怜纯情的女性形象的，于是学界对作品前半所记录的男女关系进行了种种定位，试图统一作品的主题。但如果将女性"好色"对宫廷仕女的意义考虑进来的话就可以发现，作品实际上是表达了两个对立统一的主题，一个是作为"好色"仕女的右京大夫的人生，另一个是作为平家贵公子平资盛妻子的人生。前者主题是通过作品前半所描绘的作者华丽的宫廷仕女生活以及与天下第一"好色"男子藤原隆信的恋爱交锋来表现，而后者主题则是通过作品后半所描绘的对平资盛的追慕来表现，这两个主题统一于作为女性的作者的自我实现意识。

如前所述，在贵族社会的一般观念中，"好色"仕女的形象与高雅贵夫人的形象是互相矛盾的，而在《建礼门院右京大夫集》中，作者大胆地将这两种不同的定位融入了同一作品中。虽然作者使用了对不同恋爱采取不同叙述方式的办法突出了自己与资盛关系的特殊性，以强调其非一般仕女与贵公子的恋爱游戏，但仍选择将她年轻时与其他男性的交往经过也记录下来，因为对作者来说，作为宫廷仕女的成功与作为平家遗孀的身份一样重要。而"好色"的经历则是光鲜仕女生活的一个典型标志。

《告白》是一部受到广泛关注的中世女性日记文学作品。作者后深草院二条在其中赤裸裸地披露了自己宫廷仕女时代的爱欲生活，其复杂性和直白性令许多读者吃惊不已。曾有评论家在其文章中称后深草院二条为"乱世的好色女"，

---

① 俊成卿女. 無名草子［M］//久保木哲夫. 新编日本古典文学全集40. 东京：小学馆，265-266.

称从作品中读出了她"扯掉了传统的装裹，积极追求男性的鲜活的情欲"[①]。笔者也曾奇怪为何在女性贞节观渐趋保守的镰仓中后期，会出现这样一部大胆披露自身复杂男女关系的作品，以至于这部作品创作出来后不久便被尘封进宫廷书库直到近代才被发掘出来。但如果将本作品置于中世女性作者直面女性"好色"问题的脉络中来看，它的奇特性也能找到根源了。

与《建礼门院右京大夫集》一样，《告白》也由内容风格完全不同的前后两部分组成。前篇中描写的是出生于名门久我家的仕女二条在成为后深草上皇的宠姬后不久便失去了父亲，在上皇恣意的对待下她逐渐陷入了复杂的男女关系，最终被赶出了宫廷。后篇描写的则是被赶出宫廷后的二条出家为尼，四处行脚，一面参拜各处有名的寺社，一面与地方歌人们交流，试图以和歌方面的成就重振家门。

二条在宫廷中的复杂男女关系很大程度上与她的成长环境相关。她的母亲是后深草上皇的乳母，也是后深草上皇在男女情事上的启蒙人。后深草上皇将自己对二条母亲的恋慕移情到二条身上，在二条四岁时便召她进宫做自己的仕女。因此二条从小以仕女的身份在宫廷中长大，难免沾染宫廷社交界的浮华风气。本来二条的父亲对她的期许是成为上皇的后妃乃至国母，从而光大家门，但父亲去世后孤独无依的二条却在充满诱惑和危机的宫廷中逐渐滑入了"好色"仕女的人生轨道，最后被赶出宫廷，梦想破灭。可以说，女性"好色"的负面效应在二条身上得到了最残酷的体现，而她却毫不避讳地将这一过程展现给了读者。作者在作品前篇中详细地记录了宫廷生活破灭的过程，以及自己在这一过程中的迷茫与挣扎。而后篇则记录了自己在人生看似已山穷水尽之际另辟蹊径，以艰苦卓绝的行动弥补曾经的过失的努力。二条的人生是为久我家而活的人生，家门意识束缚了她一生，也构成了她人生的意义。如果不将因"好色"而失败的宫廷生活展示出来，人们将无法知晓一个被上皇宠爱最后又被抛弃的仕女存在的意义，也无法充分体现她后半生成为尼僧歌人四处云游的意义。二条记录下了自己的"好色"经历，勇敢地直面了自己人生中最沉痛的失败，在某种意义上也是对那些将女性当作玩物的宫廷权贵们无声的抗议。也只有这样有勇气对自己进行清算的女性，才能在失去一切之后免于消沉，仍然为了自己的理想而积极地生活。

从俊成卿女到建礼门院右京大夫，再到后深草院二条，中世的女性作者一

[①] 森安理文. 乱世の色好み——二条女——（上）[J]. 短歌, 1984（7）: 240-243.

改平安朝前辈们对女性"好色"讳莫如深的态度，或辩护，或利用，或坦白，将"好色"主题积极纳入了自己的作品，由此来定义作为仕女的人生。在对女性忠贞的要求日渐严苛的中世，这些女性作者们敢于挑战男权伦理，寻求女性自我生存价值的勇气令人折服。

结　语

"好色"之于女性的意义比"好色"之于男性更为复杂和沉重，女性作者们处理这一敏感问题的态度给我们提供了一个透视她们自我意识的绝好窗口。从中古到中世，女性作者们的女性"好色"观经历了一个从迎合男权伦理到挑战男权伦理的变化。这种女性"好色"观的变化也反映了女性作者们自我意识的进一步发展。通常认为随着家父长制的成熟，女性的自我意识也一步步受到了禁锢，但从本论文的分析结果来看，从平安时代到镰仓时代，女性作者们自我意识的发展是逆流而动的。

其实，与平安时代相比，中世女性作者的作品普遍对女性人生价值的把握更加明确和积极。就日记文学而言，除了上述《建礼门院右京大夫集》《告白》之外，在《建春门院中纳言日记》《十六夜日记》《弁内侍日记》《竹向日记》等作品中，作者或描述自己作为实务仕女的角色，或描述自己作为母亲的角色，都显示出了作者明确的人生定位和积极的人生观。在中世女性创作的物语作品中，也出现了大量不再将对男性爱情的幻想当作唯一人生理想的女性角色，显示出各式各样的女性精神力。可惜随着贵族社会的解体，贵族女性文学在进入南北朝后逐渐落下帷幕。而引入儒家意识形态的武家社会却没有孕育出多彩的女性文学。中世女性文学中闪烁的女性精神之光便这样湮灭于历史的长河之中。

参考文献

[1] 保坂秀子.『伊勢物語』の「色好みの女」--「男」と「女」を視点として [J]．都大論究，2003（6）：1-9.

[2] 大野順一．色好みの系譜：日本文芸思想史 [M]．東京：創文社，2002.

[3] 丁莉. 伊勢物語とその周辺 [M]. 東京: 風間書房, 2006.

[4] 高橋亨. 色ごのみの文学と王権 [M]. 東京: 新典社, 1990.

[5] 今井源衛. 色好みの特質と変容 [J]. 国文学, 1981 (4): 26-33.

[6] 吉田精一. 色ごのみの意義の変遷 [J]. 国文学解釈と鑑賞, 1961 (6): 10-15.

[7] 今西祐一郎. 色好み私論 [J]. 静岡女子大学国文研究, 1975 (2): 1-14.

[8] 木下美佳. 翻弄される昔男――『伊勢物語』の「色好み」「つれなし」と冠される女を視点として [J]. 語文, 2007 (6): 11-20.

[9] 邱春泉.『とはずがたり』創作意図についての一試論―家門意識を中心に [C] //北京日本学研究中心. 日本学研究（第24辑）. 北京: 学苑出版社, 2015: 227-239.

[10] 邱春泉.『建礼門院右京大夫集』における藤原隆信の位置についての一考察 [J]. 学芸古典文学, 2018 (3): 79-86.

[11] 邱春泉.『建礼門院右京大夫集』における平資盛像とその意義 [C] //古代中世文学論考刊行会. 古代中世文学論考（第38集）. 東京: 新典社, 2019: 192-210.

[12] 山本登朗. 伊勢物語論　文体・主題・享受 [M]. 东京: 笠間書院, 2001.

[13] 伊勢物語講読会.『伊勢物語』における「色好み」の女性像 [J]. 盛岡大学日本文学会研究会報告, 1998 (6): 5-16.

[14] 张龙妹. 中日"好色"文学比较 [J]. 日语学习与研究, 2003 (2): 63-67.

[15] 折口信夫. 国文学 [M] //折口信夫. 折口信夫全集: 第十四卷. 新訂再版. 東京: 中央公論社, 1973.

[16] 中村真一郎. 色好みの構造: 王朝文化の深層 [M]. 東京: 岩波書店, 1985.

阿佛尼的佛教信仰与文学书写

湖南大学　邱春泉[*]

引　言

阿佛尼（约1222—1283）是一位人生经历丰富的女性。她前半生出仕宫廷，其间经历过数次恋爱，中年与歌坛长老藤原为家结婚，与藤原为家一起度过十数年的婚姻生活直到藤原为家去世。晚年的她挥别幼子，独自一人前往镰仓，最后病逝于镰仓。阿佛尼留下了《梦寐之间》和《十六夜日记》两部日记文学作品。《梦寐之间》中描写的是阿佛尼青春时代的一段经历：年轻的阿佛尼被一位高贵的恋人抛弃，伤心之余逃到尼寺出家，不久后又还俗。为了排遣苦闷，她跟随养父离开京城到了远江，但又难耐偏僻之地的生活，不到一个月便返回了京城。《十六夜日记》中记录的是阿佛尼晚年的经历：因为与继子之间的遗产纠纷独自一人东下镰仓，在旅途中以及到达镰仓后频频与京中的亲友交换书信进行和歌赠答。

在这两部作品中，阿佛尼分别描绘了青春岁月和步入暮年的自己。两部作品内容和叙事风格相差很大，而在两部作品中佛教信仰都是一个不可忽略的要素。在描写青春时代的《梦寐之间》里，阿佛尼尝试了一次弃世出家，而在描写老年时代的《十六夜日记》中，阿佛尼已经是出家之身。从佛教信仰入手，我们能够触及不同年代作者的创作意图，从而把握阿佛尼日记文学的特质。

---

[*] 邱春泉：2017年毕业于北京日本学研究中心，获文学博士学位，现任湖南大学外国语学院讲师，主要从事日本中世时期女性日记研究。曾出版译著《日本和歌物语集》（外研社，2015年）。

从佛教信仰角度分析阿佛尼作品的研究大多止步于指出阿佛尼佛教信仰的特征。一般认为《梦寐之间》和《十六夜日记》中并没有体现出真挚的佛教信仰，如，佑野隆三指出："《梦寐之间》中阿佛尼的出家只是一时冲动的行为，并非基于发自内心的出家愿望"，佑野隆三认为《十六夜日记》中阿佛尼的信仰是"观念式的、咏叹式的、情趣式的，并非源于有深切体会的，自觉的无常观"[1]。福田秀一也指出纵观阿佛尼的一生，除了为求现世利益而向神佛祈求外，"几乎没有可以称得上是信仰的信仰生活"[2]。这是基于《梦寐之间》主人公的出家行为以及《十六夜日记》中佛教信仰相关描述而得出的结论，一定程度上揭示了阿佛尼的信仰特征，但在思考阿佛尼日记文学特质的时候，我们不应该只关注阿佛尼的信仰特征，而是应该思考作者阿佛尼在作品中如此描述自己佛教信仰的原因，思考佛教信仰在阿佛尼文学书写中起到了怎样的作用。

关于佛教信仰之于阿佛尼文学书写的意义，松本宁至曾指出《梦寐之间》的出家以及《十六夜日记》中的旅行与中世隐者的遁世和漂泊类似，认为出家遁世和佛教修行使得阿佛尼获得了对社会和人生的洞察力[3]。松本宁至从遁世、旅行经历培养文学创造力的角度来把握阿佛尼佛教修行的意义，并未从佛教思想的角度分析阿佛尼的佛教信仰与其作品特色之间的关系。因此本文将基于《梦寐之间》和《十六夜日记》中的信仰相关描述，分析作者如何把握信仰与人生的关联，从而探讨阿佛尼文学书写的特征。

一、《梦寐之间》中阿佛尼出家的特征

《梦寐之间》是基于阿佛尼青春时代的经历而创作的日记作品。作品创作年代不明，一般认为作品中记录的事件发生在阿佛尼出仕安嘉门长公主的时期，当时阿佛尼的年龄在十五岁到二十岁之间。日记中描写年轻的阿佛尼与一位身份高贵的男子相恋，但很快遭遇了失恋，于是她逃出公主府，来到了一所尼寺出家，不久又离开了尼寺。研究者们一般认为阿佛尼的这次出家是冲动的结果，或者是试探恋人真心的一次表演，其中并没有多少佛教信仰的成分。从结果来

---

[1] 佑野隆三. 阿仏尼——波乱の生涯を送った尼僧[J]. 国文学解釈と鑑賞，1991（5）：96-100.
[2] 福田秀一. 阿仏尼の信仰[J]. 国文学解釈と鑑賞，1992（12）：156-160.
[3] 松本宁至. 中世女流日記文学の研究[M]. 东京：明治書院，1983：16.

看，这的确是一次半途而废的出家，作者也并没有把自己的宗教体验当作作品的中心主题来表现。但仔细阅读相关叙述就能发现，从阿佛尼产生出家的念头到落发出家，其中每一个环节都伴随着相当真挚的宗教情感。作品所讲述的是一次真挚的出家，并不是单纯的冲动或表演。然而出家后不久，阿佛尼便又干脆地放弃了出家生活。态度之真挚和放弃之轻易是《梦寐之间》中阿佛尼出家行为的独特之处。作者通过这样的出家行为表现了自己怎样的情感，我们从中又可以看出作者怎样的创作倾向呢？下面我们将分析阿佛尼出家的相关具体描述，来思考这个问题。

《梦寐之间》中所描写的出家，是因恋爱挫折而导致的遁世行为。在连续一个月见不到恋人的身影的时候，阿佛尼伤心之下，想到了出家：

> 这天是初七，想到跟他最后一次见面也是初七，思绪便回到了那一天，虽然他的面容在我脑海里已经有些模糊，我还能清晰地想起与他相对而坐时的感觉。想着想着，泪水就遮住了我的眼睛，连月亮都看不清了。忽然间，我似乎看到了如来，心中又是羞愧又是欣慰。就在这一刻我突然想，这么些日子我对他的思念丝毫没有减弱，心中的煎熬与日俱增，如此痛苦，还不如出家一了百了。就这么下了出家的决心，我很是欣喜，觉得这一定是方才所见的如来给我的引导。可就像古歌里所说的那样，"虽已决心忘故人"，心中仍然悲伤难禁。①

在这一段中，阿佛尼对着月亮思念恋人，月光下脑海中恋人的身影幻化成了如来。她在体验到如来显现的幻觉之后，突然生出了出家的勇气。我们应该注意到，此时阿佛尼固然是在强烈的痛苦刺激之下才产生了出家的念头，但作品给出的直接原因是幻觉中出现的如来给了她指引。本来她还满心沉浸在对往昔的追忆中，但看到如来的一瞬间，便对自己沉湎于爱欲烦恼的状态产生了羞愧，从而想到了要出家斩断烦恼。阿佛尼的这个转变过程是基于对佛理的认同，显示出她平素便对佛教关于俗世烦恼的教理有相当的认识。这次痛苦的经历相当于印证了佛教中关于人生本质的教诲，而看见如来的幻觉相当于如来给她的点醒，于是她便坚定了遁世的决心。作者用"欣慰""欣喜"这样的词汇来形

---

① 梦寐之间［M］//张龙妹. 十六夜日记. 邱春泉，马如慧，译. 重庆：重庆出版社，2021：6. 以下所有《梦寐之间》原文皆引用自该译著。

容自己感受到如来的召唤，下定出家决心后的心境，表现出自己当时对佛教教诲的信赖和对佛教救赎的期待。

在感受到欣喜的同时，阿佛尼心中也仍然有"虽已决心忘故人"的悲伤。根据福田秀一和田渕句美子的注释，"虽已决心忘故人"引用自和歌"虽已决心忘故人，最不随心是泪痕"①，这一句的转折体现出阿佛尼当时内心的挣扎——虽然为自己能够遵从如来的指引而欣喜，却仍然为要与恋人诀别而悲伤。

此后阿佛尼在一个月黑风高的晚上偷偷溜出位于北山山麓的公主府，在风雨之中连夜步行至西山的尼寺出家。在这个过程中，"欣喜"与"悲伤"交织的心情一直伴随着她。

除了上面的引用段落之外，"欣喜"（嬉し）这个词在阿佛尼出家的相关叙述中频频出现。当她在离开公主府前剪掉头发时有"很快就找到了白天藏下的剪刀和箱盖，心中一阵欣喜"（《梦寐之间》7页）；当她在桂乡遇到引路人时有"她一边咂舌一边翻来覆去地说：'这可怜见儿。'我心中却很是欣喜"（《梦寐之间》8页）"她听完越发可怜我，牵着我的手带我走，让我又感激又欣喜。我甚至想，这样的善心，莫不是菩萨给我的指引？"（《梦寐之间》9页）当她在尼寺成功出家时有"此时只觉得经历过的悲苦都成了令人欣喜的机缘。"（《梦寐之间》9页）

"经历过的悲苦都成了令人欣喜的机缘"一句引用自寂莲的和歌，表达了一种基于佛理的逻辑，即人遭遇悲苦后便会起厌世之念，这样一来悲苦反而成了使人向道的契机，因此悲苦之事也是令人欣喜的机缘。类似的表达在另一部日本中世女性日记文学《告白》中也能看到，应该是当时的人经常使用的句子。从人的情感层面上来讲，只要引起人悲苦的状况没有发生改变，悲苦便不可能变成欣喜，但从佛教理论的角度来说，只要人生存在人世间，就难免经历烦恼，而厌世出家便是进入解脱之境的第一步。对佛教的皈依通向终极的解脱，所以会令人"欣喜"。也就是说"悲苦"体现的是人真实的情感，而"欣喜"体现的则是对彼岸世界的期待。作者使用了一连串的"欣喜"来表现自己被信仰所引导，逐渐靠近解脱之境的充实感。

在前往尼寺的途中，阿佛尼的心中仍然存在着"悲苦"的一面。在剪断头

---

① 阿仏尼．うたたね［M］．福田秀一，校注．东京：岩波书店，1990：162；田渕句美子．阿仏尼とその时代——『うたたね』が语る中世［M］．京都：临川书店，2000：30．（笔者译，和歌原文为：わびぬれば今はと物を思へども心に似ぬは涙なりけり）

153

发，离开公主府的时候，她留下了"我欲举身赴激流，又怕孤魂无归处。"（《梦寐之间》7页）①的和歌，作者还以作品创作当时的口吻给和歌加上了一句说明："那时候我大概是想投河吧"。田渊句美子②等学者已指出，这一部分的叙述是以《源氏物语》浮舟投河的场面为样板的。"我欲举身赴激流"之句明显是意识到浮舟投河前的述怀歌"纵我舍身赴激流，难阻身后污名流"③所作。"那时候我大概是想投河吧"一句便是作者在强调自己出家之际的心情与浮舟投河前的心境一致。在《源氏物语》中，浮舟在决定投河之后，想起了自己的丈夫、情人、母亲乃至平时并不亲近的异父兄弟姐妹，因即将与他们诀别而悲伤。投河是自己决定的，但一旦到了实行的时候，心中的悲苦还是难以抑制。联想到浮舟的心境，读者便能体会到阿佛尼即将割舍俗世之前心中对俗世种种难以抑制的留恋。此外在阿佛尼独自一人在风雨中艰难前行时，心中也不断涌起不安和恐惧的情绪。一步步迈向彼岸世界的"欣喜"，独自在风雨之中走向未知之地的"悲苦"，这两种感情在她的胸中交织往复。

阿佛尼心中"欣喜"和"悲苦"的并存显示出在观念上皈依佛教，斩断烦恼的理性与难以割舍俗世的情感，在她心中交战的情形。但在这个过程中，实践信仰的理性一直占着上风，主导着她的行动。尽管心中充满了留恋和不安，但年轻的阿佛尼还是到达了尼寺，成功完成了出家的愿望。从这个过程我们能够看到，虽然阿佛尼的出家行为看起来是痛苦刺激下的冲动行为，但这个行为伴随着她彻底割舍俗世的觉悟，是强大的意志力战胜世俗情感的结果。作者笔下年轻的自己是在真挚地试图脱离世俗生活，让自己全身心地进入信仰世界。

但出家并不是这个故事的结局。遵从如来教导的理性并没有完全驯服阿佛尼的心。她在出家后不久便离开了尼寺，最终完全回到了世俗世界。我们再来看作品对这个过程的表现。

刚刚达成出家愿望的时候，从夜奔的辛苦和虚脱状态中恢复过来的阿佛尼暂时获得了澄明的心境。

---

① 和歌原文为：嘆きつつ身を早き瀬のそこonly知らず迷はん跡ぞ悲しき（［日］阿仏尼．うたたね［M］．东京：岩波书店．1990：164．）
② 田渊句美子．阿仏尼とその時代——『うたたね』が語る中世［M］．京都：临川书店，2000：33．
③ 笔者译，和歌原文为：なげきわび身をば棄つとも亡き影にうき名流さむことをこそ思へ（紫式部．源氏物語［M］．东京：小学館，2006：192．）

  这座寺院真是一个理想的避世之地，俗世之中难得有这样的地方。寺里的师太们都勤于修行，早晚向佛前供水供花，从无一日间断。四下里响起的法铃声让人听了不由得心中战栗——若非在这样的地方修行，经年累月积下的罪孽如何才能消灭！公主府庭院中那让我尝尽苦涩的秋风，如今变为这山上的松涛与诵经声共鸣，倚门而待的那些夜晚被我恍惚间当作爱人面庞的明月，如今成了指引我遥想鹫山灵地的灯塔。当时我心中想：
  曾将鹫山真如月，夜夜望作负心人。

（《梦寐之间》9页）

  作者将自己当时的心理状态描绘成了脱离烦恼后的理想信仰状态。身处尼寺的佛教氛围之中，阿佛尼体会到了脱离俗尘的清静感，感受到了一种从烦恼之中被救赎的法悦。她认为人生中所积累的种种罪孽不专心于佛道修行便无法消除，这一理念将她暂时带离了愁思，心中填满了对如来圣境的憧憬。在这一段叙述中"欣喜"和"悲苦"交织的状态消失了，阿佛尼的内心完全投入了宗教式的感动。但这样的理想状态并没有持续多长时间，在随后的记事中，她的心便又出现了动摇。

  意外飘零至此地之后，我也不是没有沉下心来打算过将来。那段时间心里总想，自己是沉湎于愁思神不守舍才会鬼迷心窍跑出来，现在大概已经成为人们的笑柄了吧，对他的执迷不仅会给我今生带来忧伤，还会让我的来世也陷入暗夜之中不得解脱，实在可悲。可虽然明白这个道理，心还是会不由自主地在黄昏时分想起他，更比从前添了许多怨恨和忧伤。

（《梦寐之间》10页）

  在这一段中，佛教信仰和世俗情感的对立又一次出现了。此时的阿佛尼虽然仍然相信佛教所讲的道理，认为对爱欲的执着不仅是今世的烦恼，也会成为来世痛苦的原因，但无法被劝服的心仍然思慕着恋人，备受煎熬。刚到寺中之时的澄明心境被证明不过是特殊状态下的特殊感觉。很快她便又忍不住向恋人送出了书信并且得到了恋人冷淡的回复，不久她开始生病，于是离开了尼寺，转移到爱宕附近疗养。在爱宕疗养的时候，她也曾"孤寂之中以手中的经书为伴，使劲想着经文上写的'世皆不牢固'那些话，希望这些经文能将自己从烦恼俗世的幻梦中叫醒"（《梦寐之间》12页），但仍然不由自主地思念恋人。这也是她最后一次尝试与世俗情感做斗争，此后关于佛教和修行的叙述就再也没有出现在作品中，阿佛尼病愈之后便回到了故居，又跟随养父踏上了前往远江的旅程。

我们常常会有这样的体会，当理性和情感相矛盾时，我们有时候能够凭借理性压制住情感，做出自己认为正确的选择。尤其是在刚刚从危机和病痛中恢复过来的时候，往往能够暂时忘记情感上的痛苦，但当一切恢复到正常状态，情感上的痛苦又会以巨大的能量卷土重来。阿佛尼在出家之后心境的转变便生动地呈现了这样一个过程。刚从夜奔的惊险和疲惫中恢复过来的时候，她暂时感受到了内心的宁静，当对恋人的恋慕及其所带来的烦恼再次高涨的时候，她试图用佛理来劝服自己，却没有收到期望的效果。在多次试图用无常之理来说服自己放下对爱欲的执着却无果之后，她承认了自己出家的失败，重新回到了世俗世界中。

我们应该注意到，《梦寐之间》中阿佛尼选择放弃出家的时候，让她痛苦的根源并没有得到改善，恋人依然对她冷漠，甚至与她渐行渐远直至形同陌路。这一点与许多王朝故事中常见的冲动出家的一般模式不同。在那些故事中，女性人物大多因为冲动或是为了试探别人而想到出家甚至到寺院修行，其后随着境况的改善，她们出家的念头也会消退，往往不会真的出家。也就是说，在传统的冲动出家故事中，出家的念头通常因为人物境况的改善而被放弃，而《梦寐之间》中年轻的阿佛尼是在境况丝毫没有改变的情况下还俗。而她做这个决定的原因只是因为她发现自己无法用佛法驾驭自己执着于世俗烦恼的心。当发现她出家之后理性也并不能驯服情感的时候，便回到了世俗世界以另外的方式来治愈自己内心的伤痛。对佛理的信仰虽然让年轻的阿佛尼排除万难，完成了出家的举动，却没能让她忘记恋人，于是她承认了这次出家尝试的失败。

由此可知，《梦寐之间》中讲述了年轻的阿佛尼因恋爱挫折而发心出家，出家后又因无法投入修行而还俗的故事。作者阿佛尼通过对出家心理的详细描摹，显示了自己的这次出家是一次认真而又失败的出家尝试，在这个过程中，她认识到了佛教所宣扬的救赎的局限性，从而决定正视世俗的情感。

《梦寐之间》中所描绘的阿佛尼出家的过程是信仰和情感的斗争。在佛教思想广泛传播的中世，浊世的观念深入人心，人们普遍认为人生来注定被烦恼和罪孽所缠绕，认为世俗的情感应当被超克。年轻的阿佛尼也试图以失恋为契机，切断俗缘全身心进入信仰世界。对信仰世界的憧憬压制着她对世俗世界的留恋，帮助她达成了出家的愿望，但很快她心中对恋人的思念重燃，冲破了理性的压制，令她认识到佛教所教诲的各种道理在人活生生的情感面前是多么的无力，从而让她中断了出家的尝试。这是年轻的阿佛尼认识到人的情感之强烈的过程，同时也象征着她对佛教救赎的质疑。对于这个放弃遁世的过程，作者没有给出任何客观条件上的原因和借口，完全通过作品中自己心理状态的转变来表现，看似变换突兀的不同心理片段的拼接，最真实地传达了芸芸众生执着于世俗情爱的真相。

二、《十六夜日记》中佛教信仰的特征

藤原为家早年将自己的领地播磨国细川庄的继承权转让给了嫡子藤原为氏，晚年又反悔，留下遗嘱让自己与阿佛尼所生之子藤原为相继承细川庄。藤原为家去世后，藤原为氏不承认父亲的遗嘱，主张自己对细川庄的所有权。围绕细川庄的归属，阿佛尼和藤原为氏产生了激烈的对立。由于阿佛尼向朝廷和幕府在京都的派出机构六波罗提起的诉讼都以败诉告终，于是阿佛尼在弘安二年（1279）东下镰仓，向幕府提起诉讼[①]。《十六夜日记》中记录的便是阿佛尼东下镰仓的旅途，以及到达镰仓之后的情况。《十六夜日记》有多种类型的文本传世，现在通行的文本中，作品由五大部分组成。第一部分是一段散文，讲述了阿佛尼东下镰仓的缘由。第二部分是韵散结合的文体，描述了阿佛尼离家前与子女惜别赠答的情形。第三部分是逐日记录的旅行记，以和歌为主，描述了阿佛尼途中所见所闻所想。第四部分也是韵散结合的文体，描述了阿佛尼在镰仓期间与京中亲友的赠答。第五部分是一首献给鹤岗八幡宫的长歌，表达了乞求胜诉的愿望。

作品除了第一部分和第五部分比较强烈地表达了阿佛尼对继子的谴责和对胜诉的渴望以外，占作品主要内容的第一到三部分中表达的都是阿佛尼与幼子难舍难分之情、途中的见闻和望乡之情、与京中亲友的相互思念以及对亡夫的追思。在这几部分的叙述中，阿佛尼大力渲染自己与子女的亲情，标榜与京中诸贵友的友情，强调与亡夫的夫妻之情。在东下镰仓之时，阿佛尼已经是出家之身，在《十六夜日记》的一些和歌中，阿佛尼也自称"尼"，从出家之人的立场来说，世俗情爱是应当割舍的，而阿佛尼却丝毫没有顾及这些世俗情爱与

---

① 井上宗雄. 鎌倉時代歌人伝の研究[M]. 东京：风间书房，1997：277.

自己出家之身的矛盾，反而大肆宣扬。这是《十六夜日记》中阿佛尼佛教信仰的一大特点。

具体来看，《十六夜日记》中与佛教信仰相关的表述，主要有以下几处①：

途中经过醒井驿，我心想如果是夏天路过，我定不会错过这里有名的醒井泉。正想着就看见有步行的赶路人去井边打水。我心中吟道：
<u>若掬泉水洗浊心，可会惊醒梦中人</u>。

我们就从这座看上去就很吓人的浮桥上过了河。这条河只有一边有堤，有堤的一侧水很深，另一侧水很浅。见此情形我心中咏歌两首：
半河水深半河浅，如同深情藏不显。
<u>浮桥本是浮舟造，迎送往来浮世人</u>。
路过一座叫一宫的神社时我心中便浮现一首和歌：
<u>行路遇神社，此社名一宫。护我一乘法，无二亦无三</u>。

二十三日，我们在一个叫天龙的渡口乘船。想起西行的故事，不由得有些害怕。河上只有一只木头扎成的木筏，来往的人很多，木筏片刻不得闲。不禁触景生情：
<u>小舟渡激流，船桨不得闲。正如烦恼人，度此浮世间</u>。

到达镰仓的次年三月末，阿佛尼患了疟疾，她在佛前念诵《法华经》之后疟疾便痊愈了。她写信给京中友人说"客居染病，心下凄然，幸得佛法庇佑，延命至今"，还写了一首和歌倾诉病中孤独之感。友人回信安慰她说"《法华经》灵验殊胜，真可谓：妙法之华如挚友，功德常伴君左右。"（《十六夜日记》47页）。

前四处都是作品第三部分中的内容，即引文中的画线部分。这些都是阿佛尼旅行途中所作的和歌。和歌显示了对无常之理的认识和对佛法的尊崇。但这些和歌不能看作是传达人物心境的述怀歌。因为这一部分的和歌十分注重趣味性，咏歌内容常常与作歌地点的特征相呼应，体现出阿佛尼娴熟的作歌技巧。

---

① 十六夜日记［M］. 张龙妹. 邱春泉，马如慧，译. 重庆：重庆出版社，2021：28-34. 以下所有《十六夜日记》原文皆引用自该译著。

这四首和歌中有两首是根据地名而作，从地名的谐音联想到佛理，其余两首是根据景物所作，从河上浮舟联想到佛理。四首和歌应景而作的成分较强，与人物心境的关联性薄弱。而且文本内部线索显示阿佛尼到达镰仓后曾将这一部分和歌日记送回京中给儿子作和歌学习资料，由此可以推断阿佛尼旅行途中所作和歌的重点在于展示即景咏歌的作歌方法，其性质更接近于名胜咏歌集锦。这也就是说，作者通过这四首和歌主要显示的是自己的佛教修养和作歌技巧，而不是自己的信仰感悟。

第四处和歌前的叙事中还出现了关于西行的联想。西行修行的事迹在中世广为流传，西行在天龙川的渡口为了提升自身修行而甘愿遭受武士毒打，这一场面是表现西行信仰心之深的经典场面。阿佛尼来到了天龙渡口便想到了这个场面，这显示她对西行的修行事迹有所关注。但是她产生的心情却是"害怕"，也就是说她只是因西行曾在此地遭遇毒打而对自身安全产生了担忧，却并没有表现出对西行信仰心的景仰。此处引用西行的方式同样显示出作者并无意于在作品中凸显自己的修行之志。

阿佛尼到达镰仓次年三月末念诵《法华经》的叙述是作品中唯一一处关于佛教修行的记录。在这处记录中，阿佛尼在疟疾发作了数次后为了祈求病愈而念诵《法华经》，并在病愈后感念《法华经》为她保命的恩德。从这则记事可以看出，此时的阿佛尼对佛教抱有一种功德主义的信仰。

在《梦寐之间》中也有一个阿佛尼念持《法华经》的场面。当时，年轻的阿佛尼因病离开了出家的尼寺在爱宕疗养。为了斩断心中对恋人的执念，她"以手中的经书为伴，使劲想着经文上写的'世皆不牢固'那些话，希望这些经文能将自己从烦恼俗世的幻梦中叫醒"。（《十六夜日记》12页）那时候的阿佛尼希望从《法华经》的教诲中求得心灵的解脱。同样是念持《法华经》，《梦寐之间》中是为了斩断对俗世的执念，《十六夜日记》中是为了祈祷现世的利益。纵观《十六夜日记》中所有的佛教相关叙述可以发现，作者表现了自己佛教修养，表现了自己对佛教功德的期待，却没有表现自己对于佛理的体悟，也没有表达自己对于当下出家生活的反省。

上述阿佛尼佛教信仰特征在《十六夜日记》中的意义应当与作品的创作意图结合起来理解。从作品的第一部分和第五部分中可以知道，作品起因于诉讼，通过作品为自己伸张正义，求取贵族社会的同情和支持至少是作品的创作目的之一。当时朝廷和六波罗都不认可藤原为家在遗产继承上的反悔行为，阿佛尼的处境相当不利。而且阿佛尼是藤原为家晚年的妻子，与继子藤原为氏年龄相近，为家去世后御子左家内部否定阿佛尼家族地位的氛围也很强。根据田渊句美子的研究，藤原为氏的同母兄弟源承在他的歌论书《源承口传》中强烈地批判阿佛尼。① 田渊句美子还指出阿佛尼的和歌虽然在《续古今和歌集》以后的敕撰集中被大量选入，但都是以她的仕女名"安嘉门院右卫门佐"或"安嘉门院四条"收录的，而并不是以藤原为相之母或藤原为家之妻的身份。② 镰仓时代的敕撰集大多由藤原为家的后代负责编撰，阿佛尼在敕撰集中的这种待遇显示了御子左家对她的排斥。丈夫死后，面对家族的排斥，阿佛尼要想为儿子保住细川庄，就必须强调她与藤原为家的夫妻关系，她在御子左家的地位以及她对家族做出的贡献。《十六夜日记》中的内容便鲜明地印证了这种需求。

在第一部分和第五部分中，作者强烈地控诉了藤原为氏的不孝行径，强调自己协助藤原为家以及继承其遗志为歌道所做的贡献。在第二部分中，作者表现出了与爱子为相、为守的母子情深，以及教导他们精进歌道的努力。在第三部分中，作者模仿纪贯之的《土佐日记》逐日咏歌记录十三天的旅程，显示了专业歌人的素养。在第四部分中，作者通过和歌赠答和书信往来标榜自己与御子左家的重要人物以及与身世显赫的歌道名家之间的密切交流。所有这些表现都与阿佛尼谋取胜诉的欲求相符。因此《十六夜日记》的内容和叙述方式很大程度上是由作者的读者意识决定的。可以说《十六夜日记》这部作品和作品中描绘的事件本身都是围绕争取细川庄这个目的的。作品中的佛教元素，在某种程度上也服务于这个目的。

中世很多女性在丈夫或主君去世时出家为尼，为他们祈求冥福。人们开始把为丈夫守寡看作是未亡人的应尽之责。在这样的情况下，很多女性出家后仍然作为"后家尼（寡妇尼）"承担着代替丈夫支配领地、管理家政的责任。对这样的女性来说，出家很大程度上是为了显示对死去丈夫的贞操，甚至可以说是一种未亡人巩固其在家族中地位的手段。《十六夜日记》中的阿佛尼显然就是这样的"后家尼"。在作品中表露尼僧身份和佛教信仰，能够凸显她自己作为藤原为家遗孀的立场。从这个意义上来说，作品中的佛教相关描述也是阿佛尼为胜诉所做努力的一部分。

阿佛尼在《十六夜日记》中主要展现的是自己为亡夫和爱子所做的付出。

---

① 田渊句美子. 阿仏尼とその時代——『うたたね』が語る中世 [M]. 京都：临川书店，2000：198.

② 田渊句美子. 女房歌人の<家>意識——阿仏尼まで—— [J]. 日本文学，2003（7）：13-22.

在人们的普遍认知中，出家之人应当一心求道，世俗的羁绊将会影响修行的效果，而阿佛尼却在《十六夜日记》中同时呈现自己的出家人身份和自己全身心投入世俗事务的生活状态，这种反差更能凸显她乞求胜诉的决心以及她为丈夫和儿子所做的牺牲。阿佛尼虽然是一位尼僧，但是在面对争取胜诉这个目的的时候，她的身份便不再是一个出家人，而是一位为了爱子的利益而战的母亲。作者在作品中想要展现的就是这样的自己。

因此尽管作品中的主人公是出家之人，但作品却充满了世俗的气息。从这个角度来说，《十六夜日记》中描写的虽然是出家之人的远行，其性质却与中世隐者的旅行完全相反。隐者的旅行是脱离社会的流浪，而阿佛尼的旅行却恰恰是为了确立自己在社会中的位置。阿佛尼通过《十六夜日记》中的佛教信仰相关描写，一方面宣示了自己作为藤原为家遗孀的立场，一方面显示了自己将"世俗地"努力下去的决心。

三、佛教信仰之于阿佛尼的文学书写的意义

如第一节所述，《梦寐之间》中讲述了年轻的阿佛尼因恋爱受挫而发心出家，出家后又因无法投入修行而还俗的经过。这个过程的前半段与当时流行的女性悲恋遁世故事十分相似。

在中世的说话集中，有许多女性遁世出家悟道的故事，其中典型的一类便是女性因恋情破灭而出家遁世。比如《今物语》中某仕女与藤原基房相恋被弃后出家、某居住在东山的女子受天皇宠幸后被弃出家，《撰集抄》《闲居友》等佛教说话集中妓女室君恋情破灭后遁世。这些悲恋遁世故事都只讲到女性失恋出家为止，世俗说话侧重渲染女性毅然割舍俗世的悲情性，佛教说话更注重强调佛教信仰对女性的救赎作用，但无论是世俗说话还是佛教说话，都暗示女性出家之后投身于佛教修行，得以从世俗烦恼中解脱。

《梦寐之间》中阿佛尼出家的过程还原了上述悲恋遁世故事的情节。在说话故事中，讲述者只强调遁世的契机和遁世的结果，而没有展现遁世者告别俗世之时的内心感受，而阿佛尼站在当事人的角度，详细表现了遁世者内心的动摇，以及信仰战胜情感的过程。可以说阿佛尼对自身出家的描写为当时流行的女性遁世故事做了一个心理层面的注脚。

阿佛尼出家过程的前半段与女性遁世说话十分相似，但后半段却走向了与

女性遁世说话完全相反的方向。《梦寐之间》中的阿佛尼不仅没有在遁世后的出家生活中得到解脱，反而放弃了出家生活，重新回到了俗世之中。从这个角度来说，《梦寐之间》是对女性遁世说话的一种颠覆，作者阿佛尼运用人们耳熟能详的开头和出人意料的结尾否定了佛教说话所宣扬的女性遁世，告诉读者俗世之中的烦恼并不能通过出家遁世简单地消解。

　　对于追求心灵解脱的人来说，出家应该是一个修行的过程而不是结果，通过出家的形式强行割断自己与世俗的关联，在不断抑制自然情感的过程中磨炼内心，让心变得超然，不再被世俗欲望所扰乱，从而进入所谓的解脱之境。而我们在许多作品中看到的试图出家的主人公更像是将出家后的生活幻想成了解脱本身，于是他们遇到挫折和痛苦之时便想遁入空门来寻求解脱。在这一点上《梦寐之间》中的阿佛尼最初也一样，但当她发现出家之后仍然无法得到解脱的时候，便果断地中断了出家，这样的选择显示了此次事件前后阿佛尼佛教信仰的变化，同时也显示了阿佛尼的人生观。福田秀一认为《梦寐之间》中阿佛尼的出家是"对自幼见惯的佛教修行的模仿"[①]，今关敏子则指出这是阿佛尼"对恋人的试探"[②]，但其实阿佛尼的这次出家是一次修行的尝试。作者通过详细描摹这次失败的尝试过程中自己的心理活动，向读者们展示了人的情感是如何不易被驯服，观念上对佛教教理的尊崇在面对人性之软弱时是怎样的无力。这同时也是阿佛尼对自己佛教信仰变化过程的展示，更是她对自己人生观的诠释。

　　田渊句美子在论述《梦寐之间》作品性质的时候说"《梦寐之间》是一部以作者自身为主人公的物语，作者在物语中一定程度地呈现了出走、遁世等广为人知的自身经历，采用了中世王朝物语的手法，尤其受到了《源氏物语》很大的影响，加入了许多虚构的成分"[③]。田渊句美子注意到《梦寐之间》行文中对场面的刻意渲染，以及作者强烈的读者意识和自我美化，认为比起自传型的文学，作品更接近于以自己为主人公的小说。的确，我们很难将作品中文饰繁多的心理描写理解为阿佛尼当时的直接心理感受，作者必然是带着创作时点的视角对自己的经历进行了加工和重构，从而传达自己的思想。从出家事件的描写方式来看，作者对中世说话中的女性遁世故事表现出了有意识的对抗，完全可以看作是一种基于女性心理的全新的女性遁世故事，通过这个故事，她表达

---

① 福田秀一. 阿仏尼の信仰[J]. 国文学解釈と鑑賞, 1992 (12): 156-160.
② 今関敏子. 中世女流日記文学論考[M]. 大阪: 和泉書院, 1987: 175.
③ 田渕句美子. 『うたたね』の虚構性[J]. 国文, 1998 (89): 30-40.

了自身对信仰之于人生意义的认识。

在《梦寐之间》的最后，阿佛尼写道："不知道我那不服管教的心又会给我带来怎样的命运"（《梦寐之间》19页），在这里她明确点出了感情对于理性的抵抗，暗示了出家事件后自己的选择——遵从内心对世俗情感的执着，不在佛教信仰中逃避，这正是她此后人生的行进方向，也奠定了她晚年作品《十六夜日记》的基调。

《梦寐之间》的故事发生之后，根据岩佐美代子的考证，阿佛尼曾离开公主府寄居于法华寺，之后寻求庆政上人的庇护，其间产下一女。建长五年（1253）左右与歌坛长老藤原为家相识，数年后产下一子。弘长三年（1263），四十岁上下的阿佛尼生下藤原为家之子藤原为相，正式成为藤原为家的继室。[①] 文永二年（1265）阿佛尼又生下藤原为守。建治元年（1275），藤原为家去世，享年七十八岁，当时阿佛尼也已年过五十。[②] 从此间经历来看，阿佛尼的人生相当曲折，她尝试过新的恋情，经历过人生的低谷，经营过十数年的婚姻，最终成为丈夫认可的歌道世家的女主人。藤原为家去世后，她积极为儿子争取细川庄，甚至为此客死他乡。阿佛尼的后半生挫折不断，但她始终不被挫折所打到，坚韧地在人生道路上摸索前进。

与此相对应，阿佛尼后半生的佛教信仰呈现出明显的功德主义的特征。除了《十六夜日记》，从阿佛尼的其他几部散文作品《乳母之文》《阿佛假名讽诵》中也可以看到，阿佛尼仍然对佛教有着深厚的信仰，相信出家、修行的功德能够带来现当两世的利益，期望自己和亲人来生能够往生极乐，但《梦寐之间》所探讨的佛教信仰与心灵救赎的命题在这些作品中不再出现。同时她的佛教信仰也表现出很强的功利性，比如在《乳母之文》中，阿佛尼强调出家修行对保持名节的重要性；在《十六夜日记》中，运用佛教元素来宣示自己的立场。从这些作品来看，阿佛尼不再试图用佛理来安抚自己的内心，而是更多地在佛教信仰中追求现世与来世的福报。这样的信仰状况呼应了《梦寐之间》中阿佛尼的选择——直面自己的世俗情感，不在信仰中逃避。对于生活中遇到的种种难题，她不再从佛教信仰中寻求内心的解脱，而是诉诸自己的努力去解决。

阿佛尼积极的人生态度在镰仓之行中得到了最大程度的体现。在丈夫去世、

---

① 岩佐美代子.「乳母のふみ」考［J］. 国文鶴見，1991（26）：1-10.
② 田渕句美子. 阿仏尼とその時代——『うたたね』が語る中世［M］. 京都：臨川書店，2000：246-248.

自己和幼子失去庇护、生活陷入不安之时，她毅然做出了暮年独下镰仓的壮举。面对晚年的困境，她没有自怨自艾，被动地等待命运的裁决，而是选择了通过自己的努力来应对危机。或许她心中也会因为自己执着于世俗而对来世抱有不安，但她选择了在现世中努力到最后。《十六夜日记》便鲜明地呈现了这样的人生态度。阿佛尼一方面通过这部作品为自己获取支持，一方面通过记录自己的镰仓之行，宣示自己为维护爱子利益而义无反顾的决心。在《十六夜日记》中，阿佛尼没有表现出丝毫的畏惧和彷徨，通篇都在向读者展示自己的努力和决心，这是阿佛尼在人生的尽头，对自己一生所做的诠释。

结　语

　　《梦寐之间》和《十六夜日记》两部日记文学作品分别讲述了阿佛尼人生的出发点和终点，也讲述了她佛教信仰的出发点和终点。在《梦寐之间》中，阿佛尼表现了自己对信仰之于人生意义的思考。在《十六夜日记》中，阿佛尼显示了自己即使身为出家人也要为爱子利益而战的决心。两部作品所体现的阿佛尼的信仰特征遥相呼应，向我们展现了阿佛尼积极入世的人生观。而从《梦寐之间》的彷徨到《十六夜日记》的坚毅之间的转变，也为我们勾勒出阿佛尼认识自我、实现自我的心路历程。在这两部作品中，阿佛尼的叙述看似浮于事件表象，未深入剖析人心，实则用最直观的形式，生动地向读者展现了自我，展现了自己对人生的感悟。

　　聚焦阿佛尼作品中的信仰元素，我们看到了一个勇于正视世俗烦恼的阿佛尼。她毅然选择世俗，在世俗中摸索安心之法，完成自己的使命，寻找自己的价值，这样的阿佛尼向我们展现了中世女性拥抱人生的热情，这样的热情是她的日记文学作品最令人动容之处。

试论中世王朝物语中女性角色间的拟婚姻关系

——以《兄妹易性物语》为中心

日本东北大学　辛悦[*]

众所周知，日本物语文学基本上可以说是一种女性为作者（叙事者）、女性为读者、女性为主要叙事对象的与女性不可分割的文学形式。诚然，正如物语中的"世间（世の中）"被默认解读为男女间的两性关系一样，作品中对男女恋爱或婚姻关系，也即对异性（恋）关系的刻画是绝对的主流。在这种大前提下，女性角色的身份往往围绕男性而被定位，女性间的关系也往往围绕男性而展开。由此，作为同一男子的不同恋爱或结婚对象的两位女子，即所谓情敌关系着墨最多[②]。与之相对的是女性间互帮互助的友爱情谊，围绕此类关系的刻画算不上多，却也时常于细微处打动人心。其中，笔者留意到一种既非近亲、又非主从、也非情敌的，非常特殊的女性亲密关系，即女性角色间的拟婚姻关系。

略去现代渐渐得以合法化的同性婚姻不谈，一般概念中的婚姻关系，是为异性的男女二人缔结的契约关系。而笔者此处自创"拟婚姻关系"一词，是想指称一种似是而非的婚姻关系：例如本论的研究对象《兄妹易性物语》（『とりかへばや』[③]）中，主角女扮男装、以男子身份出仕之后娶妻，虽婚姻关系已成，却实为两位女性间的关系；若要说二人不是夫妻，则主角作为男性活跃期间，其真实生理性别从未公之于众，故而二人婚姻关系的确凿性并未受到世间质疑。面对这种复杂而难以界定的关系，似乎现有概念不够适用，只得使用略

---

[*] 辛悦：2020年毕业于北京日本学研究中心，获文学硕士学位。现于日本东北大学文学研究科攻读博士学位。主要从事日本中世王朝物语相关研究，硕士论文《〈女公子寻根记〉中的女性意识》获该年度全国卡西欧杯优秀硕士论文一等奖。

② 笔者对此种关系的刻画颇有看法，且留待后文详述。

③ 该作品的日语名称尚未统一，有『とりかへばや』『とりかへばや物语』『今とりかへばや』等。本论所引用文本均出自中世王朝物语全集中的『とりかへばや』这一版本，故本论中依此将该作品的名称定为『とりかへばや』。

165

显含糊的"拟婚姻关系"一词来指代。

而《兄妹易性物语》中的拟婚姻关系之所以值得研究，是因为它作为作者构设出的一种拟态关系，源自现实而区别于现实，这其中的取舍正是作者用意的体现。换言之，作者无法凭空捏造出一种未曾存在、同现实毫不相干的关系。现实社会中的婚姻关系是什么样的，身处其中的女性有着怎样的处境，女性们欣赏什么、厌弃什么、渴望什么、控诉什么，如何才能逃离想逃离的、如何才能获得想获得的……对这些问题的思考，或者说对思考女性生存这一物语母题的继承和发扬，悉数体现在此拟婚姻关系的构设中。并且，拟婚姻关系同角色的人物造型是联动的。以其为轴展开分析，角色造型上的一贯性和变化性也愈发明晰可辨。因此，本文试以《兄妹易性物语》为中心，深入探讨中世王朝物语中女性角色间的拟婚姻关系。

一、拟婚姻关系的缔结：源自父母之命

推测成书于12世纪末的《兄妹易性物语》讲述的是关白左大臣家一双儿女的故事。二人先是互换性别后各自出仕，其后回归生理性别，最终引领家族走向荣华富贵。这对兄妹①虽是同父异母，却容貌毫无二致。其中兄内向怯人，妹外向活泼，引来世人误解，父左大臣便顺势隐瞒二人真实性别，送子作尚侍②、送女作侍从③，使二人出仕。其后，女侍从升任三位中将，在父亲左大臣和伯父右大臣的安排下，同伯父第四女四君成婚，结成了生理性别实质上为两位女性间的拟婚姻关系。

首先值得留意的是，这段拟婚姻关系始自父母之命。伯父右大臣的两位女儿都入了宫，却无一得以登上皇后之位，这也意味着右大臣后宫策略的失败。紧接着描写的就是右大臣欣赏女中将是无人能及的俊才，决心促成女中将同他最珍爱的第四女之间的婚事。此处似可类比《红楼梦》中薛宝钗入宫选秀失败后，退而求其次将贾宝玉列为最优夫婿人选的心路历程。同时这也表明，这桩婚事从一开始就是政治意味浓厚的、同贵族家族的运势紧密相连的产物。

---

① 作品中就二人究竟谁更年长一事没有详述，本文姑且以"兄妹"概称。
② 日本宫廷女官，为内侍司长官。
③ 日本宫廷中务省下属官员，为天皇的近侍，负责天皇的护卫。

而女中将的父母应承下这门婚事，同样是出于对现实利益的考虑。一双儿女的特殊性格本就是父亲左大臣内心苦恼的最大来源，本作品名也正是取自这位父亲的悲叹："要是（儿女的性格）能交换一下就好了"。最初，因为小女儿外向活泼，世人便将常出入众人视野的她误认为小公子，而左大臣并没有正面澄清，任由这一误会宣扬开来，只消极地寄希望于"等孩子们长大了自然会回到正轨"。也正是因为左大臣的不作为，小女儿的才名远播，惹来了天皇和东宫的青眼，收到了希望其尽快行冠礼并入宫任职的敕命。至此左大臣无从推脱，只得将错就错，为女儿安排冠礼，为儿子安排笄礼，公开承认了一双子女的错位性别。对此，左大臣本是哀叹不已，却在见证了女儿的卓尔不群之后倍感欣慰，渐渐对这一安排寄予了光耀门楣的期望①。也正因如此，左大臣不愿向兄长透露中将实为女子的真相，所以无从拒绝，只好应下这门亲事。

而中将之母对这门亲事的态度则显得异常轻松和乐观：①右大臣之女四君稚气未脱，想来不会对这种异样的婚姻状况起疑，也不会四处宣扬，对于想保守秘密的左大臣一家来说是个合适人选；②四君毕竟是右大臣最珍爱的女儿，有力的岳家对中将而言也是一大助力。

如此，在双方父母平衡了利害关系后，女中将和四君的婚事被敲定了。包括前期的书信往来在内，其中呈现的是双方父母的意愿，两位婚约当事人的想法无从可见②。

二、拟婚姻关系的稳定期："温言细语"式精神伴侣

在二者拟婚姻关系的稳定期，面对妻子四君，中将没有把自己还原成生理

---

① 而父女二人的内心情感却总是错位：父亲在为一双儿女的特异性格愁苦不已时，尚且年幼的女主角丝毫没有意识到自己的与众不同，只是自由率性地生活着；父亲从女主角女扮男装一事中看到了意义和价值的时候，渐渐长大的女主角已经意识到了自身的不同寻常，内心困苦，但已经以男子身份入世的她无路可退，只得谨言慎行以求周全。

② 中将是被"劝说"着写下了书信送去，而他本人甚至并不了解真实情况（「御文書かせ奉り給ふ」「何事もおぼしわかず、（中略）懸想の方にこそはとて」）（友久武文，西本寮子．とりかへばや［M］．东京：笠间书院，1998：23）。而被这封信打动的是作为岳父的右大臣，四君本人的心中所想没有着墨，且四君是被父亲"催促"着写了回信（「御返事そそのかして、書かせ奉り給ふ」）。（友久武文，西本寮子．とりかへばや［M］．东京：笠间书院，1998：24）

意义上的女性，而是一如既往地扮演着一位男性、一位丈夫的角色。而这种扮演某种程度上是成功的。作为丈夫，被其他人、包括中将自己反复提及的一个特点就是专情，即不拈花惹草，除四君这位正妻外没有别的爱人。诚然，中将是因为自己女扮男装的缘故，所以一直谨言慎行，对极容易暴露身体秘密的男女（当然，从生理性别来看，实则女女）情事避犹不及。在将风流意气作美谈的社会背景下，这种"不解风情"显得格格不入，甚至是引人侧目的。然而，这种专情放在对婚姻关系的讨论中无疑是被肯定的。例如，四君怀上不义之女时，不明真相的父亲右大臣万分欣喜，认为这个孩子的到来是中将的专情精诚所至，自满于自己为女儿挑了个好夫婿，甚至断言登上后位也比不过一位全心全意的丈夫来得珍贵。宰相中将[①]也认为，四君在姐妹之中最受父母宠爱，夫婿也是人中龙凤，专情始终不渝，理应是无忧无虑的。考虑到当时一夫多妻制给女性带来的苦痛一直是物语作品所追问的主题之一，或许我们可以认为，作品中对中将所扮演的专情丈夫形象的肯定体现了作者对于理想男性的某种想象。

中将女扮男装的预设身份，直接标志着中将同四君间展开的这段关系绝不是以性行为的达成为目的，因此也就不存在（异性）性爱关系中源远流长的权力支配关系和菲勒斯的象征意义。虽然没有直接性行为，但从四君恹恹欲绝时，中将"陪睡在她身旁"，一边说着宽慰她的话一边"抚弄着她的秀发"等细节[②]可以看出，二人之间亲密的肢体接触实则确保了一定的情感浓度。四君也认为曾经的自己同中将的"两颗心之间没有丝毫隔阂"[③]。笔者以为，作者有意通过中将构建出一种蕴含关切、专情、亲昵的精神伴侣式的"温言细语"式拟婚姻关系，为的就是同现实中和作品中最为普遍的、本作后文里也随即登场的"以强暴为开端"的婚姻关系对峙，并对后者的自明性提出强有力的质疑和解构。作为同样继承了物语聚焦女性处境、思索女性出路这一母题的作品，众所周知，《兄妹易性物语》选取的路径是通过女扮男装这一手段为女性赋权，使女性能冲破樊篱，在男性社会大放异彩。而其中中将同四君的这段拟婚姻关系中实则也体现了作者对女性生存的思考和创新，是本作品中可称道的一大亮点。

然而，可想而知，这种不服从于生育的关系注定为当时的社会机制所不容。于是，外来的男性力量的打击，即宰相中将对四君的侵犯事件和随即而来的四

---

① 式部卿亲王的独生子，与中将并称的当世贵公子。因为处处比中将要略逊一筹而怀有自卑心理。风流成性，后文里先后侵犯了四君和中将。
② 友久武文，西本寮子. とりかへばや [M]. 东京：笠间书院，1998：47.
③ 友久武文，西本寮子. とりかへばや [M]. 东京：笠间书院，1998：47.

君的怀孕，将这段拟婚姻关系变得岌岌可危。得知四君怀孕的女大将十分震惊，油然而生的主要是自省情绪（认为要怪只能怪自己身上的特殊秘密即女扮男装）和由此而生的厌世情绪，也夹杂着对四君的责备和埋怨，还有对自身秘密或将暴露的担忧①。自此，二人间信任不再，沟通也断绝，只得各自苦闷。

三、拟婚姻关系的破裂：被男性话语体系裹挟的四君

某一天，宰相中将打破了中将四君二人婚后的平静：他趁中将不在家、且侍女们也疏于防范的时候潜进了四君的房间，强暴了毫无招架之力的四君。

突遭不幸的四君"惊恐万状，把脸藏在衣服里""恹恹欲绝""只管吞声饮泣"，事后更是"迷离恍惚，恨不得此刻死了才好，根本起不来身"②，这般震惊困苦的情状，读来令人同情不已。并且，因为心性不坚的侍女左卫门被宰相中将策反，其后四君还遭到了宰相中将的数次侵犯。

然而，不知不觉间四君的心境却发生了变化：她渐渐相信和接纳了宰相中将反复鼓吹的"深情"，向他敞开了心扉。

对于四君的这种内心转变，笔者一直大为不解。直到某一刻笔者突然发现，这种不解竟似曾相识：笔者在阅读以《源氏物语》为首的其他物语时，也曾有过同样的不解。正如今井源卫的一篇著名论文的文题所示：女性书写的物语都是以强暴开篇③。那么，为什么作为受害者的女性总是能接受作为加害者的男性？

这个问题看起来好像同"人质爱上绑匪"的斯德哥尔摩综合征有某种关联，但实际上反映的却是社会权力的一种差异性结构关系。

撕开王朝物语风雅的假面，我们可以看到，物语作品中男女间的首次性关系基本都是男性单方面的暴行，且这种暴行被包裹在"情根深种""前世有缘""命中注定"等用作哄骗的甜言蜜语中，以至于其实质上的暴力性时常被美化得不那么具有威胁性，甚至几不可见了。更有甚者，施加暴行的男性明明处在力

---

① 因为大将与四君二人间并无实质性关系，所以宰相中将发现已为人妻数月的四君仍是处女时，对大将产生了怀疑，大将本人也猜到了这一点。
② 友久武文，西本寮子.とりかへばや［M］.东京：笠间书院，1998：42-44.
③ 今井源卫.女の書く物語はレイプから始まる［C］//今井源卫.今井源衞著作集第1卷.东京：笠间书院，2003：164-184.

量压制的绝对优势，却常常通过渲染自己为爱受苦的不幸，把自己放在一个假想的弱势者的立场，进而给不接受自己或者不给回应的女性扣上"冷漠""狠心""不解风情"的大帽子，以道德绑架的方式逼迫女性就范。被侵犯的女性最初都是惊骇又悲痛欲绝的受害者，最后却变成了加害者的或情深义重或愁肠百转的妻子（或情人）：要么是被道德绑架，相信对方的所谓深情，从而陷入对方编织的爱情谎言中，献出自己的一颗心；要么是虽然满心抗拒，但因被迫结成了夫妻关系①，只得认命，为了自己社会地位的稳定去接纳丈夫，去扮演一个约定俗成的妻子角色。

四君的转变，不正同她们的转变如出一辙吗？甚至应该说，这种转变，才是当时女性的一般日常。

若是从社会权力结构上来分析的话，这种"女性日常"就是一种最浩大却也最隐秘的对女性的压迫，是身处男权社会的女性们，被由男性制定、为男性利益服务的伦理道德所规训，被剥夺和镇压主体意志，被纳入由男性支配的权力秩序之中的淋漓体现。

也正因如此，笔者无法认同辛岛正雄将四君的转变归因于她"领略到了性的魅力"②的看法。性本身不是答案，性背后的社会和文化意义才是。

作品中对四君内心转变的描写里有这么一段：

> 中纳言（即曾经的中将）虽然一表人才，看起来也对我一往情深的样子，实则若即若离似亲似疏；习惯了中纳言这种相处方式，再看眼前这个热切殷勤，为相思苦，恨不得一死以表心迹的宰相中将，会感觉"这才是真正深爱我的人吧。"③

由此可见，四君被宰相中将打动的原因在于宰相中将的爱情表达是新颖的，更是外露的、热切的。然而，正如上文所述，这种爱情表达首先是具有极强的

---

① 按照当时的婚姻制度，男性来访三晚即表示婚姻关系确立。被一个人侵犯三次就变成他的妻子，何其荒谬！并且，社会规训女性哪怕被侵犯也不该声张，否则于名声有损（相对照的是男性的名声却不会受到多大损伤，甚至风流韵事众多可被算是此人魅力的一种体现），这也使得女性往往无法向身边人求救，也就更无力阻挡这种非自愿的婚姻关系的缔结。
② 辛岛正雄.『今とりかへばや』における『源氏物語』摂取（その一）[C]//中世王朝物語史論上巻[M]. 东京：笠间书院，2001：15-33.
③ 友久武文，西本寮子.とりかへばや[M]. 东京：笠间书院，1998：50-51.

目的性的。在上述男权话语体系中，强迫性性关系是"出自爱情"的。换言之，性关系的施行既是爱情表达的目的，又是爱情表达的佐证和组成部分。其次，后文有描写宰相中将移情别恋之后，坦言同四君的关系不过是"消遣"罢了，这也说明他的爱情表达里逢场作戏占大多数，归根结底不过是为达到目的所使的手段罢了。作者将四君塑造成一个被"爱情"蒙蔽双眼的、基本毫无抵抗就被男权话语体系给驯服的女性，却又有意打破这种虚幻的深情给读者看，其间或许隐藏着作者对这种话语体系的冷眼和批判吧。

值得补充的是，四君被男权话语体系裹挟不仅体现在她对宰相中将的接纳和顺从里，更体现在她的父亲右大臣对她的掌控之中。

父亲右大臣极力促成四君和中纳言的婚事后，十分密切地关注着夫妻二人的动态：召来四君身边的侍女们询问四君是否怀孕，得知女儿怀孕后喜出望外，为自己给女儿挑了位好夫婿而洋洋自得，催促妻子赶紧去照顾女儿，又安排四君的乳母去向中纳言报喜；为了迎接中纳言久违的到访，他亲自指挥侍女们打扫和装点房间；待中纳言到来，他甚至躲到隐蔽处监听二人的谈话。

众所周知，性是私密的，更是政治的。右大臣的这种为女儿的夫妻关系和睦而煞费的苦心归根结底，是为了维系以生殖为最终目的的异性恋关系的存续，是将个体物化为为家族延续（繁荣）服务的工具的父权制主张。而显而易见的是，中纳言同四君间的拟婚姻关系因为无法实现生殖目的，所以注定是为父权社会所不容的，四君向宰相中将倾斜、即向可以带来后代的异性恋关系倾斜也因此具有了一定的必然性。

四、拟婚姻关系的进一步破裂及终结：被迫舍弃男装的大将

再后来，大将（即曾经的中纳言）本人也不幸遭到了宰相中将的强暴。值得注意的是，四君一事并不是此次强暴事件的必然原因。诚然，宰相中将的确对大将起了疑心，但并未猜到真相。他对大将的接近主要是因为大将是他魂牵梦萦的两位女性［大将之妻四君和大将之妹（兄）尚侍］的共同亲缘者，即他的本来目的是作为异性恋代替品的"男色"行为，不过在强迫过程中意外发现大将生理性别为女这一事实罢了。自此，大将的自我实现之旅被笼罩上了名为"宰相中将"的不安阴影。

有研究者认为大将对宰相中将是有所谓男女之情的①,对此笔者难以认同。被宰相中将识破了身上秘密,也即意味着宰相中将掌握了终结大将的社会生涯的权力。而利用权力悬殊压迫强逼旁人来"爱自己",以为"真实的爱意"是可以这样得来的宰相中将,难道不令人恐惧吗？作品中大将无法正面和他决裂,更无法心无芥蒂地接纳他,只得苦心周旋,努力在不激怒他的前提下对他的接近进行冷处理：惨遭侵犯之后,面对宰相中将的痴缠,大将许下未来种种诺言只为当下脱身；脱身之后开始借口身体不适拒绝同宰相中将见面；实在避无可避的时候也面上佯装无事不让他人察觉,再似嗔似怨来上一通感情牌把宰相中将给安抚好；被宰相中将强要性关系时装作顺从的模样,一旦从他身边逃离开,就想尽办法不让他再有可乘之机；甚至为了摆脱宰相中将对自己的纠缠,劝说他去四君那儿。如此种种,笔者只能读出大将的战战兢兢如履薄冰,和为度过眼前难关所爆发的不俗谋略。至于所谓男女之情,从何谈起？

考虑到此前人将几番感叹四君已对宰相中将情根深种,此时大将把宰相中将推向四君的举动,也还有可能是为了成人之美。但宰相中将为了在大将面前证明心迹,将自己同四君的过往一股脑儿都讲了出来,并坚称四君并不是自己心中所属。听闻此言的大将深刻认识到宰相中将此人的用情不专和见异思迁,感叹了四君的不幸,也感叹自己的不幸。至此,在明知宰相中将对四君用情浅薄的前提下,大将还把宰相中将推向四君,并为二人相会创造机会的举动,已经无法用成人之美来解释了,只能归结于大将但求自保的私心。这也意味着随着外来的男性力量的进一步入侵,信赖关系破裂的大将同四君被进一步分化了。

曾经的大将隐约有种深情被辜负的受害者的自我认知,面对四君时也有种"我已洞悉一切"的微妙的心理优势地位。然而此时四君同宰相中将的相会本就是大将策划的,因此大将失去了曾经那种可指责四君的立场,"愈发无颜在四君面前摆出一副早已洞悉一切的姿态"②。再加上因世事无常和心中苦闷而厌世心渐起,大将深感自己时日无多,所以仿佛补偿性地"原谅"了四君一般,又开始同过去一般致她以"温言细语"。至此,表面上看大将单方面恢复了这段拟婚姻关系中最为典型的"温言细语"模式,实则二人心怀各异,隔阂也越来越深。

随后,大将和四君相继有孕。因为身形变化难以遮掩,宰相中将开始极力

---

① 佐野佳矢乃. 『とりかへばや物語』宰相中将の人物像について -好色者らしからぬ好色者-［J］. 日本文学, 2013（109）：45-61.
② 友久武文, 西本寮子. とりかへばや［M］. 东京：笠间书院, 1998：116.

劝说大将放弃男装，避人耳目随他前往宇治①待产。大将心中所想却与他截然不同：

"哪怕宰相中将给我的是他全心全意的爱，为了后世的利益，放弃我所得到的这般人望和官位，于深山老林处遁世出家也是值得的，哪怕以今生为代价我也不后悔。更何况，宰相中将他的人品和风度倒是不俗，不过这等人材就要我委身于他，我实在不愿，更不用说他心志不坚，好色多情又见异思迁，委实不可依靠。就连这时也悄悄往来于别的女性（即四君）之处，对她的深情比之对我也毫不逊色。甚至他现在就是一副我已是他掌中之物般的趾高气昂姿态，等到他变心的那天，我沦落成世间的笑柄，该有多追悔莫及呢。"大将又想，"对宰相中将的话听之任之实非我所愿。既然已无法再以此种姿态（即男装）存世，那么无论如何，我也要让自己从这世间销声匿迹（即出家）。"②

由此也可以看出，对大将而言，男装生涯的终结直接意味着社会生涯的终结，大将未曾有过退回世俗女子身份、过所谓女子"正常"生活的念头。宰相中将想同大将做俗世间一对爱侣的奢望，不过是他单方面的幻想。并且，大将完全看透了宰相中将作为男性的劣根性，丝毫没有被他所鼓吹的爱情给蒙蔽双眼，一直冷静透彻地看待这段关系。哪怕在之后走投无路、只得依宰相中将所言前往宇治时，大将心中也只将它看作权宜之计，"仅仅有孕在身的这段时间暂且听从他的安排藏身宇治"，待生产过后依旧是要想办法按原计划出家的③。如此清醒的大将，毫无疑问，同被男权话语体系俘虏的四君形成了鲜明的对照。

而大将同四君间的拟婚姻关系，也被大将本人画上了终止。大将即将动身前往宇治前，曾去往吉野亲王和父母处拜访寓意告别，下一站则是右大臣家。在大将恋恋不舍地同自己的过去（男装时代）做告别的这个特殊时刻，四君作为过去的一部分，或者说作为大将男性身份伪装确立的证明之一④，自然是激起了大将的无限柔情。大将心想，哪怕出家，只要自己还存命于世，同父亲母亲

---

① 地名，位于京都东南方，是平安时代贵族游乐的好去处，修建有众多别墅。
② 友久武文，西本寮子.とりかへばや［M］.东京：笠间书院，1998：125-126.
③ 友久武文，西本寮子.とりかへばや［M］.东京：笠间书院，1998：144-145.
④ 已娶妻这一事实与男装、男性化的言谈举止、男性官职的获得等共同构建和证明了大将的男性身份。

总是有会面的机会，可是舍弃男装之后，还如何能再度造访右大臣家呢？同这边的关系就要到此为止了，此次同四君的见面就是最后一面。在这种离愁别绪和丧失感的加持下，虽然大将对四君与宰相中将的一段仍然心有芥蒂，但回忆起过去同四君之间的亲密时光，心中眷恋之情还是占了上风。而大将在离开时，同四君细细交代自己的去向，并唤来侍女们殷切叮嘱的这些举动，是曾经二人关系稳固时大将作为一位"理想丈夫"的标志性举动，抑或可以称为这段"温言细语"式拟婚姻关系的象征。然而正如前述，这种"温言细语"不过是大将单方面的行为，作为接收方的四君早已倾心于宰相中将，并无意于此拟婚姻关系的恢复。因此，此处的"温言细语"一面同二人拟婚姻关系的实质相呼应，一面反射出这段关系空洞而破碎的现状，以此来作为这段拟婚姻关系的结束，可谓绝妙。

五、拟婚姻关系的后续之一：并不成立的情敌关系

按道理来说，本论的探讨也该随着这段拟婚姻关系的结束而结束。然而，大将与四君的关联性其实还在继续，甚至一直延续到作品末尾。造型迥异的二人最后却殊途同归——这种安排无疑蕴藏着作者的深意。因此本论试将研究范围稍稍延展，继续探究大将同四君间的关联性和其中的意义。

大将微服前往宇治后，世间大将失踪一说甚嚣尘上。而因为大将的失踪被归罪到四君同宰相中将间的不伦关系上，震怒的父亲右大臣为了向左大臣和大将表明自己的立场，遂将四君逐出家门。当时正身怀宰相中将第二女的四君遭此打击意气消沉，又无处可以投奔，整日里气息奄奄，恨不得就此死去才好。还是见此情状心怀不忍的侍女左卫门写信请来宰相中将，从此主仆等人才得以在宰相中将的照顾下度日。换言之，失去了父亲的掌控之后，四君随即被纳入了丈夫①的掌控之中。其间她是柔弱的、无力的、逆来顺受的，毫无能动性和独立性可言。因此，她对宰相中将的依赖和指望也被作者挖苦为是"徒劳的"②。

而此时同四君处境相差无几③的大将呈现出的却是截然不同的风貌。早在前

---

① 虽然同宰相中将并没有社会公认的夫妻关系，但从四君对他的情感上和经济上的依赖来看，宰相中将已然是四君丈夫的立场了。
② 友久武文，西本寮子．とりかへばや［M］．东京：笠间书院，1998：165.
③ 二者均（1）身后没有家族的支撑（2）经济上仰仗宰相中将的照顾（3）怀有身孕。

往宇治之前，大将仿佛欲将生命燃尽在此刻一般，抓住每一个时机尽情展现了自己的超凡风姿和惊人才学，为自己的男装时代奉上了最盛大的谢幕①。其间大将对于不得不放弃真实自我展示②的不甘、痛楚、遗憾和不舍鲜明可辨。而造成这一切的罪魁祸首宰相中将，曾经是个面对大将时自惭形秽，时常怀有自卑感的人，却在发现大将生理性别为女性且强行实施侵犯行为之后，自觉地将二人优势地位翻转（将自己升格、将大将降格），把自卑情绪抛诸脑后，转而沉浸在征服的快感和自私的占有欲中无法自拔。大将在体味如自尽（即社会性死亡）般的苦痛之时，宰相中将却在为即将美梦成真、大将即将成为自己的掌中之物、笼中之鸟，甚至自此可享齐人之福而心潮澎湃喜不自胜——这种对照愈发凸显二人追求的迥然相异和宰相中将的浅薄愚陋。

而我们能够指出，这种对照其实在大将苦心同宰相中将周旋时已经初露端倪，而后的宇治时期中则变得愈发清晰可见。其实质在于，周旋期大将同宰相中将间的权力差，在宇治别院这个为宰相中将（男性力量）所支配的小世界里得到了延续和进一步扩大。被迫换下男装的大将也就被剥夺了曾经因为跻身男性社会而获得的社会优势立场，被困滞在一个除依靠男性照料外无所仰仗的处境（哪怕在大将自己看来这种处境是暂时的），转而被强加上"女性"这一不公平的性别角色期待。而这个阶段中，大将身上还残存着曾经光芒万丈的男装时代的余韵，尚且保有着曾经冲破性别规训的樊篱所掌握的"不驯服""不顺从"的心性。因此，遭遇着男权秩序强迫的"失语"时，大将选择以"假装平静"这种阳奉阴违的方式保持着自己的本心。

例如，宇治时期的宰相中将一副上位者和所有者的嘴脸，曾两次贬低称大将曾经的男装是因为大将本人"喜欢抛头露面"③"爱混迹男人堆里"④。对此大将只得忍辱负重，摆出毫不在意的表情不去同他起冲突。

再比如，宰相中将逗留京中照顾四君，即使回到大将身边依然对四君心存不舍。从这种轻慢态度中，大将读出他"对四君的感情比之对我毫不逊色"，又思及自己隐姓埋名换作女装，在世人眼中无论宠爱还是身份恐怕都不及作为右

---

① 主角也正是此时被授予了大将的官职。
② 大将的天生的风姿姑且不论，诸如汉诗的才学和音乐的天赋等都是从小就无师自通的。因此在笔者看来，在男性社会中的大将除了生理性别是伪装的之外，其能大放异彩所仰仗的资本都是真实的，大将的出仕正是其真实自我展示和自我实现的一段经历。
③ 友久武文，西本寮子.とりかへばや[M].东京：笠间书院，1998：155.
④ 友久武文，西本寮子.とりかへばや[M].东京：笠间书院，1998：162.

大臣之女的四君。然而，这些在当时的社会语境中原本极易招致女性的不安或者嫉妒的表现，在大将心中却没有留下什么痕迹。后文写到，大将不想口出怨言，只装作浑然不知的样子。并且，大将追忆起自己的男装时代，明确了宰相中将之用情不可依靠，同时再度坚定了自己现阶段的生存策略，即在生产之前对宰相中将曲意逢迎，实则暗中坚持自己本心。

显然，自始至终大将都并没有把宰相中将的"爱情"看作多么重要、多么需要尽力争取的东西。大将不满的、控诉的总是宰相中将的好色，是原本光芒万丈的自己为他的好色所害，被迫跌落到仰他鼻息、枯坐只为等他来访这种极为典型的被动而可悲的女性处境，而不是他好色的对象。因此，大将没有所谓的嫉妒情绪。换言之，嫉妒这种为文化所建构的情绪所象征的、以某位男性为中心和制高点所构建起的女性间的敌对和竞争体系被大将所漠视、所超越了。也因此，拟婚姻关系结束后，大将和四君二人迎来的表面上看似互为情敌[①]的新关系，被大将对四君并无对抗之心，而四君并不知晓大将的存在这种或积极或消极的形式所消解了。这种打破男性中心主义的束缚、女性彼此没有对立的关系无疑也是作者就女性生存问题的又一次思考和尝试。

另一方面，宰相中将完全相信了大将的假装，只一味觉得一切圆满，自己心满意足。这也说明，大将的这种"假装平静"同《源氏物语》中紫上的那种自虐式的"假装平静"并不相同。除却作为一种规避、一种不得已而为之的权宜之计，它更是一种用来蒙蔽对手以图可乘之机的能动性策略，是女性无法正面冲破男权压制时的一种悄然而迂回的突围和反抗。

最终，大将凭借这种生存策略，坚持到了奔离这座围困她的宇治别院的那一天。虽然不可否认，大将的出奔是在其兄男尚侍的帮助下得以实现的。然而值得注意的是，前来寻人的男尚侍起初只是在吉野等候，大将主动（且巧妙地）传递的信息，才是有关出奔的计划开始运行的发令枪。换言之，大将并不是四君那般等待拯救的被动角色，而是主动的自救者，其意志贯穿着整个出奔计划。并且，从大将宁可抛下刚诞下的幼子也要离开这一点，其态度之决绝及心志之

[①] 共同拥有一名男性，或者说共同被一名男性所拥有的女性们，为争夺男性的关注和随之而来的各种资源，而相互敌视相互竞争的一种关系。同嫉妒情绪一样，其实质是将花心的责任转嫁给女性、促使女性集团内部分化的一种受到（男权）社会默认与诱导的文化策略。

坚毅可见一斑①。这一段，是大将的高光时刻，甚至是整部作品的高光时刻，是女性反抗男权社会加诸其身之不幸的强有力意志的集中体现，是潜藏在字里行间的作者的女性意识的一次大爆发。

六、拟婚姻关系的后续之二：渐次趋同的二者形象

然而，大将高涨的意识觉醒就像烟花绽放，无比壮丽，却转瞬即逝。大将奔离男权秩序之后如何了？获得了自我和自由吗？不，相反的是，大将被镇压回了父权、皇权、男权（夫权）的千钧重压之下，遭遇了更为深刻的"失语"和更为彻底的意志抹杀。其间从"无法出家的女儿"到"不断生育的妻子"，大将同四君的形象的趋同也渐次显现。

被迫终结自己的男装时代之时，大将对于今后的计划就是生产之后出家遁世，在随后的宇治时期里也一直是这么坚信的。其后寻来的男尚侍同大将商讨今后安排时，自认"无法重新回到男子身份""没有容身之处"的大将也提出想"断绝音讯在吉野山中出家"②。由此也可以再度确认，大将并没有以寻常女子身份长存于世的意愿。然而，此时大将的意欲出家被男尚侍以"父母在，不出家"为由给劝止了③。

大将从宇治奔离后，暂时在吉野亲王处逗留。"结束了同宰相中将的那段让人愁肠百结、整日郁郁不乐的关系"，大将总算得到了喘息。也是这时，男尚侍开始以帮忙照顾孕中的女东宫为由，请求（劝说）大将以尚侍身份进宫④，大将也应承了下来⑤，二人由此顺势开始了社会身份交换的各种准备。从此，大将

---

① 大将能忍痛离开有两个原因：母子的缘分是割不断的，哪怕此处分别也不是诀别，以后也会有再见的机会，此为其一；曾经那么出类拔萃的自己，哪怕出于对孩子的留恋，也不能忍受这种慢待、这种希望全系于宰相中将随心所欲的到访的生活，此为其二。同幼子分离之时，大将虽然痛入肺腑，但男装时代所养成的坚毅果敢的性格支撑着她做出了决断。
② 友久武文，西本寮子.とりかへばや［M］.东京：笠间书院，1998：197.
③ 同上注。大将之所以男装时代一直未能出家，同样也是源自对父母的顾虑和牵挂。
④ 朱雀上皇只有一子（现任天皇）一女，且现任天皇同样（暂时）没有子嗣，所以上皇之女被册立为现任东宫。男尚侍出仕即随侍在此女东宫身边，诱哄尚懵懂不通人事的东宫发生了性关系。尚侍为寻找失踪的大将而出宫时，东宫已然身怀有孕。
⑤ 结合后文可以发现，大将之所以应承此事是因为自己也曾经历过孤立无援的生产，而对处于相似境遇的女东宫怀有一种感同身受的同情。

出家一事被长久地搁置，再也未被提及，大将也由此成了"无法出家的父母（家族）的女儿"。再者，大将（或者该称她为尚侍了）的形象上也出现了断层式的转变：她似乎浑然忘却了自己曾经渴望出家、不以女子身份存世的心愿，几乎不曾抵抗地转而走上了一条同世间其他女子无有不同的、被家族意愿裹挟向前、为家族的荣华献祭自己的道路。

　　来自男装时代的余韵闪光——此处表现为清晰的思辨力、决策力和执行力，在作为尚侍指挥领导其他女官，为女东宫的秘密生产而缜密筹划之时得到了最后的体现。而后，在父亲、兄长（男性亲属/家长/父权）同天皇（皇权）的合谋①面前，她是毫不知情、且无从抵抗的。

　　起初以为接近自己的人是宰相中将时，尚侍是"不耐的、愤恨的"，"用外衣罩住自己一动也不肯动"②。而发现来者是天皇时，她迅速涌起的却是自卑和悲观情绪：要是自己身上的隐情（曾经女扮男装的经历和非处女的身份）被天皇识破，必然会遭受他的轻蔑和冷眼，哪怕有过露水情缘将来也是会被他抛弃的。由此我们似乎也可以读出，在尚侍的预设中，开始或结束这段关系的权力根本不在自己手中。因此，面对天皇的侵犯，她只悔恨自己不该回到俗世、不该入宫、不该在东宫已经离开皇宫的情况下还在宫廷逗留——所有的不甘都是内指的，而没有朝向真正的始作俑者天皇。而尚侍面对前后两次性侵犯的不同态度，不仅仅因为施暴者身份的不同（臣下＝一般男权/天皇＝男权+皇权），更源自尚侍本人的心境变化。

　　后文中有一段十分意味深长的表述，概括而言即"在男装时期尚且无法逃

---

① 在男尚侍时期，毫不知情的天皇一直对尚侍心存觊觎，只是苦于没有接近的机会。父亲左大臣虽然也有望女成凤的渴望，但因为儿子男扮女装的缘故，一直拒绝送尚侍进宫充作天皇的后妃。待大将尚侍互换身份之后，正逢女东宫身体不适（实则是掩饰其身怀有孕的说辞），天皇也以看望东宫为由悄悄接近了女尚侍。随即一见钟情的天皇将对尚侍的心思向男大将和盘托出，大将便去同父亲商量尚侍入宫之事。一双子女已经"各就各位"的左大臣再没有顾忌，只是担心自己突然态度大变送女儿入宫会引起世人怀疑，所以想使之成为既定事实："既然尚侍现在已经身在宫廷，就等天皇悄悄宠幸了她，再赐下位宫吧。"于是，秘密生产之后，女东宫从宫廷退出前往父亲朱雀上皇处时，随侍的尚侍本该一同前往，父亲左大臣却已经和天皇达成了共识，哄劝尚侍留在宫廷之中，让天皇有机可乘。
② 友久武文，西本寮子．とりかへばや［M］．东京：笠间书院，1998：267-268.

脱宰相中将的侵犯，更何况如今这般女子的模样（自然更加无法逃脱）"①。按理说无论作何种装束，同一个当事人其体力方面前后不会有什么变化，这种"更何况"的比较之意从何说起？因此笔者以为，原文中的动词"女ぶ"除了可以解释为装束方面的"作女子打扮"，更应该理解为心理状态上的"像女性那样"。那么，像女性怎么样？结合后文紧接的那一句"不想被看作是不解风情的女性"，我们似乎可以认为，因为正如此前所述，男性权力秩序中女性被默认、被规训为是顺从的、不拒绝的、不抵抗的，所以同尚且自认有拒绝权利的大将（男装）时期不同，此时的尚侍已经被内化了女性这一性别角色期待，在面对天皇时是不想（不能）抵抗的、近乎束手就擒的。其后尚侍拒绝给天皇写来的情书回信的举动，应该可以算作她最后一丝"反抗"吧。

再之后，尚侍的心声渐不可见。在父亲左大臣和兄长大将的无上欢欣中，她开始了集"万千宠爱于一身"的后宫荣华之路。后来，她诞下天皇长子。此子被立为东宫，她也因此立后。再后来，她接连生下二子一女，地位尊崇如日中天。然而，作者却有意着笔刻画她对当年抛下的幼子的牵挂和忧虑，在这般烈火烹油鲜花着锦之盛中，渲染出一份格格不入的伤感情绪。看似众人皆欢欣的圆满大结局中，她虽身处其中，又仿佛心在其外。这无疑也是对所谓圆满的一种冷眼和解构。

另一边，四君产女后性命垂危，只愿临终前再见父亲一面。父亲右大臣见女儿气息奄奄，大为哀恸，悔不当初，决意赦免四君，将她接回家中照料。渐渐恢复了些神智的四君向父亲提出出家的请求，却没能得到父亲的允许。被拒绝的理由同女大将（尚侍）的情况一样，即"父母在，不出家"。至此，又一个"无法出家的女儿"四君重新回到了父亲的掌控之中，而她同宰相中将的关系也基本断绝了。从某种意义上看，四君同宰相中将的关系（未被公认的婚姻关系）似乎不过是个过渡阶段，或曰父权体系的代替品，待四君回归父权体系后就失去了存续的必要。

而大将尚侍身份互换之后，男大将横空出世，接管了女大将男装时代曾拥

---

① 「男の御さまにてびびしくもてすくよけたりしだに、中納言にとりこめられてはえ逃れやり給はざりしを、まして、世の常の女び」（友久武文，西本寮子．とりかへばや[M]．东京：笠间书院，1998：269．）

179

有的一切，其中也包括了四君这位正妻①。四君本觉无颜面对大将，却不得不屈从于父亲的意愿。二人相见后，习惯了女大将曾经的温言细语的四君自然是被男大将突如其来的性侵犯②打了个措手不及，碍于夫妻身份却也只得息事宁人独自忍受。对丈夫的这般性情大变，四君不是没有怀疑的。只是被男大将一通夹枪带棒的话给堵了回来，自觉德行有亏的她只好不再追问。此夜之后，男大将夜夜都来留宿。在世人眼中，这标志着（女）大将同四君婚姻关系的恢复。殊不知移花接木后，这样的留宿实则意味着四君与新的丈夫（男大将）间的"正常"婚姻关系的开始。

再之后四君怀孕，自四君归家以来鱼雁全无的宰相中将这时却突然通过侍女左卫门传来了希望再见的消息。对此四君是如何想的呢？作品中写道：

　　四君虽然为宰相中将落泪，却也不想与他再见面了。无论相貌还是人品，大将都无可挑剔，对四君的感情也越来越亲厚，尤其四君怀孕之后，更是对她越发看重了。大将对她的爱情不比宰相中将的爱情逊色。同宰相中将的一段，说来又羞耻又害怕，一开始虽说是被他强迫，后来四君也渐渐为他倾心。但对如今的四君来说，她更在意的是世人的眼光和父亲的意愿，相较而言同宰相中将的关系自然无足轻重。③

正如上文所述，四君遭受的第一次侵犯，使她被男权话语体系驯化，成了被爱情蒙蔽双眼的爱人；而她遭受的第二次侵犯，使已将训诫内化的她成了为求稳定的社会地位而委曲求全的妻子。另一方面，从大将对宰相中将的大获全胜中，我们也能确认，为父权制所认可的传统异性恋婚姻关系具有根深蒂固的优势地位。

---

① 而男尚侍顶替女主角成为男大将之后，迅速黯然失色成一个轻浮好色的庸俗男人形象：女大将曾经同其他女性间结成的柏拉图式亲密关系经他接手后全部被变成肉体关系；且始乱终弃，主动招惹女东宫和丽景殿妃子之妹并让人为他生儿育女，却对这二位女性都流露出了轻鄙的态度。此处是男大将一边牵挂着宫中待产的女东宫，一边计划着把吉野亲王的大君迎进京城做自己的正妻，一边又好奇四君的品貌，想要见上一面（发生关系），其用情不专可见一斑。
② 这次性关系明显是四君没有期待也没有预料到的，是"震惊无措"的、"比初次性体验（即宰相中将的性侵犯）更令人羞耻"的。因此虽说二人是处在一段婚姻关系中，婚内强暴同样是强暴。
③ 友久武文，西本寮子．とりかへばや［M］．东京：笠间书院，1998：288-289.

而意味深长的是，作品里的这个时间点上，男大将已经将吉野亲王的大君列为正妻，也即曾经的正妻四君失去了超然的地位，跌落成大将众妻子中的一员。同宰相中将那一段作为她曾经的"过错""瑕疵"被屡次提及，意味着她始终没有得到男权社会的"原谅"，来自过去的阴霾始终笼罩着她。在作品看似圆满的大结局中，作为遭受性侵犯的受害者、男性话语体系下顺从的女儿和妻子，四君却是作品中唯一社会地位受损的人物，何其讽刺！

最后，笔者整理出作品中女主角①与四君的对照分布如下：

文中页码	事件
121	大将怀孕
121	四君怀孕
184	大将产子
204	四君产女
281	四君怀孕
282	尚侍怀孕
309	尚侍待产（从宫中退出）
310	四君待产（移居夫家）
310	四君产子
311	尚侍产子
318	中宫（尚侍）再诞下二子一女
319	四君再诞下二子

如上所示，在作者的有意设计下，以怀孕生产这一典型的女性形象表征为轴，女主角和四君的生命历程相互映衬着交织在了一起。尤其后半段，二者联动的密度急遽增大，围绕生育一事，二者的相似性也愈发凸显。因此笔者以为，可以把四君看作是女主角的参照物和坐标。

当女主角作为大将时，她是四君的反义词；如果说四君是男权话语体系下基本毫无抵抗的顺从者，被动消极的等待拯救者，对真相从始至终一无所知的

---

① 因为无论"大将"还是"尚侍"都是具有一定指代性的称呼，是需要区分对待的，所以在不特意区分的时候笔者试用"女主角"一词来指代。

懵懂者，某种意义上来说没有变化的相对静止的存在，那么大将就是男性话语体系的挑战者和反叛者，积极主动的自救者，一路试着突破的自主能动的动态角色。

而当女主角变成尚侍时，她成了四君的同类：丧失了自主权和话语权的、为家族荣华献祭自己的、身份高贵的子宫。

电视剧《大明宫词》里武则天有句著名的台词："任何男人，柔媚的、阳刚的，只要他处在女性的处境里，他就是个女人。"① 无疑，整部作品中四君和女主角面临的就是这样一种"女性的处境"。在这种处境下，四君不自知地变成了一个"女人"，演绎了那个时代最寻常的女性的一生。女主角则不然。虽然难以分辨作者是出于对现实的绝望，还是意图进行一次高级的反讽：大将最终还是被"阉割"成了"女人"②。但至少，大将曾经质疑过、挣扎过，甚至短暂地成功过。而大将这一形象的确立，也正是《兄妹易性物语》这部作品在先前作品的积淀上达成的一个新的高度，更是为其后作品开创的一个新的起点。现如今我们有必要就此作品进行更深入的剖析和研究，其意义也正在于此。

七、拟婚姻关系在其他中世王朝物语中的再探讨

《兄妹易性物语》之外，同时代的《黎明之别》（『有明の別れ』）和稍后的《女公子寻根记》（『我身にたどる姫君』）中也出现了拟婚姻关系的变奏③。

《黎明之别》中的拟婚姻关系同《兄妹易性物语》一样，也是围绕主角的女扮男装所展开的。比起通过"天人""奇瑞"等超现实元素打造出的主角的超越性，笔者私以为主角之妻身上更体现了女性形象的进步性。主角之妻非是父母之命，而是主角自己寻到并迎回家中的。且主角实际上将这位女性救出了

---

① 郑重，王要. 大明宫词［M］. 北京：人民文学出版社，2000：420.
② 笔者此处试图运用词语的陌生化来谋求感染力的强化——"阉割"一词通常指男性的去势，而大将被剥夺话语权（声带）和行动力（手脚）的状态是否也可称得上一种"被阉割"？同时，对男性来说被阉割意味着男性身份象征的缺失，也即在男性社会立身之根本的丧失。从这个层面上来说，被迫放弃男性身份、离开男性社会的大将无疑就是惨遭"阉割"，进而被放逐、被禁锢在"女性的处境"之中。
③ 这三部作品均成书年份不详。但从日本最早的文学评论《无名草子》《兄妹易性物语》和《黎明之别》为"当世物语"，而没有提及《女公子寻根记》，由此可以大致推断出它们孰先孰后。

苦海，此举背后似乎可以读出女性间互助的温暖情谊。主角之妻也先后两次惨遭强暴，但并无四君那般"爱上施暴者"的心境变化①。且主角解除男装（假死）之后，主角之妻果断出家了。与一直被蒙在鼓里的四君不同，主角之妻后来被主角告知了其女扮男装等的真相，二者再度建立起了亲厚的关系。

而《女公子寻根记》中的拟婚姻关系则呈现出一种更为大胆而进步的特色。主角甚至不像前两部作品那样需要借助男装这一伪装，直接以女帝的身份君临天下。得益于女帝的信任，藤壶皇后也不需要改头换面就能参与到政治中。且关系缔结的双方已经从家族责任中解绑：关系缔结之时，即藤壶皇后作为上皇后妃却选择逗留宫中，同曾经的上皇皇后、如今的女帝构成了一种"帝后"关系之时，二者已然以或女帝或国母的身份完成了对家族应尽的责任。更有甚者，女帝治下，也即拟婚姻关系存续期间，文中没有发生一起强暴事件。换言之，女帝治下的宫廷里，一个没有强暴、女性得以安居的乌托邦世界被创建了。也因此，这段关系的终结并不像前两部作品那样是由于男性力量的破坏，而是源自女帝本人的超越性（逝去＝升天）。甚至后文还有女帝为解藤壶困境而下凡，同她梦中相会的情节，这般跨越时间空间的亲密关系着实让人动容。

由于篇幅所限，具体的比较研究留待后考，笔者此处只粗略列出了几点以供参考。

最后若要升华一下的话，笔者以为，物语作品自《源氏物语》起，就在为女性生存困境寻一剂良方的道路上求索。反观现状，千年后的今天，女性仍在相似的困境相似的痛苦中沉浮，如何不让人心惊！从中世王朝物语中女性角色间的拟婚姻关系这个主题以微知著，确认女性意识觉醒的历史脉络，不仅为了文学研究，更是为了我们现在。

---

① 笔者认为《黎明之别》中的强暴事件更多是为下一代的诞生和未来的剧情服务，对推动当前的情节发展没有特别大的意义。这点应该也同这部作品显著的"家族物语"的特色相辅相成。

试论宝塚《源氏物语》的改编方法

——以2007年版《源氏物语》为例

北京外国语大学 北京日本学研究中心

河北农业大学外国语学院 刘嘉瑢[*]

引　言

《源氏物语》诞生于一千多年前的平安时代，是日本最具代表性的文学名著之一。《源氏物语》问世一百多年后，便出现了以它为题材的绘画作品；中世时期又被运用于能乐这一戏剧形式中；到了近世，则有根据《源氏物语》改编的通俗小说刊行。在当代日本，它被诸多现代文艺形式吸收，诞生了如漫画《源氏物语》[②]，电影《源氏物语　千年之谜》[③]，以及动画《源氏物语千年纪Genji》[④] 等作品。通过多样化的传播途径，《源氏物语》为日本大众广泛接受、喜爱，可谓是古典作品在现代背景下仍然保持旺盛生命力的成功案例。而近百年来持续将《源氏物语》搬上舞台的宝塚歌剧团，在其传播过程中无疑占有举足轻重的地位。

---

[*] 刘嘉瑢：河北农业大学外国语学院日语系助教，现就读于北京外国语大学北京日本学研究中心博士课程，专业方向为日本古典文学。

[②] 日文原名：『あさきゆめみし』，大和和纪漫画作品。

[③] 日文原名：『源氏物語　千年の謎』，2011年12月10日上映，由东宝株式会社发行。鹤桥康夫导演，生田斗真主演。

[④] 日文原名：『源氏物語千年紀 Genji』，出崎统导演。

宝塚歌剧团成立于1914年。根据剧团官方编撰的发展史①，在其成立5年后的1919年，《源氏物语》被第一次搬上了宝塚少女歌剧②的舞台。据笔者的不完全统计，直到最近一次举行"源氏剧③"公演的2015年，在近一百年的时间里，宝塚歌剧团一共上演过16次《源氏物语》改编作品，平均至少每10年公演一次。由同一演出主体对同一经典文学作品持续进行的如此长时间、高频率的舞台化改编，可以说在日本乃至世界范围内都是十分罕见的。面对长篇古典小说《源氏物语》，宝塚歌剧团如何做出适应戏剧这一艺术形式的编排，从而在尽可能保持原貌的同时达到最佳的艺术效果呢？

　　本文将在分析《源氏物语》原作的基础之上，围绕宝塚歌剧团花组于2007年上演的《源氏物语》（日文剧名『源氏物語　あさきゆめみしⅡ』），试析宝塚歌剧团在改编古典作品时可供借鉴的成功经验。

一、宝塚歌剧团花组2007年版《源氏物语》基本情况

　　本文之所以选取花组2007年版《源氏物语》作为考察对象，一方面是因为该剧的演出背景十分特殊。2008年是《源氏物语》诞生1000周年，日本各界举行了丰富多彩的庆祝活动，宝塚歌剧团也不例外。在2007年7月由花组上演了《源氏物语》之后，又于2008年11月至12月由月组公演了《梦之浮桥》④。花组《源氏物语》对应的是原著当中以光源氏为主角的第一至四十一卷，即前三分之二的内容。月组《梦之浮桥》演出的则是原著中以光源氏的后人匂宫及薰君为主人公的第四十二至第五十四卷，即后三分之一的内容。也就是说，宝塚歌剧团在《源氏物语》成书1000年的节点，通过两部作品的接连上演，将这一古老经典以现代歌舞剧的形式较为完整地做出了新的诠释。因此，在讨论宝塚歌剧的《源氏物语》改编作品时，花组2007年版《源氏物语》的重要性是不言而喻的。

　　值得注意的是，花组2007年版《源氏物语》与宝塚歌剧2015年版的《新

---

① 宝塚歌劇団.すみれ花歳月を重ねて：宝塚歌劇90年史［M］.宝塚：宝塚歌劇団，2004：252.
② 即现在宝塚歌剧的前身。
③ 以《源氏物语》为题材的戏剧。
④ 日文剧名：『夢の浮橋』，作者为大野拓史。

源氏物语》虽然同为花组演出，从中文译名上看也容易误认为是同一部剧的新版与旧版，但它们其实相互独立。前者改编自日本著名漫画家大和和纪20世纪80年代的漫画作品《源氏物语》（日文原名『あさきゆめみし』）。后者则改编自小说家田边圣子20世纪70年代末创作的取材于《源氏物语》的现代日语小说《新源氏物语》（日文原名『新源氏物語』）。2015年版《新源氏物语》剧名中的"新"，实际上是沿用了田边圣子小说的原名，并非是指针对花组2007年所谓"旧版"而言的"新版"。况且2015年版本的《新源氏物语》实际上并不是该剧目的第一次公演。《新源氏物语》一剧早在1981年和1989年就已由月组上演过。另外，从主题上看，两部作品表达的侧重点也不相同。2007年版《源氏物语》的重点放在了几位女主人公身上，2015年版《新源氏物语》则着重展示光源氏被宿命纠缠的一生。由此可见，将2015年花组上演的《新源氏物语》称为新版《源氏物语》显然不太合适。然而无论哪一部作品，都是对《源氏物语》这部古老经典做出的部分的、现代化的、个性化的诠释。

另外需要指出的是，花组2007年版的《源氏物语》其实也不是该剧目的初演。从公演的日文剧名『源氏物語　あさきゆめみしⅡ』可以看出，它是『源氏物語　あさきゆめみし』的第二版。『源氏物語　あさきゆめみし』是阜野旦[①]于2000年为花组创作的公演作品。继宝塚、东京两地的宝塚歌剧专属剧场内的演出之后，于2001年进行了日本全国巡演。宝塚歌剧团作为商业演出团体，在为成本高昂的全国巡演活动确定演出剧目时必定经过仔细分析，精密策划。因此可以推测，『源氏物語　あさきゆめみし』这部作品于宝塚及东京的演出在观众间收获了不错的口碑。而该作品在2007年获得重演的机会，也正说明之前初版的演出获得了好评。因此，在考察花组2007年版《源氏物语》时，除了要考虑其直接取材的大和和纪漫画版《源氏物语》，也有必要参考花组2000年初版《源氏物语》的演出资料。

在明确了花组2007年版《源氏物语》的演出背景及上演经历后，接下来根据公演剧本[②]及录像资料[③]，把剧中场面与大和和纪的漫画《源氏物语》《源氏物语》原著相对比，以发现剧作家兼导演草野旦在创作过程中所做的诸多有益尝试。

[①] 宝塚歌剧团作家、导演，曾任宝塚歌剧团理事。舞台作品以歌舞秀为中心。
[②] 宝塚大劇場公演脚本集：2000年4月—2001年4月［M］.宝塚：阪急电铁株式会社通信事业部，2001：5-15.
[③] 录像参考2000年版及2007年版两版，剧本仅参考2000年版。

二、四位女主人公构建的剧情贯串线

要对《源氏物语》进行戏剧化改编，首先要解决的便是篇幅问题。《源氏物语》原著长达五十四卷，字数达 100 万字之多，涉及的人物事件纷繁复杂。而戏剧的演出时长有限，无法将如此丰富的内容毫无遗漏地呈现出来。林克欢在《戏剧表现的观念与技法》中提道，"戏剧演出要在短暂的两三个钟头之内，使呈现出来的世界能够让人理解，一切都必须经过严格的选择，减少枝蔓"。[1] 而对于长篇作品《源氏物语》来说，尤其如此。改编者首先需要根据自身对作品的理解抽取出思想主题，再以此为基础搭建故事框架，从原著中选取必要的场景后，通过精彩的舞台编排呈现给观众。埃德温·威尔森曾在《认识戏剧》中以《哈姆雷特》为例指出，"不同的导演在同一个剧本上发掘出的是不同的贯串线"。[2] 与此同理，即便同为改编自《源氏物语》的舞台作品，不同剧作者的创作思路各具特色，导演出的作品势必风格迥异。

在笔者看来，花组 2007 年版《源氏物语》的剧情贯穿线是主人公光源氏[3]身边四位女性——藤壶中宫[4]、胧月夜、明石夫人和紫夫人[5]命运沉浮的故事。总结以上四位女主人公在剧中的表现，我们能够看出，剧作者在每一位女性身上都赋予了不同的存在意义。

第一位出场的女主人公是藤壶中宫，她总共出现两次。第一次是在演出开头的"雨夜品评"场面。"雨夜品评"中，光源氏的四位伙伴各自谈起对女性的看法，唯独光源氏闭口不言。"雨夜品评"结束后，独自留在舞台一角的光源

---

[1] 林克欢. 戏剧表现的观念与技法 [M]. 北京：北京联合出版公司，2018：138.
[2] 威尔森. 认识戏剧 [M]. 插图第 11 版. 朱拙尔，李伟峰，孙菲，译. 成都：四川人民出版社，2019：120.
[3] 桐壶帝与桐壶更衣之子，虽天资过人，但无外戚作后盾。后被降为臣籍，赐予源姓。
[4] 先帝的四皇女，因与已故的桐壶更衣长相相似，十四岁时被召入宫，受到光源氏的父皇——桐壶帝的宠爱。光源氏三岁丧母，对与母亲长相极为相似的藤壶中宫十分亲昵。光源氏成年后，对藤壶中宫抱有恋慕之情。两人私通后，藤壶中宫诞下男孩，即后来的冷泉帝。桐壶帝去世后，藤壶中宫出家，于三十七岁逝世。
[5] 《源氏物语》女主人公之一，与藤壶中宫样貌相似。幼年时被光源氏掠夺至二条院，在光源氏的抚养调教下长大。后成为光源氏实际上的正室，但未育有子女，收明石夫人的女儿为养女。紫夫人三十多岁时，光源氏迎娶了三公主，紫夫人内心绝望，于三十七岁去世。

氏说起自己有一段不为人知的恋情。与此同时，他身后的旋转舞台将藤壶中宫送至台前。光源氏挥袖转身，便自然地过渡到了两人相会的场面。在数个场景之后，"时光之灵"①说出如下旁白："光源氏继续爱的巡礼，追寻能替代藤壶中宫的人。"②从中可以知道，剧作者之所以最先表现藤壶中宫与光源氏的恋情，是为了给光源氏与其他多位女性接触的行为作铺垫。虽然站在物语原著的角度，这一解释并不能通行于所有其他女性主人公身上，但剧中这一处理确实避免了生活在一夫一妻婚姻制度下的现代观众对光源氏的行为产生反感。藤壶中宫的第二次出现是在第一幕的尾声。此时藤壶中宫已经病危，冷泉帝③和光源氏先后前来探望。藤壶中宫去世成了该幕中的高潮，在光源氏的悲鸣和短暂的舞蹈后，第一幕随即结束。值得注意的是，第二幕的尾声也安排了另外一位女主人公紫夫人的离世。若再考虑到藤壶中宫与紫夫人在该剧中是由同一位演员扮演，两幕间的呼应关系无疑更加明显。

第二位出场的是胧月夜。胧月夜是弘徽殿女御④的胞妹，原本计划入宫，成为弘徽殿女御的儿子——即后来的朱雀帝的后妃，却因为同光源氏的私情而未能实现，只能作为尚侍⑤入宫。剧中的她自由奔放，热情大胆，是女主人公当中个性最为突出的一位。胧月夜仅在第一幕出现，总共两次。第一次的开头，是与朱雀帝一起在宫中。面对温柔的朱雀帝，胧月夜主动问道："您为什么不责备我呢？您应该都知道（我和光源氏之间的事）了吧。"随后与光源氏相会时，胧月夜也直接对光源氏说："我并不是被你挑中。是我（主动）选择爱上你的。"胧月夜与朱雀帝、光源氏交谈时，还数次出现从对方手中挣脱的动作。胧月夜第二次出场，是在光源氏从须磨回京城后。胧月夜被朱雀帝的温柔与深情打动，在与光源氏见面时对光源氏说道："我决定跟随他⑥而去，我要报答他的深情。"这种自我意识下的主动选择，在剧中女主人公身上极为罕见。如果说剧中其他女性在男性面前的温婉顺从带有传统女性审美色彩，那么胧月夜的自由与大胆则具有强烈的现代感。事实上，在2007年7月15日于阪急国际酒店举行的春野

---

① 本剧的原创角色。能穿越时空，担当剧情叙述者的同时也是剧情的参与者。
② 日文原文：「藤壺の宮に取って代わることのできる女性を求めて、愛の巡礼は続く」笔者译。
③ 名义上为桐壶帝与藤壶中宫的皇子，实为光源氏与藤壶中宫的私生子，此时已继位登基。
④ 桐壶帝后宫中的妃子之一，所生的皇子后来继位为朱雀帝。
⑤ 内侍司的长官，为天皇近侍，原掌管奏请等事宜，后与女御、更衣等同列于后宫。
⑥ 指朱雀帝。

寿美礼茶会上，该剧光源氏的扮演者春野寿美礼提到，剧作者草野旦曾表示"胧月夜相当于现代的职业女性"。① 说明剧作者有意识地将现代女性的色彩融入了胧月夜的性格之中。作为极具现代感的女性角色，胧月夜在引起观众共鸣方面的作用不容忽视。②

明石夫人和紫夫人的首次登场也是在第一幕。与胧月夜的私情败露后，光源氏自贬须磨③，在那里，他邂逅了明石姬。明石姬后来成为光源氏的侧室之———明石夫人，并与光源氏之间育有一女。但她自觉身份低微，在光源氏获赦返回京城时不与他同行。在剧中，光源氏从须磨回京城时，明石夫人因为光源氏的离去而悲伤，在京城的紫夫人却因光源氏的归来而欢喜。一前一后且情绪对比强烈的出场方式暗示着两人的对立关系。明石夫人在剧中总共出场三次，每一次都是和紫夫人的出场前后相连，但前两次两人并未真正见面。到了第三次，才以明石夫人的女儿，即紫夫人的养女明石姬君④入宫为契机初次相见。值得注意的是，该场面中，原本应是情敌关系的二人对彼此产生了欣赏之情，这与原著中对两人的描述相一致。而发现对立方身上的优点并欣赏对方，这一举动本身还带有十分明显的宝塚歌剧色彩。宝塚歌剧作品的一个重要核心是传播梦想与希望等正能量⑤，化敌为友的桥段尤其符合其创作需要。实际上，类似的剧情在宝塚歌剧其他戏剧作品中也可看到。例如2012年由宙组上演的《银河英雄传说@TAKARAZUKA》中，属于敌对阵营的杨威利与齐格飞・吉尔菲艾斯在初次见面后彼此钦佩，两人的互动中甚至出现了与紫夫人和明石夫人的对话极为相似的语句。⑥《银河英雄传说@TAKARAZUKA》与花组2007年版《源氏物语》从原著作品到剧作者、演出人员都不一样，这些相似场面的出现可以说是

---

① 日文原话：「草野先生も、今でいうキャリアウーマンだって言うですよ、朧月夜は」笔者译。
② 在前文提及的茶会上，春野寿美礼本人也表示，胧月夜是剧中最具魅力的女性。日文原话：「（司会）おささん（即春野寿美礼，笔者注）はどの女性に一番魅力を感じますか？」「（春野寿美礼）ええとね、朧月夜」。
③ 即现在的日本兵库县神户市须磨区一带。
④ 剧中称为"ちい姫"。
⑤ 如宝塚歌剧80周年史书名即为《描绘华丽的梦想：宝塚歌剧80年史》（日文名：『夢を描いて華やかに：宝塚歌劇80年史』）。
⑥ 杨威利："我未觉与他（即齐格飞・吉尔菲艾斯，笔者注）是初次见面"（日文：「だが初めて会った気がしない」）。明石夫人与紫夫人重唱："不觉得与您是第一次见面"（日文：「（紫の上）初めてあなたとお会いする」「（紫の上と明石君）そんな気がしません」）。笔者译。

不同的创作人在宝塚歌剧整体创作理念下有意选择的结果。2007年版《源氏物语》的作者草野旦从原作中捕捉到明石夫人这一角色的性格特点，通过突出明石夫人与紫夫人的相互欣赏，来展示宝塚歌剧式的人物关系。

最后，原著中光源氏最为宠爱的紫夫人在剧中主要出现在第二幕。从光源氏迎娶三公主①之后紫夫人的内心开始动摇，到被六条妃子的亡魂附体一度昏迷，再到最后离世，紫夫人内心世界的纠结变化被一一呈现给观众。关于第二幕中的紫夫人，将在后文详细分析。

综上，花组2007年版《源氏物语》以藤壶中宫作为光源氏多彩恋爱生活的序幕，以由同一位演员扮演的紫夫人作为剧作的结尾，中间穿插了充满现代感的胧月夜，以及搭配紫夫人展现宝塚歌剧特色的明石夫人。四位女主人公被巧妙安插于整部剧中，从头到尾共同交织出了花组2007年版《源氏物语》的贯串线。

三、"陵王舞"带来的冲突效果

行文平缓是《源氏物语》原著的一个显著特点。文中往往将一些原本可能产生强烈冲击力的场面淡化处理，字里行间充满了古典作品特有的朦胧美和典雅美。这种模糊的表达方式同《源氏物语》自身强烈的贵族性密不可分。例如在原作中，女主人公紫夫人辞世的场面本应该是最为催人泪下之处。然而根据文中的叙述，紫夫人在与光源氏及养女明石中宫进行了伤感的互动后，突然陷入弥留状态，最终于次日天明逝世。在原著中，紫夫人从昏迷到辞世之间的时间较长，对其临终的情形也并未详述。

然而在进行戏剧创作时，剧作者往往需要不断制造冲突、障碍和矛盾，并最终将剧情推向高潮。原著抽象暧昧的表达方式无疑是与戏剧的创作要求相矛盾的。倘若剧作者把紫夫人辞世这一重要场景搬上舞台，仅凭原作的信息将较难创造出具有强烈冲击力的场面。如果缺乏巧妙的安排，演出效果就会大打折扣。笔者认为，宝塚歌剧团花组2007年版《源氏物语》大胆地运用"陵王舞"，较为成功地展现了紫夫人辞世的场面。

---

① 朱雀院（光源氏的同父异母兄）的第三皇女。

剧中第十七场"法事",以紫夫人在法事①上与明石夫人赠答和歌开始。伴随着低沉的管弦奏乐,在唯一的出场人物明石夫人的左前方,打下了一束柔和的蓝色灯光,仅照亮其上半身。随后明石夫人诵吟紫夫人的赠歌,至和歌后半段时声音逐渐转换成紫夫人的旁白。此处赠答和歌的设定以及和歌的内容与物语原著是一致的。但在剧中,紫夫人在信件的末尾特地提到了陵王舞,这也是接下来的重要场面。随后明石夫人从舞台上消失,进入陵王舞的部分。

这里的陵王舞,来自日本雅乐曲目《兰陵王》。《兰陵王》起源于隋唐音乐,虽然在中国已经失传,但在日本得到了较好的传承。它再现了北齐兰陵武王高长恭带着狰狞的面具隐藏自己的美貌,入阵杀敌并大获全胜的情景。《源氏物语》原著与大和和纪的漫画《源氏物语》都有提及陵王舞,且与剧中一样紧跟在两位夫人赠答和歌之后。但有意思的是,物语原著关于陵王舞只用了寥寥数语②一笔带过,但在惜时如金的舞台上,却用了长达一分多钟的时间以独舞的形式着重展现。当陵王舞伴着激昂的音乐进行到高潮部分,观众正沉醉于雅乐之美时,舞者却突然倒地,摘下了面具。光源氏上前伸手将舞者扶起,才猛然发现对方竟然是紫夫人。剧作者在此巧妙地利用了陵王舞需要舞者佩戴面具这一特点,为揭开面具发现紫夫人时的冲击力埋下伏笔。此时的紫夫人一反方才起舞时的刚健有力,坐在地上气若游丝地对光源氏说起了自己在法会上跳陵王舞的缘由。实际上从这一刻起,剧情已在不知不觉间从法事过渡到了紫夫人的临终。庄严肃穆的法事场面瞬间转换成了悲伤的紫夫人临终场面,带来了强烈的反差。而女主人公紫夫人的离世,也将剧情推向了高潮。

需要注意的是,虽然在2007年的再演版本当中,直到第十七场"法事"才出现陵王舞,但2000年该剧初演时,陵王舞在"法事"之前已出现过两次,可谓做足了铺垫。第一次是在演出开始后不久的第二场。第二场主要展现的是光源氏获赦从须磨回京后的盛况,由六小段华丽的歌舞构成,其中第四段就是陵王舞。虽然录像资料表明该片段的持续时间非常短,在目不暇接的六段歌舞中并不起眼,但已足以给观众留下初步的印象。第二次出现陵王舞,是在第十二场"陵王"。这一次并没有直接展现舞蹈本身,而是在紫夫人的乳母——右近的口中提及。右近回到了自家的旧宅,向周围的乡人们讲述陵王舞的来历。在兰

---

① 此处指供养《法华经》的法会。
② "此时奏出《陵王》舞曲,曲终声调转急,异常繁华热闹"。紫式部. 源氏物语（中）[M]. 丰子恺,译. 北京：人民文学出版社,1980：714.

陵王故事的结尾，右近话锋一转，道出女性也同兰陵王一样，会用贞淑的面具来隐藏自己的愤怒和泪水。而在刚刚结束的第十一场末尾，紫夫人得知光源氏即将迎娶三公主后，曾含泪向右近控诉"我连哭的地方都没有，太可悲了"①，所以观众在听见右近的讲述时，会自然而然地将紫夫人自动代入她口中的"女性"，从而把兰陵王和紫夫人联系起来。到了第十七场"法事"，陵王舞终于正式出现在舞台上。通过前两次铺垫，观众对兰陵舞的来历、舞蹈装束已经有所了解，且对兰陵王与紫夫人的联系也有一定的心理预期。当舞者倒地，观众随光源氏一同发现陵王舞者是紫夫人时，应该并不意外。而在2007年的再演中，前面两次与陵王舞有关的内容被删去，观众在毫无预料的情况下发现倒地的舞者是紫夫人，从而使该场面具有了比初演更强的冲击力。并且因为再演时没有提前暗示兰陵王与紫夫人的联系，观众在解读这一场面时，也拥有更多的想象空间。

　　与此同时，仔细观察该场面就会发现，其在出场角色的安排方面也可谓是独出心裁。除了主人公紫夫人和光源氏之外，还出现了明石中宫、明石中宫的生母明石夫人，以及紫夫人的乳母右近等人。右近作为乳母理应时刻伴在紫夫人身边，所以不做过多考察。而其余的四人，即紫夫人、光源氏、明石中宫和明石夫人，实际上是跨越了紫夫人《法华经》法事和紫夫人临终这两个时空汇聚在一起的。在物语原著和原作漫画中，参与了法事的人员是紫夫人、光源氏和明石夫人，紫夫人临终时在她身旁的则是光源氏和明石中宫。两个场景出场人物唯一的不同就在于明石夫人和明石中宫。两人各自分置于不同的场景，她们聚在一起，原本会使场面看上去有违原著。但在这里，明石夫人同明石中宫是亲生母女。由于这样一层重要关系，彼此穿越至对方的场景中，便也显得不那么不合理了。换言之，剧中的这一场景以亲母女的身份为纽带，把原作中原本分别置于不同时空中的明石夫人和明石中宫巧妙地安排进了同一个场景。而明石夫人的在场也默默地向观众提示着一个重要信息——明石中宫并非紫夫人的亲生女儿，从而更突显出紫夫人临终时的孤独。

---

　　① 关于此场景，初演与再演间存在较大改动。对比剧本及录像资料可知，2000年初演版本中，并未直接演出光源氏将迎娶三公主一事亲口告诉紫夫人的场景，只是简单地展示了紫夫人与右近知道此事之后的反应。且紫夫人的台词中并未深究光源氏迎娶三公主背后的动机。而2007年再演时，增加了紫夫人的内心独白，直接点明紫夫人的悲伤之处。

四、层层递进的人物内心刻画

《源氏物语》原著还有另一个十分重要的特点——擅长心理描摹。作者紫式部将自己对人性敏锐的洞察融入人物的内心世界当中，通过主人公百转千回的内心变化来巧妙地推动情节自然发展，让事件的发生既出人意料又在情理之中。可以说，她笔下人物内心世界的丰富程度远超同时代的其他文学作品，甚至丝毫不逊色于当代的心理小说。然而，在小说当中能够直接用文字表达出来的主人公的心理活动，一旦放到舞台上便不得不通过外化的方式来间接表现。如果改编者对剧中人物心理状态变化的捕捉不够成功，或者在进行舞台演绎时不够到位，势必会给观众带来一定的认识偏差，甚至对原著产生根本性的误解。

可以想见，这一障碍在改编以心理描写见长的《源氏物语》时将显得尤为突出。据《源氏物语》原著中叙述，紫夫人在年幼时被光源氏以掠夺婚的方式接到二条院，之后在他的悉心照料下长大，被光源氏养育成了他心目中最为理想的妻子。她长久以来也一直以光源氏正妻的身份得到大家的认可，直到三公主的出现。三公主因为是天皇爱女，身份高贵，所以自然是以光源氏正妻的身份下嫁而来的，光源氏表面上也不敢怠慢。原著中通过细腻的心理描写，将光源氏迎娶三公主当晚紫夫人痛苦、纠结的内心精彩地表现了出来。此时，紫夫人的处境发生变化，内心产生了巨大的动摇，虽然表面上故作镇定，但她再也不像从前那般信任光源氏了。而在无法直接表达人物心理的舞台上，如何将紫夫人一系列的心理变化呈现给观众呢？

当我们聚焦侧重展现女主人公的花组 2007 年版《源氏物语》，会发现剧中在紫夫人的数次出场中有效地运用台词、舞台空间、舞台道具，展现出了原著中紫夫人一味隐忍而未得到发泄的痛苦内心，并在最后的陵王舞中通过激烈的肢体动作给予她释放自我的机会。而这背后，是剧作者对日本平安时代女性生活状态的深刻理解和同情。

本剧中，紫夫人第一次出场是在第一幕，光源氏从须磨归来之后。在这着重表现光源氏与藤壶、胧月夜之间感情纠葛的第一幕中，紫夫人的存在感始终很弱。到了第二幕，紫夫人的重要性才逐渐突出，一共四次登场。先是同养女的生母明石夫人建立了互相欣赏的友情，之后又不得不接受光源氏与三公主结婚的事实，第三次出现时已是重病卧床的状态，最后一次便是第十七场"法事"。

紫夫人在面对明石夫人时，还能够以养女明石中宫为纽带与对方惺惺相惜，并对明石夫人的不幸遭遇表示同情。然而，在被光源氏单方面告知三公主即将到来时，她依靠光源氏对自己的无上宠爱而建立起来的自信则被瞬间击垮了。尽管如此，剧中紫夫人在忧心忡忡地唱了一句"从来没想过会发生这种事"①含蓄地表达了自己的不安后，转而态度又温顺了起来，在光源氏面前表示"希望三公主能喜欢我"②。这句话看似与紫夫人此时的情感相矛盾，但从光源氏退场后紫夫人的内心独白——"你爱的不是我，而是我对面的某个人，一个让你像孩童般憧憬不已的人。""而你现在，想从三公主身上寻找到她。这才是你迎娶三公主的真正理由啊。"③——我们可以得知，紫夫人虽然感到难过，但难过的并不是光源氏迎娶三公主这件事本身，而是她至此发觉光源氏爱的并不是自己，只是想从她身上追寻另一个人的影子罢了。被光源氏迎娶的三公主，也不过是另一个供他追求幻影的对象而已。如此一来，三公主将成为第二个自己，紫夫人出于对她的同情而说出上面的话也就不足为怪了。这一处理可以说既能看到原著的痕迹，又加入了改编者对紫夫人内心的揣摩。总之，尽管剧中紫夫人在光源氏面前仍百依百顺，但从第二次出场开始，观众已经能够清楚地察觉到紫夫人内心的悲伤了。

　　紫夫人第三次出场是在超现实的环境当中。由替身演员扮演的紫夫人躺卧在舞台的一侧，昏迷不醒。而另一侧，紫夫人真正的扮演者以紫夫人魂魄的形象缓缓出场。同一场景下营造出了两个相互隔绝、次元相异的空间。一个是昏迷中的紫夫人、周围侍女以及后来加入的光源氏所处的现实世界，另一个是魂魄所处的紫夫人的内心世界。内心世界中紫夫人魂魄的言行不被任何现实世界的人物所察觉。正是因为脱离了现实世界的束缚，紫夫人的魂魄得以用长篇独白的方式将她内心的不安和失落直白地吐露出来。之后，听闻紫夫人病危的光源氏慌忙登场，却也只是与紫夫人魂魄擦肩而过，奔向现实世界中昏迷着的她，于是紫夫人的魂魄黯然离场。可以说，现实世界中人们所看见、感知到的紫夫人，虽然物理上存在，但只不过是一幅没有主张和灵魂的僵硬躯壳。她的魂魄

---

① 日文原文：「こんな事が、こんな事が起きようとは、夢にも思わなかった。」笔者译。
② 日文原文：「仲良くしていただけたら、嬉しゅうございますわ。」笔者译。
③ 日文原文：「あなたが愛していたのは、わたくし自身ではなく、わたくしの向こうにいる誰か、なにか、子供のように憧れさせてやまぬ人を求め続けている。」「そして今、あなたは三宮の中に、それを探そうとしておられる。それが、ご結婚を承知なさった本当の理由。」笔者译。

虽不为人知晓,但那才是紫夫人最本质最核心的部分。遗憾的是,在紫夫人第四次出场,也就是第十七场"法事"中以陵王舞者的身份出场之前,紫夫人在光源氏面前始终都以温柔贤惠的形象出现。尽管心中酸楚,却从未向他吐露过任何不满,也没有任何过激的举动,光源氏自然无从得知紫夫人从未表达过的真实内心。

但到第十七场"法事",紫夫人第四次也是最后一次出场。她戴着陵王面具,做出正常状态下的紫夫人完全无法想象的激烈而大幅度的舞蹈动作。虽然没有一句台词,但举手投足干净利落,呈现出与之前登场的她截然相反的风姿。对紫夫人的舞蹈行为,可以有多方面的理解。笔者认为,紫夫人的舞蹈是她第一次也是最后一次将最真实的自我展示给光源氏。而这一机会的获得,与紫夫人舞蹈时所佩戴的兰陵王面具密不可分。

剧中面具的作用与兰陵王故事中面具的实际作用相反。战场上兰陵王的面具被用来遮住他真实的美貌从而营造出面目可怕的虚假形象。而舞台上紫夫人所戴的陵王面具则可隐藏她柔顺乖巧的虚假外表,从而将激越的真实内心展示出来。在与光源氏的相处当中,紫夫人一直都在弱化自我。尽管这一相处模式很大程度上是由当时的社会风俗、紫夫人自身的特殊际遇等因素决定的,但从结果上看,她的需求始终不被看见、不被承认,更没有选择和掌控自己人生的权力。在物语原著当中,受到境遇变化沉重打击的紫夫人直到去世也没能实现出家的愿望。而在剧里,改编者精心安排她在生命的最后按照自己的意愿跳了一回陵王舞。在让紫夫人得偿所愿的同时,也把她愤怒、酸楚的内心用激烈的肢体语言表达了出来。因为真实的自我终于"被看见",紫夫人的生命力被短暂地激活,展示出病弱的躯体原本所没有的活力。而这一切,都是因佩戴陵王面具才变得可能。之后紫夫人摔倒,摘下陵王面具面对光源氏时,又回到了那个弱化自我的紫夫人,直到最后一刻仍然在说:"为了你(光源氏),我一定会好起来的。"殊不知,她的生命力即将被消磨殆尽。

结　语

《源氏物语》作为日本古典文学作品,它的篇幅巨大、行文平缓、心理描写多等特点无疑增加了戏剧改编的难度。在宝塚歌剧团2007年版《源氏物语》中,剧作者构建了一条由四位女主人公组成的剧情贯串线,并为每一位女主人公赋予了不同的存在意义。同时，通过大胆地运用陵王舞，为紫夫人辞世场面创造出冲突强烈的舞台效果，将剧情推向高潮。此外，还有效地运用台词、舞台空间、舞台道具展现出紫夫人的内心世界。该剧在古典文学名著戏剧化方面具有十分重要的借鉴意义。

《仁显王后传》小考

吉林大学 王艳丽[*]

引 言

作为"朝鲜三大宫廷纪事文学"之一,《仁显王后传》可谓其中最为独特的一部。之所以这么说,是因为另外两篇即《恨中录》和《癸丑日记》的作者基本上已经得到学界的确认,系当时生活在宫中的女性,前者作者是思悼世子之妻惠庆宫洪氏,后者作者则为光海君时期的宫女。因为作者是事件的直接或间接参与者,所以这两部作品从内容和体裁来看可以确定为典型的宫中纪事文学,或可称为"宫中回忆录"类文字。其特点是真实性和现场感较强,具有较高的史料价值,但遗憾的是作为文学作品的艺术性与完成度稍逊。与这两部作品不同的是,《仁显王后传》的作者始终未得到最后确认,虽然其记述的也是宫中故事,但明显采用的是第三人称观察者视角。而且各种证据表明,作者很可能来自宫外且并非事件的直接参与者。更值得一提的是,虽然篇幅不长,但无论是从创作手法、情节展开、主题表现及文笔描写哪方面来看,《仁显王后传》都具备了较为成熟的朝鲜古典小说的文学特征,与其他两篇相比在文学艺术性方面明显更胜一筹。[②]

对于《仁显王后传》所具有的诸多独特性表现,近年来已有不少韩国学者

---

[*] 王艳丽:1997 年毕业于吉林大学外语学院朝鲜语系,在韩国仁荷大学获得文学博士学位。现为吉林大学外国语学院副教授,研究方向为中韩文学比较与翻译。主要译作有《浪漫之爱与社会》《这里是罗德斯:东亚国际主义的理想与现实》等。另在国内外学术杂志发表相关论文数篇。

② 本书的"朝鲜"指李氏朝鲜王朝,非指"朝鲜民主主义人民共和国"。

从各个角度进行了探讨，但迄今相关主题在中国国内并未获得应有的关注。本文旨在参考先行研究基础上结合笔者个人的实践考量，从成书经过、异本情况、作者、时代背景及人物形象等几个方面考察《仁显王后传》作为古典文学作品的独特性，以达到深度挖掘作品内涵、进一步探究和升华作品价值的目的。

一、成书经过及异本考

《仁显王后传》首次在韩国学界正式登场可追溯到日本帝国主义统治朝鲜半岛的1940年，当时著名的时调诗人、国文学者李秉岐（1891—1968，号嘉蓝）在殖民地时期为数不多的韩文杂志《文章》上登载了自己发掘整理的《仁显圣母闵氏德行录》（即后来的《仁显王后传》）原文和解说本，从此，这部以谚文（即韩文）创作的古典文学作品就成了韩国文学史上不容忽视的作品之一。不过值得注意的是，这一版本并非最早且最接近史料的版本。

资料显示，截至目前《仁显王后传》共留存有16种异本[①]，其中1种为活字印刷版本，其余15种为谚文写本版本。而这些写本版本又因为具体内容、各情节篇幅份量的不同大致可分为三大系列，即"柳龟相版本系列（下称柳龟相本）""国立图书馆版本系列（下称国立本）""延世大学62章版本系列（下称延大本）"等。目前来看，柳龟相本的种类最多（共11种），流通也比较广，被公认为是最早且最接近史料的版本。除此之外，国立本（共2种）虽然数量不多，但在文学价值方面却更为人称道，而延大本（2种）则是故事情节与前两者出入最大的版本。

其实归根结底，现存的《仁显王后传》各版本可谓大同小异。"同"指的是基本故事情节、框架与作品的整体基调，"异"则主要表现在开头结尾的叙述、有关朴泰辅部分的篇幅长短、是否有对后续事件的描述以及肃宗祭文篇数等方面。例如柳龟相本以"选后"为开端，中间因反对废后而遭酷刑的朴泰辅部分叙述比较简单，整篇文章到张禧嫔被赐死就戛然而止，而且肃宗为祭奠仁显王后亲笔撰写的祭文只收录了两篇；而国立本则以仁显王后出身家室为开头，对仁显王后的成长经历介绍得较为详细，同时大幅扩充了有关朴泰辅部分的内

[①] 这里所说的"异本"并非原作者留下的原典，而是不同后人的解说、翻译和保存的各种版本。

容。最重要的是，这一版本并未以张禧嫔被赐死为终结，而是继续延伸，增加了闵氏家族的后续发展及对相关人物的评价等内容。另外，这一版本中肃宗祭文的数量为三篇。

以下分别为柳龟相本和国立本的开头部分，从中可窥见两者在叙述手法和内容上的差异：

> 朝鲜国肃宗大王即位第七年，即庚申年十月二十六日，仁敬王后金氏驾鹤西去，主上悲痛万分，臣民哀声一片……
>
> ——柳龟相本系列

> 朝鲜国肃宗大王的第二任王妃——仁显王后闵氏，本贯骊兴，系行兵曹判书骊阳府院君屯村闵公之女，领议政宋同春先生之外孙女。①
>
> ——国立本系列

值得一提的是，国立本包括"国立中央图书馆收藏本（即中译本《仁显王后传》底本）"和"嘉蓝本（即李秉岐版本）"两种，前者为 85 章，后者为 63 章。两者内容和结构、文体类似，不过有关朴泰辅部分的篇幅长短还是有一定差异。具体说来，前者是目前所有版本中有关朴泰辅部分最为丰富的版本，占整篇作品的约 30%（是柳龟相本的 3 倍），甚至给人一种在"仁显王后传"中附加了一部"朴泰辅传"的感觉；而后者中相关部分则减少了一些（但也比柳龟相本多）。从年代来看，后者问世的时间要晚于前者。

国立本系列的另一特征是动用了大量优美华丽的汉文词汇和修辞表现，对仁显王后的贤淑美德不吝赞誉之词，对朴泰辅反对肃宗废后的来龙去脉和受刑场面等也刻意渲染，另外，三篇祭文的内容也较其他版本更为丰富，情感真挚凄切，文笔华美动人。

如前文提及，国立本的结尾部分与柳龟相本以张禧嫔被赐死为终结不同，而是加入了闵氏家族后续发展部分，最后还对文中的正面人物进行了点评，进一步升华了主题。

---

① 本文中"国立本"《仁显王后传》引用中文文字均出自张龙妹.恨中录[M].张彩虹，王艳丽，译.重庆：重庆出版社，2021，以下不再另行标注。

> 肃宗大王英明贤德，虽受奸人蒙骗，一时昏庸，然能迅速悔悟，改过自新，不愧为一代英主明君。仁显王后德高望重，冰清玉洁，臣民百姓无比敬之爱之，纷纷以国母为荣。
>
> 忠臣朴泰辅，铮铮铁骨，仗义执言，其忠诚仁义古今难寻。正所谓忠臣美名传天下，义士福高荫子孙。

虽然国立本因朴泰辅部分占据篇幅过多而不可避免地存在着主题不够分明、叙事稍逊连贯之嫌，但从整体来说结构安排合理，情节铺垫比较成熟，尤其是文笔较其他版本更为出色，作为文学作品来看完成度比较高。

那么，《仁显王后传》的创作经由和来源又如何呢？首先必须强调的是，《仁显王后传》记录的是真实历史事件，其根基来源于记录朝鲜王朝真实历史事件的重要史料《朝鲜王朝实录》[①]。具体说来，在《朝鲜王朝实录——肃宗实录》的"27年11月23条"中，收录了由肃宗亲自创作的纪念仁显王后的文章，主要内容是回顾仁显王后生平、追忆王后的贤德品行，同时也表现了自己深深的自责。除此之外，还有当时担任礼曹判书的官员在肃宗授意下编写的《后记》，里面又对相关内容做了部分补充——这两种史料可以看作古典文学作品《仁显王后传》的雏形，例如前文提及的柳龟相本共有48个段落，其中24个段落的内容直接来源于此。可以说，现存大部分《仁显王后传》异本都是在真实史料基础上加入一些民间野史及口头传说等虚构内容创作的结果。研究显示，包括柳龟相本《仁显王后传》在内的当下流通本与两种史料最大的不同之处是：前者增加或扩大了有关张禧嫔和朴泰辅的部分，另外进一步突出了作者思想和情感的介入，例如对善（仁显王后、朴泰辅）一方的绝对推崇与赞誉，反之对恶（张禧嫔一伙）一方的无情揭发与批判等，这些渲染善恶对立、强调警示教训的内容也符合古典小说的基本特征。

除真实史料外，也有学者指出，《仁显王后传》还受到了肃宗时期大臣金万重（1637—1692，字重叔，号西浦）以仁显王后、肃宗、张禧嫔故事为蓝本创作的古典谚文小说《谢氏南征记》的部分影响。《谢氏南征记》与金万重的另一部以中国唐朝为背景的小说《九云梦》一起被誉为"古代朝鲜半岛最早最成

[①] 《朝鲜王朝实录》是朝鲜王朝（1392—1863）最重要的国史记录形式，记录从朝鲜太祖到哲宗25朝国王长达472年的历史，共1893卷888册，约5000万字，1997年被联合国教科文组织登记为世界纪录遗产。

熟的长篇小说"。原著用谚文写成，后由其侄孙金春哲（1670—1717）译成古典汉文。虽然金万重将故事的背景放在了中国明朝，但从《谢氏南征记》的故事来看，女主人公谢氏在人生遭际上的确与仁显王后有很多相似之处：例如都是贞贤淑女婚配君子后因子嗣问题主动劝夫君纳妾（纳妃），中间因后者的排挤和加害而失去丈夫的信任恩宠并受尽磨难，但最后终于得以昭雪冤情，夫妇复合，原配名正言顺地挽回地位，恶女也受到了应有的惩罚。学界普遍认为金万重创作《谢氏南征记》就是为了讽刺当时政治，期冀自己所属的"西人党"势力重回权力中心，同时也间接地表达了支持仁显王后复位的决心。虽然金万重本人并未等到这一天就撒手人寰，但由其侄孙金春哲润色和翻译的汉文版《谢氏南征记》增补和修正了结尾，内容与闵妃复位、张妃赐死的实际历史事件暗合，至此《谢氏南征记》就基本完整地覆盖了《仁显王后传》的大部分内容。《谢氏南征记》成书于1689—1692年，而目前最早的《仁显王后传》版本即柳龟相本的大致成书时间为1786年左右①，从内容上来看，两者之间存在着不少相似之处②，这些事实为《仁显王后传》受《谢氏南征记》影响之说提供了有力的佐证。

值得一提的是，有关《仁显王后传》的体裁名称，韩国学界先后有"宫廷纪事传记""国文记录""内简体③散文""宫廷纪实小说""宫中随笔"等说法，但随着相关研究的深入发展，笔者认为以"宫廷纪实小说"命名《仁显王后传》更能概括作品的性质。因为通过考察《仁显王后传》的异本和成书过程，我们会发现这篇作品与《恨中录》《癸丑日记》的回忆录体裁性质不同。虽然其根基也是真实历史事件，但从作品的叙事和描述上处处能感受到明显的作者观察者视角和主观介入的痕迹，不但字里行间有大量虚构、渲染、比喻等文学层面的修辞手法，行文结构也与另两篇作品有较大差异。总而言之，《仁显王后传》在纪实的同时又在一定程度上表现出较为成熟的古典小说特征，因此可归为"纪实小说"作品。

---

① 当然，有关原作品创作年代，不同学者之间也是争议不断。大致上有"仁显王后去世后不久""英祖时期（1694—1776）""正祖时期（1752—1800）"等几种见解。不过单就柳龟相本的成书时间来看，应为正祖时期。
② 金信延（音译）.仁显王后传研究［D］.首尔：淑明女子大学，1994：48。
③ 李秉岐把朝鲜古典文学文体概括为三种，即内简体、谈话体和译语体。其中内简体为朝鲜古代女性使用的一种文体，其特征有三：一是由女性使用；二是纯韩文撰写；三是在日常用语基础上辅以各类成熟精炼的修辞表现。但随着对《仁显王后传》作者和文体特征的深入研究，不少学者已经指出《仁显王后传》并不一定能归为"内简体散文"。

二、作者考

相比"三大宫廷纪事文学"中的其他两篇,《仁显王后传》的作者身份始终存在争议。

最早把《仁显王后传》推上韩国文坛的李秉岐在当时的作品解题中推测:"本作品并非王后亲笔所作,而是出自后来正祖时期(1752—1800)的宫人之手"[1]。但到光复后1968年撰写《国文学全史》再提及此文时,他又提出了"当时服侍仁显王后宫人之作"[2] 一说,等于颠覆了自己光复前的说法。由于李秉岐在韩国国文学领域的权威地位,后代学者一般都遵循其见解,在提及《仁显王后传》作者时会折中标记为"当时或后代宫女"。

不过,随着对三大宫廷纪事文学研究的深入和发展,到了20世纪60年代以后,开始有学者对此文作者系"当时宫女"这一见解提出异议,后来还有学者通过文本细读和与《癸丑日记》《恨中录》的创作手法、叙事结构等进行比较的方法得出完全相反的结论,即"本文作者是生活在宫外、与事件本身毫无关系的第三者,甚至不排除是有文学创作功底的男子"之说[3]。这种说法与笔者在细读和翻译文本过程中的实际感受一脉相通。下文中笔者将结合两位学者的先行研究对这一说法的根据进行进一步梳理和分析。

正如前文提及,《恨中录》与《癸丑日记》的叙述十分详细真实,作者在字里行间不时流露出强烈的"要准确记录史实"的意愿。例如《恨中录》作者惠庆宫洪氏自叙创作的目的时提及:

> "虽想满足守荣心愿,奈何终日忙碌没有空闲。今年乃我花甲之年,想起这件事,颇为后悔。又想到岁月流逝,我精神日渐衰退,还是趁早把我经历之事信笔记录下来吧。但这记录只怕挂一漏万也未可知。"

---

[1] 李秉岐. 仁显王后传 [M]. 首尔:博文出版社,年代不详:4.
[2] 李秉岐. 国文学全史 [M]. 首尔:新邱文化社,1968:167.
[3] 最早提出这种见解的有金秀业(音译). "仁显王后"的作者问题 [J]. 语文学,1971(25):21-41. 和朴尧顺. 仁显王后传研究 [J]. 崇田语文学,1972(1):301-315. 等学者。

另外,《恨中录》的开头即是明显的回忆口吻:

> 我自幼进宫,和本家朝夕都有私函往来,故手迹理应不少,但先父在我入宫后,曾嘱先母说:"外间信函本不应流入宫中,若信上除问候之语,再添诸多杂事,乃为不敬,故朝夕回函只传达家中消息即可。"

而《癸丑日记》开篇则为光海君丈人耍计谋妄图使宣祖继妃仁穆王后流产的事件:

> 万历壬寅年(1602年),听闻中宫有孕,柳哥为了让她受惊落胎,又是向宫阙内投掷石块,又是买通宫里的人,在内人厕间挖洞,用木棍胡乱搅动,又是扬言闾巷之间有明火执仗的盗贼。此时,宫里也开始怀疑起柳哥来。

稍作比较,我们就会发现这两段与前文《仁显王后传》的开篇方式及叙事风格差异十分明显。总体说来,《恨中录》与《癸丑日记》以作者回忆开篇,按时间顺序展开下文,文笔虽流畅细腻,但叙述以宫中口语体为主,叙事手法相对简单,缺乏小说文学的技巧性。反之《仁显王后传》则以主人公家系和出生经过开篇,承袭了东亚古典小说传统的开篇方式,而且文字更为精雕细琢、成熟干练。

不但如此,三篇文章的结构安排和结尾方式也不尽相同。《恨中录》与《癸丑日记》以回忆开头,作者在正文中详细记叙了自己在整个事件过程中经受的磨难和痛苦后戛然而止,结尾处并未对相关人物进行整体评价,也并没有对后续结局作具体交代,整体看来具有典型的日记、回忆录类文字特征。但《仁显王后传》既有较为成熟的开端—发展—转折—高潮的起承转合式叙事结构,又在结尾处交代了后续发展情况,最后还加入了对相关人物的评价和劝善惩恶等内容,这些因素都符合古典小说的特征。

除以上方面的不同以外,三部作品在叙述视角方面的差异也为《仁显王后传》作者为"宫外第三者"的假设提供了有力的佐证。具体说来,《恨中录》的作者早就有定论,是典型的第一人称叙事者+观察者视角;《癸丑日记》的作者虽然并未确认,但字里行间也透露出本人系侍奉仁穆大妃的宫女身份,叙述视角与《恨中录》相似。总体来说这两部作品的作者都是事件的参与者,不过是参与程度深浅的差异而已；但《仁显王后传》则是典型的第三人称全知者视角，最明显的是前两部作品中频繁出现的第一人称"我、我们"在《仁显王后传》中从未出现过，这表明作者并非事件的直接参与者，不过是凭借史料及各种辅助资料、以小说技法"还原"了整个故事而已。

最后，三部作品中的"敬语"使用问题也可作为支撑"《仁显王后传》作者并非事件直接参与者"这一见解的根据之一。具体说来，《恨中录》与《癸丑日记》根据身份尊卑不同使用了非常正规严格的敬语体，反之《仁显王后传》中并未刻意突出敬语体，甚至有时应该使用敬语时却较为随意地使用了一般语体，这说明作者并非如曾在宫中生活过的人那样，对身份尊卑有十分明确刻板的习惯。

前文提及，有学者不但认为作者为宫外的非事件参与者，还进一步提出了"作者为男性"的论断。例如最早提出这一主张的金秀业（音译）通过对三部作品文句的长短、汉字词及四字成语使用频率高低与登场人物性别比例等具体因素的对比，得出以下结论：与另两篇作品相比，《仁显王后传》的句子明显更长、汉字词及四字成语的使用频率更高、登场人物中男性比例要高于女性，这些都为《仁显王后传》作者的性别问题提供了新的证据和视角[①]。笔者认为，在金秀业（音译）提出的以上三种依据当中，汉字词和四字成语比例高、遣词用句及行文习惯偏男性化这一点尤为重要。众所周知，世宗大王在1446年正式颁布《训民正音》后，一直遭到朝廷官员、士大夫等精英阶层的强烈反对，因此在近半个世纪的时间里，朝鲜的官方文字依然是汉文，而谚文作为比"真书（即汉文）"劣等的文字，基本只在妇女儿童或底层人等中间使用和流传。文字是文体的基础，文字不同则行文习惯有异，那么各自形成的文体自然也不尽相同。换言之，与另两篇作品相比，《仁显王后传》的行文习惯（即文体）明显偏向于汉文文体，而当时这种文体的主要使用者是男性——因此"作者可能为男性"的见解是有一定道理的。不但如此，由于《仁显王后传》中加入了原始史料中没有的朴泰辅部分，且在有些版本中还对此部分极力渲染，因此部分学者还将作者的身份具体化到"朴泰辅后人"上。当然，以上说法目前来看还只是后人的推测，需要进一步以更多史料进行严谨论证。

---

① 具体论述见金秀业（音译）."仁显王后"的作者问题[J].语文学，1971（25）：21-41.

三、时代背景与人物形象浅析

《仁显王后传》的情节看似并不复杂,基本可以概括为"朝鲜王朝第19代国王肃宗(1674—1720)及其后宫女人的故事"。小说文学的主要特征之一就是登场人物之间存在各种冲突和矛盾,这些冲突和矛盾贯穿于整体结构中,带动并最终完成整篇叙事。作为一部具有古典小说特征的文学作品,《仁显王后传》中的基本冲突和矛盾主要集中于两位女主人公——仁显王后和张禧嫔(张玉贞)之间,最终以"善"战胜了"恶",即张禧嫔一党全面溃败为结局。不过不可否认的是,在王权天下的封建王朝里,两个女人之间的矛盾始终免不了被"始作俑者"即国王牵制,并因此扩大、激化直至最终到达顶峰。换言之,女人之间的"胜负"其实最终还是国王及其背后的政治因素操纵的结果。因此,对作品时代背景与主要人物形象的分析是深入理解这部作品情节发展的基础。

(一)掌控朋党及后宫争斗的始作俑者——男主人公肃宗与三次政治"换局"

肃宗名为李焞,是朝鲜历史上以嫡长子身份顺利继位且掌权时间较长的君主。在位期间,他采取了抚恤贱民的良政,较为理性灵活地处理外交问题,因此整个社会较为稳定,没有出现严重的战乱及社会问题,整体来说算是朝鲜王朝史上有一定功绩的君王。

值得一提的是,肃宗在位46年间,正是朝鲜王朝臭名昭著的党派之争逐渐激化的时期。当时支持仁显王后的西人派与支持张禧嫔的南人派分庭抗礼、针锋相对。为了平衡各方势力,肃宗通过三次"换局(即黜陟)"不断转换执政派系,以扶弱抑强的方法强化了王权。而就在这三次"换局"过程中,仁显王后与张禧嫔的命运也几次迎来戏剧性的转变。

第一次"换局"发生于1680年,历史上被称为"庚申换局"。由于肃宗对当时在政权中占主导地位的南人党不满,最终采取措施将他们大举清除出局,并让南人党政敌西人党掌握政权[①]。值得一提的是,此故事中的女主人公之一张

[①] 当然,登上权力顶峰的西人党们也因为对事物处理意见不同内部又分裂为老论派与少论派,这些朋党和派别之争一直以来都是朝鲜王朝的顽疾弊病。

禧嫔（张玉贞）就是被与南人党过从甚密的堂伯张炫作为南人党的一枚棋子送入宫中的。张氏入宫后虽短暂获得宠幸，但很快就因被肃宗生母明圣王后嫌弃而被赶到宫外。而此次"换局"一年后，身为西人党重臣闵维重女儿的仁显王后被选为肃宗的继任王妃。因此，首次换局以西人党大获全胜、代表西人党势力的仁显王后成功入主后宫为最后结局——这也是两个女人的第一次命运转换。

众所周知，对封建帝王后宫女人来说，最重要的一件事情就是尽快为王室传宗接代，14岁登基的肃宗执政13年间始终未有子嗣，而仁显王后入宫后也未能生育。在巨大的精神和外界压力之下，一向以贤德大度著称的仁显王后只能规劝肃宗接回被赶出宫的张玉贞，未料这一举动为日后自身及西人党的没落埋下了陷阱。张玉贞回宫后就独得肃宗宠爱，并于1688年为王室诞下龙子。以此为契机，历史再次出现反转。1689年，肃宗被极力反对自己册封张玉贞之子为世子的西人党们激怒，大举撤换了朝中的西人官员，将西人党首领宋时烈[①]流放至济州岛后赐死，并重新起用南人党，再次颠覆了朝中各派别的势力，甚至将仁显王后废掉并逐出宫中，这就是著名的"己巳换局"。这次"换局"以西人党背景的仁显王后落败、南人党背景的张禧嫔大获全胜为结局，而两个女人的命运也迎来了第二次转换。

当然，这场权力大战不但未得终结，反而越来越扑朔迷离。谁也未曾预料到的是，仁显王后被废出宫五年后即1694年，肃宗再次改变想法，重新启用西人党，在西人党的支持和策划下重新迎回仁显王后，又将当时已被册封为王后的张玉贞降为禧嫔，并重罚其幕后势力南人党——历史迎来了又一次反转，这就是肃宗时期的第三次掌权势力黜陟事件即"甲戌换局"。而这一次，是仁显王后及背后势力西人党占据了上风。

从三次"换局"和政党执权交替、仁显王后与张禧嫔命运更迭的事实来看，历史上的肃宗善于弄权谋事且自我意识较强，而仁显王后和张玉贞这两个女人的命运是因为肃宗的"善变"而不断发生改变的，这一点毋庸置疑。不过《仁显王后传》毕竟只是一部历史纪实小说，作者创作的目的性很明显，即以西人党视角来赞颂仁显王后贤淑高贵的人品和行为，不可能过多地涉及当时复杂的政治争斗。因此在作品中，这几次惊心动魄的政治"换局"被弱化了许多，只

---

① 宋时烈（1607—1689），号尤庵，朝鲜王朝后期最重要的儒学大家、政治家，系历经仁祖、孝宗、显宗、肃宗四朝的元老，西人党老论派领袖，也是最让肃宗头疼的一个作风强硬的政治人物，最终被肃宗赐死。

有在相关情节展开时才以寥寥数笔轻描淡写。另外，作为封建社会文人的作者更不可能在作品中毫不留情地批判整个封建社会的最高领导者。因此在《仁显王后传》中，肃宗强硬善变甚至有时糊涂的一面被尽量弱化，相反，作者刻意突出的是其能审时度势、权衡利弊去掌控全局的"睿智"和醒悟后对"善"（仁显王后）的深情抚慰和对"恶"（张禧嫔）的果断处理。作者甚至还在文中对肃宗直接做出了肯定评价："肃宗大王英明贤德，虽受奸人蒙骗，一时昏庸，然能迅速悔悟，改过自新，不愧为一代英主明君。"对君主行为的无条件认可和宽容，显然是作者受儒家"尊王、忠君"思想影响的结果，当然在一定程度上也影响着后代人对肃宗的整体评价。

（二）封建社会政党争斗的棋子——女主人公们

在封建社会里，以肃宗为代表的男性们往往处于权力与欲望的中心，是操纵事件发展和相关人士命运的幕后主使。而女人们也往往被卷入政治斗争里，成为各派别斗争的一枚棋子，在后宫上演激烈的宫斗大戏。

据史书记载，肃宗曾正式迎娶过三位王妃，同时又有六个妃子，而《仁显王后传》中登场的除了仁显王后与张禧嫔外，还有仁显王后亲自替肃宗挑选的宁嫔金氏和这场宫斗大战最后的赢家——淑嫔崔氏，她也是第21代君主英祖大王的生母。当然，比起后两者来说，《仁显王后传》中着墨最多的还是仁显王后与其宿敌张禧嫔。

1. 朝鲜历史上的仁德淑女典范——仁显王后

在朝鲜后妃史上，仁显王后可谓传奇之一。她出身高贵，14岁成为王后，入宫后就被情敌张禧嫔（张玉贞）压制，既不得国王宠爱，也一直无法诞下子嗣，后来又被善变的肃宗废去王后之位并被逐出宫中。但令人惊讶的是，不过五年后她竟然又奇迹般地东山再起，再次入宫成为王妃。仁显王后的一生跌宕起伏，峰回路转，堪称一场充满了悬念和反转的戏剧，而其与张禧嫔之间宿命般的纠缠故事更是为朝鲜王朝的数百年宫廷生活增添了许多传奇色彩。

与仁显王后相关的史料总体分官方正史及野史小说两类，前者包括《承政院日记》《朝鲜王朝实录》等，后者则包括野史笔记《丹岩漫录》①、《随闻录》② 和小说《仁显王后传》《谢氏南征记》等。值得注意的是，无论正史还是野史，在提及仁显王后时都是赞誉有加。例如《朝鲜王朝实录》中收录了肃宗本人亲自撰写的文章，对其仁德宽厚的高贵品行屡屡称颂："自幼嬉戏，绝异凡儿，不与人较争，不言人过失，或有论人是非者，辄笑而不答。性至孝，六岁丧府夫人，哀戚若成人……后入宫闱，上奉大妃，笃尽诚孝，承事寡躬，必敬必慎……后复正壶位，益自抑畏，自元良以下，抚爱如己出，帅嫔御，和而惠，人皆感而悦服。"在称赞仁显王后的同时，肃宗在字里行间还流露出自身的悔恨之情，并详细记录了请仁显王后复位回宫的过程："甲戌夏，予作长书，备示悔悟，仍以服御赠之，后谦挹不受，书辞凄惋，令人感动。予又以书恳告，至于三而乃受。"（《朝鲜王朝实录·肃宗实录》35卷）一国之君亲自撰文纪念逝去的王后，为突出王后的宽厚仁德，甚至不惜"批评"自己的错误，这在朝鲜王朝历史上也是绝无仅有的事例。正因为有了这篇文章，再加上后来支持仁显王后的西人党重新受到重用，因此后世对仁显王后的评价也始终难以脱离这种一边倒似的赞誉和称颂氛围。例如仁显王后之弟闵镇远在《丹岩漫录》记录自己的姐姐时也一直强调"性度淑慎温柔，与人无忤色，宫中上下，莫不诚服，上亦甚重之……""性孝顺温惠，明圣王后甚爱之……"（《丹岩漫录》卷上）等。

纪实性小说《仁显王后传》取"仁显王后"名字为题做传，整个故事从其出生到入宫、被废、复位直至死后为人祭奠称颂为止，堪称"仁显王后一代记"。小说对仁显王后的评价也承袭了正史的基调，字里行间对其不吝赞美之词：比如出生时"家门上方瑞气萦绕，产室内部香气袅袅"；长成后"闭月羞花之貌古今无人可比，花红女工之才恰如仙女再生"，其性情"始终内敛持重，姿态端庄娴静，兰心蕙质，温婉孝顺"；入宫后"对两位大妃娘娘小心侍奉，尽心尽力辅佐主上，全力以赴主持后宫大小事宜，以德服人，从不搬弄权势，管理嫔妃宫女时恩威并重，从不分远近亲疏，对人对物都心怀友善……"；自己未得子嗣，就"神情真挚，屡屡恳请主上纳妃"；即便含冤被废，在宫外居所中艰苦

---

① 仁显王后之弟闵镇远撰写的历史记录书，按事件顺序记录了肃宗时期发生的党争故事，其中涉及了仁显王后与张禧嫔之间的恩怨情仇。闵镇远属于西人党中的"老论派"，因此本书对事件和人物的评价也以这一派的基本视角展开。
② 朝鲜王朝后期文臣李闻政根据各种传闻记录的有关景宗（朝鲜第20代国王，肃宗与张禧嫔之子，1720—1724年仅在位四年两个月）时期的历史文献。因为李闻政号"农叟"，因此又称《农叟随闻录》，共分为三卷三册，其中第一、二卷中记录了民间有关仁显王后张禧嫔的传说。

度日,却依然"贤淑仁德之威仪,从不怨天怨地,依旧是无欲无争、顺其自然之淡泊姿态";后来主上请其复位,却一直强调自己是"罪人之身",多次拒绝等。总而言之,《仁显王后传》整篇都在刻意突出仁显王后的善良和贤淑,其刻画的仁显王后形象可以说是来源于史料又高于史料。在作者的详细描述和渲染下,仁显王后的贤德淑女典范形象被抬高到极致,而她的温婉大气、高洁贤淑也进一步反衬出"情敌"张禧嫔的奸诈妖媚。

当然,如果从今天的视角来看,"圣女"般的仁显王后也许并不真实,甚至不乏迂腐、虚伪之感。《仁显王后传》中对仁显王后的露骨赞颂反映了古典小说在刻画人物时的平面化、刻板化的问题。但如果我们将之置于当时的社会背景之下来解读,就会发现作者对仁显王后德行的刻意抬高恰恰反映出封建社会、儒家文化中对女性的基本要求,而作品中善与恶、贤与奸对立的矛盾冲突也与古典小说最普遍的主题"劝善惩恶"完全切合——这或许是古典文学的局限性,但在当时的情况下却是无法避免的。

2. 朝鲜历史"三大妖妇"之一——张禧嫔(张玉贞)

如果说仁显王后是朝鲜历史上仁德淑女的典范,那么在各类史料中总是与之相提并论的张禧嫔(张玉贞)就是反衬其正面形象的恶势力代表。现存各类史料中的张禧嫔貌美聪慧却奸诈贪欲,是朝鲜历史上不守妇道、祸乱宫廷的代表人物。有关其"恶劣"品行,《肃宗实录》中曾借明圣王后之口评价道:"其人甚奸毒,主上平日,喜怒暴急,若见宠幸,则国家之祸……"(《朝鲜王朝实录之肃宗实录》17卷)另外当时的朝鲜文人李闻政(1656—1726)则评价道:"嗟乎!禧嫔之祸甚大矣哉!一转而为己巳之变,再转而致辛巳之凶,三转而有辛壬之祸,朝廷之善类,一网打尽;宗社之危机,迫在朝夕。苟究其本由,一禧嫔而已。盖斥禧嫔者,全出于遵守先王之义理而扶护国脉之计也;扶禧嫔者,全出于迎合,大可惧哉!"[①]作为文学作品的《仁显王后传》完全承袭了这样的说法,十分露骨地将其置于仁显王后对立面,刻意突出其"妖妇"形象,直接评价她"其人奸诈狡猾,善于察言观色,投其所好……"等。总而言之,各类史料对张玉贞的负面评价影响巨大,导致其历来被后世一片口诛笔伐,甚至被称为朝鲜历史"三大妖妇"之一。

历史上的张禧嫔,一生短暂而又波折动荡。其出身为中人(译官),堂伯张炫为当时有名译官,经常来往于中国与朝鲜之间,积累了不少人脉与财富。但

---

① 李闻政. 随闻录·卷一[M]. 金龙钦, 等注. 首尔: 慧眼社, 2021: 132.

朝鲜王朝身份地位壁垒极其严格，作为"中人"很难有出世掌权的机会。肃宗继位早期，国家政治权力由南人党掌控，因此渴望身份上升的张炫与南人党过从甚密，并将自己侄女张玉贞送入宫中做宫女，以期冀其日后获得肃宗宠幸，成为自身及南人党手中的一张政治底牌。据《朝鲜王朝实录·肃宗实录》记载：

> "初译官张炫，以国中巨富，为桢柟心腹，庚申之狱，受刑远配，张氏即炫之从侄女也。被抄于内人，入宫中，颇有容色，庚申仁敬王后升遐之后，始得承恩，明圣王后，即命送其家，崇善君澂妻申氏，视为奇货，频频邀致其家畜养之。"

——《肃宗实录》17 卷

从上文可见，张玉贞的美貌是得到"官方"认可的，而其从入宫到后来的行为及经历处处都免不了浓厚的政治色彩。从良家淑女到牵连获罪，从普通侍婢到一国之母，从权倾朝野到获罪而亡，几起几落间生动形象地诠释了宫闱朝堂的变幻无常。她的故事有着充分的想象空间，既可引发广泛思考也可呼吁他人引以为戒。也正因如此，张禧嫔的相关故事被一次次改编成电影、电视和小说并长盛不衰。

在《随闻录》《仁显王后传》等后世的文学作品中，张禧嫔由于"罪恶多端、惑乱后宫、结党营私甚至陷害仁显王后"，最终被主上赐毒药身亡，不但如此，其歇斯底里、垂死挣扎的临终场面在后者中被渲染到极致，"恶毒且不思悔改"的妖妇形象跃然纸上。

总而言之，长久以来无论正史还是野史、官方或是民间，在评价张禧嫔时都保持着惊人的一致性：认定其为不守妇道、祸乱宫廷的代表人物，因此一贯地口诛笔伐。其实这也不难理解，因为正史毕竟是西人党老论派操纵下的记录，而大部分野史及文学作品也都是同一派系出身，他们在刻画张禧嫔时自然会延续所谓正史的基调。不过随着时代的进步，人们对历史人物的理解逐步深化，近年来不断有学者认为应该逐渐脱离对张禧嫔的刻板认识，结合历史背景、时代发展情况等因素对其进行更为客观的评价，甚至有不少人相信她只是政治斗争的牺牲品并予以同情。如安养科学大学教授金·阿格尼丝强调张禧嫔生长和死亡于一个政治、社会经济剧变的时代，认为"她是在男性政客勾心斗角的激烈的权力角逐中被利用来火中取栗的悲剧女性。①"圣心女子大学教授洪顺敏（音译）则认为过去受《肃宗实录》和《仁显王后传》等有倾向性史料的影响以及未能把握当时的政治和社会状况而导致人们对张禧嫔评价的偏差，从而得出了张禧嫔与仁显王后之间对与错、善与恶的绝对化区分②等。不管怎样，在新时期，人们对张禧嫔的看法已经发生了变化，不单单将其框定在春秋史官注释的"妖妇"之名下，而是努力从当时的时代背景出发，尽量客观立体地去接近这一充满争议的历史人物。这种评价和研究方向的转变也逐渐反映在当代韩国文学创作和影视作品之中。当代部分作家或影视剧创作者迅速从中捕捉到味道，他们显然比学者们更为大胆和浪漫，很快就创作出不一样的张禧嫔，以满足大众多元化要求③。

结　论

以上笔者从成书经过、异本、作者、时代背景与人物形象等几个方面对《仁显王后传》进行了考察，并由此得出结论：在朝鲜宫廷三大纪事文学作品中，尽管《仁显王后传》篇幅最短，作为史料的真实性未必高于其他两部，而且在成书年代和作者等方面还存在不少争议，但毋庸置疑的是，其在艺术和文学性方面却是最成熟、最有价值的一部。虽然不乏古典小说文学的局限性，但从文本结构、叙事方式和遣词造句、文笔文采等文学性因素来看，《仁显王后传》可谓是一部精彩纷呈的古典文学作品。对《仁显王后》进行更细致深入的考察和研究，不但可以深度挖掘其作为史料和文学作品的价值，更可从中发现中韩古典文学之间的相通之处，对开展相关比较文学层面的研究也具有一定的启示。当然，关于《仁显王后传》还有很多未被确认的因素，如作者、成书年代、各异本的变异和流通史以及彼此间的关联性等，这些"未解之谜"也是后续研究展开的具体方向和内容。

---

① 金·阿格尼丝（音译）．张禧嫔：冠以恶女污名的政治牺牲品［J］．开启未来的历史，2006（23）：165．
② 洪顺敏（音译）．为历史上的张禧嫔辩解［J］．历史批评，1991（14）：332-342．
③ 例如2002年KBS电视台拍摄的电视剧《张禧嫔》就一反过去将张禧嫔演绎得妖冶、阴险的传统，而是从更人性化的角度展现了一个充满自信、也充满欲望的美貌女子在宫廷斗争中，一步步走向成熟，也一步步将自己逼上绝路的悲剧故事；而2013年SBS电视台的《张玉贞：为爱而生》更是将更多笔墨放置于张禧嫔与肃宗的爱情方面，将之刻画成一个为爱牺牲的正面女性形象，几乎完全颠覆了以往人们对张禧嫔的刻板印象。

参考文献

专著

[1] 李秉岐. 仁显王后传 [M]. 首尔：博文出版社，年代不详.

[2] 李秉岐. 国文学全史 [M]. 首尔：新邱文化社，1968.

[3] 张龙妹主编，张彩虹、王艳丽译. 日韩宫廷女性日记文学系列丛书之《恨中录》[M]. 重庆：重庆出版社，2021.

[5] 李闻政. 随闻录 [M]. 金龙钦，等注. 首尔：慧眼社，2021.

论文期刊

[1] 金信延（音译）. 仁显王后传研究 [D]. 首尔：淑明女子大学，1994.

[2] 金东旭（音译）. "仁显王后传"异本考 [J]. 文理史大学报创刊号，1959.

[3] 金秀业（音译）. "仁显王后"的作者问题 [J]. 语文学，1971 (25).

[4] 金·阿格尼丝（音译）. 张禧嫔：冠以恶女污名的政治牺牲品 [J]. 开启未来的历史，2006（23）.

[5] 洪顺敏（音译）. 为张禧嫔的辩解 [J]. 历史批评，1991（14）.

[6] 朴尧舜（音译）. 仁显王后传研究 [J]. 崇田语文学，1972（1）.

朝鲜宫廷女性日记的译介

——以《癸丑日记》《恨中录》为中心

上海外国语大学贤达经济人文学院　张彩虹[*]

引　言

　　朝鲜和韩国是我们一江之隔的邻国，但是前者始终是带有神秘色彩的，后者则通过近些年的"韩流"，走进我们的视野，为国人所熟知。"韩流"主力是韩剧和音乐以及时尚等，这让我们对韩国文化多多少少有些了解，但最能代表韩国文化的韩国文学，国人则知之甚少。而众所周知，朝鲜和韩国在文化上自然是同根的。日前，北外张龙妹教授历时三年之久主编的《日韩宫廷女性日记文学》系列丛书的出版，成为我们了解朝鲜和韩国文化的一个很好的途径。笔者参与了这套丛书中朝鲜宫廷女性日记的翻译，在翻译过程中，查找了大量史料，也参阅了很多学术论文。在这个过程中，不无遗憾地发现，韩国关于宫廷女性日记文学的学术论文为数不少，无论是文学界还是史学界均有涉猎。但是国内通过对知网的检索，这方面的论文屈指可数。因此，借着这套朝鲜宫廷女性日记文学首次翻译成中文的机会，笔者不揣冒昧，对这套日记文学以及笔者的翻译活动进行大致介绍，若能借此推动国内学界对这方面的研究，则达到了笔者抛砖引玉的期望。

---

[*] 张彩虹：1997 年毕业于吉林大学外语学院朝鲜语系，历任翻译、教师等职。2019 年于上海外国语大学获得日语语言文学博士学位。现任职于上海外国语大学贤达经济人文学院。翻译出版了池田大作的《幸福抄》《对话的文明》《走在大道上》（共译）等六部作品。

一、朝鲜宫廷女性日记的创作

（一）作者

1392年，高丽大将李成桂发动政变，建立朝鲜王国，其孙世宗大王于1444年组织一批学者创制了谚文（朝鲜文字），但士大夫依然坚持汉文书写的正统性，极力排斥谚文。而女性和底层百姓则由于谚文的简单易学，逐渐开始普遍使用谚文。朝鲜王朝时期的文学作品大部分是用汉文创作的，用谚文创作的作品则相对较少。谚文作品中，朝鲜宫廷女性文学《癸丑日记》《仁显王后传》《恨中录》为其中翘楚。《癸丑日记》又名《西宫录》，记录了朝鲜王朝废君光海君朝仁穆王后被光海君杀父杀兄杀子之后幽禁在西宫之事。作者不详，据推测是仁穆王后身边宫女，也有一说是仁穆王后本人，或者书中很多地方经过仁穆王后之手修改加工过。《仁显王后传》记录了党争激烈的肃宗朝仁显王后被废以及复位事件。作者亦不可考，一说是仁显王后身边宫女，一说是王后本家亲戚，另外一说是书中主要人物之一朴泰辅后人。《恨中录》又名《闲中漫录》《泣血录》，记录了英祖时期思悼世子冤死事件的来龙去脉以及洪氏家族由盛至衰过程中所受的冤屈。作者是思悼世子之妻、惠庆宫洪氏。

（二）体裁

在韩国学界，关于这三部宫廷文学作品的体裁，有以下先行研究。首先是李秉岐认为这三部作品是记录了史实的宫廷小说[1]。金容淑则认为这三部作品是实录文学，直接或间接记录了朝鲜王朝时期发生的历史事件。但是不能认为这些作品是完全真实的，因此可以把它们看作实录文学[2]。苏在英认为三部作品中的《恨中录》是历史小说，作者通过对史实的文学加工，表现历史人物之间的复杂纠葛关系[3]。赵润济认为朝鲜王朝后期，产生了散文文学，他把这些具有小

---

[1] 李秉岐. 国文学全史［M］. 首尔：新邱文化社，1973：165-169.
[2] 金容淑（音译）. 韩国文化研究入门［M］. 坡州：知识产业社，1982：393-398.
[3] 苏在英（音译）. 朝鲜王朝文化探究［M］. 首尔：亚细亚出版社，1997：226.

说和宫廷纪事文学特征的散文文学称为日记、纪行文学①。韩孝亭通过与《朝鲜王朝实录》等历史文献的比较，得出结论，认为《恨中录》是部历史实录②。综合以上观点，无论先行研究认为这三部作品是小说，还是非小说；是进行了文学加工，还是没有进行文学加工，不可否认的都认为其叙述了历史事实。尤其是赵润济的观点与本套翻译丛书的题目不谋而合。

本套翻译丛书题名为日韩宫廷女性日记文学。"日记文学"一词本来是日本学界的一个概念，指用日本文字——假名而非汉字书写的、基于作者自身生活经历的、持续性地抒发作者个人所感的文学作品。朝鲜宫廷女性文学，基本上也满足于上述特点（文字为韩国文字——谚文），因此被编入这套丛书是合情合理的。

（三）创作背景

朝鲜古代宫廷文学并不像日本那样繁荣，流传下来的代表性作品也只有这三部。并且这些文学作品创作目的也和日本不同，是宫廷女性为了记录在残酷的宫廷斗争中自己这一派所受的冤屈而作，因此都藏于深宫之内或者亲戚家里，朝鲜王朝终结之前，从未流出到民间过。这些作品如实记录了朝鲜王朝宫廷之内血雨腥风的斗争，这些残酷的斗争发生在夫妻之间、父母和子女之间、妃嫔之间。三部作品的女主人公仁穆王后、仁显王后、惠庆宫洪氏都是宫廷斗争的受害者，因此这些作品处处都充满了"恨"③。宫廷斗争是"恨"产生的直接来源，但它和党争却有着千丝万缕的联系，甚至有时就是党争在宫廷内部的反映，因此，要理解这三部作品，我们需要对朝鲜王朝的党争有所了解。

李成桂建立李氏王朝后，确立儒教为国教，采用科举制度选拔人才，通过科举制度被录用的官吏称为两班，到了宣祖时期（1567—1608），形成了中央集权的两班官僚体制。随着时代的发展，两班人数日渐庞大。为了自己能出人头地，掌握权力，两班官僚阶层之间进行了激烈的斗争，这就是党争的开始。最初的党争肇始于因人事任用权进行争斗的沈义谦和金孝元二人，当时的所有官吏和儒生都加入了其中的一方。因为沈义谦住在京城的东侧，因此这一派称为

---

① 赵润济（音译）. 韩国文化史 [M]. 首尔：探求社，1981：306-309.
② 韩孝亭（音译）.《恨中录》的史学价值研究 [J]. 诚信史学，1997：1-45.
③ "恨"被认为是韩民族最具代表性的心理特征，指悲哀、痛苦、怨恨、悔恨、自责等多种情感要素长期在心灵深处累积而成的一种郁结、凝固的状态。

"东人";金孝元住在京城西侧,这一派称为"西人"。东人和西人之间的政治主张也完全不同,东人继承李退溪的学问谱系,重视朱子学的"理";西人继承李栗谷的学统,重视朱子学的"气"。后来东人西人之间也各自分裂,东人分裂为南人和北人,北人又分裂为大北和小北,而西人之间又分为老论和少论,这些党派为了自己得势掌权,进行了无休止的斗争。

《癸丑日记》的故事发生在朝鲜第十五代国王光海君(被废,无庙号和谥号)朝。光海君是宣祖次子,生母为恭嫔金氏,早年受封光海君,1592年壬辰倭乱时被宣祖临时封为王世子,临危受命,代理摄政,为平定壬辰倭乱做出了很大贡献。但是他的地位一直不稳,世子身份始终未能得到宗主国明朝承认,这是由于他身份的尴尬——既非嫡子,也非长子,违背宗法制"立子以嫡""立嫡以长"的原则,并且宣祖对光海君也并不喜爱。1600年懿仁王后去世,宣祖迎娶礼曹佐郎金悌男之女仁穆王后金氏,并于1606年生下嫡子永昌大君。光海君世子地位又增添了新的威胁。反对他的势力是以领议政柳永庆为首的小北派,而以郑任弘、李尔瞻为首的大北派则支持光海君。宣祖虽然偏袒小北派,但他突然在1608年病逝,光海君顺利登上王位,大北派在这场争斗中胜出。为了巩固政权,防止反对势力东山再起,大北派制造了一系列的冤狱,铲除了仁穆王后父亲兄弟以及身边的宫女,又提出"废母杀弟"(把仁穆王后贬为废妃,杀死永昌大君),于癸丑年(1613)把永昌大君强行带出王宫,流放到江华岛,一年之后永昌大君被杀。而仁穆王后虽然没有被贬为废妃,但被幽禁在西宫(庆运宫,今德寿宫)。大北派独占政权对光海君的王权构成威胁,甚至在有些情况下到了"王不得自由"的程度。后来光海君起用被罢官的西人李廷龟等人,大北派开始式微。西人的登场为"仁祖反正"创造了条件。1623年光海君侄子绫阳君李倧发动宫廷政变(仁祖反正),光海君被捕,仁穆大妃得以解除幽禁。以此可以得知,《癸丑日记》的宫斗背后是大北派和小北派、北人和西人之间的党争。

《仁显王后传》中的闵妃(仁显王后是其死后谥号)是肃宗(朝鲜第十九代国王)的继妃,出自当时执政的西人家门,祖父闵光勋是仁祖时期著名的才子,外祖父宋浚吉为孝宗时期的领议政大臣,父亲骊阳府院君闵维重也是肃宗朝中重臣。闵妃1681年入宫后,也曾受到肃宗宠爱,但一直没有诞下王子。肃宗对诞下王子的张禧嫔宠爱日深,要封张禧嫔的儿子为世子,受到西人的强烈反对。肃宗起用南人支持自己,流放了西人领袖,立张禧嫔之子为世子,后来又想废了闵妃,立张禧嫔为妃。肃宗想要废妃表面上看来是因为闵妃无子,又张禧嫔想要上位，在宫中制造流言陷害闵妃，但实际上很可能是肃宗出自维护王权的考虑，原因是忌惮包括闵氏家族在内的西人权势滔天威胁王权。然而，废妃一事再次受到西人的强烈反对。肃宗对朴泰辅等西人进行了严刑拷打，并流放了很多人。此后，闵妃被废（1689年），朝中成了南人的天下。肃宗后来可能对废妃一事感到后悔，厌恶张禧嫔和南人揽权专宠，便有意给闵妃复位，对西人党发起的"闵妃复位运动"给予暗中支持。1694年闵氏恢复妃号，张禧嫔被废。闵妃复位后，西人重新执政，但南人势力也并未完全失势，两大派系之间形成了相对平衡的态势。但1701年闵妃离世后，西人党担心张禧嫔再度受宠得势，联合南人打击报复，南人则意图东山再起。因此，虽然《仁显王后传》上记载张禧嫔被杀是因为她对闵妃施了巫蛊之事，但无论此事真假，张禧嫔被赐死都是政治斗争的必然。由此看来，《仁显王后传》的宫斗背后是肃宗为了维护王权利用了西人、南人之间的党争。

《恨中录》的作者惠庆宫洪氏是思悼世子之妻，英祖儿媳。英祖（朝鲜第二十一代国王）厌恶党争，为了消弭党争，采取了"荡平策"，即官员选拔和任用上不偏向任何党派，一视同仁。但英祖本人登上王位受到老论的支持，而其子思悼世子背后是少论势力。虽然思悼世子因有精神疾患被英祖关在米柜里饿死，但其背后暗潮涌动的是老论和少论的党争。思悼世子死后，又出现了同情思悼世子的"时派"和认为思悼世子被杀是理所当然的"僻派"。英祖继妃贞纯王后本家金氏家族等是僻派，时派是与之对立的派别。思悼世子死后，思悼世子之子（正祖）仍被定为王位继承人。僻派为了除掉世孙，打压世孙强有力的后援——外祖父洪凤汉一族。但1776年英祖死后正祖还是顺利继位，继位后为了维护王权，正祖和英祖一样尽量采取不偏不倚的"荡平策"。但其实在政治上还是偏向时派，亲近奎章阁阁臣这些比较没有党派背景的大臣们。但僻派贞纯王后本家庆州金氏势力依然十分强大，因此正祖重用洪国荣，对抗僻派。1800年正祖死后，纯祖继位，因其年幼，贞纯王后垂帘听政，僻派得势，以镇压基督教为名对反对势力进行了扑杀。惠庆宫洪氏的弟弟在这次狱事中被杀。但1805年贞纯王后升遐，僻派失去了重要支柱，同年12月，僻派被全面赶出了朝廷。至此，朝鲜王朝党争结束，长达三十多年的安东金氏的"势道政治"（专指朝鲜王朝后期权臣，尤其是外戚当道把持朝政的政治形态）拉开帷幕。

始于宣祖时期的党争，在纯祖时期落下了帷幕。《癸丑日记》《仁显王后传》《恨中录》正好是在党争发生、发展、消亡时期发生的故事，因此可以说通过这三部作品能目睹血腥残酷的党争全貌。

二、朝鲜宫廷女性日记的翻译

在《日韩宫廷女性日记文学》系列丛书中,笔者承担了《癸丑日记》和《恨中录》这两部作品的翻译。以下主要就这两部作品,介绍一下笔者的翻译原则、翻译策略、翻译方法和技巧等,如果能为后来者提供些许参考,则为幸甚①。

(一) 翻译原则

翻译的金科玉律是众所周知的"信达雅"。"信"是内容上要忠实原文,"达"是语句通达,"雅"则是译文美好雅致。包括笔者在内的这套丛书的译者们在翻译这些作品时,首要考虑的就是"信",亦即内容上一定要忠实于原文。

《癸丑日记》《恨中录》这两部作品俱出自宫廷女性之手,其书写目的都不是为了发表,因此文学作品的起承转合等基本要素都不在考量之列。她们书写这些作品是为了记录自己的过往经历,抒发埋藏于胸臆的"恨",因此在书写时,就有着比较随意的特点。比如在《癸丑日记》中,就有着时间线索随意、情节插入随意、人物称呼随意等特点。这部作品总体来说按照时间顺序推进,但有时也会突然打乱时间顺序叙述,让人觉得突兀。比如《癸丑日记》中,宣祖病重,光海君在一旁伺候汤药的情节在文中出现不止一次,且在宣祖升暇之后,在列举光海君对仁穆大妃种种不孝之举时也数次插入。这在现代叙事学上也许可以称为倒叙、插叙,但很难认为这是作者出于叙事策略而运用的写作手法。而在情节插入随意这点上,也有几处令人百思不得其解。比如《癸丑日记》中有一个情节,是仁穆大妃的侍女如玉被捕遭到严刑拷打,但这时突然插入了如玉的一个使唤丫头情节。从叙事学上来说,这一情节没有起到任何作用,好似作者叙述时,突然想到就随意插入的一个情节。

另外,作品在流传过程中,有文字脱落部分。比如在《癸丑日记》中,有一段情节,是光海君当初对仁穆大妃表忠心时说了一段话,仁穆大妃回答之后,

---

① 笔者参考的翻译底本主要为韩国"新元文化社"(音译)出版的邱仁焕主编的版本以及日本"总和社"出版的梅山秀幸编译的《恨のものがたり》等。以下引文主要来自邱仁焕主编的底本。

韩文和日文版本的文字部分均有所脱落。

（译文）大妃十分感激，对世子……这样回答。大王……欲得到……名字，对所有事情……①

除此以外，还有疑似原文有误的地方，比如仁穆大妃的以下自述：

（译文）我居中宫之位十余年，未有身孕，夙夜忧心。丙午年（1606年）诞下大君，大喜过望，视若珍宝②。

仁穆大妃生于1583年，1602年被宣祖迎娶为继妃，1603年生下公主，1606年生下永昌大君，所以原文中的叙述"居中宫之位十余年，未有身孕"怀疑有误，查证了包括日语版本在内的其他版本也是如此，所以译文也保留了原意，但是在此处做了脚注，进行了情况说明。

以上是《癸丑日记》的行文特点。而具体到《恨中录》，许是因为作者惠庆宫年事已高，许是因为她对丈夫思悼世子和父兄家族的命运太过耿耿于怀，文章颇显烦冗拖沓。有情节重复，比如在第一章和第三章中都有惠庆宫让英祖把世孙带过去抚养的情节，且几乎是一模一样，还有翻来覆去诉说父亲兄弟以及二叔父的冤屈，又经常自叹"悲哉痛哉"，想要自尽等，让人感觉文章不免啰唆。

凡此种种，作为文学作品来说，可以说是降低了可读性，但在丛书主编张龙妹老师主持召开的翻译研讨会上决定要保持作品原貌，尽量如实翻译，忠实于"信"的翻译原则。

（二）翻译策略

熊兵认为，翻译策略是翻译活动中宏观的原则和方案。在翻译活动中，处于两级的参与者为"原文作者"和"译文接受者"。依据译者在翻译活动中对这两者的取向的不同，翻译策略可分为两类："异化"与"归化"。所谓的"异化"是指译者在翻译过程中尽量向原文靠拢，具体表现在翻译时，尽量保留原

---

① 张龙妹．恨中录［M］．张彩虹，王艳丽，译．重庆：重庆出版社，2021：13.
② 张龙妹．恨中录［M］．张彩虹，王艳丽，译．重庆：重庆出版社，2021：38.

文的语言、文学、文化特质，保留异国风情。而"归化"则是译者在翻译中尽量向译文接受者靠拢，具体表现为在翻译中，尽量用目的语读者喜闻乐见的语言、文学、文化要素来替换源语的语言、文化要素，恪守、回归目的语的语言、文学和文化规范。"异化"策略的优点在于可以引进源语的语言、文化要素，促进目的语的发展。而"归化"策略的优势表现在译文流畅地道，容易被目的语接受者所接收[①]。

笔者在翻译以上两部作品时，采用了"归化""异化"并用、以"归化"为主的翻译策略。这一翻译策略的采用可以说是为了增加作品的可读性。韩语这一语言属于阿尔泰语系，是黏着语，无论是古文还是现代文，都有着语序和汉语不同、语句过于冗长、主语经常省略等特点，这点和日语很相似。日译中的翻译活动中，有个词叫"和臭"，就是指没有脱离日语腔的翻译方式。所以笔者在翻译策略上，拟主要使用"归化"策略，向译文接受者靠拢，以促进作品的可读性。但是，在具体翻译过程中，由于中韩两国文化不同，古代制度不同，文中有一些地方仍然需要使用"异化"策略，以保留韩国的文化特征，保留韩国特有的风情。

虽然制定了以上的以"归化"为主、"异化"为辅的翻译策略，在具体翻译时，就语体的问题还是进行了一番苦斗。刚开始翻译时，因为翻译的是李氏朝鲜的古代文学作品，采用了半文半白，"文"多于"白"的文体，但是翻译出来后，一来由于笔者水平有限，二来又由于作品作为出版物的受众问题，这一文体被主编张龙妹老师否定了。接下来考虑到译文接受者——受众，也曾想过译文完全使用白话文，但是作为古代文学作品的译文，总觉得这样不甚合适。最后决定还是使用半文半白、"白"多于"文"的语体。这样既照顾了译文接受者——受众的阅读体验，又保留了韩国古代文学作品的风情。但是由于笔者水平有限，"文"与"白"的平衡也并非掌握得很好，不求有功，但求无过而已。

（三）翻译方法、技巧

前文所述的翻译原则和翻译策略属于整个作品翻译时的宏观原则和策略，具体到作品的翻译活动，则会关系到作品中每个句子甚至是每个词的翻译方法。

---

① 熊兵．翻译研究中的概念混淆——以"翻译策略"、"翻译方法"和"翻译技巧"为例[J]．中国翻译，2014，35（3）：82-88．

而关于词句的翻译方法和技巧,熊兵认为,作为"归化"的翻译方法,有意译、仿译、改译、创译这四种翻译方法。作为"异化"翻译方法,有零翻译、音译、逐词翻译、直译这四种翻译方法。作为翻译技巧,无外乎增译、减译、分译、合译、转换这几种技巧[①]。以下,笔者就两部韩国古代宫廷文学作品的翻译,结合以上词句的翻译方法和技巧,做一介绍。

1. 句子的翻译

前文说过,韩语属于黏着语,每个实词后面都附有一个虚词,这就使一个句子之中实词和虚词的功能固定下来。而这也造成了韩语句子即使很长,由于各个词汇的功能固定,其意义也是固定不变的,因此,韩语文章中经常出现长句,这也许是韩语和日语这类黏着语特有的行文特征。韩语古典作品也不例外,比如《癸丑日记》开篇第一段就是一句话。这一段话只使用了两个逗号来隔开由两个关联词连接的句子,总体仍是一句话。汉语由于是孤立语,无法或者不适用用长句子来描述一件事情。因此,以上由一个复句组成的一段话,笔者运用"分译"[②]技巧,把它翻译成若干短句,以此来迎合译文接受者的阅读习惯。

> 万历壬寅年(1602年),听闻中宫有孕,柳哥为了让她受惊落胎,又是向宫阙内投掷石块,又是买通宫里的人,在内人厕间挖洞,用木棍胡乱搅动,又是扬言闾巷之间有明火执仗的盗贼。此时,宫里也开始怀疑起柳哥来[③]。

另外,韩语句子还有一个特征,即主语或者动作主省略现象颇多,要根据上下文才能判断出主语或者动作主是谁,这时,若是忠实原文翻译,省略主语或动作主,则译文接受者阅读时会摸不着头脑,所以这种情况我采用了增译的技巧,保证句子表意清楚明白。比如《恨中录》第三章中有这样一个段落,仅在文末明确出现过一个动作主"东宫"(思悼世子)。而作为自述者的作者惠庆宫始终没有在句子中以第一人称出现,并且东宫这个动作主也缺省了两次。翻译这个段落,如果不补出第一人称"我"和"东宫""他",那么中文读者会觉

---

① 熊兵. 翻译研究中的概念混淆——以"翻译策略"、"翻译方法"和"翻译技巧"为例 [J]. 中国翻译, 2014, 35 (3): 82-88.
② 分译指把原文一个句子切分,译成两个或两个以上的句子。
③ 张龙妹. 恨中录 [M]. 张彩虹, 王艳丽, 译. 重庆: 重庆出版社, 2021: 2.

得这段话莫名其妙吧。因此笔者在处理译文时，采用了"增译"① 的翻译技巧。增补了主语和动作主。增补情况译文如下：

> 二十日申时（下午三到五点），暴雨如注，天雷滚滚。（我）心乱如麻，不知惧怕打雷的（东宫）现在是何种情形。（我）当初又是要断食饿死自己，又是要跳进深水淹死自己，又是手抚白绫打算自缢，又是要举刀自裁，但因本性懦弱，最后都没能下定决心。这些天来，（我）水米不沾，还能一直支撑着活下来，也是怪异之事。大概是二十日晚下雨时东宫气绝身亡，真不知这些日子（他）是如何支撑下来的。听到这个消息（我）悲痛欲绝，不禁痛恨自己为何还能苟活于世②。

2. 单词等表达方式的翻译

单词等表达方式的翻译，笔者根据不同情况，采用了"零翻译"的翻译方法和"增译"等翻译技巧以及"直译"和"意译"的翻译方法。

（1）专有名词

对于涉及官职名称、宫廷用品、仪式典礼等的专有名词，笔者基本采用了"零翻译"③ 的翻译方法。之所以对这些词汇采用这样的翻译方法，一来是中文中基本没有对应的词汇，二来也想在原文和译文之间留置些许时空感，以此来保留异国风情。但是，考虑到这些词汇对中文读者来说是陌生的，因此基本上都采用脚注的方式来注释它们的意义。

比如《癸丑日记》中的一些王室物品分别翻译成了它们所对应的汉字词汇"启字""玺宝""马牌"，并在脚注中分别注明了意义。比如说"启字"是刻有"启"字的木刻印章，朝鲜国王批复奏折时所用。而"玺宝"则是王室的印信，即图章、官印等物。玉印为玺，金印为宝。"马牌"是朝鲜王室成员（国王、王后、世子、世子嫔）征用马匹时使用的柚木制圆牌。

还有一部分专有名词，比如涉及国王和王子的称呼，也尽量采用了"零翻译"的方法，但是正如前文所述，女性宫廷文学的写作具有随意的特点，具体

---

① 增译是指根据目的语的语法、语义、修辞或者文化规范的需要，在翻译时适当添加某些词句、段落，来更好地表达原作的思想内容。
② 张龙妹. 恨中录［M］. 张彩虹，王艳丽，译. 重庆：重庆出版社，2021：271.
③ 零翻译是把源语中的词汇、语法、句子原封不动地翻译到目的语中，属于"异化"的翻译策略。

体现在人物称呼上也极为随意。比如《癸丑日记》中对光海君的称呼,他在继位之前称为光海君、世子、东宫,继位之后称为主上、大殿。《恨中录》中的英祖有大王、大殿、主上、大朝、英庙等称呼,思悼世子有世子、东宫、景慕宫、小朝等称呼,这些称呼在文中非常随意地切换,若是如实翻译,中文读者不免会感到混乱,为了让读者有更好的阅读体验,韩语原文中的称呼在零翻译的基础上,又在某些地方做了统一处理,力求在相同段落尽量都用同一个称呼。比如文中有个段落中关于思悼世子的称呼就是这样的。第一次提到思悼世子时韩语原文用了"世子"一词,第二次提到用的是"景慕宫"。而之前的一个段落中对思悼世子的称呼是"景慕宫",因此,在翻译时,把这一段落中的"世子"翻译成了"景慕宫",使这一段落既和前面统一,也在段落中保持统一,免得读者阅读时产生混乱,保持其阅读流畅感。

另外,专有名词中,还包含时间名词。《癸丑日记》和《恨中录》中,时间都使用了天干地支的纪年方式。《癸丑日记》中还使用了李氏朝鲜当时宗主国明朝的年号"万历"。这些表达方式笔者在翻译时采用了"零翻译"和"增译"的翻译方法和技巧。零翻译就是保留原有的时间表达方式,增译是给这些时间表达方式添加注释。比如"万历",也许中文读者不清楚为什么朝鲜作为一个国家,会使用明朝的年号。笔者在"万历"这个词后面添加了脚注,第一点注明万历是明朝第十四代神宗年号,第二点解释处于中国册封体制下的朝鲜王朝一直使用中国年号。这样一来,中文读者在这个时间名词后面也能读到词汇之外的历史文化信息。而天干地支的时间表达方式,笔者当初有两种设想:一是注释其公元年份,二是加上当时朝鲜国王的在位时间(比如"英祖23年"),这样能够比较清楚地知道事件发生的具体时间。但如果这样的话,由于注释信息较多,就需要采取脚注的方式,后来考虑到脚注位置比较靠下,会给读者阅读流畅性带来不便,就采取了在后面添加括号只注释其公元日期的方法,即采取"癸丑年(1613年)"这种方式。

(2)其他词汇和表达方式的翻译

上文对零翻译的专有名词进行了介绍,以下将对其他专有名词以及一些表达方式的翻译方法进行介绍。这部分翻译笔者采用了两种翻译方法,一是直译,一是意译。

①直译

原文中有一部分词汇和表达方式是比喻和谚语,我采用了直译的手法。

原文中的比喻分为两类,一类是韩语和汉语相同的比喻表达方式,比如原文中有"像珍珠（宝珠）一样疼爱"的表达方式，笔者把它直译为"（父母）疼爱我们犹如掌上明珠"。

另外一种比喻是汉语里没有的，笔者也把这部分处理成了直译的手法。这是因为既是比喻，本体和喻体之间就有相似性，除非本体和喻体在源语和目的语之间不相通，目的语读者搞不清楚两者之间的关系，否则，使用直译的方法，既保留了原文的生动形象，体现了文学作品特有的陌生化效果，又保持了异国风情。

比如韩语原文中把穷凶极恶的攻击人的坏人团伙比作"蜂群"，译成中文，当然可以把坏人团伙翻译成中文读者熟知的"如狼似虎"，但是采用直译手法，中文读者也并非不懂，还具有上文提及的直译效果，所以笔者保留了原文的"蜂群"比喻方法。

另外，韩语原文中的谚语，笔者也做了直译处理。理由和比喻的处理方法相同。比如韩语中有一个谚语，字面意思是"砍上十次，无树不倒"，在现代韩语辞典中其释义为"无论意志多么坚强的人，多次劝诱哄骗之后都会改变心意"。这个谚语在文中出现的时候，上下文情节是作者惠庆宫父亲洪凤汉的政敌处心积虑要扳倒洪凤汉，最后洪凤汉被迫辞官。根据文中意思，笔者决定此处直译，中文读者根据上下文自然能理解它的意思。

②意译

韩语原文中，有一部分名词，或是汉语中有类似表达方式，或是和汉语有相似之处，但又不完全相似。还有一部分名词之外的表达方式，如果直译，平淡无奇，没有文学韵味。这两部分，笔者都做了意译处理。

关于汉字词名词的前者，《恨中录》中有三个汉字词分别是：初拣择、再拣择、三拣择，是朝鲜王朝遴选世子妃的程序，当然这作为朝鲜王朝宫廷文化，也算是固有的专用名词，采用直译加上注释的翻译方法也未尝不可。但因为这三个词在中文中也有对应的词汇——"初选""复选""终选"，直接转译成以上词汇，会使中文读者有更为流畅的阅读体验，其原有韩语意义也并未丢失，因此类似于这样的词汇采用了意译的翻译方法。

另外，关于似是而非的汉字词名词的翻译，韩语原文中有一句话是"即使是木石，也不会无动于衷"。"木石"的意思是（人）如木头和石头一样无情。直译虽然也并非不可，但使用中文中更常见的"铁石心肠"，更简练，也更符合中文读者的阅读习惯。因此，此处稍做变更，把"木石"翻译成了"铁石心肠"。这句话最终翻译成了"即使铁石心肠，也不会无动于衷吧"。

而关于韩语原文中汉字词以外叙述性的表达方式,比如英祖叮嘱刚入宫的世子妃惠庆宫时,曾用过一个表达方式是"眼界宽,看到很多事情"。这是英祖叮嘱惠庆宫,即使看到很多事情,也要装作看不到,不要不懂装懂。笔者觉得如若直译,行文太过平淡无奇,所以做了意译处理,翻译成"明察秋毫",以上例句相应地翻译成"宫中之事,即便明察秋毫也要装作糊涂,不要不懂装懂,(自作聪明)。"

类似例子,还有"以死来报答"这样的表达方式。这是《恨中录》作者惠庆宫父亲洪凤汉所说。韩语原文的意思是:圣恩如此这般(深厚),今后我要以死来报答。这当然可以直译成"以死相报",但作为中文的表达方式,考虑到洪凤汉是报答国王的圣恩,因此比起"以死相报","肝脑涂地以报圣恩"似乎更加符合此种场合的行文习惯。

小　结

本文以《日韩宫廷女性日记文学》系列丛书的出版为契机,对朝鲜宫廷女性日记文学进行了作者、体裁、时代背景的介绍,并以笔者的韩译中译本为例,介绍了《癸丑日记》《恨中录》的翻译策略、方法和原则。首先,这两部作品笔者采用了"信(达雅)"的翻译原则,亦即力求忠实于原文内容,不增减原文,即使原文情节拖沓散漫、缺乏逻辑性甚至有文字脱落乃至错误。其次,翻译活动采用了"归化"为主、"异化"为辅的翻译策略,亦即把韩语原文翻译成保留些许韩语风情的以照顾中文接受者的阅读习惯为主的翻译策略,行文采用了"半文半白"、"白"多于"文"的句式。而具体到翻译方法和翻译技巧,笔者则分为句子和单词、表达方式进行了介绍。韩语句子大多有冗长和缺失主语的特点,针对于此,笔者采用了"分译"和"增译"等翻译技巧。而对于单词和一些表达方式的翻译,根据具体情况采用了"直译"和"意译"的翻译方法。采用"直译"的,一是中文中已有类似表达,二是即使直译,中文读者也能理解。采用意译的,一是中文中有更为合适的表达方式,二是意译之后的中文表达比韩语原文更为简练和优美。

笔者希冀在朝鲜宫廷女性日记文学作品首次翻译成中文之后,这篇小文能在国内的韩语学界起到抛砖引玉的作用,引发更多更优秀的相关学术论文的发表。

参考文献

[1] 邱仁焕. 癸丑日记 [M]. 首尔：新元文化社，2006.

[2] 惠庆宫洪氏，邱仁焕. 恨中录 [M]. 首尔：新元文化社，2008.

[3] 梅山秀幸. 恨のものがたり [M]. 東京：総和社，2001.

东亚视域中的日本宫廷女性文学

北京外国语大学 北京日本学研究中心 张龙妹*

考古发现，日本在清和天皇（858—876）时期就出现了平假名。据2013年1月12日《朝日新闻》的报道②，在平安时代的贵族藤原良相（813—867）府邸遗址上发现了90余块陶器碎片，其中有约20块上写有假名，而且从可认读的文字来看，书写的内容有可能是和歌。从这些碎片中还可以看出连绵体的假名书写。一个多世纪以后，出现了以《蜻蛉日记》（974年前后成书）、《枕草子》（1001年前后成书）、《源氏物语》（1008年左右成书）为代表的由女性用假名书写的散文体作品群。在朝鲜半岛，世宗大王（1397—1450）于1446年颁布谚文"训民正音"，二百年以后，在17—18世纪的韩国朝鲜王朝时代，也产生了《癸丑日记》《显仁王后传》《恨中录》三部由宫廷女性用谚文书写的散文体传记作品。

日本的女性假名文学与韩国的女性谚文书写，虽然在年代上有着一定的差距，但在女性文字的使用、以宫廷女性为主的书写主体、女性视角的宫廷生活描写等方面都存在着共性。同时，阅读这些作品，我们又能发现日韩宫廷女性的作品又存在着本质性的不同。日本的作品中和歌随处可见，通过和歌赠答体现她们风雅的日常生活，以言情为主，基本上不涉及宫廷政治。韩国的三部作品却完全不同，没有韵文穿插其间，叙述更倾向于在标榜自身的伦理道德的基

---

* 张龙妹：1992年毕业于北京日本学研究中心，1998年毕业于东京大学，获博士（文学）学位，现为北京日本学研究中心教授、博导。主要从事日本平安时代的女性文学研究。主要著作、编著、译著有：《源氏物语的救济》（风间书房，2000年）、《日本古典文学大辞典》（人民文学出版社，2004年）、《日本文学》（高教社，2008年）、《东西方文学交流研究—东亚各国对基督宗教文化的接纳》（知识产权出版社，2013年）、《东亚的女性与佛教、文学》（勉诚社，2017年）、《今昔物语集》插图本（人民文学出版社，2008—2019年）、《平安朝宫廷才女的散文体文学书写》（光明日报出版社，2021年）等。

② 筒井次郎．ひらがな、いつごろできたの?［N］．朝日新聞DIGITAL，2013-01-12．

础上，控诉敌对方的无耻残暴。

我国自然没有类似于假名、谚文的女性文字，但如班昭续写《汉书》、撰述《女诫》，宋若莘著述《女论语》，宫廷女性也有着非凡的学问和驾驭文字的能力。她们的文字显然是维护儒家伦理道德的，与朝鲜王朝女性们意欲诉说的宗旨相一致。

从中国历代宫廷女性的文学创作来说，除了陈后主等亡国亡君的后宫以外，以言情为主、基本不涉及政治的文学书写几乎是不可能的。不仅如此，她们有的以文学才能活跃在宫廷的诗宴上，有的在宫廷里承担着教育皇后皇子等皇室成员的重任，甚至直接起草诏书参与国事。她们身为女性，却有着男性的才情和气概，在男尊女卑的社会里书写她们的生命印迹。

作为东亚汉字文化圈的宫廷女性，她们留下的文学作品为什么会有如此大的差异？本文将从后宫制度、宫廷斗争、婚姻制度以及文学传统四个方面，探讨日本平安、中世时期宫廷女性散文体文学的成因[①]。

一、不一样的后宫制度

所谓"后宫"，它既指帝王妻妾生活的区域，又指帝王的妻妾。这里主要探讨作为帝王妻妾生活区域的"后宫"。管理"后宫"的行政机构，比如我国唐朝设立的六尚二十四司，负责安排帝王及其妻妾的生活。日本在大化改新以后引进中国的律令制度，设有后宫十二司。在朝鲜半岛，最早有关后宫制度的记述是在高丽朝显宗二十二年："三月甲寅以宫人韩氏为尚宫、金氏为尚寝、韩氏为尚食、徐氏为尚针"[②]。丰岛悠果认为高丽前期是把唐朝的尚宫、尚仪、尚服、尚食、尚寝、尚功六尚中的"尚功"改成了"尚针"，但其职责并没有不同，可见高丽前期也已经导入了唐朝的六尚制度[③]。金用淑认为李氏朝鲜也是基本继承了这一制度的[④]。也就是说，日本和朝鲜半岛基本上是以唐朝的后宫制度

[①] 日本从平安朝到中世时期的女性假名散文体文学的作者都为中等贵族出身的女性，除了《蜻蛉日记》以外，其他作品的作者都有出仕宫廷或大贵族家庭的经历。出仕经历是这些女性进行文学书写的共同契机。
[②] 国书刊行会. 高丽史［M］. 东京：国书刊行会，1977：73.
[③] 丰岛悠果. 高麗王朝の儀礼と中国［M］. 东京：汲古书院，2017：84-87.
[④] 金用淑. 朝鲜朝宫中风俗研究［M］. 大谷森繁，监修；李贤起，译. 东京：法政大学出版局，2008：9.

为模版的。但是，日本与朝鲜半岛乃至其他东亚国家的后宫制度的不同点体现在以下两个方面。

（一）可以恋爱、结婚的宫女

众所周知，日本的宫廷没有宦官，这应该也是其独特的宫廷文学的主要成因。与宦官制度相应的是宫女制度。《唐律》中有《卫禁律》两卷，其中涉及宫女的有："私与宫人言语。若亲为通传书信及衣物者绞"①。为宫女传递书信衣服都要处以绞刑的。朝鲜王朝宫廷中的宫女，除非是因公务需要，否则不得与国王和宦官以外的男性接触，若非病重或是主人死亡也不得离开王宫②。

日本后宫中的女官主要来自中央和地方的豪族。天武天皇在获得政权以后，于673年"诏公卿大夫及诸臣、连并伴造等曰，夫初出身者先令仕大舍人。然后选简其才能，以充当职。又妇女者无问有夫无夫及长幼，欲进侍者听矣。其考选准官人之例"（《日本书纪》天武二年五月乙酉朔条）③。规定女性不问是否婚配，也不问年龄，有愿意出仕的，可以按照男性官员的方法进行选考。而这些妇女，自然也应该是诏书的颁布对象——公卿大夫及诸臣、连以及伴造等朝廷重臣家庭中的女性，而且她们在婚姻上是自由的。

女官的另一部分是采女。早在大化二年（646）颁布的"改新之诏"中就有规定："凡采女者贡郡少领以上姊妹及子女形容端正者"（《日本书纪》大化二年正月甲子朔条）④。令地方郡司次官少领以上的官员进献容貌端正者作为采女。采女制度应该早就存在，在雄略天皇纪中，面对盛怒的天皇"国内居民，咸皆振怖"，皇太后与皇后便令倭采女媛举酒相迎，"天皇见采女面貌端丽，形容温雅"才转怒为喜（《日本书纪》雄略天皇元年三月冬十月辛未朔）⑤。采女们不仅容貌端丽，而且擅长诗歌、琴瑟，她们是贵族男性共同的追求对象。《万叶集》中有不少采女与追求者之间的和歌赠答。但是，采女作为地方豪族的贡

---

① 长孙无忌. 唐律疏议（第二册）[M]. 北京：中华书局，1985：168.
② 金钟德. 语仮名文字とハングルの発明，そして女流文学[J]. 日本研究教育年报，2014（18）：303-305.
③ 小岛宪之，直木孝次郎，西宫一民，等，校注. 日本书纪（3）[M]. 东京：小学馆，1996：350.
④ 小岛宪之，直木孝次郎，西宫一民，等，校注. 日本书纪（3）[M]. 东京：小学馆，1996：132.
⑤ 小岛宪之，直木孝次郎，西宫一民，等，校注. 日本书纪（2）[M]. 东京：小学馆，1996：154.

品，是天皇皇权的象征，是天皇的私有物，所以与采女结婚是禁忌。

《万叶集》3723 至 3730 首和歌是采女狭野弟上娘与中臣朝臣宅守之间的赠答歌。狭野弟上娘为藏部女嬬，因为他们的结合，宅守被流配越前国，《万叶集》收录的和歌便是他们临别时所咏和歌的一部分。中臣宅守被流放的时间不能确定，但《续日本纪》记载他于 763 年由"从六品上"连升三级叙"从五品下"（天平宝字七年正月壬子）①，应该是在此前的大赦中得以重返京城。同样因娶采女而触犯禁忌的还有皇族子孙安贵王，《万叶集》第 535 首和歌的左注云："安贵王娶因幡八上采女，系念极甚，爱情尤盛，时敕断不禁之罪，退却本乡。于时王心悲悼，聊作和歌"②。根据这段左注，很难判明被"退却本乡"的是采女还是安贵王，但无论是谁，同样说明跟采女结合是触犯禁忌的。只是，有意思的是，这位八上采女与藤原麻吕育有一子，即《歌经标式》的作者藤原滨成，而滨成的出生年份与上引安贵王、八上采女被敕断为"不敬之罪"的年份相同，都是神龟元年（724）③。才貌双全的采女在宫廷贵族中的人气由此可见一斑。正因为采女属于这样一类女性，藤原镰足在得到天智天皇的恩赐而娶采女安见儿为妻时的喜悦可想而知。《万叶集》第 95 首和歌表达了他当时的狂喜：

　　唯我得娶安见儿，众人虽恋求不得。
　　（我はもや安见儿得たり皆人の得かてにすといふ安见儿得たり）④

从以上例子可知，与采女结婚虽然属于禁忌，但这一禁忌并没能禁止朝廷官员与采女们的恋情，而且即便被断罪遭到流放，日后也可以重回朝廷。而作为众人追求对象的采女也可以作为天皇对近臣的赏赐。

伊集院叶子根据《续日本纪》至《日本三代实录》的记录，统计出从八至九世纪的 33 位大臣中，有 16 位是娶女官为妻的⑤。但是，到了平安时代中期的摄关政治时期，第一位任摄关大臣的藤原良房娶嵯峨天皇之女源洁姬为妻，开创了迎娶皇女下嫁的先河。其后任摄政大臣或关白的藤原氏子孙基本上都娶内

---

① 黑板胜美，国史大系编修会. 续日本纪 [M]. 东京：吉川弘文馆，1966：290.
② 万叶集（1）[M]. 小岛宪之，木下正俊，校注. 东京：小学馆，2006：295.
③ 万叶集（1）[M]. 小岛宪之，木下正俊，校注. 东京：小学馆，2006：295.
④ 万叶集（1）[M]. 小岛宪之，木下正俊，校注. 东京：小学馆，2006：85.
⑤ 伊集院叶子. 古代的女性官僚 [M]. 东京：吉川弘文馆，2014：156-157.

亲王、女王（亲王之女）或一世源氏为妻，其中藤原师辅竟然迎娶了醍醐天皇的第五皇女、第十皇女、第十六皇女为妻。与此同时，社会上开始认为女官在宫廷中抛头露面是有失体面的。紫式部就在日记中吐露，自从她出仕彰子后宫，就不再与过去的朋辈同好联系，猜想她们一定会认为她这样抛头露面很是愚蠢浅薄，就感到无地自容了①。同时，她又对自己眼前的生活甚为担忧，"我自己从今往后一定也会变得少廉寡耻，完全习惯了宫中当差的生活，直接与男性会面也不会感到难堪了。像这样做梦似地想象着自身的将来，甚至想到会发生什么不该发生的事情，不觉心生恐惧"②。引文中"不该发生的事情"应该是指男女恋情。这些从反面证明了宫廷女性是处于一种恋爱自由的大环境中的。允许宫女恋爱结婚，也许可以说是日本宫廷文学的最大特点，《更级日记》作者向往的甜美的恋爱体验，后深草院二条在《告白》中讲述的错综复杂的两性关系，都是宫廷女性恋爱生活的直接写照。这样的后宫文化，自然也成就了宫廷仕女创作的女性文学的特点。

只是，这里需要特别强调的是，到了平安时代，虽然允许宫廷仕女们恋爱，但并不意味着她们在恋爱中是有主动权的一方。根据近藤美雪的研究，《古今和歌集》中"恋""思"等词语是男性用语，也就是说，只有男性才拥有恋爱的主动权③。女性只能被动接受，而且如本论集所收辛悦的《试论中世王朝物语中女性角色间的拟婚姻关系》一文中所论述的那样，即便是对于男性单方面的求爱甚至是近似于强暴的行为，女性也被要求表现出或者是自动表现出解风情的样态。这也许是另一层含义上的女性的桎梏，而平安乃至中世时期女性们的文学书写正是这样的女性生存状态的直接体现。

不过，总体来说，平安时代的女性在婚恋方面拥有更多的自由似乎是肯定的，同时也拥有把这样的婚恋生活用文字表达出来的自由。《紫式部日记》中藤原道长拿《源氏物语》调侃紫式部的段落是这样的：

中宫御前也有一套《源氏物语》。道长大人见了，跟往常一样又是说了些玩笑话，还拿来垫在梅子下面的纸，写了这样的和歌：
好色之名木成舟，怎堪不折枉错过？

---

① 张龙妹译. 紫式部日记 [M]. 重庆：重庆出版社，2021：271.
② 张龙妹译. 紫式部日记 [M]. 重庆：重庆出版社，2021：277-278.
③ 近藤みゆき. 源氏物語とジェンダー_ 歌ことばが創造する「男」と「女」_ [J]. 実践女子大学年報，2009（28）：110-190.

我即刻回敬道：

"迄今未曾被攀折，谁人敢传好色名？
大人之语，实在令人意外！"

《紫式部日记》301页

因为《源氏物语》中描述了诸多男女恋情，所以道长调侃她，说她的好色之名是木已成舟了。但也只是这样调侃一下而已，也不影响他欣赏紫式部的才气，让她辅佐身为中宫的女儿。

（二）后妃娘家仕女的作用

在摄关政治之前，日本的皇后是不与天皇一同在皇宫中生活的，圣武天皇的光明皇后（701—760）有自己的宫殿，仁明天皇的母后橘嘉智子（786—850）是在嵯峨天皇退位以后才与其一同生活在冷然院的[1]。后妃入住皇宫是在幼帝清和天皇之后。清和天皇为文德天皇的第四皇子，生于850年，858年文德天皇驾崩，清和天皇在外祖父藤原良房的庇护下即位。为了照顾幼帝的生活，母后藤原明子入住皇宫，而明子之父良房以代理母后行使皇权的形式成为第一代人臣出身的摄政大臣。与此相应的是，后妃娘家的仕女摇身变为皇宫仕女的一员，有的甚至加官晋爵[2]。

平安时代的仕女统称为"女房"。"房"本意为"曹司"（官署），逐渐地将其中的职员称为"男房""女房"。藏人所的男官和女官也合称为"男女房"，而"女房"作为出仕宫廷女性的总称，至宇多天皇时代才基本得到普及[3]。平安时代的"女房"可分为侍奉天皇的"上女房"、侍奉后妃的"后妃女房"以及在贵族家庭里当差的"家女房"。其中，侍奉天皇的"上女房"是律令制下的女官，好比是现在意义上的公务员。其他二者则是属于私人雇佣关系。但是，这些属于私人雇佣关系的仕女，也随着后妃入住皇宫从而登上了历史舞台。根据《荣花物语》的描述，藤原道长的女儿们入宫时，都有40名"女房"、6名童女、6名使女随行[4]。而且，由于摄关政治时期后宫成为政治中心，后妃的娘家

---

[1] 东海林亚矢子. 母后の内裏居住と王権[J]. お茶の水史学, 2004（48）: 47-86.
[2] 伊集院叶子. 古代的女性官僚[M]. 东京: 吉川弘文馆, 2014: 222.
[3] 伊集院叶子. 古代的女性官僚[M]. 东京: 吉川弘文馆, 2014: 221.
[4] 山中裕, 秋山虔, 池田尚隆, 等. 荣花物语: 第1册[M]. 东京: 小学馆, 1995: 300.

纷纷物色才女来增强自己女儿在后宫的影响力。一条天皇中宫彰子身边著名的仕女就有和泉式部、紫式部、伊势大辅、小式部内侍，她们都是"女房三十六歌仙"，前三位还名列"中古三十六歌仙"，共同有和歌入选《百人一首》，和泉式部与紫式部更是日本历史上屈指可数的才女。另外，从《紫式部日记》可知，这样的彰子后宫与清少纳言侍奉的定子皇后的后宫以及选子内亲王的斋院在风雅的文事上争奇斗妍①，共同创作了王朝女性文学的繁荣。

这样豪华的仕女阵容，应该在世界文学史上也找不出第二例。《恨中录》中作者写道："我入宫时带了一个保姆和一个侍婢。侍婢名叫福礼，是父亲小科之后曾祖母特意选的。我小时候和这个侍婢亲密无间，她天性聪慧，忠心耿耿，举止品行不似下等人。"②随行的只有乳母和侍女，而且作者也在特意强调这位侍女的品行而不是才艺。

二、不同性质的宫廷斗争

阅读韩国的女性宫廷日记，就好比是看韩国的宫斗剧，其中体现的宫廷斗争的惨烈与《甄嬛传》相比也毫不逊色。比如在《癸丑日记》中，作者从 1602 年宣祖的正妃仁穆大妃怀孕、光海君的岳父等在宫中制造种种事端希望造成大妃流产起笔，记述了大妃的贞明公主、嫡子永昌大君诞生之时的光海君一派的言行，1608 年顺利继承王位以后，光海君又是如何处死胞兄临海君、侄儿绫昌君、蒸杀幼弟也是仁穆大妃所生宣祖嫡子永昌大君等王位威胁者，最后于 1613 年将仁穆大妃囚禁于庆运宫（现在的德寿宫）等滔天罪行。直到 1623 年的仁祖反正，仁穆大妃才被释放。这整整历时二十年的实录，几乎是一部血泪史，是宫廷仕女写就的朝鲜王朝党争史③。

那么，平安时代的宫廷斗争又是如何呢？我们先来了解一下清少纳言侍奉的皇后藤原定子（976—1000）。定子于 990 年 2 月成为一条天皇的女御，同年 10 月册封为中宫。然而好景不长，995 年 4 月，其父藤原道隆因糖尿病去世，兄弟藤原伊周和隆家又在与叔父藤原道长的权势之争中败北，伊周被贬谪为大

---

① 张龙妹，译. 紫式部日记 [M]. 重庆：重庆出版社，288-293.
② 张龙妹. 恨中录 [M]. 张彩虹，王艳丽，译. 重庆：重庆出版社，2021：183.
③ 张龙妹. 恨中录 [M]. 张彩虹，王艳丽，译. 重庆：重庆出版社，2021：2-96.

宰权帅，其弟隆家也被贬为出云权守。定子在这一过程中伤心过度，于996年5月1日愤然落发。娘家二条宫在当年的夏天毁于火灾，其母高阶贵子也在同年初冬时节病故。所幸一条天皇对定子的宠爱依旧，同年12月定子生下修子内亲王。999年11月，定子又产下一条天皇的第一皇子敦康亲王。因为生产有血秽，一般都得回娘家生产，但那时候的定子已经没有娘家可以回去了，根据《枕草子》的描写，她是在大进①平生昌家里诞下敦康亲王的。而据史书记载，她们前往生昌家的那一天，正是道长的女儿彰子入宫的日子。中宫出行本该有众官员随行，但朝臣们屈服于道长的权势，都前去参加彰子的入宫仪式了（《小右记》长保元年十一月一日条）②。所以，定子一行人员的心情应该是特别暗淡甚至很是凄凉的。然而，《枕草子》的有关描述是这样的：

> 当中宫临幸大进生昌的家的时候，将东方的门改成四足之门，就从这里可以让乘舆进去。女官们的车子，从北边的门进去，那里卫所里是谁也不在，以为可以就那么进到里面去了，所以头发平常散乱的人，也并不注意修饰，估量车子一定可以靠近中门下车，却不料坐的槟榔毛车因为门太小了，夹住了不能进去，只好照例铺了筳道下去，这是很可愤恨的，可是没有法子。而且有许多殿上人和地下人等，站在卫所前面看着，这也是很讨厌的事。后来走到中宫的面前，把以上的情形说了，中宫笑说道："就是这里难道就没有人看见么？怎么就会得这样的疏忽的呢？"③

少纳言在这里讲说了她们刚来到生昌家时的情景。为了能够让定子的车舆进入，生昌家的东门临时建成四足门。仕女们的车子走北门，因为门过于狭窄，槟榔毛的车子无法进入，于是在地上铺了席子，少纳言她们不得不下车步行。少纳言没有好好梳妆，而殿上人及地下人④都在那里张望，让少纳言感到好不气恼。事后，她来到定子跟前抱怨，定子反过来取笑她怎么可以这么大意。中宫无处去生产，只得来到一个"从六品上"官位的下级官员家里安身，车舆进入的大门都是临时改造的，仕女们甚至不得不在众目睽睽之下步行。这些如若是

---

① 负责中宫事务的机构"中宫职"的三等官，大约为从六品上。
② 藤原实资. 小右记（1）[M]. 京都：临川书店，1965：156.
③ 清少纳言. 枕草子[M]. 周作人，译. 北京：中国对外翻译出版公司，2001：8-9.
④ "殿上人"指可以进入天皇日常生活的清凉殿殿上间的官员，包括三品以上的全部和四五品中的一部分以及六品藏人。"地下人"则是不能上清凉殿的下级官员。

在朝鲜王朝女性的笔下，那一定也是敌对派藤原道长他们的条条罪状，但在《枕草子》的文脉中，竟然没有一个词语是用来指责道长一方的。相反，即便是在这段叙述中，依然充满了笑声，围绕少纳言与生昌的对话以及生昌的迂腐言行等，定子的"莞尔一笑（笑はせ給ふ）"与仕女们的"欢笑（いみじう笑ふ）（笑ふこといみじう）"共同营造了一个风趣、高雅的后宫氛围。

造成这种差异的主要原因，应该还是宫廷斗争的性质之不同。朝鲜宫廷斗争的残酷，其实是其党争的缩影①。而平安时代摄关政治时期的宫廷斗争，实际上是在同族乃至兄弟叔侄之间进行的。如上所述，定子一家在996年迎来了至暗时刻，简直可以用家破人亡来形容。但在997年，朝廷因为一条天皇的生母东三条院的病恼而举行大赦，定子兄弟伊周和隆家得以返回京城。此后他们的官职也都有升迁。不仅如此，道长与伊周叔侄之间还有过诗歌唱酬。《本朝丽藻》卷下收录有伊周的诗作《秋日到入宋寂照上人旧房》和《余近日曾有到入宋寂照上人旧房之作。左丞相尊阁忝赐高和。聊次本韵，敬以答谢》②。后者中的左丞相自然是指藤原道长，应该是道长作诗相和前者，伊周便又作诗答谢的。1008年伊周被授准大臣、封千户，其仪同三司之称由此而来。

就在1008年9月，藤原彰子诞下了一条天皇的第二皇子敦成亲王（后一条天皇）。《紫式部日记》是这样描述彰子顺利产下敦成亲王后众人的喜悦之情的。

> 即使那些心里有什么不如意的人，置身于府内这样的喜庆气氛中，大概现在也把烦恼抛到九霄云外了吧。尤其是中宫大夫，虽然没有故意地喜形于色，但自然显得比其他人更加满面春风。想他身为负责中宫事务的长官，也在情理之中。<u>右宰相中将与权中纳言坐在东厢房西廊的湿廊上谈笑。</u>③

这一年已是彰子入宫的第10个年头，终于诞下了一条天皇的第二皇子。如果彰子没有生下这个孩子，那么定子所生的第一皇子就会成为皇位继承人，道长的所有政治权谋都将付诸东流。所以这次生产，对于道长一门的意义可以说是非同寻常的。但反过来说，因为这个敦成亲王的诞生，第一皇子即位的可能

---

① 张龙妹. 恨中录[M]. 张彩虹, 王艳丽, 译. 重庆：重庆出版社, 2021：3-7.
② 与谢野宽, 正宗敦夫, 与谢野晶子. 经国集, 本朝丽藻[M]. 东京：日本古典全集刊行会, 1926：139.
③ 张龙妹, 译. 紫式部日记[M]. 重庆：重庆出版社, 2021：244-245.

性随之消失，对于意欲东山再起的藤原伊周兄弟来说，其打击显然是致命的。上面引文中下画线的两个人物，右宰相中将是藤原道隆二弟道兼之子兼隆，而权中纳言正是定子与伊周的胞弟隆家。他们是堂兄弟，同是道长的侄儿。

藤原兼隆之父道兼成功诱骗花山天皇出家，使得其父藤原兼家能够顺利让自己的外孙一条天皇即位。为此，道兼可以说是兼家政权的功臣。谁知，兼家过世时竟然选定长子道隆为接班人，令道兼大为不满。5年以后道隆因病早逝，道兼终于如愿以偿继承了关白之位。但是，命运不济，他于995年4月27日受命关白，5月8日就因罹患时疫去世，年仅35岁，被世人称为"七日关白"（实际并非七日）。985年出生的兼隆，在长兄夭折后一直被当作嫡长子抚养，但幼年失怙的他，其后也只能追随在叔父道长左右。

上引紫式部在描述众人的欣喜之后，最后以隆家与兼隆在湿廊上谈笑来结尾，以几乎不带任何痕迹的笔墨描述在这一决定性事件中两位堂兄弟的举止，其用心用笔之细腻，唯有置身其中者方能领悟作者的弦外之音。但也仅止于此。

1009年12月彰子又生下敦良亲王（后朱雀天皇），第一皇子敦康亲王即位的可能性彻底消失。不久，伊周在绝望中于1010年2月谢世，行年37岁。但在他去世以后，伊周长女与道长次子赖忠结婚，生下了众多出色的子女；另一个女儿周子后来成为彰子的仕女；长子道雅与胞弟隆家此后也一直追随道长。《紫式部日记》第二十段"七日庆典"中，伊周之子藏人少将藤原道雅是作为朝廷敕使向彰子中宫进献御赐物品的[1]。同为藤原兼家的后人，他们之间的权势之争虽然也非常惨烈，但毕竟是叔侄之间，只要你甘拜下风，也可以得到道长的照拂。也正因为如此，女性们的日记呈现出的基本都是和美、风雅的场面。

三、公婆缺席的日常生活

造成日韩宫廷女性日记不同质的另一个本质性原因恐怕就是女性与公婆的关系了。我国封建家长制由来已久，从婚姻的形式来说，自古以来就是娶妻婚。《礼记·曾子问第七》中记载，孔子曰："嫁女之家，三夜不息烛，思相离也。取妇之家，三日不举乐，思嗣亲也"[2]。嫁女之家思离别、取妇之家思嗣亲的表

---

[1] 张龙妹，译. 紫式部日记［M］. 重庆：重庆出版社，2021：254.
[2] 周礼·礼仪·礼记［M］. 陈成国，校注. 长沙：岳麓书社，2006：303.

述，显然说明新婚夫妇的居住形式是从夫居且与丈夫的父母共同生活的。至于男到女家的取婿婚，《汉书·贾谊传》在言及秦俗时道："秦人家富子壮则出分，家贫子壮则出赘"①。虽为商鞅变法后秦国世风日下的象征，但男子"出赘"是因为家贫无法为其娶妻则是普遍现象。从夫居且与公婆共同生活，这样的婚姻形式在我国持续了几千年。

朝鲜半岛的婚姻形态比较多样。《三国志·魏书三十》高句丽条如此记载："其俗作婚姻，言语已定，女家作小屋于大屋后，名婿屋，婿暮至女家户外，自名跪拜，乞得就女宿，如是者再三，女父母乃听使就小屋中宿，傍顿钱帛，至生子已长大，乃将妇归家"②。男女先在女方家庭结婚，待孩子长大以后才"将妇归家"。金孝珍根据当前中韩日三方面的史料，认为高句丽和新罗实行的"婿屋制"婚姻的居住形态都是"妻方居住"婚。高丽时代维持的也是这种婚姻形式，甚至在朝鲜王朝初期，这种痕迹依旧存在③。《太宗实录》太宗十五年正月十五日甲寅条中记录有礼曹启奏丧服制度的奏章：

礼曹上制服式。启曰、前朝旧俗，婚姻之礼，男归女家，生子及孙，长于外家。故以外亲为恩重。而外祖父母、妻父母之服、俱给暇三十日。<u>至本朝尚仍其旧</u>。亲疏无等、实为未便。④

这里有关婚姻形态的描述也基本与《三国志》相同，而且这样的情形在太宗朝（1400—1418）仍旧持续着。但是，随着《朱子家礼》的导入，这样的男归女家的婚姻形态逐渐被"亲迎之礼"的娶妻婚所替代，至16世纪后半期娶妻婚便成为婚姻形式的主流⑤。

朝鲜王朝的著名女诗人许兰雪轩（1563—1589）奉父母之命与才貌平庸的金诚立结婚，夫妻关系本来就不融洽，加之不得婆母欢心，27岁便撒手人寰。其弟许筠在悼亡诗《毁璧》的序言中写道："余亡姊贤而有文章，不得于其姑，

---

① 班固．汉书（第8册）[M]．颜师古，注．北京：中华书局，1962：2244．
② 陈寿．三国志（第3册）[M]．裴松之，注．北京：中华书局，1982：844．
③ 金孝珍．韓国古代の婚姻形態考—壻屋制と壻留婦家婚を中心として—[J]．文学研究論叢：文学・歴史・地理学，2008（28）：151-166．
④ 国史编纂委员会．朝鲜王朝实录（卷二）[M]．影印缩刷版．果川：国史编纂委员会，1991：49．
⑤ 金孝珍．韓国古代の婚姻形態考—壻屋制と壻留婦家婚を中心として—[J]．文学研究論叢：文学・歴史・地理学，2008（28）：151-166．

又丧二子，遂赍恨而殁。没念则尽伤不已。及读黄太史辞，其痛洪氏妹之情，悲切怛切，千载之下，同气之恸，若是其相类，故效其文而抒哀也。"① 许筠在读到黄庭坚悼亡其妹《毁璧》后，有感而发创作了《毁璧》辞，可以推测其亡姐与黄庭坚亡妹的遭遇之间一定存在着某种共性。

那么，黄庭坚的妹妹洪氏又是怎样一种遭遇呢？黄庭坚在《毁璧·序》中有这样一段文字：

"夫人黄氏，先大夫之长女。生重瞳子，眉目如画，玉雪可念。其为女工，皆妙绝人。……夫人归洪氏，非先大夫意，怏怏逼之而后行，为洪氏生四男子，曰：朋、刍、炎、羽，年二十五而卒。文成君闻夫人初不愿行，心少之，故夫人归则得罪。及舅与夫皆葬，夫人不得藏骨于其域，焚而投诸江。"②

洪氏貌美贤淑，只因为开始不愿意出嫁，于是婚后一直无法赢得婆母的欢心，在为婆家生下四个男孩后，25岁就早早过世，而且死后不得埋葬在夫家墓地，尸骨被投入江中。封建家长制下的这种悲剧，在中国和朝鲜半岛应该都不在少数。

在朝鲜王朝的宫廷中，与公婆的关系也是至关重要的。惠庆宫洪氏在《恨中录》中有不少笔墨涉及宫中的礼节。

我进宫之后，对请安一事不敢疏忽怠懒。按规定，给仁元王太后和贞圣王后请安是五天一次，宣禧宫是四天一次。但我几乎每天都去。那时，宫中法度极严，礼服不穿得端端正正不敢去请安，倘或时间晚了，也不能去。为了能早起去请安，我那时晚上都无法安眠③。

仅仅是给公公英祖的各位妻妾请安一事，就折磨得洪氏无法安眠。由此可以推测她在宫中的日常生活大概可以用战战兢兢如履薄冰来形容。好在聪明伶俐且恪守妇道的惠庆宫一直深得公公英祖和婆母宣禧宫的欢心，即便是在思悼

---

① 许筠. 惺所覆瓿藁［M］. 汉城：民族文化推进会，1981：170.
② 黄庭坚. 山谷别集·毁璧·序［DB/OL］. 中国基本古籍库，2022-03-22.
③ 张彩虹，王艳丽，译. 恨中录［M］. 重庆：重庆出版社，2021：183.

世子被废世饿死之后，依旧能保护他们母子，并使她与思悼的孩子得以顺利继承王位。

与这样的情景相反的是日本平安时代以及中世时期的女性。平安时代的婚姻是访婚制与取婿婚的结合体。男性经得女方父母的允许在黄昏后来访，三天后举行结婚仪式，婚姻正式成立。访婚进行一段时间后，男子就会与女方共同生活，由女方父母负责照料女婿的日常。其后，女方的父母就会搬到别处居住，或由女方父母安排新婚夫妇到别处居住。比如藤原道长著名的土御门府邸就是其妻伦子从父亲源雅信那里继承过来的。也有男方在拥有了相当的社会地位和经济实力以后自己建造府邸，迎接居正妻之位的女性与之共同生活，而非正妻的女性依旧处于访婚状态。比如藤原兼家的东三条殿，根据《蜻蛉日记》的记述，应该是在970年初建成的，道纲母原本也希望有机会搬去同住，但结果只有时姬得以入住。再比如《源氏物语》中描述的光源氏的六条院，则是居住着紫夫人、明石君以及女三宫。但无论是哪种情形她们都不与丈夫的父母一起生活。

至于那些入宫成为后妃的女性，也没有必要在上皇、太后跟前尽孝。自810年"药子之变"以后，日本就规定上皇不能居住在皇宫内。这一传统也保留到现在，据2020年3月31日的《朝日新闻》报道，退位后的平成上皇与皇太后为了把皇宫尽早让给当今天皇一家居住，当天10点左右乘车前往上皇的居所仙洞①。而太子在即位之前，应该是住在东宫府的。皇族的这样一种居住习惯，使得我们无法在日本古典文学中找到那些在我们的宫斗剧中常见的场面。在平安时代，目前可见的资料来看，女性结婚后终其一生没有机会与丈夫的父母共同生活②。

在娶妻婚制度下，女性虽然要在公婆面前谨小慎微，但即便夫妻感情不好，也可以通过侍奉公婆来巩固在婆家的合法地位。相反，如果不能赢得公婆的欢心，夫妻感情再好也逃不脱棒打鸳鸯的命运。而在访婚制下，婚姻并没有多少约束力。和歌物语以及短篇故事集中有不少"歌德"故事③，大多都是原配妻子在将要被遗弃的时候通过和歌挽回了丈夫的感情。《枕草子》中有定子皇后讲

---

① 长谷文，中田绚子．ご夫妻31日仙洞仮御所へ　高輪皇族邸改修上皇［N］．朝日新闻 DIGITAL，2020-03-31.
② 高松百香．中世の結婚と離婚：史実と狂言の世界［J］．武蔵野大学能楽資料センター紀要，2018（29）：41-57.
③ 指宣扬和歌具有感天地、泣鬼神、和睦夫妇功效的短篇故事。

述村上天皇的宣耀殿女御之才艺的段落。女御尚待字闺中时，其父对她的教育内容有三：第一要习字，其次要学七弦琴，之后便是背诵《古今集》二十卷[①]。这三项能力都是以与男性交往为前提的。

随着时代的推移，日本的这一婚姻形式逐渐发生了变化。平安时代末期至镰仓初期的摄政九条兼实（1149—1207）在其日记《玉叶》中记述了其子良经与源赖朝妻兄之女的成婚过程，兼实坚决拒绝娶妻婚，而作为新娘伯父的赖朝则坚持要求嫁女（《玉叶》建久二年六月二日条)[②]。此时或许还存在着武士阶层与朝廷贵族在婚姻形式上的不同。而就在不到半个世纪以后，兼实之孙九条道家（1193—1252）在其日记《玉蕊》中记述了其女仁子与近卫兼经的婚姻。兼经是前关白近卫家实的嫡子，而仁子是摄政九条道家的次女。同为摄关家庭，这次是九条道家将儿女嫁入近卫府邸（《玉蕊》嘉祯三年正月十四日条)[③]。高松百香据此推测，在祖父九条兼实到孙儿九条道家三代人之间，完成了摄关家庭婚姻形式的转变。而到了室町时代（1336—1573），娶妻婚渗透到了所有的阶层。不过，即便是娶妻婚，也是在同一府邸的不同栋的房屋里居住的，厨房也是各自独立的[④]。

由此看来，娶妻婚在日本与朝鲜半岛成为主要的婚姻形式，在时间上差距并不大。但因为日本在9世纪后半期就诞生了假名，处于取婿婚时期的女性们运用民族文字留下了丰富多彩的文学作品。中世时期最后一部女性日记是日野名子（1310—1358）的《竹向日记》[⑤]，名子正好生活在镰仓末至南北朝时期，因为她的丈夫西园寺公宗在建武新政建立初期被杀，使得她的婚姻形式很难判断，但从日后她携遗腹子入主西园寺一族的北山府邸来看，或许可以看作是从夫居的娶妻婚。《竹向日记》与其他作品的异同也许可以从这里找到答案，而此后日本女性假名日记书写的传统断绝的原因也正在于此。同理，朝鲜王朝女性们的文学书写的特色，也应该由此而来。

[①] 清少纳言. 枕草子［M］. 周作人，译. 北京：中国对外翻译出版公司，2001：22.
[②] 国书双书刊行会. 玉葉［M］. 东京：名著刊行会，1988：707.
[③] 今川文雄校订. 玉蕊［M］. 东京：思文阁出版，1992：436.
[④] 高松百香. 中世の結婚と離婚：史実と狂言の世界［J］. 武蔵野大学能楽資料センター紀要，2018（29）：41-57.
[⑤] 到了江户时代有井上通女的《东海日记》《江户日记》《归家日记》、荒木田丽子的《初午日记》《后午日记》等作品，前者的《江户日记》是在江户侍奉丸龟藩主之母时所记，可以看作是仕女日记，但从作品中包含汉诗这一点，也足以说明这些作品与平安、中世时期的女性日记是不同质的。

四、不一样的文学传统

日本的假名和朝鲜王朝时期的谚文虽然都被称为女性文字,但首先二者的产生经过是不一样的。日本从万叶时代开始就用汉字(万叶假名)来表记和歌,所谓"女手"(平假名)只是书写体上的不同。《蜻蛉日记》中曾提到作者丈夫藤原兼家与章明亲王之间进行和歌赠答,亲王的赠歌是用女性字体(女手)书写,而兼家的答歌是用男性字体(汉字)书写,令作者感到非常难堪[1]。这里的所谓"女性字体"指用草书连绵体书写,而男性字体则是用楷书或行书进行书写,这两者的本体都是汉字,而平假名正是从草书体中诞生出来的。也可以说,假名的产生肇始于运用借字法以汉字表记日语发音的万叶假名,包括记纪歌谣和万叶和歌的表记。可见,这一行为与日本的和歌文化是血肉相连的。虽然960年的《天德内里歌合》时有"女宜合和歌"之语[2],但和歌并不是女性文学,而是日本的民族文学,男性歌人远多于女性,而且他们还把持着敕撰和歌集的编撰,掌控着歌坛的动向。作为这样的民族文学载体的假名,"女手"一词其实是名不副实的。如上引《蜻蛉日记》的叙述中,"女手"也没有作为女性文字的劣等意味。

根据伊藤英人的研究,朝鲜半岛也曾有过成熟的借字表记法,借用汉字表记"乡歌",这种表记法被称为"乡札",只是现存"乡歌"只有26首,且8世纪之前的"乡歌"只有13首,从中无法整理出像《万叶集》(收入4516首和歌)那样系统化的表记法。"吏读"也是一种借字表记法,从三国时代起就得到一定范围的应用,但在朝鲜王朝时代仅用于买卖文书的书写,而官方的文书一概运用汉文,所以也没有用"吏读"书写的类似于《古事记》的作品问世[3]。

朝鲜王朝的谚文,其创制之初就受到了以崔万里为代表的儒臣们的反对。

---

[1] 藤原道纲母. 蜻蛉日记 [M] // 张龙妹. 紫式部日记. 施旻,张龙妹,陈燕,等译. 重庆:重庆出版社,2021:27.
[2] 塙保己一. 天德内里歌合 [M] //群书类从 第12辑(卷第百八十一、和歌部三十六歌合二). 东京:经济杂志社,1914:19.
[3] 伊藤英人. 朝鲜半岛の書記史 [C] //中村春作,市来津由彦,田尻佑一郎,等. 续训读论 [M]. 东京:勉诚出版,2010:150-151.

当时任集贤殿副提学的崔万里①的上疏文最为闻名。

> 自古九州之內、風土雖異、未有因方言而別爲文字者。唯蒙古・西夏・女眞・日本・西蕃之類、各有其字、是皆夷狄事耳、無足道者。傳曰："用夏變夷、未聞於夷者也。"歷代中國皆以我國有箕子遺風。文物禮樂比擬中華。今別作諺文、捨中國而自同於夷狄。是所謂棄蘇合之香而取螗螂之丸也。豈非文明之大累哉。②

崔万里以拥有自己的谚文的国家都是"蛮夷"为由，反对另创谚文，认为那是"文明之大累"。而世宗大王创制本国文字的雄心也是显而易见的。他在"御制序"中说道：

> 國之語音、異乎中國、與文字不相流通、故愚民、有所欲言、而終不得伸其情者多矣。予爲此憫然、新制二十八字、欲使人人易習、便於日用耳。③

世宗意欲实现方言的文字化，同时实现行政语言的方言化，显然是要构建"国家方言"（民族语言）来对抗宗主国语言的，可谓是位有雄才大略的国王。"训民正音"这一名称也应该体现了世宗的意图。"训民正音"1446年颁布以后，开始政府层面的书写法则的修订，并于1461年成立了"刊经都监"，翻译了众多的佛教典籍。十年后，"刊经都监"因儒臣的反对被废止，翻译佛经的活动不得不迁至寺刹。此后，确立了名为"谚解"的翻译体裁，翻译出版了儒学经典、实用类图书和文学作品。但终因知识分子的极度中国化，明清交替以后小中华意识的膨胀，直到19世纪基督宗教传入为止，"谚文"被主要用于佛教和作为女性文字使用。④

假名和谚文的不同"身世"，某种意义上也决定了以这两种文字为载体的文

---

① 官居正三品。当时具体负责创制谚文的大提学郑麟趾为正二品。只是从二品以上官职为名誉职位，所以崔万里实际上是集贤殿的最高负责人。
② 训民正音［M］. 赵义成，译注. 东京：平凡社，2010：140.
③ 训民正音［M］. 赵义成，译注. 东京：平凡社，2010：8.
④ ［日］伊藤英人. 朝鮮半島における言語接触：中国圧への対処としての対抗中国化（研究ノート）［J］. 语学研究论集，2013（18）：55-93.

学的性质。尤其是日本的女性假名文学，与和歌文学有着密切的关联，景物描写、由此引申出来的人生思考，甚至物语出场人物的命运、故事情节的架构等都与和歌紧密相关。而这也决定了假名文学以言情为主、几乎不涉及政治的叙事风格。

英国著名的女性旅行家伊莎贝拉·伯德（Isabella Lucy Bird, 1831—1904）曾于1894年3月至1897年3月间4次访问朝鲜半岛，在《朝鲜纪行》中她称谚文是完全被知识阶层所蔑视的，本来是女性、儿童、无学之人使用的[①]。体现了世宗"国家方言"政策失败以后谚文的使用状态，而这使得朝鲜王朝宫廷中的女性们，能够运用属于她们的文字，将自己的经历秘密记录下来，留下了她们自己的历史书写。

我国的历代宫廷女性中，也有许多才女，她们大多以学问及诗赋活跃在宫廷。虽然也曾有过被陈后主尊为"女学士"、在宫廷诗宴上留下《玉树后庭花》等亡国之音的袁大舍（《陈书》卷七），但更多的是欲以妇人身行丈夫事的才女。东汉时的曹大家续写了其兄未竟的《汉书》，初唐时的上官婉儿更是被认为开创了诗歌的盛唐气象[②]。婉儿之后，宋氏五姐妹在德宗、顺宗、宪宗、穆宗、敬宗、文宗六朝活跃了近四十年的时间。据《旧唐书》记载，作为长女的若莘"尝白父母，誓不从人，愿以艺学扬名显亲。若莘教诲四妹，有如严师。著《女论语》十篇，其言模仿《论语》，以韦逞母宣文君宋氏代仲尼，以曹大家等代颜·闵，其间问答，悉以妇道所尚。"（《旧唐书》卷五十二）她们参加宫廷诗会，与男性官员们一起吟诗作赋。比如贞元四年（788）三月，德宗举办了"麟德殿宴百僚"诗宴，德宗亲自赋诗，群臣作应制诗，皇太子作诗序，王维有《代陈司徒谢敕赐麟德殿宴百僚诗序表》（《全唐文》卷三百二十四），从现存作品可知若莘若宪姐妹及另一才女鲍君徽也在这一盛会上作诗（《全唐诗》卷七）。正如明代胡震亨在《唐音癸签》中以"薛工绝句，无雌声，自寿者相。"[③]来称赞薛涛的绝句一样，欲行丈夫事的宫廷女性的诗作也是体现了"无雌声"这一特色的。

女性之所以创作并没有女性特色的诗歌，首先是因为关于诗歌的评论权一直是掌握在男性手中，只有符合男性价值观的诗作才会被称道。而且，更为重

---

① 伊莎贝拉·伯德. 朝鲜纪行 [M]. 时冈敬子, 译. 东京：讲谈社, 1998：33.
② 李海燕. 上官婉儿与初唐宫廷诗的终结 [J]. 求索, 2010 (2)：165-167.
③ （明）胡震亨. 唐音癸签 [M]. 上海：上海古籍出版社, 1981：83.

要的是，作诗还关系到妇道。宋若莘在《女论语》"训男女章第八"中关于女孩教育时提道："莫纵歌词，恐他淫污"①。认为吟风弄月的诗歌容易成为女性背离妇道的契机。在元稹的《会真记》中，张生向红娘求计问策，红娘答道："（崔莺莺）往往沉吟章句，怨慕者久之。君试为喻情诗以乱之，不然则无由也。"②果然在张生赠送春词二首以后，红娘带来了崔莺莺的《明月三五夜》诗，便有了后面的"待月西厢下"的故事了。《会真记》被董解元、王实甫等搬上舞台以后，舞文弄藻、吟风弄月，便成了背离妇道女性的符号。到了明代，导致了"女子无才便是德"这种极端否定女性文才的观点的产生③。而客观上，对于像宋若莘那样"誓不从人"、意欲"扬名显亲"的才女们来说，抒发闲情逸致或悲吟苦思的作品，也应该是她们不屑为之的。

日本的宫廷习俗与东亚各国存在着显著的不同，贵族仕女们在宫廷中有着比较自由的生存空间。而围绕宫廷展开的权势之争也是在氏族内部进行的，没有你死我活的残酷性。更何况日本的假名日记根植于和歌文学，吟咏和歌的能力直接关系到取婿婚时期婚姻关系的建立与维系，所有这些使得日本的宫廷女性文学具有了以言情为主的风雅的文气。相反，在我国，元稹可以通过《会真记》这样的文字一展其史才、诗笔、议论方面的才能④，为其今后的仕途铺路，而宫廷女性们反倒是不能也不愿为之的。

---

① 王相．校订．女四书集注［M］．（影印本）第一册．北京：团结出版社，2015：74.
② 内田泉之助，乾一夫．唐代传奇［M］．东京：明治书院，1971：302.
③ 陈东原．中国妇女生活史［M］．北京：商务印书馆，1998：192-193.
④ 陈寅恪．元白诗笺证稿［M］．北京：文学古籍刊行社，1955：109.

平安时代女性"汉才"的变迁与"国文学"的诞生

北京外国语大学　北京日本学研究中心　张龙妹[*]

关于日本"国风文化"的形成，研究界更多关注的是遣唐使的终结、中日之间的贸易往来等历史现象。"和文学"是日本"国风文化"的重要组成部分，染谷智幸就认为作为"国文学"的《源氏物语》的诞生意味着日本脱离了中华文明[②]。《源氏物语》的成书是否意味着日本脱离了中华文明？这一观点还有待商榷，但把《源氏物语》视作日本"国文学"的诞生则是可以首肯的。然而，在男性文人依旧热衷于汉诗文创作的年代，为何由女性书写了日本"国文学"的代表之作？

众所周知，作为日本"国文学"代表之作的《枕草子》《源氏物语》中包含了大量的汉诗文[③]。《枕草子》中的不少段落是围绕白居易的诗句展开的，有的甚至是在再现白诗中的场景，而《源氏物语》中除了直接、间接的汉诗文引用，像第一卷《桐壶》中讲述的桐壶帝与桐壶更衣的悲恋故事，更可以称得上是平安时代版散文体《长恨歌》。也就是说，无论清少纳言（966—1025）还是紫式部（970—1019），她们都拥有丰富的汉诗文修养，甚至应该具有吟诵汉诗

---

[*] 张龙妹：1992年毕业于北京日本学研究中心，1998年毕业于东京大学，获博士（文学）学位，现为北京日本学研究中心教授、博导。主要从事日本平安时代的女性文学研究。主要著作、编著、译著有：《源氏物语的救济》（风间书房，2000年）、《日本古典文学大辞典》（人民文学出版社，2004年）、《日本文学》（高教社，2008年）、《东西方文学交流研究—东亚各国对基督宗教文化的接纳》（知识产权出版社，2013年）、《东亚的女性与佛教、文学》（勉诚社，2017年）、《今昔物语集》插图本（人民文学出版社，2008—2019年）、《平安朝宫廷才女的散文体文学书写》（光明日报出版社，2021年）等。

[②] 染谷智幸．日本'文'学に近世化をもたらしたもの——経済の与えた影響を中心に［M］//河野貴美子，Denecke・wiebke，新川登亀男等編．日本'文'学史：第三册．东京：勉诚出版，2019：13-37.

[③] 本文中的"汉诗文"是与日本本土的"和文学"相对的概念，也即运用汉字书写的诗文。在当时，有关汉学的才能被称为"汉才"。

的能力，但她们不仅没有汉诗文作品传世，而且在《枕草子》《紫式部日记》中可以发现她们在极力回避直接运用汉诗文。如此充满矛盾的现象是在怎样的历史背景下产生的？与女性的文学书写以及"国文学"的诞生又存在着怎样的关联？

本文将首先梳理平安时代女性与汉诗文的关系，在此基础上，解读《枕草子》与《紫式部日记》中有关女性"汉才"的叙述，结合《荣花物语》《大镜》等历史物语中的相关描述，探讨女性"汉才"的变迁，揭示女性走向假名书写的时代文化背景。

一、奈良后期平安前期的宫廷女诗人

日本自8世纪起就开始创作汉诗文，但现存最早的汉诗集《怀风藻》（751年序）中，我们无法发现女性诗人的作品。到了平安时代初期，形成了"唐风讴歌"时代，在嵯峨、淳和两位天皇朝代编撰了三部汉诗文集，在最早的《凌云集》（814年）也同样没有女性诗人的身影，在第二部《文华秀丽集》（818年）中卷也只收录有姬大伴氏（生卒年不详）的《晚秋述怀》一首。姬大伴氏当为大伴氏族的女性，具体生平不得而知。同卷收录有巨势识人（795？—？）的《和伴姬秋夜闺情》诗，该诗的韵脚与姬大伴氏的《晚秋述怀》诗一致，由此小岛宪之（1913—1998）认为巨势识人之诗是姬大伴氏之作的和诗①。姬大伴氏可以说是日本文学史上第一位与男性进行诗歌唱和的女性。

到了《经国集》（827年）时代，女诗人的作品突然增加。有高野天皇（749—758在位）的《赞佛》（卷十），尼和氏（生卒年不详）的《禅居》（卷十），惟氏（生卒年不详）的《奉和捣衣引》《奉和除夜》（卷十三）、《和出云巨太守茶歌》（卷十四）共3首，以及嵯峨天皇的公主有智子（807—847）的诗作《奉和巫山高》《奉和关山月》（卷十）、《奉和春日作》《赋新年雪里梅花》（卷十一）、《山斋赋初雪》《奉和除夜》（卷十三）、《杂言 奉和渔家二首》（卷十四）8首。此外，在《杂言奉和》与《续日本后纪》中还可以发现有智子的《奉和圣制江上落花词》《春日山庄》两首作品。《经国集》原本是有着20卷庞

---

① 怀风藻·文华秀丽集·本朝文萃［M］. 小岛宪之，校注. 东京：岩波书店，1964：249.

大规模的汉诗文集，目前仅存6卷。《经国集》时代的女诗人的作品应该比上面列举的更加丰富多彩。

高野天皇（749—758在位）即日本第46代孝谦女帝，重祚后为第48代称德天皇（764—770在位）。《续日本纪》称她"尤崇佛道。务恤刑狱"[宝龟元年（770）八月十七日条]。其《赞佛》诗云："慧日照千界，慈云覆万生。亿缘成化德，感心演法声。"① 是一首简单明了的五言绝句，应该是她信仰佛法的体现吧。尼和氏《禅居》为五言律诗，其中有"烟泛暗山树，霞昭莹野花"之句②。对仗工整，诗意清新。林鹅峰（1618—1688）认为尼和氏乃和气清麻吕（733—799）之姐法均尼（730—799），否则不可能有这样的咏诗才能③。法均尼原本是称德天皇的女孺，762年追随称德上皇出家［《续日本后纪》天平宝字六年（762）六月三日条]。768年大尼法均获赐准从四位下［神护景云二年（768）十月三十日条]。由此我们得以一窥奈良时代后期孝谦天皇及其女官的汉诗文修养。

惟氏的《奉和捣衣引》是和嵯峨太上皇之作。诗中云："秋欲阑，闺门寒。风瑟瑟，露团团。遥忆仍伤边戍事，征人应苦客衣单。匣中掩镜休容饰，机上停梭裂残织。借问捣衣何处好，南楼窗下多月色。芙蓉杵，锦石砧，出自华阴与凤林。……捣齐纨，捣楚练，星汉西回心气倦。就灯影，来玉房。把刀尺，量短长。穿针泣结连枝缕，含冤缝为万里裳。莫怪腰围畴昔异，昨夜入梦君容悴。"④ 秋深天气转冷，征妇担忧起征人衣衫单薄，接着便是裂织、捣衣、剪裁、缝制过程的描述，最后又回归到对征人的思念。一首长短句运用自然，缝制寒衣的过程与对远人的思念紧密连接，抒写了征妇的劳苦与闺怨。林鹅峰对惟氏的诗歌给予了很高的评价："惟氏盖嵯峨帝宫女乎。见此词则殆上官昭容。宋尚官之徒乎。又疑是惟良春道之族类乎。"⑤将其与上官婉儿及宋若莘姐妹相类比，并推测惟氏是嵯峨朝宫女，是同为《经国集》诗人的惟良春道的族人。猪口笃

---

① 与谢野宽，正宗敦夫，与谢野晶子．怀风藻·凌云集·文华秀丽集·经国集·本朝丽藻[M]．东京：日本古典全书刊行会，1926：129.
② 与谢野宽，正宗敦夫，与谢野晶子．怀风藻·凌云集·文华秀丽集·经国集·本朝丽藻[M]．东京：日本古典全书刊行会，1926：132.
③ 本朝一人一首[M]．小岛宪之，校注．东京：岩波书店，1994：77.
④ 与谢野宽，正宗敦夫，与谢野晶子．怀风藻·凌云集·文华秀丽集·经国集·本朝丽藻[M]．东京：日本古典全书刊行会，1926：158.
⑤ 本朝一人一首[M]．小岛宪之，校注．东京：岩波书店，1994：98.

志也认为是嵯峨天皇宫人。① 现存惟氏的三首诗作,除了一首是单独和出云太守的,另两首都是"奉和"嵯峨太上皇的作品,由此推测她的宫女身份是有道理的。

这个时期最著名的女诗人,自然要数公主有智子。她是嵯峨天皇的第二皇女②,4岁便被卜为贺茂神社的第一代斋院。《续日本后纪》在公主的薨传中记述了823年春二月嵯峨天皇行幸斋院举行花宴时,公主探得"塘光行苍"韵作《春日山庄》诗一事。诗云:"寂寂幽庄水树里,仙舆一降一池塘。栖林孤鸟识春泽,隐涧寒花见日光。泉声近报初雷响,山色高晴暮雨行。从此更知恩顾渥,生涯何以答穹苍。"[卷十七、承和十四年(847)十月二十六日条]。首联用仙舆的到来比喻嵯峨天皇行幸斋院,颔联在将自己比作孤鸟、寒花的同时,将天皇比作春泽、日光,尾联与此相呼应,表达了对父皇的感恩之情。《续日本后纪》同日条中还记载道:"天皇叹之。授三品。于时年十七。是日。天皇书怀。赐公主曰。忝以<u>文章著邦家</u>。莫将荣乐负烟霞。即今永抱幽贞意。无事终须遣岁华。寻赐召文人料封百户。"③小岛宪之认为"文章著邦家"之语体现了曹丕《典论·论文》所倡导的文章经国思想,而其后的三句正是对《典论·论文》中"年寿有时而尽,荣乐止乎其身,二者必至之常期,未若文章之无穷。"这一宣扬文章不朽之句的化用。④ 也即,嵯峨天皇是将公主的诗歌创作看作当时君臣唱和所呈现的文章经国行为的一个组成部分。正因为如此,天皇才"寻赐召文人料封百户"以文人待之。⑤

现存有智子公主的10首诗作中,只有《山斋赋初雪》《赋新年雪里梅花》不见唱和,其他8首皆是"奉和"之作,足见其在嵯峨诗坛的活跃程度。遗憾的是,从公主的生卒年来推算,《经国集》成书时她年方21岁。此后编撰敕撰

---

① 猪口笃志. 女性と漢詩—和漢女流詩史 [M]. 东京:笠间书院, 1978:281.
② 所京子. 有智子内親王の生涯と作品 [J]. 圣德学园女子短期大学纪, 1986(12):13.
③ 黑板胜美, 国史大系编修会. 日本后记·续日本后纪·日本文德天皇实录 [M]. 东京:吉川弘文馆, 1966:201.
④ 小岛宪之. 上代日本文学と中国文学:下册 [M]. 东京:塙书房, 1968:1536-1537.
⑤ 此句难解。旧训为:寻召文人赐料封百户(尋いで文人を召して料封百戸を賜ふ。国史大系本)。但赐料封百户为什么要召文人,不得其解。小岛宪之先生在校注《本朝一人一首》的有智子薨传时进行了改训:寻赐召文人之料封百户(尋いで文人を召すの料封百戸を賜ふ)。在注释中也强调此句意为给予公主以文人待遇(《本朝一人一首》,第97页)。

汉诗集的传统断绝，"唐风讴歌"时代成为过去，公主的诗作也不得再见。

二、平安中期的女官高内侍

高内侍本名高阶贵子（？—996），为文章生出身的高阶成忠（923—998）之女。《荣花物语》记载道："其父成忠博学多才，盖性情乖僻，他人深以为忧。成忠子女众多，其中一女，尤得娇养。虽亦欲将其婚配，然虑及人心难测，便令其出仕宫中。虽为女子，却擅长汉字书写，先帝圆融天皇时担任内侍一职"[①]。"内侍"指内侍司的次官"典侍"或三等官"掌侍"。这段文字从其父亲的才学、性格写到她本人的"汉才"[②]，语气中充满了猎奇色彩。这位富有"汉才"的女官高内侍在宫廷结识了日后被称为中关白的藤原道隆（935—995），成为道隆的正妻，养育了藤原伊周（974—1010）、定子（976—1000）、隆家（979—1044）、原子（980—1002）等杰出的儿女。

《荣花物语》之后的历史物语《大镜》在记述藤原伊周时是这样介绍其生母的。

> （伊周）高堂便是那位闻名的高内侍哦。虽然她不被允许上殿，但在举行行幸或节会等仪式时，便来到紫宸殿参加仪式。她可是位正儿八经的文人，举行御前诗宴时，她也是要献上汉诗的。据说，她的诗作，不是寻常男性可以比得上的呢。每逢举行诗宴，即便天皇召见，也不从台盘所参见，而是要从弘徽殿的上局绕行，在二间侍奉。大概性格古板吧。《大镜·地》[③]

紫宸殿是皇宫中举行国家仪式的地方，行幸和各种节会也是宫廷最主要的仪式。高内侍能够前往紫宸殿参加国家仪式，还要在御前的诗宴上献汉诗。在

[①] 原文见：荣花物语：第1册 [M]．山中裕，秋山虔，池田尚隆，等校注．东京：小学馆，2008：142. 本文中引文，除了注明译文出处的，其他皆为笔者翻译。

[②] 在当时的日本"才"就是指有关汉诗文方面的才能，《源氏物语》中就将其与"大和魂"相对应，后来称作"和魂汉才"。

[③] 原文见：大镜 [M]．橘健二，加藤静子，校注．东京：小学馆，2007：258.

举行诗宴的时候，也不从女官们候差的台盘所前去觐见，而是要绕行到"二间"① 这个公共场所侍奉，以免天皇图谋不轨。作品进而推测高内侍是位性格古板之人②。

从以上《荣花物语》和《大镜》的叙述中，我们可以看出高内侍也应该是跟嵯峨时代的惟氏那样活跃在宫廷诗坛的女性，但对于这样以"汉才"活跃在男性当中的女性，这两部作品中的"虽为女子，却擅长汉字书写""正儿八经的文人""不是寻常男性可以比得上的呢"等表述，显然是将其作为另类来叙述的。此外，这两部作品还同时都有意无意地点明其性格上的怪异性。《荣花物语》明言其父"性情乖僻"，使得其他人都"深以为忧"，暗示正是这样古怪的父亲养育了这么一位有"汉才"的女儿。《大镜》更是对高内侍在宫中一副公事公办的处事态度不以为然，认为她是个性格古板、不知通融之人。

要知道，早在村上天皇（946—967 在位）时代，女性的基本教养就已经是远离汉诗文了。下面是《枕草子》中作者借定子皇后之口介绍的小一条左大臣藤原师尹（920—969）如何教育宣耀殿女御芳子（？—967）的。

> 从前在村上天皇的时代，有一位叫宣耀殿女御的，是小一条左大臣的女儿，这是没有不知道的吧。在她还是做闺女的时候，从她的父亲处所得到的教训是，<u>第一要习字，其次要学七弦琴，注意要比别人弹得更好，随后还有《古今集》的歌二十卷，都要能暗诵，这样地去做学问</u>。③

引文中画线部分的内容可以整理为以下三点。

（1）第一要习字。
（2）其次要学七弦琴。
（3）再次要背诵《古今集》和歌二十卷。

第一条"习字"指的是用连绵体浓淡有致地书写假名，主要用在和歌的书

---

① 位于清凉殿天皇寝殿之东，弘徽殿上局（中宫、女御在清凉殿的休息室）之南，为僧人祈祷或中宫、女御观赏各种仪式时的场所。
② 相近内容还可见于镰仓初期的短篇故事集《续古事谈·二》（1219 年）："高内侍者，中关白之妻室，成忠二品之女。圆融院治世时，虽任典侍，但因不被允许上殿，便在内侍司竖起屏风侍奉。如遇天皇召见，便盘起头发，携众多女官，在石灰坛侍奉。天皇虽然有意，终于不得遂愿。"
③ 清少纳言. 枕草子［M］. 周作人，译. 北京：中国对外翻译出版公司，2001：22.

写上，与第三条背诵《古今集》一道要求的是和歌方面的修养。至于第二条弹奏七弦琴，在《源氏物语》中是只有皇族出身的人物才拥有的才艺，末摘花的侍女就是通过让末摘花若隐若现地弹琴来吸引光源氏的。可见，这三方面修养都是以与男性交往为前提的。上引《枕草子》段落中芳子凭借自己的这种修养获得村上天皇的宠幸，而这样的逸闻成为美谈，正好体现了贵族女性们的欣羡。在崇尚这样和风修养的时代，以"汉才"闻名的高内侍无疑属于另类了。

但是，根据《荣花物语》此后的描述，我们反倒可以发现高内侍实际上不仅不是一位性格乖僻的古董式人物，而且是个能够引领宫廷文化潮流的风雅女性。

> 二小姐原子已经十四五岁。参入东宫的仪式华美，实在是可喜可贺。由于原子的入宫，宣耀殿娀子退出皇宫了。原子的居所为淑景舍，诸事无不顺遂，喜庆之象无与伦比。女御华美时尚，东宫对她百般宠幸，令人不敢正视。多年来见惯了宣耀殿女御的东宫，觉得这位淑景舍女御凡事能够引领潮流。女御虽也不是特意卖弄，但在东宫看来，无论是衣裾的叠层，还是袖口的样式，都是那么富有情致。（卷四 未竟之梦）①

在《荣花物语》中次女原子的入宫被安排在其父道隆就任关白的正历四年（993）②，早在长女定子入宫的990年，她们的生母高内侍就认为老派内敛的入宫仪式不足取，从而让定子以时尚且可亲可近的形象来赢得众人瞩目。那个时候，大家就对尚未成年的二小姐心怀期待了。如引文所述，原子果然不负众望，在宫中掀起了一股时尚的风潮，令早年入宫的女御娀子（972—1025）相形见绌，同时也赢得了东宫的心。

此外，《枕草子》中有关定子皇后才情的叙述、《荣花物语》《大镜》等对伊周汉诗才能的盛赞，印证了《荣花物语》的评价："正是这位正妻的才能与众不同，他们的孩子，无论是公子还是千金，远比年龄来得杰出。"③ 可以说，高内侍是她的孩子们的才学与修养的源泉。也正因为她这般非同寻常，藤原道隆

---

① 原文见：荣花物语：第 1 册［M］．山中裕，秋山虔，池田尚隆，等校注．东京：小学馆，2008：198-199.
② 《小右记》《日本纪略》记载原子入宫的年份是长德元年（995）正月。
③ 原文见：荣花物语：第 1 册［M］．山中裕，秋山虔，池田尚隆，等校注．东京：小学馆，2008：142.

才勇于冲破门第观念，与她这位文人出身的中等贵族之女结婚。而道隆的两位胞弟、同时也是他作为其父藤原兼家（929—990）权力继承者的最大竞争者道兼（961—995）与道长（966—1028），都是与名门之女缔结良缘的。[①]

遗憾的是，藤原道隆一门的荣华并没有持续太久。995年4月10日道隆因糖尿病去世，996年伊周、隆家兄弟因为对花山上皇（968—1008）的不敬事件遭到左迁，定子受此打击于同年5月1日出家，当年夏天他们的娘家二条宫遭遇火灾，10月他们的母亲高内侍因病去世。在这样艰难的岁月里，997年定子产下修子内亲王（997—1049），999年12月17日诞下一条天皇的第一皇子敦康亲王（999—1019）。就在定子离开皇宫前往下级官员平生昌（生卒年不详）家中生产当日，道长安排其长女彰子（988—1074）入宫，转年册立为中宫，定子改封为皇后，创造了一帝二后的先例。翌年，定子在产下媄子内亲王（1001—1008）后便撒手人寰。而到了1008年，道长之女彰子生下了一条天皇的第二皇子敦成亲王（后一条天皇，1008—1036）、1009年又诞下敦良亲王（后朱雀天皇，1009—1045），定子所生敦康亲王继承皇位的可能性随之消失，道隆一门就此彻底败落。

实质上，道隆一门的繁荣从990年定子入宫、993年道隆就任关白，到995年道隆病逝、996年伊周兄弟左迁为止，也就维持了五六年时间，堪称昙花一现。其没落的原因，自然是道隆的意外早逝以及其后伊周兄弟与叔父道长之间的权势之争。但是，《大镜》是这样总结道隆一门的不幸的："人言：'女子过分有才情是不吉利的。'高内侍此后沦落到极为悲惨的境地，就是这个缘故吧。"[②] 真可谓欲加之罪何患无辞！男人们造成的不幸，一句话就将其归因为女性的"汉才"了。而且以"人言"这样一种不确定的表述来暗示这一说法所具有的普遍性。

不过，《大镜》成书于平安时代后期的白河院政期（1086—1129），距离高内侍生活的时代已经有一二百年的岁月，书中有这样的叙述或许也只是对当时社会风气的反映。因为，高内侍这样一位曾经以"汉才"闻名的女性，迄今没能发现她的任何汉诗作品。甚至连她的兄弟高阶积善（生卒年不详）编撰的、收录了藤原伊周的不少诗篇的《本朝丽藻》（1010年左右成书）中也根本没有

---

① 藤原道兼在986年7月31日发生的宽和之变中，成功诱骗花山天皇出家，使得其父兼家能够拥立自己的外孙一条天皇即位从而把持朝政。道兼与同为藤原北家的右大臣藤原远量家联姻，道长与一世源氏雅信之女结婚。

② 原文见：大镜［M］．橘健二，加藤静子，校注．东京：小学馆，2007：258．

高内侍的诗什。令人不禁猜测,在道隆一门没落以后,莫非她的亲人们也以其诗才为忧而将其诗作悉数焚毁?与此相反,《后拾遗集》以后的敕撰和歌集中却收录了高内侍的5首和歌,也有和歌入选《百人一首》(第54首)。从中,我们可以切实地感受到时代的变迁。

三、平安时代的仕女清少纳言与紫式部

清少纳言是上述高内侍之女定子皇后的仕女①,应该是一位非常"崇唐媚汉"的才女。《枕草子》"树木的花"一段中关于梨花的描述,很好地体现了她的这一特点。

> 梨花是很扫兴的东西,不能近前把玩,平常也没有添在信外寄去的,所以人家看见有些没有一点妩媚的颜面,便拿这梨花相比,的确是从花的颜色来说,是没有趣味的。但是在唐土却把它当作了不得的好,做了好些诗文讲它的,那么这也必有道理吧。勉强的来注意看去,在那花瓣的尖端,有一点好玩的颜色,若有若无的存在。他们将杨贵妃对着玄宗皇帝的使者说她哭过的脸庞是"梨花一枝春带雨",似乎不是随便说的。那么,这也是很好的花,是别的花木所不能比拟的吧。
>
> 《枕草子》第63页 有改动②

少纳言在写到梨花的时候,将中日对于梨花的不同评价做了比较,认为既然唐土的诗文中将梨花视作了不得的美好之物必定有其缘故,并终于在梨花花瓣的边角上发现了一点点的美艳。联想到杨贵妃见到玄宗皇帝派来的使者时,那哭泣的面庞被描述为"梨花一枝春带雨",于是就断定那梨花是非同一般的美好。从《枕草子》诸多段落中,我们都可以看到以定子后宫为中心的社交是沉

---

① 日语中的"女房"一词原本指属于某机构的女官,后来泛指在宫廷及大贵族家庭当差的女性。平安时代的"女房"可分为侍奉天皇的"上女房"、侍奉后妃的"后妃女房",以及在贵族家庭里当差的"家女房"。其中"上女房"是律令制下的女官,如高内侍;其他二者则是属于私人雇佣关系,如清少纳言、紫式部。为了加以区别,本文将女官以外的称为"仕女"。
② "不能近前把玩"句,周译为"近在眼前"。原文为"近うもてなさず",指后文中不能添在信外赠予他人等行为。

浸在汉诗文营造的氛围当中的。

但是，即便是这样的少纳言，她似乎也是在竭力回避直接书写汉字的。下面是一段她与时任头中将的藤原齐信（967—1035）之间的回忆。

> 打开来看时，青色的薄信纸上，很漂亮的写着。内容也是平常东西，并不怎样叫人激动，只见上面写道："兰省花时锦帐下。"随后又道："下句怎样怎样呢？"那么，怎么办才好呢？假如中宫没有睡，可以请她看一下。现在，如果装出知道下句是什么的样子，用很拙的汉字写了送去，也是很难看的。一边也没有思索的功夫，只是催促着回信，没法子便在原信的后边，用火炉里的烧了的炭，写道："草庵访问有谁人？"就给我送信的人，此外也并没有什么回信。

《枕草子》第 108、109 页

藤原齐信是一条天皇时代闻名的才子，与藤原公任（966—1041）等并称一条朝的四大纳言。上引文字是齐信为了试探少纳言的才情，给她送来白居易的一句诗："兰省花时锦帐下"，命少纳言接下句。少纳言明明知道下句，但不愿直接书写汉文诗句"庐山夜雨草庵中"，而是以和歌下半句的形式作答："草庵访问有谁人？（草の庵を誰かたづねむ）"，既表明自己熟知这一诗句，又巧妙地避免用男性的汉文书写。少纳言此举为她赢得了"草庵"的雅号。可见其丰富的汉诗文知识以及机智的应对得到了当朝一流文人们的认可。只是，一向才情横溢且似乎总在伺机展示自身才华的少纳言，为什么不愿直接用汉字书写白居易的诗句？《紫式部日记》中对少纳言的酷评非常著名，说她自恃才高，毫不顾忌地随处乱写汉字。[1] 可从以上引文甚至整部《枕草子》，我们反倒是可以发现少纳言是在竭力与男性的汉诗文世界保持一定界限的。那么，少纳言这种不愿越雷池一步的意识又是从何而来的呢？

其实，同样是在村上天皇（946—967 在位）时代，女性们就是以和歌才能活跃在宫廷中的。比如天德四年（960）三月三十日举办的"内里歌合"，被称

---

[1] "清少纳言是个满脸自满自命不凡的人。她竟然能那样自恃才高，毫不顾忌地随处乱写汉字！但若仔细看来，还是有许多不足之处。像她这样，竭力希望与众不同的人，日后一定会被人蔑视，最终没有个好的结局。"紫式部. 紫式部日记［M］. 张龙妹，译. 重庆：重庆出版社，2021：293.

为村上天皇举办的最为经典的歌赛①,也是后世歌赛效仿的典范。天皇对于参加者进行了精心的安排,这次歌赛的主体是更衣、内侍、命妇、女藏人,分为左右两队,左方的领队是中将更衣(藤原修子,生卒年不详),右方领队是弁更衣(藤原有相女,生卒年不详),各自有 13 名女官队员。歌人们也分别参加两队的比赛,其中藤原朝忠(910—967)、源顺(911—983)、藤原元真(生卒年不详)、清原元辅(908—990)、大中臣能宣(921—991)、壬生忠见(生卒年不详)、平兼盛(?—991)、中务(912?—991?)是名列三十六歌仙的著名歌人。此外,天皇又将自左大臣以下一班朝臣分为左右两队,每队 25 人作为后援,且左大臣藤原实赖(900—970)又兼任本次歌赛的"判者"②。从以上信息可知,这是村上天皇倾朝廷全力举办的一次盛况空前的以后宫女性为主角的歌赛。

尤其值得关注的是,村上天皇在御记中,是这样介绍这一歌赛的缘起的:"御记天德四年三月三十日己巳。此日有女房歌合事者。去年秋八月,殿上侍臣斗诗合时,典侍命妇等相语云:<u>男已斗文章。女宜合和歌。</u>"③ 引文中所说的"殿上侍臣斗诗"是指 959 年举行的日本文学史上的第一次"斗诗会"。从画线部分"男已斗文章(汉诗)。女宜合和歌"这样的表述可知,女性已经是与和歌画上等号了。这种意识也应该与上文提及的村上天皇女御芳子的三项教养内容相一致。村上天皇时代被称为"天历之治",受到后世景仰,对于一条天皇定子皇后的仕女清少纳言来说,天德四年"内里歌合"期间就已经形成的"女宜合和歌"或许就有着金科玉律般的约束力。

我们再来看紫式部的情况。紫式部的父亲藤原为时(949—1029)文章生出身,曾任花山天皇(984—986 在位)东宫时期的副侍读,精通汉学。《紫式部日记》中有一段关于她自身汉学才能的文字:"舍弟式部丞孩童时习读汉籍,我在侧近旁听。有时舍弟不能顺利背诵,有时又会忘掉一些内容,而我竟然意外地能够理解,爱好学问的父亲常常感叹:'可惜啊!汝生为女子,乃吾之不幸!'"④从中我们可以做出两个判断:首先是紫式部曾接受汉学熏陶,其次便

---

① 荻谷朴. 平安朝歌合大全[M]. 京都:同朋舍出版,1995:432. 另,"歌合"不同于"歌会",是要分出胜负的,有比赛的成分在里面。故译作"歌赛"。
② 歌赛分为两队,每队各出一首和歌表示一个回合。一般由著名的歌人来对这些和歌的优劣做出评判,他们被称为"判者"。
③ 塙保己一. 群书类从:第 12 辑(天德内里歌合)[M]. 东京:经济杂志社,1914:19.
④ 紫式部. 紫式部日记[M]. 张龙妹,译. 重庆:重庆出版社,2021:301.

是对于女子来说,"汉才"已经是无用的学问了。好在她日后有机会向彰子中宫进讲白居易的新乐府诗卷,虽然是瞒着周围的同僚,但毕竟还是得到了天皇和藤原道长的暗中支持,算是"汉才"得到了一定的施展。

紫式部的丈夫藤原宣孝(?—1001)在他们结婚不到3年时便因疫病早逝,在无聊的寡居岁月里,紫式部就会翻阅丈夫留下的汉籍,而她的侍女们就会在背地里议论:"知道为什么主人这样薄命了吧!女子怎么能读汉文书籍呢。要是在过去,那是连经文也不让读的。"①在侍女们的眼里,紫式部的"汉才"似乎就是她早年丧夫的根由。《紫式部日记》成书于1010年,主要记录了彰子生产敦成亲王和敦良亲王的盛事,正是这两位皇子的诞生使得藤原道隆一门彻底失去了起死回生的机会,藤原伊周就是在这一年的2月郁郁而终的。可以想见,道隆一门的迅速没落对侍女们口中的女子"汉才"薄命观的形成应该起到了推波助澜的作用。而高内侍的兄弟高阶积善编撰的《本朝丽藻》也是成书于1010年左右,积善没有收录姐妹的诗作或许也是出于这个忌讳。

紫式部应该是在她寡居后开始《源氏物语》的创作,借此赢得了才名,便受藤原道长之邀,成为道长之女彰子的仕女,在宫廷复杂的人际关系中,她逐渐学会了掩饰自己的才能:

渐渐听到人们的议论:"<u>即便是男子,自恃才高之人,又怎样了呢?基本上都是怀才不遇的吧。</u>"其后,就连"一"字,我都不会写给人看,摆出一副不学无术呆头呆脑的样子。过去曾经阅读过的那些汉籍,现如今已全然不再留意了。即便如此,还是听到这样的闲话,世人以讹传讹,其他人听到这样的谣言又该多么地嫉恨!羞愤交加,便装作连屏风上写的诗句也不能阅读的样子。

《紫式部日记》第301页

这段文字是紫式部针对同僚的谣言而生发的感慨。一条天皇令女官诵读《源氏物语》,便夸奖作者有才,结果被其他女官听到后,在殿上人中散布谣言,说紫式部如何自恃才高。由此,她联想到了上引画线部分的内容,进而在宫中

---

① 原文为:"御前はかくおはすれば、御幸はすくなきなり。なでふ女か真名書は読む。昔は経読むをだに人は制しき。"紫式部.紫式部日记(紫式部集)[M].山本利达,校注.东京:新潮社,1980:92.

装聋作哑，连屏风上书写的最为普通的诗句也装作不能认读。根据岸野幸子的研究，平安时代大学寮文章生与文章得业生原本分别有进士藏人和秀才藏人①两种晋升途径，但随着时代的变迁，晋升者逐渐限定于特定的氏族或家庭。从醍醐朝到圆融朝只有大江、橘、藤原、源氏、平氏这些氏族以及以其本身才能与天皇建立了特殊关系的个人。但是从一条朝起，像大江、橘这样的氏族也失去了这一晋升途径，而只限于藤原、源氏、平氏，而且他们中的大部分还跟摄关家庭有着血缘或婚姻关系，有的甚至是亲属中有人担任摄关家庭的家司。② 玉井力调查了藤原道长统治的一条朝、二条朝以及后一条朝的 94 名藏人的家世，发现其中有 52 名与摄关家有着婚姻关系或有亲属担任摄关家的家司。③ 简而言之，到了紫式部生活的时代，与摄关家的关系是男性文人仕官的必要条件。

《今昔物语集》《古事谈》等短篇故事集分别收录了紫式部父亲藤原为时任越前国守的逸闻。996 年越前国守出现空缺，源国盛（？—996?）与藤原为时同时希望能够获得这一职位，但任命当天是源国盛任越前守，为时出任淡路守。越前是大国，淡路则属于下国，于是为时写了申诉文，请女官转呈一条天皇，其中有诗句"苦学寒夜红泪沾襟，除目后朝苍天在眼"。天皇读后深受感动，以至于无心饮食，入夜在御帐内饮泣。藤原道长见此情景，遂令国盛辞去任命。《今昔物语集》称国盛为道长乳母之子。④ 虽然无法从史书上确认国盛与道长的关系，但这一事件本身也足以反映道长在任命官员时是如何的一手遮天。

藤原为时因曾担任花山天皇东宫时代的副侍读，984 年花山天皇即位以后得以任式部丞、藏人，作为天皇近臣本可以就此平步青云的。不曾想花山天皇在位不到两年，藤原兼家设计将其诱骗出家，为时也随之辞去官职。自 986 年一条天皇即位以来，越前国守是他获得的第一个官职。也即，进入一条朝以后的近 10 年的时间里他始终未能任官。紫式部在日记中的这些表述，应该是她目睹了父亲这种坎坷仕途后的切身感悟。

---

① 文章生相当于本科生，文章得业生相当于硕士生。藏人所是平安初期设立的机构，负责天皇家族的家政，相当于天皇的秘书机构，其中的官员虽只有六品，但因为是天皇的近臣，往往可以借此跻身公卿阶层，是那些有能力但不是高门出身的大学寮毕业生获得晋升的重要途径。
② 岸野幸子. 文章科出身者の任官と昇進——藏人との関係を中心に［J］. お茶の水史学，1998（42）：92.
③ 玉井力. 道長時代の藏人に関する覚書——家柄・昇進を中心として［M］//弥永貞三先生還暦記念会. 日本古代社会と経済：下卷. 東京：吉川弘文館，1978：471-508.
④ 见《今昔物语集》卷二十四第 30 则故事。只是，《今昔》将其姓氏记作"藤原"。

905年敕撰和歌集《古今集》诞生前后，和歌就已登上了大雅之堂。创造了"天历"盛世的村上天皇在960年举行以后宫女性为主的"内里歌合"时就将女性与和歌画上了等号。此后虽然有高内侍这样富有"汉才"的女性活跃在宫廷，但因为其夫藤原道隆的早逝导致一门快速没落，世人遂将这一不幸归罪于高内侍的"汉才"，有"汉才"的女性被视作另类，女性的"汉才"被污名化。与此同时，男性文人的晋升渠道也被摄关家庭所左右。在这样的大背景下，满怀"汉才"的清少纳言和紫式部都不曾染指汉诗文创作，而是以她们的汉诗文修养为底蕴分别创作了"和文学"的代表作《枕草子》和《源氏物语》。到了明治维新以后，因为"国语""国文学"概念的确立，在明治二十二年，东京帝国大学在增设国史科的同时，将原来与"汉文学科"对应的"和文学科"改为"国文学科"[①]。于是，以《源氏物语》《枕草子》为代表的女性文学就成了日本国文学的经典。日本女性再度创作汉诗文要等到江户时代江马细香（1786—1861）、原采苹（1798—1859）等女诗人的登场。

---

① 野山嘉正. 国語国文学の近代［M］. 东京：放送大学教育振兴会，2002：23.